Der Fluch des Kea

Mörderische Abgründe

Kriminalroman

FRANZ LENZ

Sarah, die steinreiche, schöne Pianistin aus München, hat in der Liebe kein Glück. Sie steht zwischen drei Männern.

Alex, ihre erste große Liebe, ist mit ihrer besten Freundin verheiratet. Ehemann Robert lebt von ihrem Geld und betrügt sie seit Jahren. Als sie die Scheidung will, wird sie halb tot aufgefunden. Werden Sarahs Millionen ihr zum tödlichen Verhängnis? Für sie beginnt ein nicht enden wollender Schicksalsweg.

Kann der dritte Mann in ihrem Leben, der in sie verliebte Romanautor Francis, sie retten? Oder muss er hilflos zusehen, wie die Mörder nochmals zuschlagen? Bis zuletzt tappt die Polizei im Dunkeln.

Franz Lenz trug schon in jungen Jahren Verantwortung, was ihn früh prägte. Als späterer Rechtsanwalt vertrat er mit besonderem Engagement die Scheidungsangelegenheiten von Frauen.

Mitte fünfzig begann er damit, sich einer weiteren Leidenschaft zu widmen. Mit großer Hingabe verfasst er seitdem ebenso spannende wie gefühlvolle Romane, in denen seine Hauptfiguren empfindsame und zugleich starke Frauen sind, die ihrem tragischen Schicksal trotzen und am Ende die große Liebe erleben dürfen. So in den Romanen **Die verlorene Frau - Eine schicksalhafte Liebe** sowie **Schweigende Augen - Eine geheimnisvolle Liebe.**
Hoch emotionale Gedichte, Sinnsprüche und Kurzgeschichten über die Liebe veröffentlichte er in 3 Bänden unter dem Titel
1000 bunte Schmetterlinge - Liebesgedichte und mehr.

Sein im Januar 2017 erschienener Kriminalroman über das Schicksal einer zwischen drei Männern stehenden Frau lautet
Der Fluch des Kea - Mörderische Abgründe.

Mehr Informationen über ihn sowie die Inhalte und Hintergründe seiner Bücher finden Sie unter:
www.franzlenz-romane.de
www.franz-lenz-romane.de

All seine Werke widmet er seiner geliebten
Frau Brigitte.

FRANZ LENZ

Der Fluch des Kea

Mörderische Abgründe

Kriminalroman

*Bibliografische Information der Deutschen National-
bibliothek:*
*Die Deutsche Nationalbibliothek verzeichnet diese
Publikation in der Deutschen Nationalbibliografie;
detaillierte bibliografische Daten sind im Internet
über http://dnb.dnb.de abrufbar.*

*TWENTYSIX – Der Self-Publishing-Verlag
Eine Kooperation zwischen der Verlagsgruppe Ran-
dom House und BoD – Books on Demand*

© *2017 Lenz, Franz*

*Herstellung und Verlag:
BoD – Books on Demand, Norderstedt*

ISBN: 978-3-7407-2688-1

Fotomotiv: LenzDesign

Die Frau lag schwer verletzt am Boden. Der wertvolle Orientteppich unter ihr war blutgetränkt; ebenso ihr farbenfrohes Kleid. Die klaffende Wunde an ihrem Kopf stammte von einem großen Kerzenständer aus massivem Silber. Ihr Hals wies Würgemale auf und der Kehlkopf schien auf den ersten Blick zertrümmert.

Von dem, was um sie herum vor sich ging, nahm sie nichts wahr. Sie hatte das Bewusstsein verloren.

„Leitzentrale. Hofstetter." „Mer brauche de Notarzt. Merzstraß 189A. Sofort!" Das Kratzen des Sprechfunks übertönte fast den Hilferuf des Polizisten. Am anderen Ende der Verbindung wurde die Anforderung wiederholt. „Merzstraße 189A. Verstanden. Schon unterwegs, Kollege."

Der Beamte ließ das Funkgerät los; es schnurrte am Spiralband nach unten gegen die Brust. Mit seiner anderen Hand drückte er weiterhin den dicken Mullverband feste auf die stark blutende Schläfe der reglos vor ihm liegenden Frau.

Ein zweiter Uniformierter betrat das große, mit schweren Teppichen ausgelegte Wohnzimmer. „Auch schon da?!", motzte ihn der am Boden Kniende an. „Muss isch widder alles allein mache. Los, komm, Erich!"

Ohne darauf einzugehen, brach es aus dem anderen entsetzt heraus. „Verdammte Scheiße! Alles voller Blut." Er schüttelte sich. „Die ist doch schon tot, oder?" „Hilf mir endlisch!", ermahnte er ihn gehetzt. Erst jetzt beugte er sich nach unten und half seinem Kollegen.

„Lebt noch! Die arm Fra hat Puls." „Gott sei Dank! Das wird immer schlimmer bei uns. Diese Schweine! Ist schon mein zweiter Mord diesen Monat." „Bei der isses doch nur en Versuch!" „Na hoffentlich - wenn sie´s überlebt."

„Bringe heit schunn weesche e paar Euro Mensche um." „Na ja. Die Villa sieht nach erheblich mehr aus." Seine ausgestreckte Hand deutete auf die gerahmten Gemälde an der Wand neben dem wuchtigen Schrank.

„Haste Rescht! Des do is en eschte Frankfurter. Kenn mich demit aus. Sau teuer." „Ein Frankfurter? So, wie du einer bist?" „Witzbold!" „Woher willst du denn ...?" „Mein Großvadder hat nen Antiquitädelade uff de Zeil gehabt." Erich schaute ihn fragend an. „Zeil?" „E großi Strass in Frankfurt! Owwerhalb vum Weisswurscht-Äquador." Er grinste breit.

„Da, wo es die knackige Frankfurter Würstscher gibt, weiß de. Net des zutzelische Zeuch von euch Münchner." „Bin kein Bayer! Weißt du doch.", konterte er und fragte: „Auch umgebracht worden?" „Hä?" „Dein reicher Opa. Wie die da?" „Depp! Der lebt noch; un die arm Fra auch."

Erich und Fritz mochten einander eigentlich; doch ohne ihr ewiges Foppen ging es bei ihnen nicht. Diese Art ihres Umgangs miteinander half ihnen dabei, das Tragische ihres beruflichen Alltags besser zu verkraften. Was sie tagtäglich erleben mussten, blieb nicht in ihrer Kleidung stecken!

„Hoffentlich schafft sie es! Noch eine Leiche brauche ich vor dem Urlaub echt nicht mehr." „Wohin?" „Mallorca." „Ballermann?" „Sicher nicht! Heidrun ist doch dabei." Er runzelte die Stirn. Ob es der letzte Urlaub wird - so schlecht, wie es um unsere Ehe steht?

„Haste schon de Chef gerufe?" „Logisch! Dem versaue ich doch gerne den Samstagabend." Er stutzte. Im Augenwinkel sah er einen Mann im schwarzen Anzug und weißer Fliege durch die gläserne Flügeltüre kommen - einen, den er kannte. „Wenn man vom Teufel spricht. Achtung!", murmelte er.

„Wir brauchen die KTU. Hat schon jemand ...?" „Ja, die Loni; äh, die Kollegin Maierhuber." „Gut! Und die ...?" „Natürlich, Chef. De Dok is schun unnerwegs." „Aber warum habt ihr noch keine Überzüge über die Schuhe gezogen, vermaledeit?" Verärgert deutete er auf ihre Füße. „Sind doch eben erst reingekommen." „Faule Ausrede! Jedes Mal dasselbe mit euch."

Eine Mischung aus Zorn und Spott gab den folgenden Worten einen sarkastischen Klang. „Doktor Doktor Knut Hansen macht mich wieder dumm an, wenn ihr seine überaus wertvollen Spuren verwischt. Kennt doch unseren pingeligen Hamburger." Er warf den beiden die weißen Hüllen zu. „Los!"

„Oper, Chef?", fragte Erich Hammer und deutete auf den feinen Anzug des Kommissars. Der brummte nur sauer. „Wenn ich einmal mit meiner Frau ins Theater ...." „Tut uns echt leid!" Seine Häme hielt er nur mit Mühe zurück.

„Tot?" Er ging in die Hocke, um den blutverschmierten Oberkörper der Frau nach Verletzungen abzusuchen. Vorsichtig öffnete er die oberen Knöpfe des dekolletierten Kleids und zog es ihr über die Schultern nach unten. Noch bevor er Zeige- und Mittelfinger an ihre Halsschlagader legen konnte, kam schon Erichs Antwort. „Ganz schwacher Puls!".

„Wo bleiben die Sanis?!" „Bei demm Verkehr ke Wunner, odder?" Ohne seiner Bemerkung Beachtung zu schenken, wollte der Kommissar wissen: „Tatwaffe?" „Schätze, der Kerzenhalter dort. Schwer; sicher echt Silber." Er erhob sich.

„Raub? Haustüre?", setzte er sein Fragen fort. „Nicht aufgebrochen", klang eine weibliche Stimme von hinten. „Sie muss der Täterin ...." „Wieso Täterin, Lonilein?" fiel er ihr ins Wort. „Könnte doch auch ein Täter gewesen sein."

„Auch wenn ich deine Tochter bin", kam bissig zurück, „bin ich fünfundzwanzig, verheiratet und heiße Loni. Klar, Herr Kommissar Bachmaier?!" „Klar!", gab er reumütig zu. „Also kein Einbruch."

Mit Blick zu ihr ergänzte er: „Dann muss sie den Täter ..." „Oder die Täterin", fuhr ihm die junge Kommissarin mit dem sehr kurz geschnittenen, schwarzen Haar schmunzelnd in die Parade. „Okay", brummte er und fuhr fort. „..... gekannt und rein gelassen haben."

Er liebte sein einziges Kind und war mächtig stolz; aber seine Tochter blieb für ihn wohl immer sein kleines Lonilein. Außerdem kritisierte er lieber als zu loben; das war ganz und gar nicht sein Ding und geschah nur selten. Schon sein Vater war Polizist und behandelte ihn ebenso rau.

„Denke eher, ein Mann; schau dir die Würgemale am Hals an; das schafft nur einer mit sehr kräftigen Händen." Sie beschloss, vorerst zu schweigen. Was *bringt es, mit dem Starrkopf weiter zu diskutieren, sagte sie sich.*

„Weg da, Kollegen!" Zwei Männer in weißer Uniform mit einem roten Kreuz auf den Revers stürmten herein. „Kruzifix, wie sieht das denn hier aus? Wie lange liegt sie hier schon?" Noch während der Antwort „Wir sind seit zehn Minuten hier; mehr wissen wir nicht" kniete sich der vordere neben die Frau und prüfte die Halsschlagader.

„Lebt! Klaus, versorg sie. Ich hol die Trage und rede mit der Klinik." Er rannte zurück in Richtung Ausgang. „Langsam, langsam mit den jungen Pferden!", rügte ihn eine weitere, äußerst unfreundlich klingende Stimme lautstark. „Müssen Sie Tölpel mich umrennen?!"

Der Kommissar verdrehte die Augen und brummte: „Achtung, unser Hamburger!" Er sprach das letzte Wort mit deutlich amerikanischem Akzent aus; so, als würde er ein aufgeschnittenes Brötchen mit Hackfleisch, Ketschup und Gurken bestellen.

„Hallo, Doktor Doktor Hansen! Jungs, zur Seite, der Herr Spurensucher ist da." Er mochte ihn nicht - was auf Gegenseitigkeit beruhte.

„Ihre unsachlichen Äußerungen heben Sie sich doch besser für Ihre kulturellen Zusammenkünfte im Hofbräuhaus auf, ja!", fuhr er ihn an und ließ seinen Spott deutlich durchklingen. „Also etwas mehr Ernst, wenn ich bitten darf! Wir sind hier ja nicht auf eine Mass Bier zusammen gekommen."

Ohne Retourkutsche blieb das jedoch nicht. „Dann sagen Sie uns mal etwas Sachliches zum Tatzeitpunkt, Herr Doppeldoktor."

Hansen ignorierte seine Frage. Stattdessen nahm er ein silbernes Skalpell aus der einen sowie sein Diktiergerät aus der anderen Jackentasche. Mit einem herrischen „Darf ich mal!" schob er seine Rechte von der Seite zwischen den Kopf der Frau und den Sanitäter, der versuchte, sie mit Mund zu Mund - Beatmung wach zu bekommen.

Behutsam hob der Kriminaltechniker die rot getränkte Haarsträhne an und protokollierte in sein Diktiergerät: „Opfer weiblich, etwa fünfundvierzig. Ohnmächtig; Reanimierung im Gang. Blutung am Kopf gestillt. Blutlache daneben. Deutliche Schlageinwirkung rechte Schläfe; scharfkantige Wunde, Länge circa fünf Zentimeter."

Seine behandschuhte, flache Hand hob den Kopf leicht an. „Tiefe Schürfwunde seitlicher Hinterkopf rechts." Sein Blick tastete den Arm ab. „Schlag wohl mit linkem Unterarm abgewehrt. Spitzer Knochenaustritt durch die Haut; Elle dürfte gebrochen sein. Blut geronnen. Kehlkopf stark deformiert. Quetschspuren um den gesamten Hals herum; vermutlich Ausübung äußerst starken Drucks."

Er erhob sich und raunzte seine nun neben ihm stehende Laborassistentin barsch an. „Statt hier blöde den Zuschauer zu spielen, könnte das Fräulein Slomka ja schon lange den Tatort fotografiert haben!" Leidenschaftslos setzte er sein Diktat fort.

Die Gerügte begann sofort damit, alles fotografisch festzuhalten. Sie hatte Angst vor ihrem Chef; wegen der Probezeit. Sie brauchte den Job dringend. Alleinerziehend; der Kindesvater zahlt nur unregelmäßig.

„Mach dir nichts draus, Heidemarie!", flüsterte Erich ihr zu. „Er ist halt ein …." Das Wort, das er sagen wollte, verkniff er sich; sie verstand ihn dennoch und schnaufte. Er mochte sie; sehr sogar. Sie hielt ihn aber auf Abstand; er war verheiratet.

„Papa!" Der Kommissar drehte sich um. „Komm mal. Ich hab hier Frau Rudlischek. Sie hatte uns angerufen." „Bin schon da."

Im Flur stand eine etwa sechzigjährige, weinende Frau in einer blau-weiß gemusterten Kittelschürze. „Sie sind Frau Rudilek. Haben Sie die Frau dort entdeckt?" Sie nickte. „Rudlischek, Swetlana. Bin ich die Haushälterin von Frau Greg - … äh, ich meine, Frau Sommerfeld."

„Ja, was jetzt?", hakte er ungeduldig nach. „Sarah ist erst seit Kurzem Witwe. Hat sie ihren Mädchennamen wieder genommen." Die Frau wischte sich mit dem Ärmel das Nass von den Wangen. Als sie weiter redete, liefen jedoch sofort neue Tränen das Gesicht hinunter. „Und bald heiraten sie wollte. Wie schreck …." Weiter kam sie nicht; ihre Hände pressten sich über ihre bebenden Lippen.

„So, so! Kaum ist der Mann unter der Erde und schon wieder vor den Altar treten; so geht das also heute! Wer ist denn der Auserwählte, bitteschön?"

„Papa!" Seine Tochter stampfte den Fuß auf den Boden. Du immer mit deinen Moralpredigten, hätte sie ihm am liebsten an den Kopf geworfen. „Lass mich mal weiter machen; von Frau zu Frau geht das, glaub ich, besser." Er brummte etwas in seinen Bart - einen, den weder Loni noch seine Frau an ihm mochten.

„Also, liebe Frau Rudlischek; die Überfallene heißt somit Sarah Sommerfeld." Sie schrieb den Namen in ihr kleines Notizbuch. „Und wen möchte sie ..., also wollte sie ..., ich meine, wird sie heiraten?" „Herrn Klug." „Vorname?" Sie zuckte mit den Schultern. „Weiß genau nicht." „Frau Sommerfeld duzen Sie; warum wissen Sie dann ...?"

„Macht ihr mal Platz?!" Es war der Notarzt mit der Trage, der sie unterbrach. „Ist sie wieder da?" „Keine Chance; ihr Atem ist total schwach." „Klaus, wir bringen sie in die Bogenhausener Klinik." „Okay! Josef, nimm sie unter den Schultern; ich heb sie an den Schenkeln hoch. Aber vorsichtig! Eins, zwei, hopp!"

„Na dann ab in die Intensiv. Peter wartet schon." „Wow! Der Chefarzt selbst." „Hab es etwas schlimmer gemacht als es mir vorhin vorkam." Klaus schüttelte den Kopf. „Ihr Zustand ist echt bedenklich!" Die zwei verließen mit dem auf der Trage liegenden Opfer das Haus.

„Frau Sommerfeld ...", fuhr die Kommissarin fort, während der Blick der Haushälterin der schwer Verletzten folgte, „... duzen Sie also, aber den Vornamen ihres Verlobten kennen Sie nicht?" Die Frau in der Schürze fasste sich ans Kinn und überlegte. „Glaube ich Sarah gesagt hat Axel. Oder ...." Ihre Stirn legte sich in Falten. „Nein, nein; Alex; vielleicht. Ja, ja! So der Mann heißen; Alex; Alex Klug."

„Wohnt er hier?" Sie nickte. „Ist er aber in Berlin bei wichtig Mandant, ich glaube."

„Wäre besser zu Hause bei ihr geblieben; dann wäre das da nicht passiert", mischte sich Kommissar Bachmaier ein. Statt seinen Einwurf zu beachten, schob ihn seine genervte Tochter ein wenig zur Seite. „Sie ist Witwe, sagten Sie. Wie heißt denn der verstorbene Ehemann?" „Gregorius, Robert." Sie notierte auch das.

„München?" Sie schüttelte den Kopf. „Neuseeland." „Bitte?" Sie nickte. „Ja, waren sie beide dort." „Urlaub?" „Nein. Richtig. Nicht lange aber. Passieren schlimme Sachen." Mehr wollte sie nicht sagen. Ihre Loyalität verbot es ihr, mehr Details preiszugeben, ohne dazu Sarahs Erlaubnis zu haben.

„Na, Privatkram interessiert aber jetzt wirklich niemand, Lonilein!" Er schaute die beiden gestresst an.

„Papa!" Sie drehte sich zu ihm um. Ihr scharfer Blick traf ihn hart. Immer musste er sich in ihre Arbeit einmischen! Dieses Mal ließ er sich aber nicht auf sie ein und fragte streng: „Erstens - wie sind Sie in das Haus gekommen, Frau Rudilek? Zweitens - wo wohnen Sie?"

Er musste Luft holen; Asthma. „Drittens - wann haben Sie das Opfer das letzte Mal gesehen; ich meine, unversehrt? Viertens - was fehlt in der Wohnung? Ich brauche von Ihnen eine Liste des Diebesguts. Und fünftens - wieso ...?"

Ein lautes „Chef, kommen Sie mal!" unterbrach seinen Redeschwall - zu Lonis Erleichterung! „Frau Slomka hat was gefunden."

Ungern folgte er dem Ruf nicht gerade; die ewigen Rangeleien mit seiner Tochter gingen ihm auf die Nerven - trotz aller Liebe zu ihr. Warum wollte sie einfach nicht akzeptieren, dass er mit seiner Erfahrung sowieso alles besser beherrschte?!

„Was gibt´s, Hammer?", fragte er, als er neben dem Polizisten stand. „Heidemarie!" Er wies mit ausgestrecktem Arm auf die am Boden kniende Assistentin. „Und?" „Eine Brosche mit Brillis drauf. Hat sie im Kampf wohl abgerissen bekommen."

Noch bevor er es sich genauer anschauen konnte, kam im Befehlston von hinten: „Eintüten, Slomka. Das ist unser Fund." Sie gehorchte prompt - und Bachmaier kochte innerlich. Elender Wichtigtuer, wollte er erbost rufen!

„Darf ich sagen Ihnen mal was, Frau Kommissar ..., äh, wie war Name Ihr?" Verwundert schaute sie die Haushälterin an. „Sind sie viel netter als Vater. Streng Mann und Gesicht immer bös. Komme ich vor mit ihm wie was angestellt."

Loni war nicht nur überrascht, sondern auch hin- und her gerissen zwischen einer freimütigen Zustimmung zur Beschwerde dieser Frau und ihrer Integrität dem Mann ihrer Mutter gegenüber - auch wenn er nicht ihr leiblicher Vater war.

Statt einer Antwort rettete sie sich in eine Entschuldigung. „Oh, verzeihen Sie, Frau Rudlischek. Ich habe mich vorhin gar nicht vorgestellt. Kommissarin Loni Maierhuber. Nun, was muss ich noch von Ihnen wissen?" Sie überlegte kurz.

„Wohnen Sie hier im Haus Sommerfeld?" „Nein; oder ja eigentlich. In Wohnung Einlieger in Keller unten; aber mit Eingang eigene. Nur Treppe zwischen uns. Schnell bin ich oben, wenn ruft Sarah mich." „Dann haben Sie sicher einen Schlüssel zu Sommerfelds." „Natürlich!" Stolz klang aus diesem Wort heraus. „Habe ich ja schon für Eltern gearbeitet. Aber in richtige Villa mit Park. In meine Heimat keine so schöne

Haus. Bin ich aus Dorf kleine in Romania. Als komme ich viele Jahre vorher, großes Ehre, hier in Deutschland arbeiten dürfen."

„Donnerwetter! Da gehören Sie ja richtig zur Familie." Ihr Nicken war noch stolzer. „Aber jetzt .... Nein, ich erleben muss das! Sarah tot. Furchterbar!", schluchzte sie und griff sich an die Brust. „Aber nein! Sie lebt doch. Ist nur noch nicht bei Bewusstsein, liebe Frau Rudlischek." „Wirklich?" „Ja doch!" Hoffentlich überlebt sie es auch, dachte sie besorgt bei sich.

„Und warum sind Sie an diesem Abend in Frau Sommerfelds Wohnung gegangen?" „Höre ich Geräusche komische. Bin ich raus und gerufen von unten ´Hallo, Frau Sommerfeld, ist was?` Gelauscht ich dann. Aber nichts. Macht mich Angst. Dann Haustüre laut zuschlagen. Sarah macht nie laut zu!"

„Und dann?" „Gehe ich rasch hoch. Türe Wohnung halb offen. Habe ich erst klopfen; bin ich rein vorsichtig. Im Wohnzimmer ich sehe dann ...." Ihre Stimme erstickte; sie hielt beide Hände über ihr Gesicht.

„Ich schätze, liebe Frau Rudlischek", beruhigte sie die erschütterte Frau, „damit haben Sie die Täterin gestört und Ihrer Chefin das Leben gerettet." Zunächst wenigstens, wendete ihr Verstand wortlos ein.

Die Frau ließ die Arme sinken. „Heiliges Maria!"

„Ja, da waren Sie der rettende Engel." Sie überlegte kurz. „Gut! Wenn wir noch Fragen haben, dann werden wir uns melden. Sie dürfen nun wieder nach unten gehen." „Aber sagen Sie mich, wie Sarah es geht, ja?" „Natürlich - sobald wir etwas wissen. Gute Nacht!" „Gute Nacht, Frau Kommissar!"

Kapitel 2

Zwei Wochen zuvor

„Das war sehr schön!" Sarah saß noch immer mit gespreizten Beinen auf ihm. Beglückt betrachtete sie den muskulösen Oberkörper unter ihr. Ihre Fingernägel hatten deutliche Spuren ihrer Lust auf ihm hinterlassen. Außer Atem rollte sie sich auf die Matratze.

„Musst du heute wirklich nach Hamburg?" Sie schmiegte sich eng an ihn. „Was soll ich denn zwei lange Nächte ohne dich machen? Ich werde in dem großen Bett vor Einsamkeit kein Auge zutun können."

Ohne zu antworten stützte Alex sich auf den linken Ellbogen und ließ seinen Blick über ihren nackten Körper gleiten. „Wie hübsch du bist! Wenn ich daran denke, wie viele Jahre ich mich danach sehnte, dich so ansehen zu können, dann ...."

Er spürte ihren Zeigefinger auf seinen Lippen, noch bevor er seinen Satz beendet hatte. „Nicht, Liebster! Schau nicht zurück. Die Vergangenheit ist vorbei. Nichts daraus können wir zurückholen. Allein das Heute und das Morgen soll unser Leben bestimmen, ja?!"

Er atmete tief durch. „Ach, du hast ja Recht; aber traurig ist es doch, dass du in Neuseeland erst so viel Schlimmes durchmachen musstest, bis wir zusammen finden konnten." Sie reckte ihren Kopf ein wenig nach oben und küsste ihn. Wie aus einem Mund kam gleich darauf von beiden ein tief empfundenes „Ich liebe dich so sehr!"

Er nahm ihre Frage von soeben auf. „Komm doch einfach mit." Ihre Hand fuhr liebevoll durch sein fülliges Haar. „Du weißt ja, warum es beim besten Willen nicht geht. Oder meinst du, ich würde dich sonst alleine zu der Tagung fliegen lassen? Gewiss nicht, bei den vielen attraktiven Damen, die dort sicher nur darauf warten, mir so einen Prachtkerl wie dich wegzuschnappen."

„Sarah, Liebes, denke so etwas bitte nie. Das kann nicht passieren! Ich gehöre dir allein! Keine andere wird jemals eine Chance gegen dich haben."

Schließlich heiße ich ja nicht Robert, hätte er am liebsten gesagt, um seiner Versicherung noch mehr Aussagekraft zu geben. Doch diesen Namen in Sarahs Gegenwart zu nennen wollte er ihr ganz bestimmt nicht antun!

„Weiß ich doch, mein Herz." Zärtlich strich sie ihm über die Wange. „Trotzdem!", fuhr sie verstimmt fort. „Wie gerne würde ich für die zwei Tage nach Hamburg mitkommen. Aber ...."

„Ja, ja", murrte er, „ich weiß, dass dein geliebter Schriftsteller Mister Francis Spring gestern extra mit dem Flieger aus Neuseeland gekommen ist, um mit dir im Verlag ...." Erneut spürte er einen Druck auf seinen Lippen. Dieses Mal war es aber nicht nur ihr Finger, sondern ihre ganze Hand.

„Das will ich so nicht hören, Herr Klug; verstanden?!" War ihr es ernst, pflegte sie ihn mit Nachnamen anzusprechen. „Francis ist nicht mein geliebter Mister Spring. Was zwischen uns war, hat keinerlei Bedeutung mehr. Du weißt sehr genau, warum das mit ihm damals passiert ist."

Er zog den Arm unter dem Kopf weg und ließ sich auf den Rücken fallen. „Es macht mir dennoch was aus, Frau Sommerfeld“, gab er trotzig zurück - und ärgerte sich gleichzeitig darüber, dass er seine Eifersucht auf diesen Typen noch immer nicht besiegt hatte; und das, obwohl sie sich für ihn entschieden hatte, und sie beide kurz vor der Heirat standen.

„Sei nicht böse, Liebster. Ich versteh dich ja; aber Francis ist heute nur noch ein guter Freund. Dass er mir damals etwas bedeutete, hat eigentlich nur mit meinen tragischen Erlebnissen in Neuseeland zu tun. Ich war in ihn verliebt; aber wahre Liebe fühlt sich anders an.“ Sie schaute Alex liebevoll an.

„Außerdem – dass er nach den Mordprozessen in Auckland einen Kriminalroman über mich geschrieben hat, ist doch auch nicht schlecht, oder?“

„Ja klar“, brummte er versöhnlich und fügte hinzu: „Der Hammer ist dabei, dass der Krimi später ins Deutsche übersetzt wurde und jetzt sogar als Hörbuch erscheinen soll.“

„Siehst du, mein Süßer! Ausschließlich zu diesem Zweck bin ich mit ihm morgen im Verlagsstudio. Wir wollten doch beide persönlich anwesend sein, wenn die Sprecher den Romantext aufnehmen. Ist sicher aufregend mitzuerleben, wie so etwas gemacht wird!“

„Aber da ist ja noch etwas anderes.“ Sie horchte auf.

„Der Roman selbst sei ja auch sehr wichtig für dich, meinte neulich Frau Doktor Vogelsang zu mir, als ich dich zur Therapie begleitete. Er könne dir vermutlich helfen, alles Schlimme besser zu verarbeiten. Mein

Gott, was du dort in Neuseeland durchgemacht hast! Du glaubst gar nicht, wie dankbar ich damals war, als ich hörte, dass du überlebtest. Nur schlimm, dass dir diese hasserfüllte Frau noch immer in deinen Träumen erscheint!"

„Ja", meinte sie und fühlte sich dabei in die schlimme Zeit zurück versetzt, als sie viele Wochen in Auckland auf der Intensivstation lag und mit dem Tod rang.

„Das Schrecklichste dabei war für mich, am eigenen Leib erfahren zu müssen, Opfer eines derart perfiden, falschen Spiels geworden zu sein. Nie hätte ich gedacht, dass Menschen so hinterlistig sein können."

Er richtete sich auf und schaute ihr tief in die Augen. Wenn du deine Gutgläubigkeit tatsächlich mit dem Leben bezahlt hättest, wäre ich wohl selbst zum Mörder geworden, um deinen Tod zu rächen. Ja, das wäre ich! Wie schrecklich, dachte er weiter, dass Menschen dazu gebracht werden können, anderen nach deren Leben zu trachten; aus welchen Gründen auch immer.

Er sah hinüber zum Wecker auf dem Nachttischschränkchen. „Oh weh! Es ist schon gleich halb zehn. Wir müssen aufstehen." „Na klar; sonst kommst du noch zu spät zum Franz-Josef-Strauß", stimmte sie ihm zu. Er lachte; natürlich meinte sie den Münchner Flughafen.

„Das kommt eben davon, dass wir uns nach dem Aufwachen so lange miteinander beschäftigen müssen." Sein Grinsen hätte nicht breiter sein können.

Sie verstand, worauf er anspielte. „Ist aber doch so wunderschön mit dir, du mein toller Liebhaber." Wie schlecht, kam ihr dabei in den Sinn, war Robert doch im Bett gewesen! Und, das musste sie sich gleichzeitig eingestehen, wie verklemmt war sie selbst in jenen Ehejahren noch, bevor Francis ihr beibrachte, welche Lust eine Frau beim erotischen Sex haben kann.

Sie erinnerte sich. ′Das Kamasutra`, hatte er stets danach gesagt, ′kennt noch weitere Liebeskünste; die werde ich dir das nächste Mal zeigen`. Ein wohliger Schauer lief über ihren Rücken. Francis, du bist ein toller Mann! Noch bevor sie ins Schwärmen abglitt, rügte ihre innere Stimme sie, sodass sie sich darauf besann, neben wem sie gerade lag.

Als beide sich zwei Stunden später am Airport voneinander verabschiedeten, hatte sie Tränen in den Augen. „Sei nicht traurig, mein Herz. Ich bin schneller wieder zurück, als es dir lieb ist - jetzt, da du im Verlag deinen lieben Francis wieder siehst."

Hart traf ihr Ellbogen seine Rippe. „Au!" „Damit du mich nicht vergisst - und als kleine Strafe dafür, dass du so ein blödes Zeug redest."

Dann küsste sie ihn ein letztes Mal, startete den Wagen und fuhr kurz hupend in Richtung Verlag davon. Sie spürte Traurigkeit in sich; jede Stunde, in der sie nicht mit Alex zusammen sein konnte, tat ihr weh. Zu lange hatte es in ihrem Leben gedauert, bis sie endlich zu ihm fand.

Umso verwunderter war sie noch immer über das, was sie seit Stunden mit Gewalt zu verdrängen versuchte. Vorhin im Bett trat Francis - kurzen Lichtblicken gleich - mehrfach in ihr Bewusstsein. Was sollten diese Empfindungen noch?

„Warum gehst du mir nicht aus dem Sinn? Das mit uns ist doch definitiv abgeschlossen!", murmelte sie.

Ist es nur die Vorfreude darauf, grübelte sie weiter, Francis gleich wiederzusehen?

Oder etwa ...?

Diesen sich ihr aufdrängenden Gedanken verbannte sie sofort aus ihrem Kopf. Ich gehöre zu Alex! Francis war dabei nur ein kleiner Pflasterstein auf dem Weg zu ihm. Merk dir das gefälligst, Sarah Sommerfeld!

Wenig später war sie im Verlagshaus angekommen.

„Ilona, drück schon mal auf den Schalter mit der Aufschrift ´Ruhe! Aufnahme`.“ Die Auszubildende suchte kurz die riesige Tastatur am Reglerpult ab und tat dann, was ihr Boss verlangte. „Erledigt, Klaus“, rief sie - und war dabei stolz darauf, den Aufnahmeleiter seit letzter Woche nicht mehr Herr Havenstein nennen zu müssen. Schließlich duzten sich hier alle.

„So, Leute, nach der kleinen Einführungsrede unseres geschätzten Autors geht es jetzt los. Frau Sommerfeld und er sind also die Protagonisten des autobiografischen und an einigen Stellen auch autofiktionalen Romans, den wir heute als deutsches Hörbuch aufnehmen.“ Aller Augen ruhten bei diesen Worten auf Sarah und Francis.

„Wenn ihr gleich die Aufnahme macht, seid euch damit im Klaren darüber, dass es sich bei dem Roman mit dem Titel ´Sarahs Verhängnis` um eine wahre Geschichte handelt. Ich erwarte somit größtmögliches Einfühlungsvermögen und eine leidenschaftliche Sprache. Klar?“ „Klar, Klaus!“, kam aus der Runde zurück.

„Jacob, wenn ich den Daumen hebe, dann geht das Mikro auf und du bist als erster dran. Okay?" „Okay! Ich mache das ja nicht zum ersten Mal", gab Herr Grimm verschnupft zurück. Selbst bei dieser leicht verärgerten Antwort hatte er eine äußerst wohlklingende Stimme, was Sarah schon vor einer halben Stunde bei der Begrüßung angenehm aufgefallen war.

Ja, hatte sie dabei gedacht, er wird den Roman ebenso perfekt vorlesen können wie die anderen drei. Ihnen war sie zuerst vorgestellt worden.

„Wenn Jacob das erste Kapitel gelesen hat", setzte Klaus seine letzte Anweisung fort, „geht es nahtlos mit dir weiter." Er deutete auf Maria. „Danach mit Ludwig und .... Hallo, Katharina! Würde die Russische Kaiserin uns freundlicherweise auch die Ehre ihrer Aufmerksamkeit geben, ja?!" Er foppte sie gerne ihres Namens wegen, und weil sie am liebsten die russischen Schriftsteller Dostojewski und Tolstoi las.

Sofort beendete sie ihre Unterhaltung mit Ilona. „Tschuldigung!" Er schenkte ihr ein herzliches Lächeln; er mochte sie; weit mehr, als es seiner Mechtild Recht war. „Also, du bist die vierte im Bunde; und danach geht´s von vorne los. Auf diese Weise schaffen wir den gesamten Text locker bis um vier. Einverstanden?"

Alle vier nickten. „So, und ihr beiden seid jetzt bitte auch still. Erzählen könnt ihr, wenn wir fertig sind." Er lachte. Seine freundliche Rüge galt Francis und Sarah, die sich natürlich eine ganze Menge zu berichten hatten. „Sind ja schon still."

Sarah saß neben ihrem lieben Freund. Jetzt würde es losgehen. Sofort wuchs ihre innere Anspannung.

Intuitiv griff sie nach dessen auf der Armlehne liegenden Hand und drückte sie kurz, bevor sie beide in ihren Schoß gleiten ließ. Nun würden sie das zu hören bekommen, was sie vor gut einem Jahr in Neuseeland als das Schrecklichste erleben mussten, das ihnen jemals im Leben widerfahren war.

„Jacob!" Havensteins Daumen ging hoch; Herr Grimm als erster Vorleser konzentrierte sich. Rasch überflog er die Überschrift seines Manuskripts:

Sarahs Verhängnis - Eine wahre Geschichte.

Mit ruhiger, tiefer Stimme sprach er in sein Mikrofon. Der Roman begann.

Kapitel 3

Sarahs Verhängnis
Eine wahre Geschichte

Gleich der Leichtigkeit eines Windhauchs berührten ihre Fingerspitzen die Tasten. Mit aufgerichtetem Oberkörper saß die grazile Frau vor ihrem Steinway auf dem Klavierhocker. Sanft huschten ihre nackten Füße über die Pedale unter ihr. Die Augen hielt sie geschlossen. Sie kannte das Stück. Wieviel hundert Mal hatte sie es schon ohne Notenblatt gespielt?! Schumanns Träumerei.

Sie liebte die Zartheit der Töne, die für sie dem Atem glichen, welcher einem leicht bebenden Brustkorb entwich, dessen nahezu unmerkliches Zittern vom Glücksgefühl tiefer Liebe stammte. Einer ewig scheinenden Liebe, die sie selbst einmal hoffnungsvoll umhüllte. Damals.

Nur ganz leise wippte ihr Kopf von der einen zur anderen Seite, stets in inniger Harmonie mit dem behutsamen Laut und zarten Leise der Melodie. Im selben Rhythmus wanderten ihre Gedanken wehmütig zu jenen ersten Tagen hinüber. Sie spürte dabei, wie sich ein Lächeln um ihre Mundwinkel legte. „Ja", hörte sie sich seufzend murmeln, „wie glücklich ich war! Damals."

Damals, als Roberts Augen die ihren trafen, hatte sie eine wohlige Wärme überflutet, die sich so schnell in ihr ausbreitete, dass es ihr schwindelig zu werden schien. Noch nie zuvor war ihr ein Mann begegnet, der sie allein seiner Ausstrahlung wegen in der ersten

Sekunde in einer derart wundersamen Weise berühr-
te.

Nur fast noch nie, korrigierte ihr Gedächtnis sie. Bis
auf Alex nämlich. Der kam ihr emotional so nahe, dass
sie tatsächlich Gefahr lief, sich ihm viel zu früh hinzugeben; ganz im Widerspruch zu ihrer konservativen
Erziehung; die der Eltern ebenso wie jene jahrelange
in der Klosterschule.

„Alex" - ganz sachte kam ihr sein Name über die Lippen. Ihre Erinnerung führte sie in die Zeit, als jener
Jurastudent sie nach einem Konzertabend das erste
Mal küsste. Ihr lief ein Schauer über den Rücken und
sie geriet beim Spielen beinahe aus dem Takt.

Sie fühlte, dass es ihr noch immer etwas ausmachte,
kaum drei Monate später mit ihm Schluss gemacht zu
haben. Ihr bevorstehendes Examen hatte für sie absoluten Vorrang gehabt. Da gab es weder Zeit noch Mu-
ße für tiefer gehende Gefühle.

Sarah rechnete kurz und murmelte dann versonnen:
„Da war ich gerade mal dreiundzwanzig. Wie die Zeit
vergeht!" Ob er, überlegte sie, mit mir glücklicher als
mit ihr geworden wäre?

Langsam und bedächtig sog sie Luft durch die Nase
ein und atmete dann seufzend aus, während ihre flin-
ken Finger der Klaviatur die Tonfolgen des Musik-
stücks entlockten.

„Alex, ich war so unendlich verliebt in dich. Aber es
ging einfach nicht, verstehst du?", sprach sie, als säße
er neben ihr.

Erst jetzt merkte sie, wie sich ihr soeben lediglich ge-
danklicher Rückblick in die Vergangenheit in laut

ausgesprochene Worte verwandelt hatte; in ihrer Fantasie redete sie mit ihrer ersten großen Liebe - so, wie es immer wieder geschah; selbst in ihren Träumen; und das nach so langer Zeit noch immer!

„Na, wenigstens habe ich dich nie aus den Augen verlieren müssen", flüsterte sie. Eines aber hatte ihr bei solchen Treffen stets Sorgen bereitet. Kamen sie, meist zu viert, zusammen, hoffte sie jedes Mal inständig, seine Frau möge nicht einen der Blicke auffangen, die Alex ihr zuwarf. „Ach Alex, lieber Alex, hätte ich damals nur ...."

Rasch verscheuchte sie ihre gefühlvollen Gedanken an ihn. „Einerlei! Ich bin Roberts Frau geworden und das war richtig so!"

Erst jetzt öffnete Sarah die Augen. Nein, schließlich wollte und durfte sie damals keine feste Bindung zu Alex eingehen. Auch nicht zu anderen Männern. Klar - sie hatte genügend Verehrer, war sie doch eine sehr schöne Frau.

Wenn sie heutzutage mit einem selbstzufriedenen Lächeln in den Spiegel schaute, war sie noch immer sehr von ihrem Äußeren angetan. Selbst Lisa bestätigte ihr das - wenn auch mit einer nicht überhörbaren Portion Neid.

Aber was nutzte ihr das heute, hatte sie gerade neulich ihre beste Freundin aus München wieder am Telefon gefragt. Nichts! Robert machte ihr schon lange keine Komplimente mehr. Und damals, als Alex sie haben wollte, half ihr das gute Aussehen ebenfalls nichts.

Ihr damaliges Verhältnis mit Alex verriet sie Lisa natürlich nie; ganz sicher nicht! Schließlich war sie seine Frau geworden.

Sie schnaufte. „Wie dumm ich war! Allein in meine berufliche Karriere steckte ich all meine Energie und Aufmerksamkeit; nichts anderes zählte wirklich."

Doch ihre Ausbildung war nicht der einzige Grund. Es gab jenen weit schwerwiegenderen dafür, beim sich Verlieben sehr vorsichtig zu sein. Den hatte Mutter ihr schon früh täglich auf´s Butterbrot geschmiert.

´Tochter`, hatte sie ihr - und das manchmal sogar mit verheulten Augen - dringend geraten, ´lass dich nur auf den Mann ein, bei dem beide zustimmen: Dein Herz und dein Kopf.` Wie deutlich Mutters Stimme in diesem Moment in ihre Erinnerung trat!

´Trägst du erst einmal den gesegneten Ring am Finger, dann gibt es vor Gott nur noch eines: Bis dass der Tod euch scheidet. Einerlei, wie sich später dein Ehemann dir gegenüber verhält. Merk dir das, Kind!`.

Betroffen stellte sie fest, in welchem Maß die elterliche Prägung ihr gesamtes bisheriges Leben beeinflusste. Wäre sie ansonsten noch immer mit Robert verheiratet, obwohl sie seit langem so unglücklich mit ihm war?! „Ach, Mutter!", entwich es ihr traurig.

Rasch zwang sie sich, etwas Schöneres aus ihrem Gedächtnis aufzurufen. Während des Klavierspielens gelang ihr das Träumen von schönen Dingen am besten. Um das Schlechte mit ihm zu vertreiben, besann sie sich wieder auf die wunderschöne erste Begegnung mit Robert.

Als sie ihren achtundzwanzigsten Geburtstag und gleichzeitig - dies schon nach nur fünf Jahren am Konservatorium - ihre Beförderung zur stellvertretenden Musikleiterin feierte, spürte sie beim Tanzen plötzlich einen Blick auf ihr ruhen. Als sie sich umschaute, sah sie ihn.

Noch am selben Abend waren Mutters Ratschläge wie weggeblasen. Kaum drei Monate später stand sie im weißen Brautkleid neben diesem Mann vor dem Altar. Wie fest sie bei ihrem lauten ´Ja, ich will` davon überzeugt war, in Robert Gregorius denjenigen gefunden zu haben, der sie ein Leben lang auf Händen tragen würde! Damals. „Was ist nur daraus geworden?!“, sprach sie traurig.

Plötzlich drang durch das halb offen stehende Fenster ein hässliches Kreischen ins Zimmer, das sie jäh aus ihrer Erinnerung riss. „Haut ab!“, schrie sie erbost. „Macht ihr euch schon wieder über die Scheibenwischergummis her, ihr verdammten Viecher.“

Wütend spannte sie die Finger an und schlug mit beiden flachen Händen auf die Klaviertasten. Wieder und wieder. Seit sie hierher gezogen waren, hatten die aggressiven Keas schon all das am Jeep angefressen, was nicht niet- und nagelfest war.

Wie sehr sie diese großen Papageivögel hasste! Und dieses Auckland erst Recht! „Wohin hast du mich da gelockt, Robert?! Niemals hätte ich nach Neuseeland mitkommen dürfen! Niemals!“

Wie hatte sie sich nur darauf einlassen können, die elterliche Villa in München zu verkaufen und mit ihm hierher zu ziehen?!

Doch musste sie ihm als seine Ehefrau nicht folgen? Galten Pastor Johannes Pauls Worte von den guten und den schlechten Zeiten wirklich noch? Gab es nach mittlerweile dreiundzwanzig Ehejahren denn überhaupt noch gute Zeiten?

Ein wütendes Schnauben verließ ihre Brust. „Was hast du nur aus meinem Leben gemacht, Robert?!"

Ihre Ellbogen mit Schwung auf die Reihe der schmalen Tasten stützend landete ihr Gesicht schwer in ihren Händen. Das Nass ihrer Tränen rann ihre unbedeckten Unterarme entlang und landete zwischen dem sich wiederholenden schmalen Schwarz und breiteren Weiß des Klaviers.

„Wie konntest du mir das antun?", drang es verzweifelt aus ihrem Mund. „Wieder und wieder gehst du fremd; dieses Mal mit dieser ...." Sie brach ihren Satz ab. Niemals mehr, hatte sie sich geschworen, würde ihr der Name jener verhassten Person, die ihre Ehe so sehr ins Wanken brachte, über die Lippen kommen.

Erneut schallte das Geschrei der Keas zu ihr ins Wohnzimmer. Energisch erhob sie sich und rannte zum Fenster. Heftig in die Hände klatschend schrie sie: „Verschwindet!" und versuchte damit, die zerzausten, rot-grün gefiederten Viecher mit dem starken Krummschnabel zu verjagen. Wärt ihr nur in den Bergen des Südens geblieben, statt auch uns hier auf der Nordinsel zu drangsalieren.

Deren daraufhin für einige Sekunden noch lauter werdendes, hektisches Kreischen verstummte mit einem Mal, als sich der Größte der Keas auf das Wagendach schwang und sie mit starrem und bedrohlich wirkendem Blick fixierte.

Der lang anhaltende, gellende Schrei, den er gleich darauf ausstieß, erschreckte Sarah. Er kam ihr wie eine Prophezeiung, ja sogar wie ein böser Fluch vor. Einem Echo gleich schien der hochgewachsene Vogel ihr entgegenzuschreien: ′Verschwinde du! Verschwinde du! Verschwinde aus unserem Land. So schnell du kannst, sonst wirst du hier bald sterben!`

Intuitiv legte sich ihre Rechte auf den Mund. Ihr Gesicht fühlte sich blass und blutleer an. Für eine Sekunde spürte sie Angst in sich aufkommen. Sarah schüttelte sich. „Was war das denn?" murmelte sie. „Reiß dich zusammen! Das ist doch nur ein nervender Bergpapagei."

Sollte ich das vielleicht wirklich tun, war ihr nächster Gedanke? Nicht, weil du blöder Vogel es sagst. Gewiss nicht! Aber, weil Robert mich so belogen hat - und ich so unglücklich mit ihm bin.

Fast wäre die Glasscheibe zersprungen, so zornig schlug sie den Fensterflügel zu.

´Neuseeland ist sehr schön, Liebes`, hatte Robert beteuert. ´Lass uns dort noch einmal von neuem beginnen. Schulden wir das nicht unserer Ehe?!` Vor ihr hatte er sich dann auf die Knie fallen lassen. ´Ich weiß, ich habe eine große Dummheit begangen. Aber die Sache mit dieser Frau ist beendet. Jetzt will ich alles wieder gut machen`, hatte er ihr versprochen.

In seinen Augen lag dabei Reue und Einsicht - ein Ausdruck, dem sie Glauben schenkte. „Wie blöde war ich nur!", schimpfte sie.

Dennoch! Musste sie ihm nicht verzeihen?! Zum x-ten Mal. Sie war schließlich seine Ehefrau.

Als Robert dann noch immer vor ihr kniend fortfuhr, keimte sogar Hoffnung in ihr auf - darauf, dass er mit diesem beruflichen Neuanfang in Auckland keine Zeit mehr für Affären haben würde.

´Liebes, der Aufbau meiner eigenen Consulting-Firma ist für mich und uns beide doch eine riesige Chance. Und du hast alle Zeit der Welt, um den ganzen Tag Tennis zu spielen. Und Klavier. Deinen Flügel nehmen wir natürlich mit, koste es, was es wolle`.

Ja, auf diese Weise hatte er sie dazu überredet, ihm Glauben zu schenken. Und ja, sie hatte sich darauf eingelassen, hierher zu ziehen. Und ja, sie hatte darauf gebaut, er würde sich ändern. Leider allerdings erneut vergeblich!

´In guten und in schlechten Zeiten`, hatte auch Mutter immer wieder betont; oft blickte sie dabei auf Vaters schwarz gerahmtes Foto auf dem Büffet und streckte ihm auf eine eigenartig drohende Weise ihren Zeigefinger hin.

Gepresst drang ihr Atem durch die Nase. „Robert, wie konntest du mich so belügen, du ...?" Alles in ihr drängte sie dazu, Mistkerl zu sagen, als sie sich seiner Worte erinnerte. ´Aber Sarah`, hatte er kurz nach ihrem Umzug nach Neuseeland - fast einem Vorwurf gleich - zu ihr gesprochen, ´das mit Frau de Clerk hat doch nichts mit uns zu tun. Du allein bist die Frau, die ich liebe`.

Wütend brach aus ihr heraus: „Ist es Liebe, wenn du mir in München versicherst, du hättest mit ihr Schluss gemacht, obwohl du sie dann doch mit hierher ...." Sie presste ihre flache Hand auf ihren Mund, um nichts Schlimmeres zu sagen. Doch ihr Zorn gewann die Überhand. „Du dreckiger Lügner!"

Erbost erhob sie die Faust nach oben - und spürte den Schmerz, als sich ihre Fingernägel in den Handballen bohrten. Wie dumm sie gewesen war, ihm erneut zu verzeihen und sich auch noch auf diesen idiotischen

Umzug einzulassen. Nun saß sie hier in diesem verdammten Häuschen am Rand einer ihr völlig fremden Stadt in einem noch fremderen Land 18.160 Kilometer Luftlinie weit weg von ihrem geliebten München.

Schon fast sieben Monate lang kam Robert nur noch sporadisch zu ihr. Jedes Mal ertrug sie den Duft dieses Frauenparfüms auf seiner nackten Haut. Sie schüttelte den Kopf. Warum nur ließ sie das immer wieder zu und gewährte ihm das, weswegen er gekommen war?

War es die Hoffnung, ihn auf diese Weise zurück zu gewinnen? Oder vielleicht das Glücksgefühl darüber, dass er endlich mit ihr schlief? Selten genug erlebte sie, wie gut es tat, ihn in sich zu spüren. Ihr Liebesleben war ja schon einige Jahre nach der Hochzeit eingeschlafen.

„Haha!", lachte Sarah sarkastisch. Es war doch Robert, der regelmäßig einschlief, bevor sie überhaupt Anstalten machen konnte, sich an ihn zu schmiegen. Nur dann, wenn eine seiner Weibergeschichten zu Ende ging, wollte er andauernd; so lange, bis ....

´Glaub ihm nicht, Sarah. Lass dich scheiden!`, hatte Lisa ihr geraten. Eindringlich und mit einem derart eigenartigen Unterton, dass sie misstrauisch geworden war. Hatte er mit ihr etwa auch ...? „Du Dreckskerl!" Mit aller Wucht stampfte sie auf - und schrie vor Schmerz; sie hatte vergessen, dass sie barfuß war.

Eine Scheidung? Unvorstellbar für sie! Nicht einmal zur Rede gestellt hatte sie ihn; nach keiner seiner Affären. Allerdings nur bis zu jenem Tag, als Lisa ihr die Fotos zeigte.

Vor etwa einem dreiviertel Jahr, als sie noch in München wohnten. Da konnte sie den wahren Zustand ihrer Ehe nicht mehr verbergen. Wenigstens vor ihrer Freundin nicht. ´Das kannst und wirst du dir nicht gefallen lassen, Sarah!`, hatte sie geschimpft.

All ihre Gegenargumente ließ Lisa nicht gelten und ließ nicht locker. Nach einer Stunde des Streitens drohte sie sogar, die Fotos von ihm und dieser fast nackten Blonden in den Isar-Auen überall herumzuzeigen, würde sie Robert nicht noch am selben Abend die Pistole auf die Brust setzen.

´Sarah, droh ihm mit der Scheidung, wenn er dir nicht verspricht, die Sache mit ihr zu beenden. Sieh es doch mal realistisch! Damit triffst du ihn an seiner Achillesferse. Was ist er denn ohne dein Geld? Ein Nichts. Von dem vergleichsweise Wenigen, das er verdient, kann er seinen ... `- laut gelacht hatte sie dabei - ´natürlich deinen Maserati und deinen Roadster doch gar nicht halten. Auch seine Golfurlaube in Dubai und die vielen Rolex-Uhren kann er dann vergessen - und die jungen Dinger nicht mehr damit beeindrucken.

Ich weiß genau, wie er seine Verführungskünste dazu einsetzt, ...`. Lisa hatte ihren Satz nicht beendet. Sarah ahnte aber sofort, worauf sie anspielte. Näher darauf eingehen wollte sie jedoch nicht. Wie sehr es sie geschmerzt hätte, wäre er auch mit ihr ins ...!

Sarah erinnerte sich weiter an jene hitzige Unterhaltung. ´Oder willst du mir wirklich erzählen, dass du mit Robert glücklich bist, he?` ´Aber`, hatte sie selbst sich zu wehren versucht, ohne auf Lisas Frage einzugehen, ´bei einer Scheidung bekommt er doch die Hälfte´.

´Eben nicht, sagt Alex! Dein riesiges Vermögen hast du von deinen Eltern geerbt. Das fällt, hat er mir erklärt, nicht in diesen ... äh ... Zugewinn; der ist das, was auszugleichen wäre, sagt er`. ´Naja, als Anwalt wird dein Mann es ja wissen`, hatte sie geantwortet. ´Na also, dann hör gefälligst auf mich!`

Mit welchem Eifer, wunderte Sarah sich nun wieder einmal, riet ihr die Freundin seitdem zur Scheidung?! Letzten Endes hatte sie aber wohl irgendwie Recht damit.

„Du bist so blöd gewesen, Frau Gregorius! So blöd!", beschimpfte sie sich jetzt lauthals. Die Quittung hast du nun bekommen, fuhr sie wortlos fort. Sitzt mutterseelenallein hier in Aucklands Vorort Mission Bay am Strand und wartest trotz allem noch immer darauf, dass er zu dir zurückkommt.

Allein die Hoffnung, die Sache mit dieser Frau sei nicht von Dauer, tröstete sie über ihre allmorgendlichen Tränen hinweg. Das Ende war für sie nur eine Frage der Zeit. So war es doch jedes Mal gewesen, ermutigte sie sich.

Obwohl - ein Zweifel nagte an ihr. Dieses Mal war es anders; das Ganze dauerte deutlich länger. Doch schlussendlich würde wieder alles gut werden. Und natürlich würde sie ihm dann verzeihen. Erneut. Sie war doch seine Ehefrau!

Sarah seufzte. „Warum habe ich Sebastians Schmeicheleien nicht nachgegeben und es meinem lieben Mann gleich getan?" Sie hatte es sich schon ausgemalt. Der durchtrainierte und weit jüngere Münchner Tennislehrer hätte sie geküsst und Robert hätte sie dabei erwischt.

Ein ähnlich rachsüchtiger Gedanke drängte sich ihr auf. Ein ungeheuerlicher sogar. „Was, wenn ich es mit

Francis …?“, verließ ihre Lippen. Ihr Tennispartner in Auckland warf doch mindestens ein Auge auf sie! Am Montag würde sie ihn wiedersehen.

Nachdenklich runzelte sie die Stirn. Wäre das nicht die Quittung, die Robert verdiente? Dazu vielleicht auch eine lehrreiche, die ihn ändern könnte? Sie stutzte. Oh je, auf welche verruchten Ideen bringt mich Roberts Verhalten da? Stelle ich mich damit nicht mit diesem Ehebrecher auf eine Stufe?!

„Au!“ Ihre Rechte legte sich intuitiv auf die Brust, dorthin, wo sie das Stechen in der Herzgegend spürte. Sie musste sich unbedingt beruhigen! Die Ärztin hatte sie gewarnt. Sie wusste, was helfen würde.

Schon saß sie wieder auf dem Hocker. Etwas Ruhiges wäre für ihren Zustand im Augenblick sicher besser gewesen, doch das gelang ihr nicht. Mit der Wucht ihres Zorns hieben ihre Finger auf die weißen und schwarzen Tasten.

Oft schon hatte sie dieses vehemente Orgelstück in der Frauenkirche spielen dürfen. Der Küster hatte dann neben ihr gesessen und mit offenem Mund bestaunt, wie ihre Füße auf den hölzernen Stegen unter ihr hin und her tanzten. Irgendwann schrieb sie Bachs Orgelstück ´Toccata und Fuge in d-moll` dann für das Klavier um.

So hämmerte sie jetzt in ihrer Rage auf ihren Mann, auf sich selbst, eigentlich auf die ganze Welt, auf der Klaviatur herum; ja, am meisten auf sich selbst, weil sie nicht von diesem Kerl loskam! Ihr Körper fuhr dabei hektisch auf und ab, während sie ihren Kopf derart heftig bewegte, dass ihr fortwährend ihre langen Haarsträhnen ins Gesicht fielen. Doch sehen musste sie sowieso nichts; sie kannte jeden einzelnen Ton auswendig.

Kapitel 4

Während sie auf diese Weise wütend ihr Klavier traktierte, stutzte sie plötzlich. Sofort ließ sie von den Tasten ab, lauschte und nahm das Klingeln erneut wahr. Tatsächlich! Sie hatte richtig gehört. Das Telefon.

Er?

Augenblicklich schlug ihr Puls noch schneller. Schon rannte sie los und nahm den Hörer ab. „Sarah Gregorius. Robert, bist du´s? Wann kommst du? Oh, wie ich mich freue. Ich koch dir auch was Gutes.“

„Hallo Sarah. Lisa hier.“ Im Bruchteil einer Sekunde spürte sie die Blässe der Ernüchterung in ihren Wangen aufsteigen. „Du, Lisa?“

„Seid also wieder zusammen!“, schlug es ihr vorwurfsvoll entgegen. „Äh...- nein. Wieso rufst du um diese Zeit an?“, lenkte sie ab. „Bei dir ist es doch jetzt ....“ „Ein Uhr nachts. Stimmt! Dachte im Traum an dich. Schon die zweite Nacht hintereinander. Musste dich einfach anrufen!“

„Traum? Wieso träumst du von mir?“ „Vielleicht, weil du meine beste Freundin bist, he? Mach mir Sorgen um dich. Wie geht´s dir? Hast diesen Idioten wieder an dich heran gelassen?“

„Robert ist kein ....“ „Ist er doch!“ schnitt sie ihr das Wort ab. „Und?“ „Was und?“ „Hast du?“ Sarah schluckte. „Nein. Natürlich nicht“, log sie. Wie hätte sie es ihr gegenüber auch zugeben können?! „Klang aber eben ganz anders. Also!“

„Dachte doch nur, er sei es." „Aha! Willst ihm gleich was Gutes kochen? Also doch! Sag mal, was muss er dir denn noch alles antun, bis du ´s kapierst?" Sie kam in Rage und redete immer schneller - ausnahmsweise sogar in ganzen Sätzen; oft gelang ihr das nicht.

„Dein Göttergatte wird immer das bleiben, was er ist: Ein rücksichtsloses Schwein, der dich nur ausnutzt. Seine verlogene Doppelmoral kotzt mich echt an; einerseits wie deine Eltern den Sittenwächter spielen, wenn es um dich geht; andererseits aber fremdgehen. Pfui! Lass dich endlich von ihm scheiden."

Sarah stöhnte, brachte aber zunächst nur ein empörtes „Lisa!" heraus, bevor sie die richtige Antwort fand. „Scheidung. Du hast gut reden, nur, weil sich dein Mann nicht für andere Frauen interessiert. Da kann dir eine Scheidung nicht passieren."

„Stimmt!" Sie lachte spitz. „Nicht einmal für mich zeigt Alex Interesse. Hat doch nur noch seine Kanzlei im Kopf. Aber ich ...."

Ihren abgebrochenen Satz beendete sie nicht. Sarah nahm ihn gar nicht wahr; sie war viel zu sehr mit der passenden Entgegnung auf Lisas selbstgefälliges Reden beschäftigt. Mein armer lieber Alex! Mir wärst du bestimmt ein guter Ehemann! Der Gedanke an ihn wühlte sie noch mehr auf.

Daran bist du doch selbst schuld, wollte Sarah antworten. Du denkst mit deinen Apotheken nur ans Geldscheffeln und hast ja noch nie Zeit für ihn gehabt; geschweige denn für seinen Wunsch, eine Familie zu gründen.

Du bist so schrecklich egoistisch, dass ich es noch heute bedaure, ihn dir damals vorgestellt zu haben. Allein deiner Kälte wegen hat er sich doch in seinen Beruf vergraben. All das lag ihr auf der Zunge.

Doch sie schwieg. Schon lange behielt sie ihre Kommentare für sich. Lisa kannte ihre Meinung nur zu gut. Allzu oft hatten die beiden deshalb gestritten - zumal ebenso wie Alex auch Sarah so gerne Kinder gehabt hätte.

Etwas anderes aber stand weit mehr zwischen den beiden Frauen als Lisas offensichtliche Unfähigkeit, ihren Mann glücklich zu machen. Doch das blieb für immer ein Geheimnis zwischen Alex und ihr; dass er sie noch immer liebte - und daran zweifelte sie bei seinen verstohlenen Blicken und beiläufigen Berührungen nicht im Geringsten - durfte ihre Freundin nie wissen.

„Du", begann Sarah mit bemüht ruhiger Stimme, obwohl ihr ganz und gar nicht danach war, „hast deinen wundervollen Alex wenigstens für dich und musst ihn nicht immer wieder mit anderen Frauen teilen. Ist doch so!"

Lisa schwieg und runzelte aufmerksam werdend die Stirn. „Du musst es ja wissen", kam trocken zurück. Sarah erschrak; hatte sie etwa zu viel Gefühl gezeigt, als sie Alex wundervoll nannte? Hatte sie am Ende eine Ahnung von .... Sie spürte den Schauer, der ihr über den Rücken lief.

„Robert aber ..., ach, du weißt es ja! Sag, Lisa - was bleibt mir, wenn ich geschieden wäre? In meinem Alter. Niemals finde ich noch einen anderen; auf Dauer, meine ich. Nein, eine Scheidung kommt nicht in Frage. Basta!"

„Auch wenn er dir immer wieder so wehtut?" „Auch
dann." ´Männer sind halt so!` - die Stimme ihrer
Mutter drang in ihr Bewusstsein. Sie holte tief Luft.
Alex ist da ganz anders.

„Dir ist nicht zu helfen, Frau Gregorius. Seit deiner
Heirat bist du tatsächlich immer dümmer geworden."
„Bitte?", fragte sie empört. „Was willst du damit wie-
der sagen?"

Sofort lenkte die Anruferin ein. „Sorry! Mein es doch
nur gut. Will dir helfen." „Ach so! Na, dann lass uns
lieber von etwas anderem reden!"

„Einverstanden! Wie geht´s dir denn sonst so? Erzähl;
was machst du so den lieben langen Tag in deinem
Strandparadies im schönen Mission Bay? Hab im
Internet Bilder davon gesehen; muss total idyllisch
sein. Spielst du noch Tennis? Hast du wenigstens
nette Nachbarn?"

„Klar spiele ich noch! Sind tolle Leute dort." Dabei
dachte sie ganz besonders an einen Spieler. „Unsere
Vermieterin - sie heißt Monica, Monica Lipton - ist
sehr nett. Sie wohnt über uns und hat einen total
schönen Blumengarten; manchmal sitzen wir dort
zusammen und trinken Wein."

„Was macht sie?" „Robert erklärte mir gleich zu Anfang, sie hätte mit ihrem Mann einen großen Gärtnereibetrieb gehabt. Den gibt´s aber nicht mehr." „Den
Betrieb? Warum nicht?" „Nein, den Mann; der ist
gestorben." „Ach! Und hübsch?" „Die Gärtnerei?"
„Quatsch! Diese Monica natürlich!"

„Die hat eine Superfigur; und ein sehr schönes Gesicht. Sie erzählte mir, mal eine Miss-Wahl gewonnen

zu haben. Wenn ich´s mir recht überlege, ähnelt sie im Aussehen ein wenig dieser ....“ Sie vermied es, den verhassten Namen auszusprechen und fuhr stattdessen fort. „Weißt schon - die auf dem Foto an der Isar.“ „Aha!“ Das nährte Lisas Verdacht.

„Wie alt?“ „Ich schätze, keine dreißig; schwer zu sagen.“ Jetzt konnte die Freundin ihre ketzerische Vorstellung nicht mehr zurückhalten. „Junge Witwe also. Reich am Ende noch. Na, pass mal gut auf deinen Robert auf!“

Sarah kniff ihre Augenlider halb zu. „Hör doch auf! Du mit deinen schlechten Gedanken. Außerdem hat er diese ....“

Sie sprach nicht weiter, weil die Wahrheit etwas Bitteres an sich hatte. Lisa erkannte trotz des nur angefangenen Satzes ihre Überlegung und nannte das Kind beim Namen. „Außerdem hat er diese de Clerk; meintest du doch.“ Ihr Lachen klang hässlich. „Was sollte ihn daran hindern, auch mit der Nachbarin ....“ „Lisa! Lass das. Bitte! Sonst leg ich auf.“

Sie merkte, dass sie den Bogen überspannt hatte und gab erst mal klein bei. „Na gut! Was treibst du sonst?“ „Tja, Klavier spiel ich viel. Und währenddessen ....“

Lisa konnte es nicht lassen; und das nicht nur, weil sie Roberts Verhalten verabscheute. Nein, mehr noch deshalb, weil es wichtig war, immer wieder in Sarahs Wunde herum zu stochern, damit sie sich endlich scheiden lassen würde.

„Währenddessen wartest du, bis er dir wieder einen Blumenstrauß bringt, um dich ...“, fiel sie ihr ins Wort, „... ins Bett zu kriegen. Sarah! Schieß ihn endlich in den Wind. Für immer, mein ich. Komm zurück nach München."

Blumenstrauß. Sarah wusste, worauf sie anspielte. Mit der Nase hatte ihre Freundin sie darauf stoßen müssen, was Robert erneut hinter ihrem Rücken am Laufen hatte. Wie peinlich es ihr war, als Lisa ihr die Fotos von den beiden zeigte. Als sie ihn auf das unnachgiebige Drängen der Freundin hin dann doch zur Rede stellte, war er völlig zerknirscht. Kurz darauf stand er da - mit einem riesigen Strauß Orchideen.

„Hättest ihm besser schon unmittelbar nach der Sache mit dieser Dame ..." - Verächtlichkeit klang in diesem Wort durch - „... die Blumen um die Ohren gehauen, statt mit ihm nach Auckland zu ziehen. Verrückt!

Dachtest wirklich, ihn damit ändern zu können? Hatte von Anfang an den Verdacht, dass er sie dorthin mitnimmt. War ja schließlich seine rechte Hand in der Firma. Und die ..." - Sarah hörte ihr abfälliges Lachen - „... hat sie mit den langen, rot lackierten Fingernägeln an seinem Körper ja auch perfekt eingesetzt."

„Red´ nicht so! Ich ...." „Tu ich aber, weil´s die Wahrheit ist. Hast mir ja selbst gestanden, wie oft er schon weiblichen Reizen verfallen ist. Lippenstiftflecken am Hemd. Hotelrechnung für ein Doppelzimmer. In seiner Jacke. Und ... und ... und."

„Aber was, wenn ich damals schon was gesagt hätte?", begehrte sie auf. „Am Ende wäre er von mir weg gegangen. Da war es doch klüger, den Mund zu halten. Ansonsten ist mein Robert doch ...." „Totaler Unfug!", unterbrach Lisa sie. „Hättest dich wehren müssen; gleich beim ersten Mal. Aber nein! So lernte er, dass er´s mit dir machen kann."

„Das glaube ich nicht; schau doch; von seinen Weibergeschichten abgesehen ist er mir immer ein guter Ehemann gewesen. Auch jetzt noch. Er ruft mich regelmäßig an und immer, wenn er zu mir kommt, dann ….“

Nicht mehr rechtzeitig merkte sie, dass sie sich verplappert hatte. Lisa entging es nicht. „Lässt dich also tatsächlich wieder auf ihn ein! Hab´s doch vorhin gleich gemerkt!“ „Hm … ja“, druckste sie herum. „Er kümmert sich eben um mich!“

Lisa überging die Antwort. „Soso, immer! Immer, wenn er zu dir kommt, sagst du; war also schon oft bei dir. Wie blöde du bist! Und … was …genau …wollte …der …Kerl …von dir? Jedes Mal. Ich höre!“ Lisa begann wütend auf sie zu werden.

„Reden halt. Und ….“ „Ja, ja, das ´und` kann ich mir schon lebhaft vorstellen. Dich flach legen natürlich. Weich mir nicht aus! Worüber genau redet er mit dir denn sonst?“ Lisa hatte eine Ahnung, die ihr Sorgen bereitete.

„Über alles Mögliche.“ „Was genau, Sarah, hab ich gefragt, verflixt?“, verlangte sie verärgert zu wissen. „Etwa auch über dein Geld?“ „Äh … ja. Halt über die Millionen aus München, die jetzt endlich auf dem Konto in Auckland eingegangen sind. Das mit dem Erlös aus Vaters Firmenanteilen hat sich ganz schön hingezogen; na ja, die waren ja auch teuer. Auch das Geld aus dem Verkauf der Villa wurde erst jetzt frei gegeben.“

„Okay! Und sonst?“ Du nervst, hätte sie am liebsten geantwortet. Doch Sarah wusste, dass es besser war, etwas zu sagen; Lisa würde sonst garantiert wieder keine Ruhe geben. „Na ja, dass er da noch eine Unter-

schrift von mir braucht; beim Notar; für seine Bank."
„Seine? Wieso seine? Redest du tatsächlich von ...."

Eilig unterbrach Sarah ihre Freundin; ihr war es nicht
Recht, sich auf die Fragerei zu ihrem Vermögen einzulassen. Das ging sie doch nichts an! Gerade in letzter
Zeit lenkte sie das Gespräch immer wieder darauf.
Warum, empörte sie sich, hatte sie sich seinerzeit
überhaupt darauf eingelassen, über die Höhe ihrer
Erbschaft zu reden?

Rasch versuchte Sarah, Lisa von dem leidigen Thema
abzulenken. „Und jedes Mal fragt er mich, was er mir
bei seinem nächsten Besuch Schönes mitbringen soll.
Ist er nicht lieb?! Sicher sieht er bald ein, dass das mit
dieser dummen Kuh auf Dauer nix ist. Du hast ja
selbst auf dem Foto gesehen, wie jung die ist."

Damit konnte sie ihre Freundin jedoch nicht von dem
abbringen, was diese wissen wollte. „Halt! Meinst also
dein Geld. Aus den Eilverkäufen. Völlig überstürzt.
Ja? Nur, weil dein werter Gatte das Land so rasch
verlassen wollte. Müssen ja zusammen locker fünfundzwanzig Mill ...."

In ihrer Erregung verschluckte sie den Rest. Lisa
schnappte nach Luft. „Wieso redest du überhaupt von
seiner Bank? Seiner, hörst du?! Liegt das Geld jetzt
etwa nicht mehr auf einem Konto, das nur dir gehört?
Glaub ich ja nicht! Spinnst du total?"

Sarah spürte die Hitze, die ihr in den Kopf stieg; ihre
Wangen fühlten sich heiß an. „Das ist doch nur, weil
...." „Seine Bank? Heißt das wirklich, sein Konto, nicht
deines?", wiederholte ihre Freundin fassungslos „Das
... kannst ... du ... doch ... nicht ... machen!" Ihre
Stimme brach schier in sich zusammen, so entrüstet
war sie.

„Aber ..., aber ich musste das doch tun. Robert hat ....“
„Was ... hat ... er?“, schrie Lisa in den Hörer. „Na ja, er
hat gesagt, dass alles auf ein Konto bei seiner Bank
muss. Er braucht es dort. Aber das ist doch in Ordnung! Er ist schließlich mein ....“

Wieder schnitt ihr Lisa das Wort ab. „Wofür braucht
er es auf seinem Konto? Begreifst du denn nicht, was
das bedeutet - auf seinem Konto?“ Natürlich wusste
sie, was in ihrem Kopf vorging - das ewige Misstrauen
gegenüber Robert.

„Ach Unsinn! Hör doch erst mal genau zu. Erstens
muss er seiner Bank doch den Nachweis erbringen,
genug Sicherheit für die Firmengründung zu haben.
Zweitens will auch die Einwanderungsbehörde sehen,
dass er als ausländischer Unternehmer für eventuelle
wirtschaftliche Schäden gerade stehen kann. Und
drittens ist ....“

„Ja?“ wollte Lisa angespannt wissen. „... ist das nicht
sein Konto, sondern meines. Wir haben nur deshalb
seine Bank ausgesucht, weil Robert dort auch sein
eigenes Konto eingerichtet hat. Ohne meine Zustimmung kann er jedoch gar nicht an mein Geld auf meinem Konto ran.“ Sarahs Stimme hatte während der
letzten Sätze an Gereiztheit zugenommen. „Also - reg
dich mal ab, ja!“

Sie ärgerte sich, weil sie sich dazu hatte bringen lassen, sich vor ihrer Freundin zu rechtfertigen; deshalb
entschied sie, die Sache damit zu Ende zu bringen,
dass sie auf das für sie einzig Entscheidende hinwies:
„Schließlich geht es, liebe Lisa, um unsere Zukunft
hier in Neuseeland; und erst Recht um unsere Ehe.“

Für Lisa war das Thema ganz bestimmt noch nicht erledigt. „Welche Ehe?", kam es gehässig aus ihrem Mund. „Ist ja wohl bald Vergangenheit. Hoffe doch, du reichst die Scheidung endlich ein."

„Das hab ich nicht vor. Mein Mann wird sicher ganz bald wieder zurückkommen." Heftiges Stöhnen drang in Sarahs Ohr. „Sicher nicht! Oder glaubst du immer noch an den Weihnachtsmann, du dusselige ...." Gerade noch gelang es ihr, sich zu beherrschen.

„Okay! Lassen wir das. Erst mal. Was anderes. Du erwähntest eben, er bräuchte deine Unterschrift. Wofür?" „Weiß ich nicht genau", kam genervt zurück. Sie hatte keine Lust mehr darauf einzugehen. Vom anderen Ende der Leitung hörte Sarah ein erbostes Schnauben. „Vielleicht, weil er damit an dein Konto gehen will?"

Lisa presste ihre Hand fest auf die Lippen. Wenn er das schafft, dann ..., dachte sie entsetzt. „Hör mir jetzt gut zu, Frau Gregorius. Wenn du irgendetwas unterschreibst, dann ...."

Erneut drang ein tiefes Durchatmen an Sarahs Ohr. „Ach was, am besten sollte ich den nächsten Flieger zu dir nehmen und dich von deinem ganzen Schwachsinn abbringen - so blöde, wie du ...." Bei den letzten Worten verschluckte sie sich vor Aufregung erneut und begann laut zu husten.

„Das wär doch toll!" Rasch nutzte Sarah die Chance, endlich das Thema zu wechseln. „Kannst du nicht für ein paar Wochen nach Auckland kommen. Oh ja! Dann bin ich nicht mehr so schrecklich allein hier. Bitte, bitte, Lisa!"

Ihre Freundin antwortete nicht.

Sie tatsächlich besuchen? Warum eigentlich wirklich nicht? Dann könnte sie Sarah so lange bearbeiten, bis sie sich scheiden lässt. Das ist doch so enorm wichtig! Wie sollte es aber gehen, grübelte sie. Die Renovierung der einen Apotheke stand an. Außerdem die Verhandlungen wegen der Übernahme der ganz großen in der Innenstadt. Das wäre ihre vierte.

Die Chance darauf, sie zu bekommen, durfte sie nicht vergeben, so gut, wie die lief. Das wären mindestens zweihundertfünfzig Tausend im Jahr an Gewinn, rechnete sie rasch im Kopf; nach Steuern.

Geld, viel Geld; davon konnte sie nicht genug bekommen. Und bald würde ihr Konto noch viel dicker ...! Sie vollendete ihren Gedanken nicht. Ihre Augen aber leuchteten. Sie musste, überlegte sie, wegen Sarahs Vermögen dringend etwas unternehmen, bevor sie es diesem Kerl überließ - die dumme Ziege.

„Und wann kommst du?", forderte Sarah ihre Antwort ein. „Vielleicht schon am Wochenende?" „Weiß nicht. Mal sehen. Geht eigentlich im Moment gar nicht." „Wär aber doch schön, oder? Das Quatschen mit meiner besten Freundin fehlt mir so sehr" - auch, vermied sie zu sagen, wenn du mich manchmal ganz schön nerven kannst.

Nach einigen Sekunden hörte sie ein eindringliches „Unterschreib bloß nichts, Sarah!" Geht das schon wieder los, schimpfte sie wortlos. Sogleich kam ihr jedoch ein listiger Gedanke. „Weiß nicht. Mal sehen", konterte sie mit Lisas Worten von eben und war dabei selbst überrascht, so forsch zu sein.

„Wenn du kämst, könnten wir darüber reden. Sonst aber ...." „Das ist Erpressung!", fuhr sie Sarah an. „Ja!"

Ganz trocken kam es ihr über die Lippen. Dabei huschte ein Lächeln über ihre Wangen.

„Denkste! Lass mich doch von dir nicht unter Druck setzen", schimpfte sie - und war sich dabei sehr wohl im Klaren darüber, dass ihr nichts anderes übrig blieb. Schließlich stand zu viel auf dem Spiel.

„Ich mach jetzt Schluss. Muss ins Bett, bevor Alex aufwacht." „Oh ja, natürlich. Es ist ja mitten in der Nacht bei dir. Schlaf gut."

Noch bevor sie sich für einen ganz lieben Gruß an Alex entscheiden konnte, hörte sie, wie die Verbindung abgebrochen wurde.

Kapitel 5

„Mit wem hast du denn heute Nacht so lange telefoniert? Du schriest dabei einmal, was mich geweckt hat.“ „Mit Sarah.“ „Aha. Willst du noch einen Kaffee?“ „Muss gleich los.“ „Und heute Abend kommst du wieder spät aus dem Offizin, damit dein Konto noch mehr anwächst. Danach geht´s gleich ins Sportstudio zu deinem braungebrannten Fatzke von Personaltrainer. Super!“ Alex´ Frust war nicht zu überhören.

„Was soll das? Den Muskelaufbau hat mir mein Arzt empfohlen.“ „Dass ich nicht lache!“ „Außerdem weißt du genau, dass ich gerade jetzt mit der geplanten weiteren Apotheke einen Haufen Arbeit habe“, erwiderte seine Frau barsch. „Gerade jetzt, gerade jetzt“, gab er spöttisch zurück. „Gerade jetzt ist andauernd. Seit Jahren. Merkst du gar nicht, dass du überhaupt keine Zeit mehr hast, he? Für mich. Für uns.“

Er spürte, wie seine Finger eine Faust bildeten. „Du hast doch nur noch deine Apotheken im Kopf; und deinen Kraftsport, der uns beiden weitere zwei Stunden täglich stiehlt. Was bleibt uns beiden da noch vom Feierabend? Nichts!“

In seiner angespannten Stimmlage lag jene gefährliche Mischung aus Ärger, Verbitterung und Enttäuschung, die ganz leicht in einen Wutausbruch münden konnte. Lisa wusste das sehr wohl. Einen derartigen Streit brauchte sie im Moment wirklich nicht.

Andererseits ist dieser unvermeidbar, fürchtete sie; spätestens, wenn sich das mit Dieter so gut weiter entwickelt. Hätte nie gedacht, noch einmal dem Charme eines Mannes zu erliegen.

Sie erinnerte sich. Eines späten Abends - sie hatte Apothekennachtdienst und er wollte ebenfalls bleiben, um noch einiges aufzuarbeiten - geschah es. Einen derartigen Ausbruch ihrer über Jahre erkalteten Gefühle hätte sie niemals mehr für möglich gehalten. Ja, dachte sie jetzt, während sie überlegte, wann sie es zum Eklat mit Alex kommen lassen würde, Dieter bringt neuen Schwung in mein ödes Liebesleben.

Und - das reizte sie daran am meisten, neben viel Geld auch noch ein ´von` vor dem Nachnamen. Als adliger Sohn reicher und sehr alter Eltern erwartete er ein großes Vermögen. Ein Grund mehr, über eine Scheidung nachzudenken; eine derart gute Partie solltest du dir nicht entgehen lassen, hörte sie ihre innere Stimme wieder einmal sagen.

Wann also? Besser heute noch nicht.

Als sie Alex erneut und deutlich aggressiver fragen hörte: „Und - vielleicht doch Kaffee?", lenkte sie rasch ein. „Na gut." „Vielleicht als freundliche Zugabe noch eine winzige Unterhaltung mit deinem Mann? Etwa darüber, wie es ihr geht." „Wem geht?" Sie verkniff sich ein genervtes Schnaufen. „Wem wohl? Sarah natürlich!"

Nur mit Mühe hielt sie sich seines aggressiven Tonfalls wegen zurück. „Aber nur eine halbe Stunde. Um neun muss ich bei der Bank sein." Verwundert schaute er sie an. Sie gewährte ihm tatsächlich dreißig Minuten ihrer Zeit. Damit hatte er nicht gerechnet. Dann musste er rasch den eigenen Terminplan ändern.

„Freut mich! Lass mich kurz telefonieren." Schon drückte er die Tasten seines Smartphones. „Ich bin´s! Eva, ich komme etwas später. Vertrösten Sie die hübsche Mrs. Golding. Ach, noch besser, sagen Sie dem Referendar, er soll das Gespräch führen. Der spricht ja ganz gut Englisch. Außerdem habe ich beim letzten Mal mitbekommen, dass es zwischen den beiden gefunkt hat." Er schmunzelte. „Mach ich, Herr Klug." „Also bis nachher."

„Überraschst mich heute Morgen; ehrlich!" Er goss ihr Kaffee ein. „Danke!" „Aber gerne, Frau Apothekerin Steinreich." Lisa behielt bei der Hochzeit ihren Mädchennamen, was ihn getroffen hatte. Das ´reich` hängte er ihr gerne an, um sie zu ärgern.

Diese Spitze zu setzen brauchte er jetzt noch, um seine Gereiztheit in den Griff zu kriegen. Allzu scharf wollte er es jedoch nicht klingen lassen; deshalb bemühte er sich sogleich um ein Kompliment. „Riecht gut."

Verwundert schaute sie ihn an. Er wird doch nicht mein neues Parfüm meinen? Er doch nicht! Sie deutete ein Kopfnicken an. Er beugte sich vor und schnupperte. „Sehr gut sogar!" Tatsächlich! Er meint meinen Duft. Ein kurzes Strahlen verließ ihr Gesicht.

„Französisch! Will nie mehr ein anderes." „Hat sogar etwas Verführerisches!" Er deutete einen Kuss an. Mit einem raschen „Alex!" wehrte sie ihn ab. Ist dir wohl schon wieder zu viel, stellte er für sich traurig fest und richtete seinen Oberkörper wieder auf.

Wie sehr sie sich doch verändert hat, dachte er. Wie viel harmonischer hatte ihre Ehe begonnen! Bevor sie damit anfing, so geldgierig zu werden. Hätte er, überlegte Alex, das gewusst, wäre seine großzügige Unterstützung beim Kauf ihrer ersten Apotheke anders ausgefallen. Wie stets, wenn er diesen traurigen Gedanken nachhing, kam ihm Sarah in den Sinn.

„Soso, mit Sarah also. Wie geht´s der Lieben also? Und Robert? Neuseeland - verrückte Idee! Erzähl mal!“ „Der Mistkerl ist weg und, wie ich das sehe, zu dieser ausgebufften de Clerk gezogen. Jedenfalls besucht er Sarah nur noch zum ....“ Es fiel ihr schwer, den Satz nicht zu Ende zu bringen. „Schon vor Monaten.“

„Was? Das hast du mir noch gar nicht erzählt.“ „Natürlich hab ich!“, raunzte sie ihn an.

Sofort wurde sein Ton lauter. „Eben nicht!“ Ebenso erbost wie resigniert atmete er tief durch und wandte kurz den Kopf ab. Mit wem auch immer du darüber geredet hast - mit mir jedenfalls nicht, ärgerte er sich, ohne etwas zu sagen. Wann hättest du auch? Bist ja nie zu Hause.

„Nein. Ich weiß nur, dass er mit ihr Schluss machte, bevor Sarah die traumhafte Villa verkauft hat.“

„Schon nach der ersten Woche hat er ihr eröffnet, diese Yvonne sei auch nach Auckland gekommen.“ „Idiot! Der immer mit seinen Weibergeschichten. Die arme Sarah.“ „Ach was, ist doch selbst eine Idiotin, dass sie sich so etwas gefallen lässt. Ist zudem dabei, ihm ihr gesamtes Vermögen zu geben.“

„Bitte? Wieso das denn?“, brauste er auf und dachte noch mitleidsvoller an sie.

„Wegen der Bank, soweit ich das verstanden habe. Und der Einwanderungsbehörde oder so. Verlangt von ihr eine Unterschrift. Schätze, damit er alles abheben kann.“ „Spinnt die? Die ganzen Millionen. Wegen der Immigration? So einen Unsinn habe ich noch nie gehört.

Klar - ein bestimmtes Vermögen müssen die beiden nachweisen, wenn sie auf Dauer dort leben wollen. Aber doch nicht Sarahs gesamter Reichtum. Das stinkt doch zum Himmel. Was hat der Kerl mit ihr vor?" Seine Stirn legte sich in Falten. Mit meiner Sarah, hätte er beinahe ergänzt.

„Und wie das stinkt! Hab es ihr auch gesagt. Versteckt sich wie üblich hinter den vermeintlichen Pflichten einer Ehefrau. Pah! Bekommt einfach den Quatsch von den guten und den schlechten Tagen nicht aus ihrem Hirn. Hab´s ihr schon so oft auszureden versucht."

„Ja, ja; völlig antiquiert! Bei ihrer Erziehung ist das kein Wunder. Ihr Alter war schon arg verschroben und völlig weltfremd! Die Mutter war nicht besser. Da hat dieser Blödmann von Robert leichtes Spiel gehabt, sie ebenfalls mit Moralsprüchen zu unterdrücken. Gerade der!" Er schüttelte verärgert den Kopf.

„Heutzutage landet jede dritte Ehe vor dem Scheidungsrichter. Das ist halt ein normales Zeichen der Zeit. Leider! Andererseits, so schlecht ist das auch nicht, wenn ich in der Kanzlei die vielen Frauen erlebe, deren Männer sie miserabel behandeln. Da geht mir schon manchmal das Messer in der Tasche auf. So allerhand könnte ich dir da erzählen."

„Ja, ja!", tat sie ihn ab. An den Betrachtungen seiner Fälle war sie ganz sicher nicht interessiert! Das hatte sie ihm schon vor vielen Jahren deutlich gemacht. „Hallo, wir reden gerade nicht über deine doofen Mandantinnen, mein Lieber, sondern über das viele Geld, an das er ran will."

Geld, dachte er. Immer nur Geld, Geld. Er konnte ihre notorische Gier danach nicht mehr ertragen.

„Unsinn! Es geht ja wohl mehr um Sarahs Schicksal mit diesem notorischen Weiberheld. So einen hat sie gewiss nicht verdient." Er griff sich an die Brust; für den Bruchteil einer Sekunde erinnerte ihn sein Herz an jene Zeit seiner ersten Verliebtheit in sie.

„Falls sie das mit der Unterschrift macht", setzte er seinen Redeschwall energisch fort, „könnte er sie arm wie eine Kirchenmaus machen. Ohne ihre Unterschrift lässt ihn die Bank ganz offensichtlich nicht das Geld abheben. Der will bestimmt eine Generalvollmacht von ihr, vom Notar seiner Wahl hübsch verklausuliert, damit er sich ihre Kohle unter den Nagel reißen kann."

Urplötzlich kehrten sich all seine Gedanken nach innen. Ihm kam etwas in den Sinn, das ihn erschreckte.

„Ach, du liebe Zeit!" „Was ist?", fragte sie besorgt. Er schwieg; er musste nachdenken. „Es gibt da etwas .... Ich glaube ...." Erneut brach er seinen Satz ab.

„Was?" „Das hat mir der Kollege vorgestern Abend beim Gehen kurz berichtet." „Was hat das mit Sarah zu tun?" „Nun, eigentlich mit Robert." „Weshalb?" Lisas Stimme klang angespannt. „Weiß ich noch nicht genau." „Wie, will ich wissen, verdammt?" Wenn das mit ihrem Vermögen zu tun hat - diese Sorge machte sie aggressiv.

„Lass mich doch mal eine Sekunde überlegen! Wenn das tatsächlich damit zusammenhängt, dann ...." Was hatte Johannes noch genau gesagt? „Nein, kann nicht sein." Er redete laut mit sich selbst. Mit dem Zeigefinger rieb er sich nachdenklich an der Stirn. Dann klickte es; sein Kopf zählte eins und eins zusammen. „Aha! Also doch.“

„Du redest kryptisch, Herr Anwalt. Was hängt mit was zusammen?“ Es schauderte ihn. „Das darf ich nicht sagen. Verschwiegenheitspflicht. Eigentlich.“ „Eigentlich? Hey, bin deine Frau!“ Er atmete tief durch. „Na ja. Robert wird ja auf der Gegenseite sein, wenn das stimmt, was ich da gehört habe.“

Sie verstand nicht. „Gegenseite?“ „Hm!“ „Sag endlich, was du damit meinst, Alex!“ „Die Regressforderungen würden ihn ruinieren.“ „Welche Forderungen? Was hat das mit Sarahs Vermögen …?“, bedrängte sie ihn übernervös und befürchtete Schlimmstes. Alex reagierte nicht; zu sehr war er gedanklich mit seinem schrecklichen Verdacht beschäftigt.

„Es sei denn“, murmelte er, „er geht rechtzeitig vorher in die Privatinsolvenz“, murmelte er. „Alex!“ „Tut er das aber“, sinnierte er halblaut weiter, „wird ihm in der Strafsache gegen ihn das Gericht fehlende Reue anlasten. Dann wird es für ihn noch schlimmer.“

„Jetzt reicht´s mir aber! Wieso Strafsache? Ist Sarahs Eigentum in Gefahr? Alex, rede endlich!“ Noch immer beachtete er sie nicht ausreichend; zu sehr war er in seinem juristischen Denken verhaftet.

„Dann lässt ihn der Staatsanwalt erst Recht nicht aus seinen Fängen. Das sieht dann klar nach Gefängnis aus. Es sei denn, seinem Verteidiger gelingt ein Deal; der wird aber verdammt teuer“, überdachte er die Sache noch immer so, als rede er nur mit sich selbst.

„Teuer? Sprichst du etwa von ihrem Geld? Ach du liebe Güte! Was hat Robert verbrochen?“ „Nein - kann ich dir echt nicht erzählen, Lisa." „Ach komm. Stell dich nicht so an. Sagst es doch nur mir." Er zögerte. Sie ließ nicht locker. Die Sorge um das Vermögen wühlte sie viel zu sehr auf. „Hey!", forderte sie ihre Aufklärung ein.

„Na gut. Also - schwerer Haftungsfall. Gegen eine Pharmafirma. Schon drei Todesfälle. Wir vertreten die Geschädigten. Dr. Meyerbeer hat flüchtig den Namen Gregios fallen lassen. Ich denke aber jetzt, er irrte sich und meinte Gregorius. Verstehst du - Robert. Der hat doch genau für diese Firma gearbeitet, bevor er so eilig nach Neuseeland verschwand. Der Kollege geht davon aus, dass dieser Gregios, also Robert, als Vorgesetzter der Zulassungsabteilung fachlich und rechtlich verantwortlich ist."

Lisa spitzte die Ohren noch mehr. „Geht also um Arzneimittel?" Er nickte. „Er hat, wie es aussieht, die Dokumentation für die Klinischen Studien betrügerisch gefälscht. „Robert? Echt?" Er nickte. „Weiß er schon von den Todesfällen? Sitzt doch in Neuseeland." „Schätze ja. Er hat gewiss noch Kontakte in die Firma."

„Um wieviel Geld geht es?" Ihre Stimme klang hart. „Eine Menge!" „Wieviel? Etwa Millionen?"

Alex fühlte sich nicht wohl, so, wie er gerade zwischen zwei Stühle geraten war. Einerseits hatte er schon viel zu viel preisgegeben und lief damit Gefahr, den Erfolg des Mandats für die Kanzlei zu riskieren. Was nämlich, wenn sie sich beim Telefonieren mit Sarah verquatschte und Robert damit indirekt warnte? Der würde sich noch vor Durchsetzung des Auslieferungsersuchens, das Johannes erwähnte, absetzen.

Andererseits war ihm Sarahs jahrelanges Schicksal mit diesem Typen absolut nicht einerlei; er wusste, dass sie Hilfe benötigte.

Muss ich sie da nicht warnen?! Erinnerungen kamen in ihm auf. Roberts Charakter war ihm schon immer gegen den Strich gegangen. Anfänglich war er ja noch einigermaßen in Ordnung. Die beiden Freundinnen und wir Männer, dachte er mit dem Hauch eines Lächelns, hatten echt viel Spaß mit einander.

Aber später hast du Blödmann dich verändert und bist fremden Röcken hinterher .... Du Idiot! Er spürte, wie sich seine Hand erneut zur Faust ballte. Der Heiligenschein, den dieser Frauenheld mit seinem Gefasel von unbedingter Treuepflicht in der Ehe zu tragen vorgab, war doch nur Lug und Trug. Meine arme Sarah! Erst musstest du unter deinem Vater leiden; dann blies dein Mann in dasselbe Horn.

„Hallo! Weilst du noch unter uns? Hab dich was gefragt"; so unterbrach sie sein nachdenkliches Schweigen. „Wieviel Geld? Um dir die Brisanz meiner Frage klarer zu machen - wieviel von Sarahs Vermögen? Denn genau darum geht es mir, verdammt!"

Keine Antwort. Lisas Stimme nahm an Lautstärke zu. „Alex, Sarah ist meine Freundin. Muss sie schützen, bevor sie den Unsinn mit der Unterschrift macht."

In ihrem Kopf spielte sich ein Szenario ab, das ihre Zornesader anschwellen ließ. Was sie da voraussah, musste sie mit allen Mitteln verhindern. Schweigend schaute ihr Mann an ihr vorbei; sein Blick verschwand irgendwo hinter ihr.

„Die ganzen Millionen?", hakte sie erneut nach. „Alex, das wäre furchtbar! Ist er deshalb in aller Eile nach

Neuseeland abgehauen? Keine vier Wochen hat es gedauert, da saßen die beiden im Flieger. Mit dem Verkauf und der Verschiffung der Möbel war ja sogar ein Maklerbüro beauftragt. Nicht einmal dafür war wohl Zeit. Sehr dubios! Sag was, Alex!"

Ihre Finger umfassten seinen Arm und schüttelten ihn.

Endlich kam etwas. "Könnte tatsächlich sein, dass er kalte Füße bekam, als die ersten Risikomeldungen seitens der Ärztekammern auf seinem Tisch landeten. Allerdings hatte er wohl nicht rechtzeitig reagiert, bevor die Patienten starben. Unglaublich! So ein skrupelloser Kerl!"

Er nickte heftig, um seiner Empörung Nachdruck zu verleihen. "Ja, ich denke, der ist weg, bevor die Sache für ihn richtig heiß wurde."

"Oh weh! Das passt ja wie Puzzleteile zusammen. Es hat mich sowieso gewundert, wie schnell Sarah das Haus und die Firmenanteile zum Verkauf freigab; jetzt kapier ich, warum", ergänzte Lisa seinen Gedanken, besann sich dann aber wieder auf das, was sie dringend wissen wollte.

"Alex, um wieviel Euro geht es. Wieviel werden die Angehörigen der Geschädigten verlangen? Und die Firma. Zu wieviel Geldstrafe wird er verurteilt? Zwei Millionen insgesamt? Sag!" Er schwieg.

"Noch mehr?" Sie packte seinen Unterarm erneut und zerrte an ihm. "Sicher sehr viel mehr! Bei drei Toten. Einer davon in USA. Bislang. Dann die Rückrufaktion. Der Verlust der Zulassung vielleicht sogar. Der Imageschaden. Puh, da kommt echt was zusammen! Bei Vorsatz zahlt keine Berufshaftpflichtversicherung."

Lisas Mund öffnete sich halb. Dann schlug sie mit der flachen Hand gegen die Stirn. „Scheiße! Warum habe ich nicht mehr dafür getan, dass sie hier bleibt und sich von dem Weiberheld schon scheiden ließ?! Jetzt ist ihr Mann auch noch ein Krimineller. Verdammt, so viele Millionen. Wenn er ihr die abluchst, ist alles weg.“

Wieder brach es aus ihm heraus. „Das Geld, das Geld! Ist das das Einzige, was dich an Sarahs Schicksal bekümmert?“ „Quatsch! Natürlich nicht“, korrigierte sie sich sofort. „Ich sorge mich um ihr Lebensglück; und dazu gehört eben auch, dass sie ihr Erbe nicht verliert. Was hat sie denn sonst noch. Du weißt es doch selbst nur zu gut. Erinnere dich!

Als damals dieser Konzertagent auf sie aufmerksam wurde und sie abwerben wollte, hat Robert so lange quer geschossen, bis sie dessen Vertragsangebot ausschlug. Mit der Erfüllung ihres heimlichen Traums, als super begabte Pianistin Karriere zu machen, hatte er damit ein für alle Mal Schluss gemacht. “

„Hast Recht. Die Konditionen waren perfekt und reell. Ich habe damals ja für sie die Verträge geprüft.“ „Aber der feine Herr Gregorius hat sie ja mit der Mutterrolle gelockt; und die blöde Kuh hat sich darauf eingelassen. Danach kam für sie die jahrelange Prozedur mit der künstlichen Befruchtung“, schimpfte sie und fuhr vorwurfsvoll fort.

„Was stand am Ende? Pianisten-Karriere futsch. Depressionen. Psychotherapie. Beinahe die Stelle am Konservatorium verloren, hättest du ihr nicht so prima geholfen. Aber kein Kind, weil es zwischen den beiden hormonell oder was weiß ich warum nicht funktionierte.“

Lisa tobte weiter. „Und jetzt soll es diesem Hurenbock auch noch gelingen, ihr das Familienvermögen abzujagen? Nein! Ohne mich, mein Lieber!" Sie erhob sich mit einem solchen Schwung vom Tisch, dass ihre Tasse umkippte.

„Pass doch auf!" Ohne auf seine Rüge achtend wetterte sie: „Sarah kenne ich quasi fast so lange, wie ich auf dieser Welt bin. Ich werde sie nicht in ihr Unglück rennen lassen, das verspreche ich dir." „Ist ja gut! Komm mal wieder runter! Ich versteh dich doch."

Er hielt inne und überlegte kurz; bevor sie durch die Decke geht, muss ich sie rasch beruhigen. „Wann habt ihr euch eigentlich genau kennen gelernt? Komm, setz dich wieder und erzähl."

Er kannte die Geschichte natürlich in- und auswendig, wusste jedoch, wie gerne und leidenschaftlich Lisa davon erzählte. Auf diese Weise würde er sie besänftigen können. Er war doch froh, dass sie beide gerade mal ein wenig Zeit füreinander zum Reden hatten; da musste das Ganze nicht gerade in eine Schreierei ausarten.

„Weißt du doch! Mutter und Sarahs Eltern waren", begann sie sofort, „befreundet, obwohl sie nur ihre Köchin und eine arme Frau war. Aber hübsch war sie. Die drei unternahmen an den Wochenenden viel miteinander. Wir beiden Mädchen hatten eine Menge Spaß. War zwei Jahre jünger als Sarah; wie eine Schwester."

Wie sehr sich Alex heimlich freute, dass ihr Zorn tatsächlich verflog! Psychologisch war er ihr eben doch zum Glück überlegen.

„Einmal durfte ich sogar mit in Urlaub. Nach Rom. An Ostern. Danach aber nie mehr." Sie lachte spitz. „Glaub, weil ich vor und nach dem Essen und abends im Bett und auch noch sonntags in der Kirche im Vatikan nicht beten wollte."

Sie schüttelte den Kopf. „Egal! Trotz der schönen Seiten gab es eine schlechte; eine ganz schlimme sogar für mich; nämlich, dass ich keinen Papa hatte und in keiner so tollen Villa wohnte wie Sarah. Hatte auch immer viel schönere Kleider als ich. Und so teure Reisen konnte Mutter sich natürlich nie leisten." Dann kam ein gereiztes: „Arm sein ist einfach furchtbar!"

In dem Moment, in dem Lisa das sagte, bemerkte Alex wieder jenen seltsamen Ausdruck in ihrem Gesicht, der erst in letzter Zeit auftauchte, wenn sie davon sprach. Neid lag darin; und Ärgerlichkeit, wie es ihm schien.

„Zwischen Sarahs und meiner Mutter ist dann später irgendetwas vorgefallen. Seitdem trafen sie sich nicht mehr."

Sie schloss die Augen für eine Sekunde, zog die Schultern hoch und ließ sie sogleich wieder fallen.

„Keine Ahnung, worum es ging. Wir Mädchen waren damals schon fast in der Pubertät und haben uns heimlich über das Verbot, einander zu sehen, hinweggesetzt. Ja, und so hängen wir beide heute noch zusammen. Trotz dieses Idioten Robert."

„Eigentlich hingen", korrigierte Alex sie. „Sie ist ja nun weit weg. Und wenn sie nicht aufpasst, auch bald arm wie eine Kirchenmaus. Lisa, wir müssen echt was unternehmen! Meinst du nicht auch?"

„Und ob! Ich werde", sprach sie mit entschlossener Stimme, „zu ihr fliegen." „Aha?" „Ja, Alex, ich muss ihr klarmachen, dass sie sich endlich scheiden lässt."

Er nickte bedächtig. Jedes Mal, wenn sie zu viert zusammen gekommen waren, fühlte er es; Sarah war mit Robert nicht glücklich. So wenig fürsorglich, wie er mit seiner Frau umging; so, wie er ihr nicht zuhörte, fragte sie ihn etwas; so, wie er stets nur von sich und seinen Hobbys und dem Beruf redete und sie dabei außen vor ließ; und dass sie von seinen Eskapaden nichts wusste, konnte Alex einfach nicht glauben.

Er atmete tief durch. Seine Gedanken schwebten noch intensiver zu ihr. Etwas tut mir jedes Mal weh, Sarah. Wenn ich dich liebevoll anschaue, wendest du dich schamhaft ab; so, als wolltest du sagen: Alex, ich würde gerne, aber ich bin verheiratet.

Ach Sarah!

„Ja, Lisa, eine Reise zu ihr wäre tatsächlich das Beste. Die liebe Sarah vergeudet ihre Lebenszeit schon viel zu lange an den falschen Mann."

Er spürte, wie ihn dieser Vorstellung schmerzte. Versonnen wanderte sein imaginäres Auge in eine ferne Vergangenheit. Sein Blick verklärte sich. Ach, warum hast du damals allein deine Karriere im Kopf gehabt? Ich wäre dir ein sehr viel besserer Mann geworden als der da! Ärgerlich kniff er für einen kurzen Moment die Augen zu.

Lisa nahm es sehr wohl wahr! Sie ahnte, woran er dachte. Nicht das erste Mal. Seine Empfindungen für Sarah waren ihr während der vielen Jahre nicht entgangen. Sie waren ihr aus gutem Grund ein Dorn im

Auge; wie gefährlich könnte das, was daraus entstehen konnte, für sie selbst werden!

„Und sie", fuhr Alex, wieder in der Gegenwart angekommen, fort, „darf auf keinen Fall etwas Derartiges unterschreiben! Sag ihr das, hörst du?" „Dafür werde ich schon sorgen; mit allen Mitteln! Kannst dich drauf verlassen!"

In Alex´ Ohren klang ihre Stimme dabei so kalt und berechnend, dass er sie irritiert ansah. Ihre Augen blitzten böse - auf eine Weise, die er an ihr noch nicht lange kannte. Irgendwie erst, überlegte er, seit ihre Mutter starb; bald nach dem Tod von Sarahs Eltern.

Kapitel 6

„Komm rein! Ich freu mich so!" „Hallo Sarah!" Während er den Flur betrat, schloss sie hinter ihm die Türe. Da sah sie ihn - den Strauß Orchideen. Im selben Moment hörte sie sein „Schau, Schatz, was ich dir mitgebracht habe."

Noch während ihres „Für mich? Danke!" spürte sie den Widerstreit in sich selbst. Einerseits erinnerte sie sich an Lisas gestrige, böse Worte über seine Blumensträuße, mit denen er ´Heile Welt` spielen wollte. Andererseits sehnte sie sich doch so sehr nach Zeichen seiner Zuneigung.

Die Hoffnung darauf, dass sein wiederholtes Erscheinen bei ihr ein gutes Omen war, obsiegte letztlich. „Robert, das brauchst du doch nicht. Dein Kommen allein ist für mich so schön wie alle Blumen der Welt zusammen."

Der Kuss, welcher seiner Umarmung folgte, hätte für sie gerne länger dauern dürfen. „Gut schaust du aus." „Danke!" Mit Bedacht hatte Sarah ihr dekolletiertes Kleid angezogen. Roberts Blick auf ihre Oberweite zeigte ihr, dass sie richtig gewählt hatte.

Sie hatte einen Entschluss gefasst. Nach seinem Anruf. Sie wollte von nun an auch mit ihren Reizen und ihren Kochkünsten versuchen, ihren Mann wieder dauerhaft nach Hause zu bekommen.

„Was riecht denn hier so gut - ich meine, neben deinem verführerischen Parfüm?" „Das hast du dir selbst zu verdanken." Er sah sie fragend an. „Weil du heute

Morgen am Telefon sagtest, du würdest kommen. Da hab ich natürlich deinen Lieblingskuchen gebacken." „Käse?" Sie nickte und strahlte dabei. „Mit Rosinen." „Hm, lecker!" Sarah nutzte seine Freude darüber mit einem raschen „Das könntest du wieder öfter haben."

Als er schwieg und ihrem Blick auswich, bereute sie ihren Vorstoß sofort. „Komm, lass uns hineingehen. Der Tisch ist schon gedeckt. Ich stelle rasch die schönen Blumen ins Wasser." Mit der Vase in der Hand kam sie zurück, stellte sie auf den Tisch - und war verdutzt, als sie sein gemurmeltes und leicht seufzendes „Wieder öfter - ja, das wäre schön" vernahm.

Klang da Wehmut an ihr Ohr? Zärtlich strich sie ihm über den Arm.

Er erwiderte ihre Berührung mit einem Blick, der Vertrautheit ausdrückte. Ein wohliger Schauer lief Sarah über den Rücken; wie wenig es von ihm brauchte, um ihr Herz schneller schlagen zu lassen! Trotz allem. „Setz dich. Kaffee mit etwas Milch und drei Löffel Zucker, wie immer?" „Äh, schwarz, ohne alles."

Noch bevor sie ihre Verwunderung äußern konnte, erklärte er sich. „Bin dabei, abzunehmen." Seine flache Hand klopfte gegen seinen Bauch. „Ich jogge jeden Tag eine Stunde." „Du?" Sie konnte nicht glauben, was sie da hörte. Wie oft hatte sie sich gewünscht, mit ihm Laufen zu gehen. Ärger kam in ihr auf. „Da muss ich aber lachen." „Ja, ich! Warum nicht?", kam giftig zurück.

„Sorry. Ich mein ja nur, weil du das mit mir nie wolltest." Sarah merkte, wie undiplomatisch sie redete. Hatte das Telefonat mit Lisa bei ihr doch so viel Wirkung gezeigt? Sie wusste genau, was die Freundin, säße sie jetzt mit am Tisch, Robert an den Kopf werfen würde: Ja, ja, bei solch einer jungen Geliebten muss sich ein alter Sack wie du ganz schön anstrengen, nichtwahr?!

Schon kam Roberts Retourkutsche. „Das mit dir war einfach was anderes." Wut kochte in ihr hoch. Du Idiot, hätte sie ihm allzu gerne zurückgegeben. Und auch das: Mit Sebastian hätte ich auch so manches lieber als mit dir gemacht.

Doch sie durfte das nicht vergessen, was sie ab heute mit ihm vorhatte. Sie musste sich zusammennehmen! Rasch versuchte sie die Wogen zu glätten und beugte sich, während sie ihm ein Stück Kuchen auf den Teller legte, bewusst offenherzig zu ihm hinüber. Sie wusste, was ihm an ihr gefiel.

An anderen Frauen aber leider auch, dachte sie gleichzeitig erbost; seine Liebschaften - wenigstens diejenigen, die sie kannte - erfreuten ihn mit ihren besonders weiblichen Vorzügen. Sekundenlang ließ Sarah seine Augen auf ihrem Ausschnitt ruhen. Erst dann wand sie sich leicht ab und schenkte ihm Kaffee ein.

Währenddessen verschwand schon das erste Kuchenstück in seinem Mund - ohne auf Sarah zu warten. Sie war es gewöhnt; mit der Höflichkeit ihr gegenüber hatte er es seit vielen Jahren nicht mehr. Dennoch ärgerte es sie, wenn er während des Essens Zeitung las oder in seinem Smartphone scrollte.

„Schmeckt´s?" „Und wie! In der Küche bist du einfach unschlagbar." Ganz tief schaute sie ihm in die Augen. „Nur in der Küche?" Er hielt ihrem Blick stand. Ihre Hand suchte die seine. Robert griff danach.

Das Gespräch mit ihrer Freundin hatte sie die ganze Nacht nicht losgelassen. So lange, bis sie sich morgens nach Roberts Ankündigung vorgenommen hatte, nicht mehr passiv zu bleiben. Lisas vorgeschlagener harter Linie wollte sie nicht folgen. Scheidung? Nein! Aber nichts sprach dafür, die Waffen strecken zu müssen, indem sie sich seinem Willen unterwarf. Warum sollte nicht auch sie - wie seine dämlichen Geliebten, dachte sie erbost - die Waffen einer Frau zum Einsatz bringen?

Ab jetzt würde sie nicht mehr die dumme Gans, sondern die schlaue Füchsin sein! In Zukunft wollte sie jede Gelegenheit nutzen, diese blöde Kuh aus dem Rennen zu schlagen und ihn zurückzugewinnen.

Sarah neigte den Kopf leicht zur Seite - so, wie es ein Reh tut, wenn es furchtsam lauscht. Mit dieser schutzbedürftig aussehenden Körperhaltung hatte sie Robert früher oft genug dazu gebracht, das zu tun, was sie wollte; leider nur, wenn es um für ihn Unwichtiges ging, musste sie sich im selben Atemzug eingestehen. Irgendwie sprach das wohl den männlichen Beschützer-Instinkt an.

„Bleibst du heute bei mir? Nach dem Abendessen, meine ich?" Ihr Puls begann zu rasen. Würde sie ihn schon so weit haben, um diesen Angriff wagen zu können?

Sie sah, wie sich Roberts Augen für den Hauch eines Moments zu Schlitzen verengten. „Ich habe für uns gekocht", setzte sie eilfertig nach. „Sekt ist auch kalt gestellt." Ihre Stimme zitterte leicht, wobei sie dennoch honigsüß klang.

„Nein, ich muss ...." Sie ließ ihn nicht ausreden. „Bayrische Klöße." „Eigentlich muss ich ...." „Mit Sauerbraten. Hab in der Stadt lange nach einem Metzger gesucht, der so etwas hat. Extra für dich. Weil du sie doch so gerne isst." Ihre Finger streichelten über seinen Handrücken.

Robert atmete tief durch und seufzte leicht. Sarah hörte es deutlich heraus - er überlegte nicht nur; nein, da gab es auch jene Erregtheit, die sie von ihm kannte, wenn es ihm schwerfiel, seine Lust noch länger zu zügeln. Sie sah es ihm an: Mit Sicherheit denkst du in dieser Sekunde an mein verlockendes ´Nach dem Abendessen`.

„Schatz, müssen wir denn bis zum Abend warten? Damit." Mit Befriedigung vernahm sie sein ´damit`. Er hatte angebissen. Sarah frohlockte innerlich. Nun war es an ihr, ihm nicht sofort nachzugeben. Sie musste damit beginnen, ihn nach ihren Wünschen zu lenken.

Das aber rasch, dachte sie, als er sich vom Stuhl erhob. „Aber Robert - mein Kuchen! Außerdem wird der Kaffee kalt. Sei mein starker Mann und zügle dich noch ein wenig, ja?! Ich weiß, du schaffst das. Oder etwa nicht? Danach wird es umso schöner sein. Mit uns. Im Bett."

Angespannt sah sie seinem Zögern zu - und atmete unmerklich auf, als er sich schwerfällig zurück in seinen Stuhl fallen ließ. Sie hatte ihn an seiner Ehre gepackt und er parierte. Das nächste Stück des Käsekuchens, das in seinem Mund verschwand, war so groß, dass es kaum auf die kleine Gabel passte. Fast hätte sie ihm dieser trotzigen Reaktion wegen ein triumphierendes Schmunzeln gezeigt.

„Du, ich würde so gerne ein wenig mit dir reden. Mir gehen so viele Fragen durch den Kopf." Er blickte sie fragend an. „Weißt du, Robert, wenn ich dich besser verstehe, dann könnte ich dir auch gewiss bei dem helfen, was du von mir erwartest. Ganz sicher hast du gute Gründe dafür, zurzeit nicht so oft nach Hause zu kommen. Nichtwahr?"

Sarah musste ihre verlockende Zusage von soeben dazu nutzen, ihn in ein Gespräch zu verwickeln. In eines, durch das sie einerseits Zeit gewann; Zeit, um seine Augen jene weiblichen Vorzüge sehen zu lassen, die er an ihr liebte; ihr Dekolleté gewährte ihm hierzu hinreichend Gelegenheit. Sie musste es auf diese Weise versuchen, selbst wenn ihr sein Begehren zu oberflächlich war, weil es ihm stets nur auf seine eigene Befriedigung ankam.

Andererseits musste sie versuchen, wieder etwas mehr Zugang zu ihrem Mann zu finden. Das Reden war doch weit wichtiger als das rein Körperliche! Wer weiß, hatte sie sich überlegt, ob es zwischen ihm und dieser ... - auch in Gedanken ließ sie den Namen der Nebenbuhlerin nicht zu - ... überhaupt einen vertrauten und tiefer gehenden sprachlichen Austausch gab; einen solchen, den sie mit ihm aufgrund der vielen Ehejahre doch viel leichter wiederherstellen konnte.

Eines hatte sie im Laufe der Jahre gelernt. Ganz besonders nach einem seiner Seitensprünge suchte er auch das Gespräch mit ihr. Vielleicht war es bei ihm mittlerweile schon wieder soweit, dass er merkte, was er an ihr hatte.

Auch neue Besen, kam ihr mit einem inneren Schmunzeln in den Sinn, kehren nicht ewig besser. Warum sollte sie also nicht versuchen, genau hier anzusetzen, um ihn wieder für sich zu gewinnen?!

„Gründe, Gründe. Was meinst du damit?"

Sein Tonfall war gereizt. Er war hin- und hergerissen. Warum sollte er mit ihr darüber reden, wehrte er sich innerlich? Hatte er nicht etwas ganz anderes mit ihr im Sinn?! Dennoch - was konnte es schaden, auf sie einzugehen? Schließlich brauchte er sie. Unwillkürlich tastete seine Hand nach dem, was er in der Tasche seiner Weste hatte.

Sarah hörte es deutlich heraus - in seiner Stimme lag etwas, was sie ermutigte. Es war die Bereitschaft, sich auf einen Dialog einzulassen. Rasch baute sie ihm eine Brücke. „Nun, Robert, ich meine, vielleicht habe ich in der Vergangenheit Fehler gemacht; solche, mit denen ich dich in die Arme dieser anderen trieb."

War es nicht vielleicht tatsächlich ein wenig so? Robert war - von seiner in Richtung anderer Frauen gehenden Männlichkeit abgesehen - kein böser Mensch. Er hat eben irgendwie einen zwiespältigen Charakter, hatte sie ihn in der letzten Nacht zu analysieren versucht. Zum einen gab es da das Bodenständige und Fürsorgliche, zum anderen aber bedauerlicherweise das Draufgängerische, mit dem er wohl immer wieder seine Ausstrahlung auf Frauen testen wollte.

Mit ihrem provokativen „Ich fühle mich da schon schuldig, weißt du?!" bemühte sie sich, ihn aus der Reserve zu locken. „Nein, Sarah, so ist das nicht", war seine erste Reaktion, ganz so, wie sie es gehofft hatte. „Okay", fuhr er fort, „nur könnte manches in unserer Ehe anders sein. Aber ...." Er suchte nach Worten. Sie sah ihn liebevoll an. „Ach, ich weiß auch nicht!", brach es hilflos aus ihm heraus.

„Aber ich vielleicht", half sie ihm, um den Gesprächsfaden nicht abreißen zu lassen. „Dass ich nicht mehr so attraktiv bin - und erotisch, wie eine toll aussehende Jüngere - ist mir durchaus klar. Gerade dir als ..." -

sie machte bewusst eine kleine Pause - „..., nun ja, gut aussehenden und bei der Damenwelt beliebten Mann könnte das ja etwas ausmachen, nichtwahr?"

Sie ließ ihre Worte kurz wirken, bevor sie weiter redete. Mit Bedacht wählte sie in Bezug auf ihn die allgemeine Formulierung. „Wenn in einer solchen Situation ein Mann auf eine hübsche und junge Frau trifft, die alles daran setzt, ihn zu verführen ... - tja, wie soll der sich dann wehren können?!"

Sarah fühlte sich nicht wirklich wohl bei ihren psychologischen Spielchen, war sie doch nur zur Hälfte von dem überzeugt, was sie redete. Dieser Mann vor ihr war ein notorischer Schürzenjäger und tat seiner Ehefrau damit regelmäßig sehr weh. Wie konnte sie ihm da mit Überzeugung weiß zu machen versuchen, nicht er, sondern jene verführerischen Damen seien für sein Verhalten verantwortlich?

Doch irgendwie musste sie die Türe zu ihm öffnen; wie gelang das besser als mit Verständnis?! Zudem - wäre nicht auch viel Gutes an ihrem Robert, würde sie sich nicht so viel Mühe geben. Schon allein seiner guten Eigenschaften wegen, so versuchte sie innerlich zu argumentieren, durfte sie ihre Ehe nicht aufgeben.

Fast hätte sie tatsächlich geglaubt, was sie da überlegte; doch den im selben Moment aufkommenden Gedanken dazu, aus ganz anderen Gründen an ihrer Ehe festzuhalten, unterdrückte sie. Nach einer Scheidung säße sie als nicht mehr ganz junge Frau alleine da!

„Genau!", brach es aus ihm impulsiv heraus - so, als wäre er froh, einen inneren Druck entweichen lassen zu dürfen. Sarah kostete es Kraft, ihre Mimik unter Kontrolle zu halten; wie gerne hätte sie ihre Genugtuung darüber gezeigt, Robert zu diesem Gefühlsausbruch gebracht zu haben.

„So ist es doch! Ich bin halt anfällig für solche Verlockungen, obwohl ich mich dagegen wehre. Ich will das gar nicht, glaub mir; aber wenn die mich dann rumgekriegt haben, kann ich nicht mehr zurück. Sarah, dann ...“ - er drückte ihre Hand so fest, als suchte er Halt, „... dann sitze ich irgendwie wie ein Insekt in der Klebefalle einer wunderschönen Blüte.“

Rasch erwiderte sie seinen Händedruck mit der gleichen Intensität - teils tatsächlich aus Mitleid, teils aus blankem Zorn; das waren die Gefühle, die in derselben Sekunde in ihr tobten.

Was für ein Heuchler! Als könnte er sich nicht gegen solche Weiber zur Wehr setzen! Will der Schuft mir, schimpfte sie wortlos weiter, wirklich auf die Backen malen, er selbst würde diesen sauberen Damen keine Avancen machen?

Dennoch - Roberts selbstkritische Einsicht bezüglich seiner Schwäche weiblichen Reizen gegenüber rührte sie an. Sollte er etwa tatsächlich dabei sein, zu einer gewissen Selbsterkenntnis und sich ihr gegenüber wieder zu öffnen, dachte sie erfreut?

„Ach Liebster, ich kann dich verstehen. Frauen können Männern schon den Kopf verdrehen.“

War es Überzeugung oder Liebe, die sie dazu brachte, so etwas zu sagen? Sie wusste es selbst nicht. Hätte sie ihm nicht spätestens jetzt die Leviten lesen müssen?

Robert wiederum fühlte sich bei ihren einfühlsamen Worten angenommen. „Ich bin so froh, Sarah, dass ich dir das mal sagen kann. Weißt du, es drückt mich ganz schön, dass das mit uns gerade so schief läuft. Ich wollte, es wäre wieder anders."

Sarah traute ihren Ohren nicht. Was konnte sie ihm antworten? Wie gerne hätte sie ihm gesagt, sie würde ihm auf der Stelle alles vergeben, ginge er nicht mehr weg. Würde sie es ihm damit aber nicht zu leicht machen? Änderte sich Robert dadurch in Zukunft auch? Gewiss nicht! Nein, sie musste ihm nun doch ins Gewissen reden.

„Ich auch; so kann es nämlich nicht weitergehen mit uns beiden. Robert, unsere Ehe zerbricht gerade. Das will ich aber nicht. Auch wenn du mir mit deiner Yvonne ..." - das erste Mal kam ihr dieser verhasste Name wieder über die Lippen - „... bald jeden Glauben an dich nimmst, liebe ich dich noch immer. Denke aber nicht, dass ich das so weiter mitmache!"

Ihre Rechte presste sich auf die Herzgegend; die Anspannung, die das Ganze mit sich brachte, machte ihrem körperlichen Schwachpunkt schwer zu schaffen; ihr Herz vertrug solche Aufregungen nicht. Oft genug hatte auch ihre Kardiologin geschimpft, weil sie sich über alles Mögliche aufregte. Aber war das ein Wunder? Ihr Nervenkostüm war während der letzten Jahre Roberts Verhalten wegen immer dünner geworden.

Robert sah ihre Handbewegung. „Was ist mit dir?" „Ach nichts." „Unfug! Ich sehe es doch." „Es ist eben ..., ach ...."

Mehr schaffte sie nicht zu erklären. Stattdessen verlor sie, noch während er sie so besorgt fragte, das, was sie bislang gut im Griff hatte - ihre Beherrschung. Mit einem Mal liefen ihr die Tränen aus den Augen. Im nächsten Moment sprang Robert auf und hielt sie nach wenigen Schritten um den Tisch herum in den Armen.

„Komm doch“, begann sie schluchzend, „wieder zu mir. Bitte, Liebster! Ist deine Yvonne denn wirklich ....“ Weiter kam sie nicht.

„Das ist nicht meine Yvonne“, redete er beruhigend auf sie ein. „Das mit ihr hat doch absolut nichts mit dir und mir zu tun. Du allein bist meine einzige Liebe. Schließlich bist du meine Ehefrau, Schatz.“

Wie gerne, dachte Sarah, der seine Körperwärme so gut tat, sehnsüchtig, wäre ich das wirklich - deine einzige Liebe. Stattdessen bin ich doch nur deine Zweitfrau - immer wieder; diejenige nämlich, die dir nicht mehr genügt. Schließlich lebst du mit der da zusammen!

Ihr nun folgendes, zorniges „Robert!“ wunderte ihn.

Noch bevor er den Beweggrund ihrer Wut begriff, versuchte er sich zu rechtfertigen. „Ja, du bist meine Ehefrau, die ich liebe. Es ist nur so ...; nun ..., also ... ich kann gar nicht mehr weg von ihr. Da gibt es nämlich ....“

Sarah achtete nur halb auf seine Worte, so aufgebracht war sie. Du liebst mich? Warum schläfst du dann mit anderen? Während sie ihn mitten im Satz unterbrach, schüttelte sie Robert mit einer zornigen Bewegung von sich ab.

„Spinnst du? Wie kannst du mir ins Gesicht sagen, das mit ... der da“ - abfälliger hätte sie es nicht ausdrücken können - „hätte nichts mit uns zu tun?! Wer ist denn, verdammt nochmal, die Frau an deiner Seite - und wer nur eine deiner Schlampen?" Sie kochte; ihre Stimme überschlug sich.

All ihre Mühe um ein ruhiges Gespräch mit ihm hatte für sie soeben ein jähes Ende gefunden.

Denkt dieser Mensch tatsächlich, er könnte mich als Nebenfrau halten, so, wie ein Hündchen, das er kraulen kann, wann immer es ihm beliebt? Langsam reicht es mir wirklich mit dir, Herr Gregorius!

Wie vom Blitz getroffen stand Robert nun neben ihr. „Ich versteh dich nicht. Was regst du dich so auf? Lass ich mich etwa von dir scheiden? Nein, ich bin für dich da und besuche dich regelmäßig. Meinst du etwa, Yvonne fände es toll, wüsste sie, wo ich gerade bin? Ich muss mir jedes Mal etwas ausdenken. Dir zuliebe. Sie anzulügen fällt mir wirklich schwer."

Sarahs Fäuste schlugen mit aller Wucht auf der Tischplatte auf. „Ach so ist das! Die da anzulügen macht dir Kopfzerbrechen. Aber mich lügst du seit Jahren an." Sarah verlor jetzt vollends die Fassung. „Und was willst du damit sagen, du könntest gar nicht mehr von dieser ..." - sie atmete laut ein und aus - „... weggehen? Was wird dann aus mir, bitte schön?"

Ihr Herz schien sich zu verkrampfen, so schmerzte es. Wieder kamen ihr die mahnenden, ärztlichen Worte in den Sinn. Einsichtig winkte sie ab. Sie musste rasch einen Strich unter diesen, ihr nicht gut bekommenden Streit ziehen.

„Schluss damit jetzt! Was interessiert mich das überhaupt noch. Robert, du gehst jetzt besser sofort zu ihr, damit sie nicht merkt, was für ein Lügner du bist." Wut und Ironie paarten sich in ihrer Stimme zu einer Art bitterem Sarkasmus.

„Aber … das … geht doch nicht", stammelte er, sichtlich überfordert von der Entwicklung seines Besuchs.
„Ich bin doch gekommen, weil ich …, ich meine, damit
du …." „Was?" „Also, die Bank …." Sofort ahnte sie,
worauf er hinaus wollte. „Vergiss es!" „Aber Schatz,
ich brauch deine Unterschrift doch ganz …."

Robert nestelte ein Kuvert aus seiner Brusttasche und
hielt es ihr hin. „Vom Notar; für dich. Lies es, damit
du weißt, was du vor ihm unterzeichnen sollst. Nächste Woche Montag ist Termin. Um drei."

Ich fasse es nicht, tobte es in ihr! „Nein!" Mit einer
raschen Bewegung schlug sie ihm den Umschlag aus
der Hand. „Das können Sie vergessen, Herr Gregorius.
Und jetzt raus aus meinem Haus!"

Mit Schwung erhob sie sich und wies ihm mit lang
gestrecktem Arm den Weg zur Türe.

Robert sah seine Felle davonschwimmen und begehrte
lautstark auf, während er das Kuvert aufhob. „Oh
nein! Das ist schließlich auch meine Wohnung.
Schließlich liegen noch ganz viele Sachen von mir im
Schlafzimmer; auch im Wohnzimmer."

„Pah!", kam prompt zurück. „Schon lange wohnst du
nicht mehr hier. Erst dann wieder, wenn du als mein
treuer und ehrlicher Ehemann reuig zurückkehrst."
Ihre Wut kannte keine Grenzen mehr.

Mit scharfem Blick beobachtete sie seinen Gesichtsausdruck. Was sie sah, war größte Verunsicherung.
„Aber …, aber Schatz."

Noch einmal versuchte es Robert mit dem, weswegen
er heute zu ihr gekommen war - und verband es mit
einem für sie nun wirklich nicht mehr überzeugenden

„Das alles tut mir wirklich so leid. Aber du musst zum Notar, damit die Bank diese Vollmacht bekommt.“

Das Einzige, was er von Sarah noch zu hören bekam, war ein laut schreiendes „Raus! Und komm erst wieder, wenn es für dich nur noch eine Frau gibt - deine Ehefrau.“

Als er die Haustüre hinter sich zu knallte, vermochte sie ihre abgrundtiefe Enttäuschung und den unbändigen Ärger über diesen Mann, den sie einmal in inniger Liebe geheiratet hatte, nicht mehr kontrollieren.

Mit wenigen Schritten erreichte sie den Flügel und begann mit ihren Fäusten wild auf die Tasten einzuhauen - so, als wäre es Roberts Rücken. Die Tränenflut, die ihre Wangen hinunter liefen, wollte kein Ende finden.

Kapitel 7

„Und? Hast du sie endlich soweit?“ Er schüttelte den Kopf und drückte mit dem Fuß die Haustüre hinter sich zu. „Noch nicht ganz. Aber ich schaff das schon; mach dir keine Sorgen, Liebes.“

Sie schaute ihn verärgert an. „Mach ich mir aber! Warum noch immer nicht, verdammt nochmal? Wie oft soll ich dich noch zu ihr lassen, bis wir die Kohle haben und deine Frau endlich los sind, he?“

„Red´ nicht so! Ich will Sarah nicht … los… werden.“ Robert zog die beiden Worte ganz lang. „Ich will nur das Geld von ihr haben.“

„Aber geschlafen hast du doch wieder mit ihr“, fuhr sie ihn an. „Yvonne, was soll das? Hast du nicht selbst gesagt, es sei dir egal, auf welche Weise ich sie ´rumkrieg?!“ Sie rollte die Augen. „Hast du?“ Dieses Mal konnte er mit ruhigem Gewissen mit seinem ehrlichen „Nein“ antworten.

War ihre Stimme eben noch laut und aggressiv, schlug diese bei ihrem nächsten Satz ins Gegenteil um. „Ach, Schatz, entschuldige“, bat sie ihn in sanftem Tonfall. „Natürlich weiß ich, wie sehr du dich bemühst, damit für uns alles gut wird. Aber wenn ich mir vorstelle, dass du mit ihr …; das kann ich einfach nicht ertragen. Ich liebe dich doch so sehr.“

Sie ging auf ihn zu und schmiegte sich an ihn. "Robby, du gehst doch nicht wieder zu ihr zurück, nichtwahr?“

Er umschlang sie und strich ihr liebevoll über ihr Haar. „Natürlich nicht! Hätte ich dich sonst mit hierher genommen? Wir wollen doch gemeinsam ein neues Leben ...." Ihre Hand fuhr über seinen Rücken und landete auf seinen Pobacken, während sie ihn mit einem froh klingenden „Ja!" unterbrach.

Von einem festen Schlag mit der flachen Hand auf seinen Hintern begleitet hörte er gleich darauf ihr erneut unwirsches „Dafür brauchen wir, verdammt nochmal, ihr Geld, Herr Gregorius. Kapiert!"

Von der einen zur anderen Sekunde hatte sich ihr Ton wieder geändert. Für Robert war Yvonnes fortwährender Stimmungswandel schon lange normal geworden. Während der letzten Monate wurde er jedoch heftiger.

Liegt gewiss an den Hormonen, beruhigte er sich auch jetzt wieder.

Anfänglich brachte ihn ihr ständiges Auf und Ab regelmäßig aus der Fassung. Von Sarah kannte er so etwas eben nicht. Schon bald begann er jedoch den Reiz zu erkennen, der darin lag. Diese junge, agile und aufregende Frau war nie langweilig, sondern stets voller Überraschungen.

Ganz anders als sie; bei ihr war alles vorhersehbar, einfallslos und bieder; vor allem im Bett. Nichts von dem, was er als etwas prickelnd Neues von ihr wollte, hatte sie je zugelassen.

Yvonne dagegen ist voller Leidenschaft, dachte er noch, als er sie schon spürte - ihre scharfen Schneidezähne an seinem Ohrläppchen. „Robby, willst du mal sehen, wie wenig ich unter meinem Rock anhabe?"

Schon riss sie sich von ihm los, machte kehrt und sauste in Richtung Schlafzimmer. Noch im Laufen zog sie ihr ausgeschnittenes T-Shirt über den Kopf. Allein der Anblick ihres nackten Rückens ließ ihn den letzten Rest des Ärgers, mit dem er soeben Sarah verlassen hatte, vergessen.

„Oh ja!" Du rassiges Weibsbild raubst mir schon wieder den Verstand.

Hastig zog er die Schuhe aus, schlüpfte aus der Hose und zerrte sich das Hemd vom Leib; dass er dabei zwei Knöpfe abriss, bemerkte er in seiner Gier nach dieser Frau nicht. Schon hörte er sie ungeduldig rufen. „Kommst du heute noch?" Er rannte los. Als er sie mit dem Rücken zu ihm gerichtet auf dem Bett liegen sah, gab es für ihn kein Halten mehr.

„Wie war ich?", fragte er noch immer schwer atmend. Statt ihm die erwartete Antwort zu geben, wand sie sich aus seiner Umarmung, rollte ihren Körper von ihm weg, setzte sich auf und verschränkte die Arme vor ihrem ansehnlichen Busen. Müsst ihr Männer immer so plump fragen, spottete sie wortlos?

Warum bist du, dachte er als Reaktion darauf verletzt, danach immer so kalt zu mir?

„Willst du auch eine?" Sie legte Zeige- und Mittelfinger an ihre Lippen. Robert schüttelte den Kopf. „Damit solltest du", gab er ärgerlich zurück, „aber langsam wirklich aufhören."

Yvonne ging zur Kommode, griff nach der Packung und zündete sich eine Zigarette an. „Ja, ja, bald! Ich trink schließlich keinen Alkohol Da werd ich ja wenigstens rauchen dürfen!", brummte sie. Seine gesundheitlichen Ratschläge nervten sie. Zum Glück waren es nur noch drei Monate.

„Yvonne!", schimpfte er. „Du vergiftest unser Baby." „Du kannst mich ja bei ihm verpetzen, wenn es kommt." Er wurde zornig. „Verflixt noch mal! Wie kannst du nur so sein?! Du weißt ganz genau, wieviel mir dieses Kind bedeutet. Schon mein ganzes Leben lang wünsche ich mir eines. Soll mein Sohn jetzt krank zur Welt kommen, nur weil du ...." Er verschluckte den Rest.

Als Antwort sah er, wie Yvonne sich die Ohren zuhielt und schnippisch meinte: „Dein Gejammer kann ich nicht mehr hören. Die Ärztin hat gesagt, das sei überhaupt nicht so schlimm, wie immer gesagt wird." Sie wusste, dass sie log und verließ das Schlafzimmer.

Gleich darauf hörte er das Wasser in die Duschwanne plätschern - und Yvonne laut rufen: „Komm her, Süßer! Kannst mir den Rücken einseifen und mir zeigen, ob du es hier drin vielleicht besser kannst als eben im Bett."

Ja, so ist sie, dachte er; gemein und verlockend zugleich. Roberts Finger krallten sich in das Bettlaken. In seiner Brust kämpften zwei Regungen gegeneinander. Der Missmut über ihre Arroganz einerseits, andererseits der Zorn über seine eigene Unfähigkeit, sich gegen die erotische Macht zu wehren, mit der sie ihn beherrschte.

Warum bin ich auch so schwach, wenn es um die Reize einer verführerischen Frau geht?! War schon immer so.

Genau damit hatte sie ihn eingefangen - damals auf der Pharma-Tagung in London. Erst war er ihr ins

Bett gefolgt; dann hatte er sie zu seiner Assistentin gemacht. Sehr zum Ärger ihrer Kollegin Inga, die eigentlich für den Posten vorgesehen war.

„Und, was ist? Kommst du endlich?!" Yvonnes erneutes Rufen holte ihn aus seinen Gedanken heraus. Er rollte sich aus dem Bett - und seifte keine Minute später nicht nur Yvonnes Rücken ein.

„Das war sehr schön, Robby! Zur Belohnung gibt's jetzt auch was Leckeres zu essen", flüsterte sie ihm mit süßlich klingender Stimme ins Ohr, während sich beide abtrockneten. Zärtlich streichelte sie ihm danach über die Wange. „Du bist ein toller Mann!"

Robert war versucht, sich über ihr nun ganz anders ausfallendes Urteil zu freuen. Lieber wäre es ihm aber, würde sie ihn das ohne ihre ewigen Gemütsschwankungen wissen lassen.

„Was gibt's?" „Kannst dir's wünschen: Pizza mit Peperoni-Wurst, Thunfisch und Kapern oder vegetarisch." „Au fein! Schon wieder Pizza." Er konnte ihr seine Ironie nicht ersparen - und dachte dabei an Bayrische Klöße mit Sauerbraten.

„Entschuldige, Robby, aber mehr habe ich nicht eingekauft. Morgen kannst du ja grillen und einen Salat dazu machen. Okay?" Sie schaute ihn zunächst mit einem Blick an, der ihm zeigen sollte, wie leid es ihr tat, nicht gerne zu kochen.

Gleich darauf änderte sich der Ausdruck in ihren Augen und sie sprach mit verführerischer Stimme: „Nach der Pizza könnte ich dir ein besonderes Dessert anbieten." Robert brauchte nicht zu raten, was sie meinte. Seit er sie kannte, wusste er den Ausdruck ´Nymphomanin` perfekt zu deuten.

„Na gut, dann eben scharfe Pizza." Ein Bayrisches Dessert von Sarah wäre ihm lieber. Fast hätte er den Mumm aufgebracht zu ergänzen, keine Lust auf ihren erotischen Nachtisch zu haben. Doch nur fast.

Eine halbe Stunde später schob er sich hungrig ein großes Stück viel zu hart gebackener Pizza in den Mund. „Hm! Wie lecker!" Yvonne erkannte, wie zweideutig er es meinte und fuhr ihn an.

„Ist Essen das Einzige, woran du jetzt denken kannst? Essen, essen. Es gibt doch im Moment wahrlich etwas Wichtigeres, verdammt noch mal!" Nur wenig überrascht zuckte er mit den Schultern und schaute wie unbeteiligt an ihr vorbei. Was würde jetzt wieder kommen, nachdem sie ihm eben noch mit frohem Lachen einen guten Appetit gewünscht hatte?

„Wann bringst du sie endlich dazu, die Kontovollmacht zu unterschreiben? Wir brauchen ihr Geld. Sehr dringend, Robert!"

Die Schärfe ihres Tons wurde begleitet von der Nennung seines korrekten Vornamens, statt ihn wie gewohnt Robby zu nennen. Er wusste, was ihm gleich blühen würde; den benutzte sie nur, kurz bevor in ihr ein Gewitter losging.

„Guck nicht so blöd aus der Wäsche, sondern tu endlich was! Oder willst du etwa im Gefängnis landen, he? Und ich als deine persönliche Assistentin am Ende auch noch."

„Wie - Gefängnis?" Er verstand nicht, was sie meinte. „Ja, genau! Die Sache wird brenzlig, mein Lieber! Ich hab nämlich mit Carl telefoniert." „Welcher Carl?" Er schaute sie verständnislos an. „Hallo! München!"

Da kam es ihm. „Meinst du etwa diesen arroganten Wichtigtuer Dr. Hendersson aus der Rechtsabteilung? Was hast du mit dem zu schaffen? Und wieso nennst du ihn Carl?" „Das spielt jetzt keine Rolle, klar!", fuhr sie ihm hastig über den Mund.

„Also, der hat mir brühwarm aufgetischt, dass die Aufsichtsbehörde nach deren monatelangen Überprüfungen mittlerweile davon ausgeht, dass du hinter den Manipulation der Zulassungsunterlagen steckst. Das hat ihm richtig Freude gemacht; weißt ja, dass er dich nicht ausstehen kann. Da rollt ne riesige Lawine auf die Firma zu, weil die natürlich gesamtverantwortlich ist. Aber eben auch ...."

„Was heißt da Manipulation?!", unterbrach er sie aufgebracht. „Die Ethikkommission und unsere werten Mediziner haben doch am Ende alles abgesegnet. Damit war die Geschichte für mich erledigt." „Bis die Ärzte die Nebenwirkungsmeldungen machten", konterte sie. „Ab da gab es doch keinen Zweifel mehr, dass es irgendwann rauskommt." „Ach was!"

„Idiot!", schimpfte sie. „Wie konntest du vorher auch nur die in den Studien aufgetauchten, lebensgefährlichen Probleme unter den Tisch fallen lassen. Nur, um die 25.000.- Euro Prämie dafür zu kassieren, dass du das amtliche Verfahren so schnell durchgezogen hast und dieses Q 21 so rasch auf den Markt konnte."

„Ich hab das Geld doch für ...." „Hör zu!", würgte sie ihn erneut ab. „Damit steckst du jetzt ganz schön tief in der Scheiße." „Aber wieso ...?" „Wieso?", schrie sie, „willst du wissen. Das kann ich dir sagen. Carl hat nämlich von mittlerweile drei toten Patienten gesprochen. Schöner Mist, was?!

Der finanzielle Schaden sei riesig! Die Forderungen gegen dich auch, meint er; vorneweg zehn Millionen. Gehässig gelacht hat er dabei." „Das Schwein! Was hast du überhaupt mit dem zu ...?" Sie überging seine Frage.

„Da reichen die drei Mios, die du deiner Frau mit der Vollmacht klauen willst, bei weitem nicht, Herr Gregorius. Siehst du Blödmann jetzt, dass du dich, verdammt noch mal, endlich um die Kohle kümmern musst. Und zwar", setzte sie nach, „um viel mehr als nur drei, kapiert?! Am besten hol dir alles."

Erschrocken ließ Robert das Besteck fallen und legte seine Rechte auf die Wange. Außer einem schwach klingenden „Oh nein!" fand er keine Worte. In seinem Kopf aber hallten ihre harten Worte nach: ´... drei Tote... - ... hol dir alles`.

Yvonne sah ihm seine Fassungslosigkeit an. Sofort änderte sie ihren ruppigen Ton und schaute ihn verständnisvoll an. „Ja, Robby, Liebster, wir brauchen ihr gesamtes Bankvermögen! Es kommt nämlich noch weit schlimmer."

Robert spürte Blässe in seinen Wangen aufsteigen. Eilig stand Yvonne vom Stuhl auf, ging um den Tisch herum und legte einen Arm um seine Schulter.

„Wie - schlimmer?", fragte er irritiert.

„Nun ja, Carlchen wollte erst nicht damit rausrücken. Er riskiert schließlich seinen Job, wenn rauskommt, dass er dort die undichte Stelle ist. Wüsste der, dass wir zusammen sind, hätte er sowieso gleich den Hörer aufgelegt; der mit seiner Eifersucht. Als ich ihm aber ein wenig Honig ums Maul schmierte, da ...."

Robert drehte den Kopf zu ihr. Sie schenkte seinem misstrauischen Blick keine Beachtung, sondern fuhr ohne Zögern fort - „ ... da ließ er durchblicken, dass jetzt sogar der Staatsanwalt an der Sache dran ist und ...."

Nun war es Robert, der sie unterbrach - und dabei seinen aufkommenden Argwohn in Bezug auf ihre offensichtliche Vertrautheit diesem Hendersson gegenüber zurückstellte. „Der Staatsanwalt? Aber ..., aber das heißt ja, dass ...." Er befreite sich aus ihrer Umarmung und schaute sie entgeistert an. „Genau! Das gibt ein Strafverfahren gegen dich, sagt Carl."

„Oh nein! Ganz sicher nicht!", begehrte er auf und fuchtelte mit seinen Händen. „Das können die gar nicht. Schließlich bin ich hier in Neuseeland und werde einen Teufel tun, zurück nach Deutschland zu gehen."

„Das habe ich ihm auch gesagt; dazu schwieg er eisern. Zunächst." „Wie, zunächst?"

„Nun, als ich ihm beim Verabschieden einen ... - naja, ist ja egal. Vor allem hat Carlchen da ganz leise ins Telefon geflüstert - weißt du, so, als wäre er plötzlich nicht mehr allein im Büro - dass du mit einem Auslieferungsantrag rechnen musst. Dann war das Gespräch plötzlich beendet. Er hat wohl rasch auflegen müssen."

Während sich Robert noch vor wenigen Sekunden in Sicherheit wiegte, schlug dieses Gefühl nun in Angst um. „Was?!" Aus seinen Wangen schien mit einem Mal jegliches Blut verschwunden zu sein. Auslieferung ..., drei Tote ..., Strafprozess ..., Geldstrafe ..., Gefängnis. Wie auf einem Karussell drehte sich alles rasend schnell in seinem Kopf. Sarahs ganzes Vermögen? Alles? Wie sollte das gehen?

Als hätte Yvonne sein Gedankenwirrwarr erkannt, reagierte sie darauf. „Du fragst dich gewiss auch, wofür wir all ihr Geld brauchen?" Sie stellte sich direkt vor ihn. „Ganz einfach, weil wir hier nicht mehr sicher sind und untertauchen müssen."

Dann sah Robert, wie sie mit beiden Händen über ihren runden Bauch strich; langsam und behutsam, so, als würde sie den Kopf eines Babys streicheln.

„Willst du etwa, dass dein Sohn schon im Kindergarten deshalb gehänselt wird, weil sein Papa im Gefängnis sitzt? Willst du etwa, dass die Mutter deines Kindes ohne Ehemann dastehen soll? Willst du etwa, dass unsere Liebe Monat um Monat, Jahr um Jahr weniger wird, weil wir nicht zusammen sein dürfen?" Mit jedem dieser Sätze hatte die Lautstärke ihrer Stimme zugenommen.

„Aber ...; aber ....", stammelte er unbeholfen. „Ist das alles, was du dazu sagen kannst?" Yvonne spürte, wie Wut in ihr aufsteigen wollte; doch dieses Mal zwang sie sich, ruhig zu bleiben. Sie musste ihm Schritt für Schritt klarmachen, was zu tun war.

„Hör mir jetzt genau zu, Robby! Du und ich wollen doch zusammen mit unserem Kind als Familie glücklich werden, ja?" Trotz seines emotionalen Durcheinanders gelang ihm ein „Natürlich, Liebes!"

„Können wir das, wenn du in Deutschland am Ende tatsächlich hinter Gittern sitzt?" Er senkte seinen Kopf und schüttelte ihn. „Was geschieht, wenn dem Auslieferungsersuchen gefolgt wird? Und dass das passiert, steht ja wohl außer Frage! Bei drei Toten. Also?!"

Sie streckte ihren Arm aus und hob mit dem Zeigefinger sein Kinn an. „Schau mich gefälligst an und sag es mir!" Er schnaufte, schloss die Augen und murmelte: „Ich werde in Handschellen zurück nach München geflogen?"

„Genau ... so ... wird ... es ... sein!" Sie zog die Worte ganz lang. Robert ließ die Schultern fallen. Sein Kinn landete auf dem Brustbein. „Dann ist alles zu Ende", brummte er. „Ach, was mach ich bloß? Warum habe ich nur ...?"

In Yvonne führten in diesem Moment der Zorn und ihre tief empfundene Enttäuschung über seine Willenlosigkeit einen heftigen Kampf gegen ihre leidenschaftlichen Gefühle für diesen Mann. Nach ihrem bisherigen, unsteten Liebesleben war sie lange Zeit unentschlossen geblieben, ob Robby für sie der Richtige war. Auch heute noch nervte er sie oft.

Das, was sie sich als Mann an ihrer Seite vorstellte, würde sie sich wohl backen lassen müssen. Wie sehr sehnte sie sich nach wahrer Liebe und inniger Geborgenheit; nicht nur für die kurze Zeit einer dieser vielen Affäre, in denen sie das zu finden geglaubt hatte, was sie wollte.

Seit sie wenige Monate nach London das erste Ultraschallfoto in Händen hielt, sagte ihr Herz Ja! zu Robby und zu ihrem innigen Wunsch, endlich eine Familie zu gründen. Allein ihr Verstand war nicht völlig überzeugt, war er doch nicht wirklich der Traumprinz, den sie sich vorstellte.

Das, was jetzt dort auf dem Stuhl vor ihr saß und jammerte, nährte jenen Rest der Zweifel wieder. Sollte das da etwa der kluge und tapfere Ritter sein, der sie

und ihr Kind zu beschützen in der Lage war? Die Ernüchterung in ihr siegte.

„Was bist du doch für ein Schwächling! Statt dir eine
Lösung zu überlegen, sitzt du nur hilflos da. Das
macht mich wütend, mein Lieber, und sehr traurig.
Hab ich mich doch so sehr in dir geirrt? Hätte ich
doch mehr auf meinen Verstand hören sollen? Wie
soll ich mich auf dich verlassen können, wenn du bei
der kleinsten Schwierigkeit wie ein nasser Sack ....“

Weiter kam sie nicht. Ihre Vorwürfe hatten Robert
wachgerüttelt. „Yvonne! Ich will ja! Nur das Wie ....“

Diese tolle Frau wieder zu verlieren - schrecklich! Viel
zu lange schon suchte er nach dem, was seinem Verlangen nach erotischer Erfüllung einerseits und einem
echten Familienleben mit einem Kind andererseits
gerecht wurde. Die ewige Jagd nach Eroberungen
hatte ihm bislang all das nicht gebracht.

„Wie soll das gehen?“ Sein Zeigefinger trommelte
gegen seine Unterlippe. „Lass mich überlegen.“ Seine
Stirn legte sich in Falten.

Wow, dachte Yvonne - und staunte darüber, dass in
ihm doch so etwas wie Kampfeswillen steckte. Sie
strich ihm zärtlich über die Wange und setzte dazu an,
ihm auf die Sprünge zu helfen.

„Meine Schwester hat eine Idee.“ Der Blick, der sie
traf, glich einem Blitzeinschlag. Empört fuhr er sie an.
„Was? Du redest mit ihr über unsere privaten Sachen?
Was geht sie das an?“

„Hallo!“, gab sie entrüstet zurück. „Wer war es denn,
der sich als Bürge für das verlängerte Visum einsetzte?
Deine zukünftige Schwägerin! Also beschwer dich

gefälligst nicht darüber, dass ich meine Sorgen mit ihr teile, klar! Wenn du Blödmann wüsstest ...."

„Was wüsste?" „Dass ..., dass wir ohne sie ...." Sollte sie ihm das, was ihr auf der Zunge lag, tatsächlich offenbaren? Nach kurzem Überlegen tat sie es. „Hätte ich in München nicht ihren Rat befolgt, bei dir zu bleiben, wären wir schon lange nicht mehr zusammen, mein Lieber!

Roberts Mund öffnete sich, ohne dass er aber etwas zu sagen vermochte; zu sehr trafen ihn ihre Worte.

Sie wusste, dass sie ihn schockiert hatte. Das muss aber sein, dachte sie! Du musst kapieren, mich nur halten zu können, wenn du die Sache endlich als richtiger Kerl in die Hand nimmst.

„Stundenlang hörte sie mir am Telefon zu, wenn ich von dir erzählte. Nach unseren ersten verliebten Wochen wusste ich wirklich nicht, was ich letztendlich mit dir anfangen sollte. Du bist verheiratet. Und, entschuldige, manchmal ganz schön pedantisch. Typisch Jungfrau! Aber eben auch gefühlvoll, interessant und im Bett ..."

Sie vollendete den Satz nicht, ließ aber für den Bruchteil einer Sekunde ihre Zungenspitze über ihre Oberlippe huschen.

„Weißt du, sie ist zwar eine viertel Stunde jünger als ich, weswegen ich ihre große Schwester bin. Sie ist jedoch weit lebenserfahrener und abgeklärter als ich. Wir sind schon sehr unterschiedlich! Liegt wohl daran, dass wir keine eineiigen Zwillinge sind."

Oder daran, ging ihr durch den Kopf, dass der weit ältere John ihre erste große Liebe war, den sie schon mit achtzehn heiratete; von ihm hat sie sicher viel Lebenserfahrung abbekommen. Auch, wenn er sie später arg schlecht behandelte. Sie schauderte leicht. Ja, sie hat schon einiges durchgemacht.

Ihre Augen suchten die seinen. „Also, achte nun auf das, was sie sagt. Wir müssen von hier verschwinden, noch bevor die Polizei dich abholen kann. Am sichersten in ein Land, mit dem Deutschland kein Auslieferungsabkommen hat. Dazu brauchen wir aber sehr viel Geld, weil die Behörden dort bestochen werden müssen. Das weiß sie von Ernesto.“

„Ernesto?“, unterbrach Robert sie fragend. „Ein Neffe von John; der könnte uns helfen, meint sie. Er lebt in Panama und ist ein hohes Tier in Innenministerium. Verstehst du?“

Während Yvonnes Erklärung nestelten Roberts Finger nervös am Saum der Tischdecke. Ungläubig starrte er die Frau vor ihm an. Sie kam ihm plötzlich so fremd vor; was verlangte sie da von ihm? Flüchten; nach Mittel-Amerika; mit Sarahs Millionen im Koffer; und Bestechung. Seine Lippen bewegten sich, doch seine Zunge vermochte die Worte seiner Fassungslosigkeit nicht zu formen. Kraftlos zuckte er mit den Achseln.

Seine erneut schlaffe Tatenlosigkeit brachte Yvonne endgültig auf die Palme. „Schau nicht schon wieder so blöde aus der Wäsche!“, fuhr sie ihn an. „Hast du vielleicht eine bessere Idee? Oder glaubst du echt, wir wären hier in Neuseeland sicher? Was bist du nur für ein Schlappschwanz! Du hast es bislang ja nicht einmal geschafft, dein dummes Hausfrauchen vom Herd wegzulocken, um ihr eine läppische Unterschrift abzuschwatzen; zumal die Alte sowieso bald nur noch deine Ex ist.“

Yvonne kochte vor Wut. Erst baut er in München, tobte es in ihr, so eine Scheiße und zieht mich mit hinein. Wird es dann aber ernst, macht er sich aus dem Staub - und nun auch noch in die Hosen. Wär ich bloß nicht schwanger von dem! All die Hoffnungen auf die Erfüllung ihrer Wünsche schmolzen gerade dahin, so sauer war sie.

Sarah so zu betiteln war zu viel. Wutentbrannt sprang Robert auf und stieß dabei den Stuhl um. „So redest du nicht von meiner Frau, hörst du?!", brüllte er sie an.

Geschieden sind wir ganz sicher noch lange nicht, hätte er ihr am liebsten auch noch an den Kopf geworfen. Außer sich vor Ärger und Hilflosigkeit begann er zu stottern. „Außerdem, wie ..., wie stellst du dir ..., dir das vor? Wie soll ich, bitteschön ..., schön, Sarah dazu bringen ..., bringen, uns ihr ..., ihr ganzes Geld ..., Geld zu geben? Und was soll dann aus ..., aus ihr werden?"

Breitbeinig und mit in die Hüften gestemmten Händen schrie sie zurück: „Ach ja! Und was soll aus uns werden? Aus unserem Baby?"

Ihr Blick durchbohrte ihn förmlich. Es reichte ihr! Diesen Affentanz wollte sie nicht mehr mitmachen. Immer wieder fuhr er zu seiner Frau. Ganz gewiss nutzte er ihre Hoffnungen darauf aus, dass sie ihn wieder zurückbekommt, wenn sie sich vor ihm auf den Rücken legt.

Aber damit, tobte es in ihr, ist nun Schluss! Dein Hin und Her mach ich nicht mehr mit!

Scharfzüngig und böse zischte sie: „Du kannst nicht länger auf zwei Hochzeiten tanzen, Robert. Entweder die da oder ich und ihr Geld; für uns drei. Um die

Entscheidung kommst du jetzt nicht mehr herum. Also?!"

Als er ihren Blick erwiderte, schaute er in eiskalt scheinende, stahlblaue Augen. War das die Frau, in die er sich so sehr verliebt hatte, und die ihn mit ihrer faszinierend aufregenden Art gefangen hielt? War das, was sie da von ihm verlangte, noch Liebe, oder sprach da Bösartigkeit aus ihrem Mund?

„Also?!"

Yvonne ließ nicht locker. Um ihrer Forderung Nachdruck zu verleihen, strich sie wieder mit beiden Händen über ihren Bauch. Dieses Mal geschah es jedoch mit heftigen Bewegungen; sie war zu aufgebracht, um dabei behutsam zu sein und liebevoll an ihr Ungeborenes zu denken.

Robert erkannte ihre Absicht, ihn damit unter Druck zu setzen. „Pah! Meinen Sohn brauchst du gar nicht ins Feld zu führen, um mich zu einer dir gefälligen Antwort zu nötigen. Was du da von mir ver ....."

Weiter ließ sie ihn nicht sprechen. Sie kochte vor Wut. Die Pferde gingen nun vollends mit ihr durch und ließen sie jegliche Zuneigung zu dem Mann vor ihr vergessen; höhnisch schrie sie: „Dein Sohn? Von wegen!"

Als hätte ihn ein Boxhieb getroffen, wich er einen Schritt zurück. Was? Will sie mir etwa offenbaren, jagte ein schlimmer Verdacht durch seinen Kopf, das da in ihr sei gar nicht sein ...? Dieser Mistkerl von Hendersson etwa?

In Windeseile suchte sein Gehirn nach einer Erklärung. Als sie noch einmal in München war? Wegen der

Beerdigung einer Freundin? Er schluckte, bevor er bedrohlich leise fragte: „Frau de Clerk, hast du mir gerade mein Recht als Vater dieses Kindes abgesprochen?" Sein Zeigefinger richtete sich drohend auf ihren Unterleib.

Yvonne sah seiner Mimik an, dass sie sich soeben in eine Sackgasse manövriert hatte. Schlagartig erkannte sie, dass Roberts Haltung ihr gegenüber auf Messers Schneide stand.

„Rede! Sonst ...."

Roberts gefährlich scharf klingende Stimme signalisierte ihr nochmals den Ernst der Situation. Doch etwas zu antworten gelang ihr in diesem Moment nicht. Sie war zu verstört über die Folgen ihrer völlig unüberlegten Andeutung.

In ihrer Erstarrung gelang es ihr nicht schnell genug, ihre Gemeinheit zurückzunehmen. Schon drehte sich Robert um und lief mit raschen Schritten in Richtung Haustüre. „Wenn das so ist, habe ich mit dir nichts mehr ...."

Kaum eine Sekunden später löste sie sich aus ihrer Reglosigkeit und eilte ihm hinterher. „Nein! Robby. Bitte. Das habe ich doch nicht so .... Natürlich bist du .... Das Baby ist von dir. Robby, bitte glaub mir. Nie habe ich dich betrogen. Nie!"

Was sie von sich nicht kannte und deshalb niemals erwartet hätte, geschah nun. Kaum hatte ihr verzweifelt gerufenes Nie! ihren Mund verlassen, brach sie in Tränen aus. Die Schwangerschaft, Robbys Ehefrau, sein Zaudern, die Angst, ihn in einem Gefängnis zu wissen, während sie ihr Kind alleine erziehen müsste -

all das kam in diesem Moment auf einmal auf sie zu
und forderte seinen Tribut.

Durch den nassen Schleier über ihren Augen sah sie,
wie Robert stehen blieb und sich umdrehte. Als er
seine Arme ausbreitete, warf sie sich weinend an seine
Brust. „Robby", flehte sie, „bitte verzeih mir. Was ich
da sagte, tut mir unendlich leid. Ich wollte doch nur
.... Ich war so wütend auf dich, weil du ....“

Dann brach ihre Stimme in sich zusammen; ihr
Schluchzen erstickte jedes weitere Wort.

Kapitel 8

„Wollen wir uns nicht duzen?", fragte sie und erhob ihr Weinglas. Erst stutzte Sarah, weil sie das nicht erwartet hatte. Doch dann antwortete sie mit einem strahlenden Lächeln. „Warum nicht?! Also ich bin Sarah." „Und ich Monica." Beide Frauen prosteten sich zu. Als sie gleich darauf ihre Mieterin in den Arm nahm, war Sarah umso irritierter; dennoch erwiderte sie die Umarmung gerne.

„Weißt du, wofür ich sehr dankbar bin?" „Sag!" „Dafür, dass ich jetzt nicht mehr im Haus alleine bin. Gerade nachts!" Sarah schaute sie fragend an. „Ach, hast du es nicht gelesen? Das mit den beiden Gewaltverbrechern." Die Stimme klang sorgenvoll. Ihre Hand legte sich leicht über den Mund.

„Nein", fragte Sarah. „Was ist mit denen?" „Die sind vorgestern aus dem Paremoremo ausgebrochen." „Was ist Paremoremo?" „Na ja, der Name eines Kaffs auf der anderen Seite der Bucht; aber eigentlich die Bezeichnung des großen Gefängnisses dort."

„Gewaltverbrecher, sagst du?" Monica nickte und riss die Augen weit auf. „Ein Vergewaltiger und einer, der schon drei umgebracht hat." „Du liebe Zeit! Ich hatte immer gedacht, Neuseeland sei ein sicheres Land." „Ist es auch; solange die Bösen hinter Gitter sind. Aber jetzt. Oh weh!"

Sie machte eine kurze Pause, während der sie tief einatmete und dann die Luft laut durch die Nase blies. „Schließ bloß gut ab, bevor du schlafen gehst." „Mach ich sowieso. Was denkst du, ist bei uns in München los; schon allein wegen der vielen Einbrecher. Keine Sorge! Ich bin es gewohnt, auf mich aufzupassen."

Sarah griff nach dem Glas und leerte es zum Erstaunen ihrer Gastgeberin ohne abzusetzen. „Wow, hast du einen Zug!" Sie senkte dabei ein wenig den Kopf und blickte über den Rand ihrer Brille. „Fast so, wie mein seliger Mann. Der trank, konnte dann aber ...." Sie machte eine traurige Miene und brach ihren Satz mit Absicht ab. „So?" fragte Sarah behutsam, weil sie glaubte, da etwas Bedrückendes herauszuhören.

„Alkohol kann sehr gewalttätig machen. Aber lassen wir das! Es tut noch zu weh. Reden wir lieber über dich. Was ist eigentlich mit deinem Mann? Ich sehe ihn so selten. Er ist wohl oft auf Geschäftsreise?"

Prompt wurde es Sarah unbehaglich; dieses Thema war keines, über das sie reden wollte. Rasch versuchte sie Zeit zu gewinnen, indem sie ihr Gegenüber ablenkte. „Bekomme ich noch Wein? Der ist echt lecker. Einer von hier?"

Monica erkannte Sarahs Absicht und ließ sich zunächst darauf ein. „Ganz aus der Nähe sogar. Von der Bay of Plenty. Ein Chardonnay. Gut, nichtwahr!" Sarah nickte und suchte nach einer weiteren Möglichkeit, eine noch im Raum stehende erneute Frage nach Robert abzuwenden.

Sobald ihr Glas gefüllt war, nahm sie es und meinte: „Ich möchte einen Toast ausbringen." „Ja?" „Nämlich auf deinen riesigen, tollen Garten mit den vielen bunten Blumen. So etwas Schönes habe ich lange nicht mehr gesehen. Unsere Münchner Villengärten sind auch sehr ansehnlich. Du hast jedoch herrliche Pflanzen stehen, die es wohl nur hier gibt. Dein Gärtnereibetrieb ist geschlossen, steht vorne am Zaun. Warum eigentlich?"

„Hat sich wegen der Personalkosten nicht mehr getragen. Ohne meinen Mann." „Aha. Na dann Prost auf den wunderschönen Garten!" Monica tat es ihr mit einem „Aber auch auf dich und unsere neue Freundschaft" gleich. Dabei lächelte sie.

„Dort hinten vor den großen Gewächshäusern sehe ich ja sogar einen Bachlauf. Komm, lass uns mal hinlaufen!", setzte Sarah ihre Bemühung um ein für sie weniger heikles Gespräch fort. „Gehört der auch noch dir?"

„Tut er! Gerne zeige ich dir morgen Nachmittag alles, wenn es meinem verstauchten Fuß wieder besser geht. Ich hab ihn mir vorgestern beim Joggen vertreten. Morgen früh fahre ich zum Arzt." „Hoffentlich ist nichts gebrochen."

„Das könnte ich nicht gebrauchen, jetzt, wo ich hier so viel zu tun habe." Sie deutete dabei auf die langen Beete vor ihnen. „Sieht echt nach einer Menge Arbeit aus. Hast du niemand zum Helfen?"

Monica schüttelte den Kopf. „Seit er nicht mehr da ist, bleibt alles an mir hängen." „Ist dein Mann schon lange tot?"

Ihre Mimik erstarrte und der bekümmerte Blick wanderte in die Ferne.

„Oh, verzeih mir", entschuldigte sich die Fragende sofort, „dass ich so neugierig bin." „Schon okay. Fällt mir halt noch schwer. Du hast ja eben auch nicht über deinen Mann sprechen wollen, stimmt´s?" Gespannt richtete sie ihre Augen auf Sarah. Würde sie sich ihr gegenüber nun öffnen?

„Stimmt!" Für einen Moment ging sie in sich. Bei ihren letzten Treffen hatte sie bewusst über ihre Eheprobleme geschwiegen. Natürlich! Diese Missis Lipton war für sie ja anfänglich eine Fremde. Jetzt aber erkannte sie, dass es auch bei ihr einen wunden Punkt gab. Ihr verstorbener Ehemann. Außerdem war das mit dem Duzen sehr nett von ihr!

Vielleicht ist Monica wirklich jemand, dem ich mich anvertrauen kann, überlegte sie rasch. Warum also soll ich mich nicht offenbaren - und mir bei ihr Rat holen? Von Frau zu Frau? Mit wem sonst könnte ich in diesem fremden Land darüber reden?

Außer mit Lisa am Telefon. Die aber nervt mich zunehmend, weil sie jedes Mal heftiger verlangt, ich soll mich endlich scheiden lassen.

„Aber ...", begann sie zögerlich. Sollte sie wirklich? „Aber?", hakte ihr Gegenüber erwartungsvoll nach. „Aber wenn ich ehrlich bin, würde ich schon gerne mit jemandem reden, weißt du."

Sie ermutigte Sarah fortzufahren. „Du sprichst mir aus der Seele. Ganz früher erzählten wir einander alles, was uns bewegte. Aber irgendwann hat das aufgehört, weil er sich so veränderte. Seit seinem Tod sitze ich ganz alleine in meinem Haus und habe eigentlich niemanden zu Reden." Sie entließ einen Seufzer, der ihrem Kummer entstammte.

„Ja, alleine zu sein, ist sehr bedrückend", gab Sarah leise zurück. „Aber du", entgegnete Monica, „hast doch einen Mann an deiner Seite."

Sarahs Lider schlossen sich für einen Moment. Diese Sekunde brauchte sie noch, bevor sie endgültig bereit war.

„Ach, wenn du wüsstest! Wir waren mal so glücklich."

„Nicht mehr?"

Sarah atmete laut ein und aus und schüttelte den Kopf - zunächst behutsam, dann aber mit heftigen, ruckartigen Bewegungen. „Nein! Stell dir vor! Er hat eine andere. Schon seit vielen Monaten."

Monica streckte ihren Arm aus und ließ ihre Hand über Sarahs Schulter gleiten. „Also deshalb ist er so selten hier. Ich habe mich schon gewundert." „Ja; er wohnt bei ihr." „Nein!" Erschütterung klang in ihrer Stimmlage durch.

„Das darf nicht wahr sein! Aber soll ich dir was sagen - so ähnlich hat es bei uns beiden angefangen. Nur war es bei ihm keine Frau. Seine Geliebte hieß Alkohol."

Sarah sah sie erstaunt an. „Er war also ein notorischer Trinker. Oh weh! Konntest du ihn nicht davon abbringen?" „Gegen seine Sucht hatte ich letzten Endes keine Chance", schimpfte sie und ballte dabei ihre Fäuste.

Sarahs Betroffenheit wuchs. „Was ich auch immer probierte, führte nur dazu, dass ich ...." Wut und Traurigkeit stiegen gleichzeitig in Monica auf. Ihre tiefen Wunden waren noch immer nicht verheilt; weder die an ihrer Psyche noch jene an ihrem Körper. Ihre Narben würden wohl nie verheilen.

Die Miene verhärtete sich. Sie kniff die Augen zu Schlitzen zusammen. Du Teufel, tobten ihre aufgebrachten Empfindungen, hast mich solange gequält, bis ich mir keinen anderen Rat mehr wusste. Du hast mir mein Seelenheil geraubt!

Sarahs fragender Blick huschte scheu von Monicas Mund zu deren Augen und zurück, ohne dass sie sich etwas zu sprechen traute. Allein ein bedrücktes „Oh, Monica!" kam ihr über die Lippen.

Rasch bemühte diese sich, ihre Fassung zurück zu gewinnen.

„Nun ja, es wurde immer schlimmer mit ihm, bis ich ihn mit einem Küchenmesser in der Hand aus dem Haus jagte. Am nächsten Tag aber stand er wieder vor der Türe und flehte mich an, ihm zu verzeihen."

„Verzeihen?" „Ja! Er hatte mich am Abend total betrunken so verprügelt, dass ich den Notarzt rufen musste." „Oh nein! Du Arme."

Bei dieser mitfühlenden Bemerkung besann sich Monica auf das, was Sarah ihr soeben offenbart hatte. „Da hast du es mit deinem Mann - äh, wie heißt er noch?"

„Robert." „Ach ja, Robert. Da hast du es mit Robert doch besser getroffen. Er geht nur fremd. Dagegen kannst du wenigstens etwas tun. Mit den Waffen einer Frau - du verstehst, was ich meine."

Ihre Andeutung unterstützte sie damit, dass sie ihre Hände über ihre eigenen, ebenfalls recht üppigen Brüste legte. „Du hast ja schließlich etwas zu bieten und siehst fantastisch aus."

Sarah schwankte zwischen Verlegenheit und Stolz. Ja - dass sie sehr fraulich gebaut und trotz ihres Alters zudem noch ein bewundernswert schönes Aussehen hatte, musste wohl stimmen; sie hörte es heute gewiss nicht zum ersten Mal.

Doch half ihr das wirklich dabei, ihren Robert zurück zu bekommen? Sie schnaubte. „Bislang hat er seine Liebschaften auch wieder in die Wüste geschickt. Dieses Mal aber ....“ „Wie? Hat er das schon öfter gemacht?“ „Und wie oft!“

Das zu erfahren ließ Monica aufhorchen. Viele Seitensprünge. Schon öfter. Das finde ich aber gar nicht gut!

„Sag, was genau tust du, um deinen Mann zurückzuerobern. Du schläfst doch hoffentlich mit ihm, wenn er dich besucht, und verwöhnst ihn nach allen Regeln der weiblichen Kunst, nichtwahr?“

Diese unerwartete Frage machte Sarah verlegen, sodass sie ein wenig rot wurde. Es entsprach nicht ihrer Erziehung, über solche intimen Dinge mit Dritten zu sprechen; wenn überhaupt, dann höchstens andeutungsweise mit Lisa. Sie schwieg also. Zunächst. Erst als Monica nachbohrte, rang sie sich zu einer Aussage durch.

„Na ja, wenn du es unbedingt hören willst. Einerseits lass ich es über mich ergehen, weil er es jedes Mal, wenn er kommt, von mir verlangt. Ich weiß ja, dass er den Weg zu mir nur deshalb macht. Kaum eine Stunde danach ist er wieder weg.“

Sie schnaufte. „Andererseits ....“ „Ja?“ „Nun, meine Sehnsucht nach Zärtlichkeit ist schon sehr groß! So tut es arg gut, dass er mich gerade in den letzten Wochen häufiger besucht - und es will; das im Bett, meine ich. So war das bisher immer, wenn sein Seitensprung dabei war, ein Ende zu finden. Das lässt mich hoffen.“

Monicas Aufmerksamkeit wuchs.

„Deshalb wollte ich bei seinem letzten Besuch mein Verhalten ändern und quasi den Spieß umdrehen.“ „Wie meinst du das?“ „Ihn erst mit einem guten Essen locken und dann …, na, du weißt schon. Ohne, dass ich quasi das unterwürfige Frauchen war; ich wollte der bestimmende Part sein.“

Monica verstand. Gespannt hakte sie nach. „Da war er sicher erst überrascht und dann Feuer und Flamme, weil du selbst die Initiative ergriffen hast, nichtwahr? Schließlich weiß er sicher, was er an dir hat; da kann so eine Geliebte doch auf Dauer nicht mithalten.“

Wie sehr Sarah sich das wünschte! Zu dumm, dass sie ihn vor die Türe gesetzt hatte. Aber er würde sicher wieder kommen! Sie erinnerte sich dabei daran, dass er etwas ganz Bestimmtes von ihr brauchte. Dann würde sie ihre Taktik fortsetzen und ihn mit ihren Vorzügen verführen; sie musste ihn wieder für sich gewinnen!

Monicas fragendes „Und? War er?“ unterbrach sie in diesem hoffnungsvollen Gedankenspiel. „Äh, was war er?“ „Feuer und Flamme. Wie war es mit ihm im Bett?“ Sarah schüttelte den Kopf. „Es kam nicht dazu.“ „Warum das?“ „Dieser Blödmann hat sich so bescheuert verhalten, dass ich ihn rausschmiss, noch bevor das Kaffeetrinken zu Ende war.“

Monicas Interesse wuchs noch mehr. „Was war denn?“

Der Gedanke an Roberts Haltung machte Sarah erneut sauer. „Stell dir vor, was der mir ins Gesicht gesagt hat: Die Sache mit …“ - sie rang mit sich, ob sie den verhassten Namen in den Mund nehmen wollte - „… dieser Yvonne sei halt so, wie sie ist, habe aber nichts mit seiner Ehe zu tun; und mit seiner Liebe zu mir erst Recht nicht. Der spinnt doch! Wie kann der denken, mit beiden gleichzeitig ….“ Vor Wut brach sie ihren Satz ab.

„Aha! Yvonne heißt die feine Dame also.“

Sarah sah, wie ihre Zuhörerin kurz die Augen schloss. Erst nach einer Pause sprach sie weiter.

„Eigentlich klingt das doch gut für dich, Sarah; nämlich so, als wollte er sich gar nicht für immer von dir trennen.“ „Trennen? Robert von mir? Nein! Trotz all seiner Affären hat er das noch nie gewollt. Dazu hängt er viel zu sehr an mir.“ Und an meinem Geld - das sprach sie aber nicht aus.

Ein weiteres Mal senkten sich Monicas Augenlider kurz.

„Was aber gar nicht mehr geht, ist, dass er zwei Frauen gleichzeitig hat. Hab echt die Nase voll davon! Zu allem Übel soll ich jetzt auch noch etwas unterschreiben; beim Notar; für seine Bank. Ich habe das Gefühl, dass er damit ….“ Mit einem Kopfschütteln brach sie den Satz ab.

„Aber solange er“, wetterte sie weiter, „nicht ganz zu mir zurückkommt, sehe ich das nicht ein. Ich will nicht mehr die Ehefrau sein, die nach seiner jungen Geliebten an zweiter Stelle steht.“ Sie griff nach dem Weinglas, zog aber in ihrem Redeeifer die Hand wieder zurück.

104

„Lisa hat mich sowieso schon gewarnt. Ich soll das bloß nicht tun. Würdest du dir das etwa gefallen lassen, Monica?"

Mit ihren Fingerspitzen trommelte sie nervös auf die Tischplatte. Sie war zunehmend außer Rand und Band geraten.

Monica hatte sehr achtsam zugehört. Ihr Ehemann will sich also überhaupt nicht scheiden lassen. Nur seinen Spaß haben will er - mit beiden Frauen. Mistkerl! Sarahs Frage im Ohr überlegte sie, wie sie antworten sollte.

Natürlich hätte sie sich eine Geliebte ihres Mannes nie gefallen lassen. Sicher nicht! Aber .... Sie konnte um diesen Gedanken nicht herum kommen: Wie lange hatte sie seine Trinkerei geduldet?! Viel zu lange! Sarah hatte mit ihrer Haltung Recht. Nur ....

Ohne Unterbrechung tobte Sarah weiter. „Entweder er verlässt dieses Flittchen." Das Zucken um Monicas Wundwinkel wegen dieses harten Ausdrucks bemerkte sie bei ihrer Aufregung nicht.

„Dann bekommt er die Vollmacht. Bleibt er aber bei der da" - mit der Hand machte sie eine abfällige Bewegung - „kann er´s vergessen. Dann hör ich tatsächlich auf meine Freundin. Am Ende lasse ich mich sogar scheiden."

Zum dritten Mal verbarg ihre Vermieterin für einen Moment den Blick vor Sarah.

Kaum ausgesprochen, bereute die Aufgebrachte ihre Worte. Scheidung? Nein! Aber drohen sollte ich ihm damit doch. „Punkt um, so ist es! Das hat er sich dann

selbst zuzuschreiben. Er hat die Wahl. Um eine klare
Entscheidung kommt er jetzt nicht mehr herum, verflixt noch mal."

Jetzt nahm sie einen großen Schluck; ihr Hals war
vom vielen Reden trocken geworden.

„Meine Freundin traut ihm sowieso nicht mehr über
den Weg, seit er es auch bei ihr ...."

„Nein!" Monicas Entrüstung war unüberhörbar.

„Doch! Bei meiner besten Freundin. Stell dir das nur
vor!"

„Und die will, dass du dich scheiden lässt?" „Oh ja! Bei
jedem Telefonat mehr. Aber weißt du, ich will das
eigentlich nicht. Einmal Ehe, immer Ehe, verstehst
du? Ich bin so erzogen worden. Aber sagen muss ich
ihm das ja nicht; eher drohe ich ihm damit. Oder ...."

„Oder?"

„Oder ich tue es am Ende doch."

Monica warf ihr einen dies bezweifelnden Blick zu.
„Nein, nein! So eilig wirfst du deine Ehe nicht auf den
Müllhaufen. Wie lange seid ihr denn schon verheira-
tet?"

Bedächtig senkten sich Sarahs Augen in Richtung
ihres Ringfingers. „Viel zu lange, um an so etwas End-
gültiges überhaupt zu denken. Eigentlich."

„Na siehst du. Vielleicht renkt sich ja bald alles wieder
ein. Besonders dann, wenn du ihm ...." Sie überlegte
ihre nächsten Worte. „Ja, vielleicht solltest du ihm die
Hand geben. Weißt du, quasi als Entgegenkommen,

damit er sieht, was er an dir hat." „Wie meinst du
das?" „Hm - eventuell das mit dieser Vollmacht?"

Sarah stutzte. „Wie? Meinst du wirklich? Aber das
kann ich doch nicht ...." „Wenn er dann aber zu dir
zurückkommt, hast du ihn für dich gewonnen!"

Im selben Augenblick klingelte Monicas auf dem Tisch
liegendes Handy. „Entschuldige bitte; ich muss dran-
gehen. Es ist sicher wegen der Lieferung des neuen
Schlafzimmerschranks."

Monica war es sogar ein wenig Recht, dass ihr Gespräch unterbrochen wurde. Das Ganze belastete sie.
Wie ähnlich Sarahs Schicksal doch mit ihrem eigenen
ist! Deren Mann hat Yvonne und meiner, dachte sie
verbittert, liebte Jack Daniels.

„Lipton. Wer spricht?" Sie hörte dem Anrufer zu. „Oh,
das weiß ich nicht auswendig. Da muss ich in die
Wohnung zu den Unterlagen. Bleiben Sie einen Augenblick dran. Ich muss nachlesen."

Mit einem um Verständnis heischenden Blick bat sie
Sarah um etwas Geduld. „Bin in zehn Minuten wieder
da." Schon eilte sie ins Haus.

Sarah schaute ihr nachdenklich hinterher. Was hatte
sie gesagt? Ihm die Hand reichen? Die Vollmacht unterschreiben? Sie senkte langsam den Kopf. Sie musste nachdenken. Hatte ihre neue Freundin etwa Recht
damit?

Kapitel 9

Schon seit einer geschlagenen halben Stunde saß er in seinem Cabriolet. Den schnittigen Wagen hatte er kurz vor der Einfahrt zu Mrs. Liptons Grundstück an den Straßenrand gelenkt. Das Verdeck war zurückgeklappt. Sorgenvoll sah er zum Himmel. Die dunklen Gewitterwolken würden sich sicher bald entleeren.

Die Stimmung dort oben passte erschreckend gut zu der seinen, dachte Robert. Immer wieder begann er zu grübeln. War es wirklich richtig, was sie kurz vor Morgengrauen beschlossen hatten? Konnte er das wirklich durchziehen? Sein heftiger Disput mit Yvonne, der sich am Abend zu einem schlimmen Streit entwickelt hatte, dauerte dann sogar fast die ganze Nacht.

Yvonnes Forderung, ihn nicht mehr länger mit Sarah teilen zu müssen, hatte sie zunächst als Bitte, im Verlauf der Auseinandersetzung aber als Drohung formuliert, ihn andernfalls zu verlassen.

Sie erlaubte ihm nur noch für einen kurzen Zeitraum, zu seiner Frau zu gehen und bei ihr zu bleiben; dies jedoch nur zu dem einzigen Zweck, ihr so rasch es ging die Vollmacht abzuluchsen. Trotz seiner eigenen Widerstände begriff er mittlerweile, dass es nicht anders ging.

Das, was Hendersson berichtet hatte, trieb ihn letztlich zu dieser bitteren Erkenntnis. Er war bereit dazu, seine Frau für immer zu verlassen, sobald er ihre Unterschrift hatte. Yvonne war trotz ihrer eigenen Forderung in Tränen ausgebrochen und hatte ihre Fäuste wütend auf seine Brust niederprasseln lassen.

´Länger als ein paar Tage und Nächte lasse ich das aber nicht zu! Merk dir das gut. Sonst bin ich weg`, hatte sie gebrüllt.

´Aber das Geld`, hatte er ebenso wutentbrannt wie verzweifelt geschimpft, ´willst du doch, damit ich dem Gefängnis entgehen kann, oder? Da musst du mir auch die Zeit gewähren, die ich dazu brauche!`

´Ja, verdammt! Aber nicht zu lang, klar?! Und wehe, du schläfst mit ihr!`

Stundenlang war das so weiter gegangen.

Nun saß er da und grübelte. Sollte er wirklich das tun, was Yvonne verlangte?

´Aber nur solange, bis du sie so weit hast; höchstens eine Woche, hörst du`, hatte sie ihm vorhin noch heulend hinterhergerufen.

„Ich bin", tobte er laut und schlug dabei mit flachen Händen gegen das Lenkrad, „doch selbst hin- und hergerissen!" Der Widerstreit in seinem Kopf plagte ihn - und nicht erst seit gestern. Beide Frauen hatten für ihn eine Bedeutung, die er nicht ignorieren konnte.

Einerseits war Yvonne die Frau, die ihm seinen sehnlichsten Wunsch erfüllte - einen Sohn. Auch war sie ohne jeden Zweifel diejenige, die ihn im Bett vergessen ließ, dass er in wenigen Jahren fünfzig würde. Und er glaubte fest daran, dass sie es ehrlich mit ihm meinte und völlig anders als jene früheren Liebschaften war. Mit denen hatte er ganz sicher kein Kind haben wollen.

Sarah andererseits war seine Ehefrau. Für sie sprachen die Jahrzehnte ihres Miteinanders. Bei ihr wusste er, was er hatte - und dass er sie fest im Griff hatte. Eheliche Treue hatte er ihr eingebläut; na, ihr Vater und dieser Pastor hatten ihm dazu das Feld ja schon sehr gut bestellt.

Zudem hatte sie nie aufbegehrt - nicht ernsthaft wenigstens. Wegen seiner Eskapaden. Zwar ahnte er, dass sie von der einen oder anderen Affäre etwas mitbekommen hatte. Ihn deshalb aber mit ernsten Konsequenzen zur Rede zu stellen, hatte sie nie gewagt. Ein selbstgefälliges Lächeln legte sich um seine Mundwinkel.

Ja, insofern beherrschte er seine Frau. Fast immer wenigstens, schränkte er rasch ein; bis auf die Sache mit Yvonne. Konnte das aber ein Entscheidungskriterium sein?

Möglicherweise schon! Konnte er denn sicher sein, dass er sich ändern würde? Yvonne wäre bei einem weiteren Seitensprung gewiss nicht so tolerant. Das sprach gegen sie.

Erneut dachte er an den Plan, Sarah das gesamte Vermögen zu stehlen. Er schüttelte den Kopf. Das konnte er doch nicht tun!

Gleich nach dieser Feststellung jagte schon die nächste durch seinen Kopf. Wie stand es überhaupt mit dem, was doch eigentlich wichtiger war als das Rationale - mit seinen Gefühlen zu den beiden?

Er schaute in den Rückspiegel. Sein Blick fiel auf ein Gesicht, das in diesem Moment nur einen einzigen Ausdruck kannte: Den von Unentschlossenheit.

„Sarah", murmelte er nachdenklich, „liebe ich, weil ...." Eine rasche Begründung fiel ihm schwer. „Weil ..., weil sie eben meine brave Ehefrau ist. Yvonne liebe ich, weil sie aufregend ist und bald meinen Sohn zur Welt bringt. Irgendwie liebe ich sie beide. Ach, verdammt, was mache in bloß?"

Genau in diesem Augenblick größten inneren Durcheinanders erschreckte ihn lautes Hupen. Er schaute irritiert zur Seite.

Es war Monica Lipton. Sie winkte ihm durch das fahrerseitige Fenster ihres Pickup zu. Zunächst. Dann schloss sich plötzlich ihre Hand zu einer Faust; für lange zwei, drei Sekunden. Gleich darauf brauste sie davon.

Auch er fuhr los und schüttelte noch immer den Kopf, als er den Wagen vor ihrem Haus abstellte.

Es klingelte. Überrascht sprang Sarah vom Klavierhocker auf und ging über den Flur zur Wohnungstüre. Wer konnte das sein. Monica? Vielleicht wollte sie ihr anbieten, sie mit in die Stadt zu nehmen. Aber gesagt hatte sie gestern Nachmittag nichts davon, wunderte sie sich.

Neugierig drehte sie den Schlüssel zweimal herum und entfernte die Kette vom Zusatzschloss; seit der Sache von gestern mit den Ausbrechern fühlte sie sich damit sicherer. „Wer ist da?", rief sie während des Öffnens in Richtung der gegenüber liegenden Haustür.

„Ich bin´s", schallte es laut herein.

„Robert, du?" Ungläubig ging sie nach vorne. Schon wollte sie die Klinke der Haustüre drücken. Ein kurzes Zögern ließ ihre Bewegung jedoch erstarren. Sollte sie ihn überhaupt herein lassen? Um sich erneut seine unglaublichen Einstellungen zu einem Leben mit zwei Frauen anzuhören? Nein danke!

„Was willst du?", fragte sie schroff.

Robert begriff sofort, dass er jetzt die richtigen Worte wählen musste. Nicht zu unterwürfig durfte seine Entschuldigung sein, um nicht unglaubwürdig zu wirken. Sie ganz forsch zu begrüßen und gleich mit der Türe ins Haus zu fallen, wäre andererseits ebenfalls unklug. Eben deshalb hatte er seine drei Koffer zunächst im Wagen gelassen.

„Sarah, ich muss dringend mit dir über uns reden. Mach bitte auf."

Noch immer zögerte sie. Über uns will er sprechen? Ohne ihm das zu gewähren, erfahre ich nicht, ob er sich doch ändern will. „Reden ist immer gut", murmelte sie und öffnete ihm.

„Danke und guten Morgen! Du, unser letztes Gespräch hat mich nicht losgelassen. Ich schätze, es war nicht so gut gelaufen, weil ich mich etwas missverständlich ...."

Noch bevor er zu Ende reden konnte, erfasste sein Verstand die äußerst schlechte Wahl des letzten Wortes. Schon bestätigte Sarah seine Befürchtung. „Missverständlich? Hallo! Du machtest mir äußerst verständlich deutlich, dass du ...."

Rasch reichte er ihr zur Entschuldigung die Hand und versuchte es ein zweites Mal. „Ja ..., nein ..., also ich meinte das anders. Sarah, lass mich doch erst einmal in die Wohnung, ja! Es ist nämlich so."

Ohne seinem Wunsch nachzukommen, hakte sie rasch nach. „Ja?" Sie wäre doch schon mit einem nach Ernsthaftigkeit klingenden Sorry zufrieden. Umso verblüffter war sie über das, was sie als Antwort bekam.

„Ich möchte wieder hier bei dir wohnen. Ich meine, ausschließlich bei dir."

Dieser Satz ließ sie von der einen zur anderen Sekunde jeden Widerstand gegen Robert aufgeben. Wie in Trance trat sie zur Seite. Seine Worte klangen einem Echo gleich in ihrem Kopf nach: ´... bei dir wohnen ..., wohnen ... nur bei dir ..., dir`.

Im selben Moment erkannte Robert, dass er den ersten Sieg für sich verbuchen konnte. Mit Schwung warf er die Haustür zu, ging neben ihr in die Wohnung und schob rasch die Tür hinter sich zu.

„Aber nur, wenn du mich noch willst."

Er glaubte, sie so gut zu kennen, dass sie sich ihm auf diese Frage hin völlig ergeben würde. So sehr er sich ihrer positiven Antwort sicher war, so sehr irrte er jedoch. So rasch Sarah überrumpelt wurde, so rasch fing sie sich nämlich wieder.

Zu verlockend, zu schön, zu trügerisch kam seine Aussage bei ihr an. Gewiss - ihr Herz frohlockte. Wie sehr wünschte sie sich seit Monaten, er würde reuig zu ihr zurückkehren und einsehen, dass nur sie die Frau war, die ihn dauerhaft glücklich machen konnte. Ihr Verstand jedoch warnte sie.

Was sollte ihn nach seinen unglaublichen Äußerungen beim letzten Treffen binnen so kurzer Zeit dazu bewegt haben, seine Meinung derart bedeutsam zu ändern? Etwa ein Zerwürfnis mit seiner Geliebten? Sarahs Augen weiteten sich unmerklich. Was für ein freudiger Gedanke! Das wäre ....

Ein weiterer schoss ihr durch den Kopf und ließ sie den letzten nicht zu Ende formulieren. Oder wollte er sie nur dazu bringen, ihm wohl gesonnen zu sein, um dann jene Bevollmächtigung zu bekommen? Währenddessen ginge aber seine Beziehung zu dieser blöden Ziege weiter. Oh nein, werter Herr Gregorius, nicht mit mir, beschloss sie energisch!

„Und?", unterbrach seine fordernde Stimme ihre Gedanken. „Was und?" „Willst du, dass ich wieder hier lebe?" Sein nachfolgendes, süßlich klingendes „Liebes!" verfehlte jedoch seinen Zweck. Sarahs Misstrauen war geweckt.

„Was ist mit deinem dümmlichen Betthäschen?", fragte sie ohne Umschweife und absichtlich provozierend; sie wollte ihn zu einer unüberlegten Erwiderung verleiten, die die Wahrheit an den Tag bringen würde.

Ihr Blick ruhte kalt und prüfend auf seinem Gesicht. Sie kannte ihn lange genug, um zu erkennen, ob Ehrlichkeit oder Lüge seinen Mund verließ; wenigstens hoffte sie, dass es ihr auch dieses Mal gelang.

Robert sah ihren Blick auf sich ruhen und begriff sofort, worum es ihr ging; sie zielte auf seine Aufrichtigkeit. Dabei kostete es ihn im ersten Moment enorm viel Kraft, nicht auf ihre freche Herausförderung zu reagieren. Er tat es nicht, so sehr es ihn auch dazu drängte. Er wusste, dass es jetzt galt, sie zu überzeugen.

Dazu musste er augenblicklich all das, was mit seinen Hintergedanken zu tun hatte, aus seinem Kopf verbannen. Zu groß war die Gefahr, von ihr entlarvt zu werden; Sarah hatte ihm schon oft genug angesehen, was er gerade dachte.

Blitzschnell lenkte er sein Denken von Yvonne und dem Kind unter ihrem Herzen weg und stellte sich ganz auf Sarah ein. Keine einzige Regung in seinen Augen durfte bei seiner kritischen Beobachterin einen Zweifel hervorrufen.

Im Bruchteil einer Sekunde rief er deshalb eine ganz bestimmte Erinnerung in seinem Gehirn auf - die an den Moment, in welchem sie beide vor dem Altar ´Ja` gesagt hatten. Noch immer war diese Vorstellung als wundervolles Erlebnis in seinem Gehirn gespeichert, weil er damals mit seiner jungen Sarah das erste Mal in seinem Leben wirklich glücklich war.

Die Freude, die er bei diesem Blick in die Vergangenheit empfand, schlug jedoch urplötzlich in Wehmut um; wie oft hatte es ihn schon gereut, dass ihre Ehe nicht mehr den Zauber jenes bewegenden Bekenntnisses vor dem Altar hatte. Gerade dann, wenn er eine jener Affären beendet hatte, tat ihm diese traurige Erkenntnis am meisten weh.

Allein die Annahme, das sei der Gang der Dinge, konnte ihn dann regelmäßig davor schützen, beim Blick in den Spiegel Scham zu empfinden. Dennoch - war eine derartige Veränderung dessen, was einmal Liebe hieß, wirklich normal?

Warum nur reizt es dich auch so, andere Frauen zu erobern, rügte ihn jetzt die Stimme seines Gewissens?

Etwa, weil Sarahs sexuelle Anziehungskraft abgenommen hatte? Oder war es seine eigene Ausstrahlung, die aus ihrer Sicht weniger geworden war?

Oder lag es daran, dass jede neue weibliche Eroberung aus sich heraus aufregender war als das Allbekannte zu Hause? Natürlich fesselte ihn Yvonne auf ihre Art mehr, als Sarah dies vermochte. Sie jedoch stand schon so viele Jahrzehnte an seiner Seite und trug den goldenen Ehering.

Für all diese Überlegungen brauchte er nicht länger als drei Sekunden. Fast wäre ihm nun ein verzweifeltes ´Ach!` über die Lippen gekommen. Wie sehr er sich doch gerade jetzt wieder zwischen zwei Stühlen sitzen sah; seine Gefühle für Sarah hatten neben denen für Yvonne mehr Bestand als er es wahr haben wollte.

Eilig verjagte er diese jetzt äußerst störende Einsicht und senkte dazu kurz seinen Blick. Auf keinen Fall durfte Sarah in seinen Augen lesen können, ob das, was er nun sagen würde, grundehrliche Wahrheit oder schändliche Lüge war.

Einem Schwur gleich legte er seine Rechte auf die Herzgegend und begann mit ernster Stimme: „Sarah! Ich liebe nur dich. Du bist meine Ehefrau, und ich will dir nie mehr untreu sein. Das mit ihr“ - bewusst vermied er die Nennung des von Sarah verhassten Namens - „war ein großer Fehler, den ich zutiefst bereue.“ Er holte tief Luft.

„Ja, ich habe mich in diese Frau verliebt. Aber seit du mir bei meinem letzten Besuch die Leviten gelesen

hast, begreife ich den Unterschied zwischen Verliebtheit und wahrer Liebe. Ich will für immer bei dir bleiben und nur mit dir leben."

Weiter zu sprechen gelang Robert nicht, weil die
Übermacht auch nur einer weiteren Unredlichkeit
dazu geführt hätte, Sarahs strengen Blick nicht länger
standhalten zu können.

Tatsächlich bewirkten seine in Sarahs Ohren ehrlich
klingenden Worte, dass sie ihre erste Abwehr abzule-
gen begann. Ihm jedoch uneingeschränkt Glauben zu
schenken war ihr noch nicht möglich.

Mit ihrem „Aber diese Frau muss doch sehr leiden,
wenn du sie verlässt. Oder hat sie dich etwa nicht
wirklich geliebt?" ließ sie nicht locker. Sie musste den
Wahrheitsgehalt seiner Behauptung weiter auf den
Prüfstand stellen.

Robert wand sich wie ein Aal, weil er seine Frau derart
hinters Licht führen musste. „Weißt du", begann er
mit Vertrauen einflößender Stimme, „mir ist während
der vergangenen Wochen immer klarer geworden,
dass sie wohl nur das Abenteuer gereizt hat, mit mir
nach Neuseeland zu kommen. Sie entfernt sich immer
mehr von mir; das merke ich! Ich fürchte, ich war nur
Mittel zum Zweck."

Was er sagte, klingt nach Einsicht und Reue, sprach
ihr Herz zu ihr. Du kannst ihm glauben. Ihr Verstand
jedoch beugte sich noch nicht. Also bohrte sie weiter.

„Und was machst du, wenn sie dich nicht loslassen
will - gerade, weil sie dich hier in dem fremden Land
braucht? Was, wenn sie morgen oder übermorgen
weinend vor unserer Wohnungstüre steht? Fällst du
dann wieder um, Robert Gregorius?"

´Unsere`, hat sie gesagt, schoss es ihm erfreut durch den Kopf. ´Unsere Wohnungstüre`. Das klingt nach wiedergewonnener Gemeinsamkeit. Ich glaube, frohlockte es in ihm, ich hab sie geknackt!

„Liebes, erstens hat sie doch gar nicht unsere Adresse. Und zweitens steht meine Entscheidung dazu, dass mir meine Ehe wichtiger ist als irgendeine andere Frau, fest wie das Amen in der Kirche."

Er scheint sich tatsächlich von ihr gelöst zu haben, begann Sarah zu hoffen. Den Rest an Misstrauen, den ihr Kopf dennoch signalisierte, übersah sie dabei aber nicht. Die nächsten Tage und Wochen werden zeigen, überlegte sie, ob er es tatsächlich ernst meint. Immerhin gibt es da ja noch die Sache mit der Unterschrift.

Sie dachte nach; sollte sie Robert direkt darauf ansprechen oder besser abwarten; darauf, wie rasch er dieses für ihn neulich so bedeutsame und eilige Thema ansprechen würde.

Eine schlimme Vermutung war sie nach dem letzten Streit mit ihm nicht mehr losgeworden; war seine Begründung für den Gang zum Notar etwa nur eine vorgeschobene? Ihre Unterschrift für seine Bank? Und für die Einwanderungsbehörde? ´Sei auf der Hut`, ermahnte sie ihr Verstand!

Bevor sie endgültig Ja sagen würde, musste sie mehr darüber wissen. Aber vielleicht, regte sich ein Hoffnungsschimmer in ihr, sind meine Bedenken unnötig, weil er es doch ehrlich mit mir meint. Sarah bemerkte nicht, dass sie ihre Gedanken dazu brachten, die Schultern hochzuziehen.

„Was ist?", kam sofort von ihrem Mann. „Du willst nicht, dass ich zu dir zurückkomme? Sarah, bitte! Du kannst mir vertrauen!"

„Sag mir zunächst, was es mit dieser Unterschrift auf sich hat." Ihre Antwort verwirrte ihn für den Bruchteil einer Sekunde, bevor er begriff, dass sie ihn tatsächlich noch immer prüfte. Auf diese konkrete Frage war er nicht vorbereitet; die Sache mit der Bankvollmacht wollte er vorsichtshalber erst in zwei oder drei Tagen ansprechen.

„Welche Unterschrift denn?", heuchelte er.

Seine Reaktion ärgerte sie. „Robert!", fuhr sie ihn scharf an.

„Ach so, das mit der Bank meinst du. Das ist doch gar nicht so wichtig und hat Zeit, Liebes." Fast biss er sich bei diesen Worten auf die Zunge. Rasch senkte er für die Dauer des folgenden Gedankens seinen Blick: Von wegen nicht so wichtig!

„So? Neulich hattest du es damit aber sehr eilig. Wenn das nun aber so ist ...." Sie drehte sich souverän um und ging auf die Küchentüre zu. „Wir müssen ja nicht im Flur herumstehen. Komm, Robert."

So konnte er das nicht stehen lassen. Schließlich war die Sache für ihn von größter Wichtigkeit. „Nun ja", druckste er herum. „Was?" Ist also doch wichtig, bemerkte sie still. „Hm, zum Notar müssen wir aber schon!" Sarah spürte ängstliche Aufregung in seiner Stimme. Sie ließ ihn zappeln.

„Trinkst du einen Kaffee mit mir?" „Äh ..., ja doch!", gab er ein wenig zu unwirsch zurück, was ihn sogleich ärgerte. Mann, reiß dich zusammen, schimpfte er wortlos!

„Es ist nämlich wegen der Sicherheiten, die meine Bank verlangt. Du weißt doch, für die Unternehmensgründung; und ....“ Sie unterbrach ihn scheinheilig. „Ach?“

In aller Ruhe stellte sie die Tassen in die Maschine. „Wieder schwarz?“

„Bitte?“

„Na, der Kaffee. Wegen der schlanken Linie.“ Ein Schmunzeln huschte über ihr Gesicht. Irgendwie genoss sie es, endlich mal Herrin über ihn zu sein - und nicht umgekehrt das tun zu müssen, was er wollte.

„Ja, ja; ohne alles. Und außerdem für das Immigration Office. Das weißt du doch, Sarah!“ Sie griff nach den beiden gefüllten Tassen und nahm auf der Eckbank Platz.

„Sei doch nicht so ungemütlich und setz dich endlich. Für die Einwanderungsbehörde also auch? Eigentlich verstehe ich das nicht; schließlich hast du deine Consulting-Firma doch schon vor Monaten eröffnet. Und die Visa haben wir auch schon lange.“

Was soll der Mist, fluchte es in ihm? Warum stellt die sich plötzlich so quer? „Unsinn!“, entfuhr es ihm barsch. Mit Wucht ließ er sich auf seinem Platz auf der Eckbank nieder. Sarah zuckte ein wenig zusammen. War sie zu weit gegangen? Sollte sie nicht froh darüber sein, dass ihr Robert wieder da war?! Sie beobachtete, wie er hektisch seine Tasse hochnahm und trank.

120

„Au! Verdammt! Warum machst du den Kaffee immer so heiß?" „Spinnst du? Was trinkst du ihn auch so hastig!" Sofort fing er sich und versuchte, seine unwirsche Reaktion wieder gut zu machen.

„Hast ja Recht, Liebes! Aber weißt du, das mit der Vollmacht ist schon so, wie ich es sage! Am besten mache ich für die nächsten Tage einen Termin, ja?!"

Trotz seiner Mühe, gelassen zu wirken, sah Sarah ihm natürlich an, dass er es keineswegs war. Wie wichtig ihm das doch ist!, fasste sie für sich zusammen und meinte: „Vorher spreche ich mal selbst mit der Bank. Dann sehen wir weiter."

Oh nein!, schimpfte es bestürzt in ihm. Selbst mit der Bank reden; das geht überhaupt nicht! Ihr Anruf würde seine Lüge rasch aufdecken. Wie kann ich das nur verhindern, zermarterte er sich in Windeseile das Hirn?

„Vielleicht eine ganz gute Idee! Nur ...." Er machte eine Kunstpause. „Blöderweise ist der Sachbearbeiter für drei Wochen in Urlaub. Sein Kollege ist nur damit beauftragt, die Vollmacht in die Akte zu legen. Er kennt sich nämlich mit den besprochenen Detailvereinbarungen gar nicht aus."

Sarah spürte, wie sich ihre Stirn automatisch in Falten legte. Das roch nach lügenhafter Taktik. Sie suchte seinen Blick, doch er schaute an ihr vorbei durch das Fenster nach draußen. Sarahs Misstrauen nahm an Deutlichkeit zu.

„Soso; dann warten wir eben bis nach seinem Urlaub." Robert atmete hörbar laut tief durch und bemühte sich dabei, das Geräusch nicht nach dem klingen zu lassen, was es ausdrücken wollte: Verzweiflung. Das

dauert zu lange. Wie nur soll ich das zu Hause erklären?

„Sag, bleibst du heute schon hier?", lenkte sie vom
heiklen Thema ab; das mit der Unterschrift wollte sie
erstmal auf Eis legen.

In ihrem Bewusstsein meldete sich ihre Hoffnung.
Schließlich war er mit diesen wundervollen Worten
gekommen, er wolle wieder bei ihr wohnen - nur bei
ihr.

„Oder wann kommst du endgültig?"

Von diesem misslichen Disput abgesehen konnte sie
es doch nicht abwarten, bis er wieder nur ihr Mann
war, und sie gegen diese de Clerk gewonnen hatte. So,
wie gegen all die anderen Frauenzimmer, von deren
Dessous er die Finger nicht hatte lassen können.

Noch einmal sog Robert die Luft lange ein und blies
sie lautlos aus. Dann suchte er mit seiner Hand ihren
auf der Tischkante liegenden Arm und strich so zärtlich, wie es ihm trotz seiner Gereiztheit gelang, darüber.

„Ich habe doch schon meine Sachen im Auto, Schatz.
Darf ich die Koffer nachher holen und in unser Schlafzimmer bringen?" Dort, dachte er für sich, würde es
ihm schon gelingen, sie umzustimmen.

„Tu das, Robert!" Sarahs Herzschlag wurde vor Freude schneller. Endlich war er wieder da! Hoffentlich
auch wirklich für immer.

Kapitel 10

Sie spülte das Geschirr ab und schaute glücklich aus dem Küchenfenster. Robert lief gerade zum Briefkasten, um die Zeitung zu holen. Wie aufmerksam von ihm! Er war richtig hilfsbereit geworden - im Unterschied zu früher. Vorhin wollte er ihr sogar beim Abtrocknen helfen.

Es war spät geworden mit dem gemeinsamen Frühstück. Beide waren sie noch einmal eingeschlafen, nachdem sie sich gleich nach dem ersten Aufwachen geliebt hatten. Das zweite Mal seit gestern Abend.

Robert war so wild gewesen, dass sie ihn noch immer spürte. Auf sie gewartet hatte er dabei aber nur heute Morgen, dachte sie. Nun ja, erstens war sie das von ihm gewohnt, zweitens geschah es wenigstens vorhin, dass auch sie zu ihrem Höhepunkt kam, und drittens - sie strahlte dabei - lag er wieder in ihrem Bett und nicht in dem der anderen. Was sollte sie sich also beschweren?!

Ihr Blick fiel auf die Staubwolke, die sich über dem sandigen Weg, der zum Haus führte, bildete. Das war stets so, wenn es nicht gerade geregnet hatte. Ein heranfahrendes Auto wirbelte dann soviel Staub auf, dass sie schon bald wieder die Fenster würde putzen müssen. Sicher bekam Monica Besuch.

Neugierig wartete sie, bis sie etwas erkennen konnte. Eine viertürige, silberfarbene Limousine. Eine Minute später hielt der Wagen vor der Hofeinfahrt. Sarah sah, wie Robert sich nun ebenfalls danach umschaute. Die Fahrertüre öffnete sich und eine Frau stieg aus.

„Nein!", entfuhr es Sarah freudig. „Das glaub ich nicht." Noch mit dem Spüllappen in der Hand rannte sie nach draußen und rief schon in der Haustüre laut: „Lisa! Was machst du denn hier?"

Gleich darauf lagen sich die beiden Freundinnen in den Armen. „Dich besuchen, was sonst. Hatte dir´s doch versprochen." „Was für eine tolle Überraschung! Wie schön! Robert", rief sie zu ihm hinüber, „schau doch mal, wer da ist!"

Er war alles andere als begeistert, winkte der ungeliebten Besucherin jedoch mit einem gespielten Lachen zu. So hatte er sich das Ganze nicht gedacht. Wie sollte er in ihrer Anwesenheit seinen Plan erfüllen? Lisa würde doch jede seiner Überredungsversuche sofort vereiteln.

Ihre Einstellung ihm gegenüber kannte er ja! Spätestens, seit sie ihm damals nicht nur einen Korb, sondern eine schallende Ohrfeige gegeben hatte.

„Verdammt!", murmelte er.

Bei den beiden angekommen, begrüßte er die Frau, die sich seiner Anmache widersetzt hatte, so freundlich, wie es ihm gelang. „Lisa, wie schön, dich wiederzusehen. Ich wusste gar nicht ...." „Ich doch auch nicht", fiel ihm Sarah begeistert ins Wort. „Umso mehr freue ich mich, dass du da bist", fuhr sie fort und streichelte ihrer Freundin über die Wange.

„Hallo, Robert! Du hier? Überrascht mich!" Lisa sah keinen Grund, ihm gegenüber Zuneigung zu heucheln. Rasch unterbrach Sarah sie. „Jetzt komm doch erst einmal rein, Liebe. Robert, nimmst du ihren Koffer?!"

Während sie Lisa an der Hand in Richtung Hauseingang zog, tat er, wie geheißen und schimpfte dabei wortlos: Bei dem Gewicht bleibt die blöde Schnepfe länger. Und wo, bitteschön, soll die schlafen? Ohne Gästezimmer! Auf dem Sofa vielleicht? Er schmunzelte. Das ist so unbequem, dass sie bald wieder abreist.

„Du hast doch sicher Hunger. Wie wär´s erst einmal mit einem Kaffee? Und dann mache ich dir ....“ „Kaffee sehr gerne“, antwortete sie rasch. Gleichzeitig setzte sie sich auf die Eckbank hinter dem Esstisch der Wohnküche.

Sie war erschöpft; der lange Flug zeigte Wirkung. Auch der Linksverkehr vom Airport hierher hatte sie gestresst; wenigstens hatte der Mietwagen ein Navi.

„Mehr brauche ich nicht.“ Mit der flachen Hand strich sie sich über den Bauch. „Gerade beim Abnehmen.“

Verwundert schaute Sarah sie an. „Du und abnehmen. Das musst du Superschlanke doch wirklich nicht! Eher müsste ich es tun; aber dazu esse ich viel zu gerne. Ohne mein Tennis - oh weh!“ Ihre Hand deutete die übertriebenen Maße eines fülligen Körpers an. „Mein Robert achtet seit Neuestem auch auf sein Gewicht. Er joggt nämlich täglich.“

Ihr Mann stand noch immer mit dem Koffer in der Hand vor der Küchentür; er brauchte Zeit, um mit der neuen Situation umzugehen. Als er ihre Worte hörte, ahnte er, welche Steilvorlage sie für Lisa waren.

Er hatte sich nicht geirrt. „Klar! Muss ja seiner weit jüngeren Freundin imponieren.“ Noch bevor Robert bissig antworten konnte, versuchte Sarah das Schlimmste zu verhüten. „Nein, nein, Lisa. Er hat sie verlassen und wohnt wieder bei mir.“ Rasch ging sie zu ihm und legte ihren Arm um seine Hüfte. „Komm, Liebster, stell endlich den Koffer ab und setz dich zu uns."

Lisa spürte, wie sich Zornesröte ihres Gesichts bemächtigte. Das hat er sich ja fein ausgedacht. Wenn die Geliebte seiner überdrüssig geworden ist, dann krabbelt er wieder unter die Decke des Ehebetts. Damit soll dann alles wieder vergeben und vergessen sein; bis zum nächsten Mal.

Entrüstet suchte sie Sarahs Blick. Spürend, was ihre Freundin dachte, wich sie ihm aus. Mit einem energischen „Sarah, wie kannst du nur?!" machte Lisa jedoch sofort ihrem Ärger Luft. Mehr zu schimpfen unterließ sie zunächst; sie musste nachdenken.

Es war nicht nur Wut, die sie umtrieb. Nein, in Erinnerung an die Sache mit der Vollmacht machte sie sich nun erst Recht Sorgen um Sarahs Vermögen. Was führt dieser Kerl im Schilde? Jetzt, da sie von Alex wusste, dass Robert in der Firma sehr kostspieligen Mist gebaut hatte, ist er doch gewiss noch mehr hinter ihrem Geld her.

Muss ich mit allen Mitteln verhindern! Wie nur krieg ich sie endlich zur Scheidung, verflixt? Die Sache wird echt brenzlig. Sie über das aufklären, was Alex vermutet? Aber glaubt Sarah mir überhaupt?

„Und wie lange kannst du bleiben?" musste Robert nach dieser Attacke gegen ihn loswerden, während er sich auf den unbequemen Stuhl setzte; seinen Lieblingsplatz hatte Lisa belegt. „Wie lange darf deine Apotheke denn überhaupt ohne die Anwesenheit der Apothekerin betrieben werden?"

Lisa begriff den Sinn seiner Spitze; er hoffte, sie bald wieder los zu werden. Mit übertriebener Freundlichkeit antwortete sie: „Wie lieb, dass du dir solche Gedanken machst. Kann dich aber beruhigen; hab mehrere angestellte Apotheker. Einer hat die Leitung all meiner Apotheken."

Ein erregendes Gefühl umhüllte ihren Gedanken an Dieter. Sarah erkannte das kurz aufflackernde Strahlen in ihren Augen.

„Siehst - alles legal!" Die Häme, die ihre Worte begleiteten, bezogen sich auf das, was ihn selbst erwartete. In Deutschland braut sich ein schweres Gewitter über deinem Kopf zusammen, du Blödmann!

„Au fein, Lisa! Da haben wir zwei ja ganz viel Zeit. Schon so lange haben wir uns nicht mehr nächtelang unterhalten. Tagsüber können wir am Strand spazieren und baden gehen. Vielleicht kommt sogar Monica dorthin mit; ich habe dir ja von meiner Nachbarin erzählt; die ist echt lieb."

Vor Freude klatschte sie in die Hände. „Und auf dem Court stelle ich dir meinen Sparringspartner vor; mit Francis spiele ich einmal die Woche Tennis. Ich habe so viel Spaß mit ihm! Ach, wird das schön."

Francis? Lisa horchte auf - doch nicht nur sie! Um Roberts Augenlider begann ein nervöses Zucken. Ein Nebenbuhler? Jede Woche? Spaß?

„So? Francis?", fragte Lisa mit einem Unterton, der Neugierde verriet; und Befriedigung. Sollte sich da ein Scheidungsgrund am Horizont auftun. Für´s erste wäre das ja eine Lösung.

Ihr prüfender Blick fiel auf Roberts Mimik. Bewusst provokativ hakte sie nach. „Und dieser Francis ist nett? Was macht er so; beruflich, meine ich. War er schon mal hier in deiner Wohnung?" Sie bemerkte Roberts Nervenzucken - und genoss seine Anspannung.

„Aber Lisa!" Sarah merkte, worauf sie hinaus wollte. „Wo denkst du hin. Francis Spring spielt doch nur mit mir."

Spielen - was wohl, schoss es Robert gereizt durch den Kopf? Der Mittelfinger seiner Rechten streckte sich. Als es ihm bewusst wurde, ließ er sie rasch zwischen seine Schenkel verschwinden.

Lisa gefiel es, seine Nerven weiter zu strapazieren. „Na klar! Und - sieht er gut aus? Vielleicht sogar ungebunden?"

Sarah schluckte. Sie wusste, dass er geschieden war; und, dass er ihr den Hof machte. Doch das durfte Robert nicht wissen - jetzt, da er wieder zurück war, erst Recht nicht! Also log sie. „Natürlich verheiratet. Seine Frau spielt dort ebenfalls Tennis."

Sie schluckte den Kloß in ihrem Hals hinunter und bemühte sich um einen belanglos klingenden Tonfall. „Er war Anwalt, schreibt aber seit Jahren Romane."

Rechtsanwalt - wie Alex, blitzte es in ihr auf. Zufall? Noch nie zuvor war ihr diese Parallelität in den Sinn gekommen.

„So, Lisa, nun erzähl aber mal", lenkte sie das Gespräch rasch in eine andere Richtung, „wie es dem lieben Alex geht? Ist er noch immer so erfolgreich? Schade, dass er so wenig Zeit hat, sonst hätte er doch mitkommen können, nichtwahr. Wie sehr hätte ich mich gefreut, ihn wiederzusehen!“

Lisas prompte Reaktion war ein Augenaufschlag. Sarah erschrak. Oh! Klang mein letzter Satz zu liebevoll? Mist! Niemals darf sie von meinen innigen Gefühlen für ihren Mann wissen; schließlich ist sie seit Kindertagen meine beste Freundin.

Auch wenn sie Roberts abrupter Zwischenruf ärgerte, war sie in diesem Moment dankbar dafür. „Nur schade, dass wir für die liebe Lisa in unserer kleinen Wohnung gar keinen Schlafplatz haben.“

Lisa schnappte sichtlich nach Luft. Mit diesem Frontalangriff hatte sie nicht gerechnet. Du kannst mich mal, lag ihr auf der Zunge! Klugerweise winkte sie aber nur mit der Hand lässig ab, als ginge es um nichts Wichtiges.

„Kein Thema! Wusste ja nicht, dass du wieder hier wohnst. Suche mir ein Hotelzimmer in der Nähe und komme schon morgens zum gemeinsamen Frühstück.“

Sofort nahm ihre Freundin den Ball auf. „Ach was! Natürlich wohnst du hier.“ „Wie soll das denn gehen?“, kam augenblicklich abwehrend von ihm. Sarah strahlte. „Dazu habe ich sogar eine Idee. Bin sofort wieder da.“ Schon eilte sie durch den Flur und schlug gleich darauf die Wohnungstüre hinter sich zu.

Robert verstand sofort. Beunruhigt griff er zu seiner Tasse und nahm schlürfend einen großen Schluck Kaffee. Gelingt ihr das, dann kann ich unseren Plan am Ende an den Nagel hängen. Lisa wird querschießen, wann immer sie kann!

Angespannt wartete er ihre Rückkehr ab und fragte derweil den unliebsamen Besuch erkennbar desinteressiert: „Und, wie war der Flug?" Statt zu antworten kam von ihr: „Wo geht sie denn hin?" „Weiß auch nicht?", schwindelte er. Ein weiterer Schluck Kaffee verkürzte die Zeit, sich unterhalten zu müssen.

Nicht hier wohnen zu können, ärgerte sie besonders deshalb, weil er nun wieder da war und Sarah in seinem Sinn beeinflussen konnte. Sie schaute sich um. Da gab es tatsächlich nur drei zum Teil offen stehende Türen.

„So, ihr habt nur noch das Bad, das Schlaf- und ein Wohnzimmer." Mit einem Lächeln, das verständnisvolles Bedauern ausdrücken sollte, nickte er - und griff erneut zur Tasse.

Die Wohnungstüre öffnete sich und zwei Frauen traten durch den Flur in die große Küche. Mist, dachte Robert! „So, das ist Monica Lipton, unsere Vermieterin. Monica, meinen Mann kennst du ja; und das da ..." - sie strich Lisa liebevoll über die Schulter - „... ist meine beste Freundin Lisa Stein."

„Schön, Sie mal wieder zu sehen, Herr Gregorius. Hallo, Frau ..., ach was; besser doch gleich Lisa, wenn ich darf. Ich bin Monica." Lisa erhob sich und reichte ihr die Hand. „Klar doch, Monica! Freu mich, dich kennenzulernen."

Mit diesem freundlichen Auftreten gefiel Lisa diese Frau auf Anhieb. Das war also diejenige, mit der Sarah ab und an eine Flasche Wein leert. Sehr nett!

Sie bekam eine Ahnung, warum diese Frau hier war. Schon bestätigte Sarah ihre Vermutung als zutreffend. „Du, stell dir vor; Monica gibt dir sehr gerne ihr separates Gästezimmer im Dachgeschoß. Mit Badezimmer. Ist das nicht toll?! Dann musst du nicht in der Stadt wohnen, und wir haben viel mehr Zeit füreinander."

Lisa ergriff Monicas Hand ein zweites Mal. „Würden Sie ..., äh, würdest du tun? Super! Bezahl das aber!" Natürlich rechnete sie mit dem, was prompt kam. „Auf keinen Fall! Oder willst du mich beleidigen? Sarahs Freunde sind auch meine."

Was da an Roberts Ohren drang, gefiel ihm absolut nicht. Was soll das? Er schüttelte ungläubig den Kopf. Ihm entglitt ein verstörter Blick in Richtung seiner Vermieterin.

Lisa fing ihn auf. Jedoch nicht nur ihn, sondern ebenso Monicas eigenartige Mimik, mit der sie reagierte. Unmerklich runzelte sie die Stirn.

„So, ihr Lieben, ich muss wieder hoch. Auf mich wartet heute der Wohnungsputz. Mit dem Hausflur bist du ja dran", ergänzte sie und schaute dabei ihre Nachbarin an. „Oder sollen wir tauschen - jetzt, da du so netten Besuch bekommen hast?" Die Angesprochene strahlte. „Das wäre echt lieb von dir. Danke!"

„Herr Gregorius", wandte Monica sich an Robert, „wenn Sie schon mal den Koffer im Flur die Treppen hoch tragen würden, wäre Ihnen Ihr lieber Gast sicher dankbar."

Lisa wartete mit ihrem hämischen „Oh ja; der ist mächtig schwer" keine Sekunde.

„Lisa, ich gebe ihm dann auch gleich den Mansardenschlüssel für dich mit." „Ganz vielen Dank nochmals dafür, Monica." „Gern geschehen!" Sie verließ, von einem muffig wirkenden Kofferträger gefolgt, die Wohnung.

„Sie ist echt nett, Sarah." „Oh ja! Anfänglich war ich mir da nicht so sicher. Doch je öfter wir miteinander redeten, desto mehr merkte ich, dass sie ihr Herz auf dem rechten Fleck trägt. Das Reden mit mir tut ihr auch gut. Ich glaube, der Tod ihres Mannes hat sie ganz schön getroffen. Obwohl ...." „Ja?" „Er hat sie sehr schlecht behandelt."

Diese Bemerkung nutzte ihre Freundin, um rasch das los zu werden, was sie vor Roberts Rückkehr unbedingt sagen musste. „Na, Roberts Verhalten dir gegenüber ist ja auch ganz schön mies. Erst geht er monatelang fremd; kaum ist die Geschichte vorüber, kriegt er dich wieder rum. Wie kannst du ihn nur ...."

„Lisa!", fiel sie ihr ins Wort. „Was?!" kam kämpferisch zurück. „Erstens ist er mein Ehemann. Zweitens hat er seinen Fehler eingesehen. Drittens hat auch er eine zweite Chance verdient und viertens ...." Weiter kam sie nicht.

„Soll ich lachen? Eine zweite; eher doch eine fünfte oder sechste oder siebte Chance. Wie lange soll das denn so weitergehen? Merkst du denn noch immer nicht, wie egoistisch sein Spiel ist? Lass dich endlich scheiden, verflixt!"

Sarah stemmte die Arme in die Hüften. „Bist du nur gekommen, um schon wieder auf deinem Lieblingsthema herumzureiten?", fuhr sie Lisa sauer an.

Ja, genau deshalb, dachte diese für sich, antwortete aber versöhnlich: „Nein, natürlich nicht. Mache mir aber Sorgen um meine liebste Freundin."

Sarah ließ ihre Arme fallen. „Das ist ja auch total lieb von dir. Aber lass es gut sein, bitte. Was ich nämlich soeben noch sagen wollte, war, dass ich viertens sehr wohl beobachten werde, wie Robert sich zukünftig verhält. Wenn er wieder mit dieser Vollmacht anfängt, dann ....“

„Genau!“, wurde sie unterbrochen. „Alex hat nämlich gemeint, du dürftest die auf keinen Fall unterschreiben, hörst du!“

Sarah horchte auf. „Das hat dein Mann gesagt?“ Wie lieb er doch ist; kümmert sich noch immer um mich, dachte sie.

„Jawohl! Denkt nämlich, dass du dann dein ganzes Vermögen verlieren könntest. Weiß das als Anwalt schließlich!“

Ach Alex! Warum nur habe ich mich damals so dumm verhalten, sodass uns das Schicksal gar keine gemeinsame Chance geben konnte? Sarah atmete tief ein und aus. Wehmut durchdrang ihr Herz. Höchstens eine Sekunde lang schaute sie Lisa an und empfand dabei beinahe so etwas wie Neid; dann ließ sie ihren Blick an ihr vorbei in die Vergangenheit schweifen.

Alex, mit dir wäre alles anders gekommen. Du hast deine Frau ganz sicher noch nie betrogen.

Roberts freundliches „Hier ist dein Schlüssel, liebe Lisa“ holte Sarah aus ihrer Gedankenwelt zurück in die Wirklichkeit. „Die Fenster habe ich zum Durchlüften aufgemacht. Okay?“ Lisas unbetontes „Dankeschön!“ wurde von ihrem verwunderten Empfinden begleitet, dass er mit einem Mal so entspannt klang, nachdem er gerade eben noch erkennbar sauer war.

Mit ihrer weiteren, nun bewusst dankbar klingenden Antwort wollte sie versuchen, mehr dazu herauszufinden. „Ganz lieb von dir, dass du meinen Koffer nach oben getragen hast. Möchte dich übrigens fragen, ob es dir wirklich Recht ist, dass ich hier im Haus schlafe.“

Er nickte - und lächelte dabei.

Intuitiv legte sich ihre Stirn in Falten. Was macht dich plötzlich so gut gelaunt? Sie begriff nicht, was ihn so verwandelt hatte, seit er mit Monica die Wohnung verließ.

´Forsche stets nach der Ursache des Handelns deines Gegners; nur so erkennst du dessen wahre Absichten.` Das sagt Alex immer, erinnerte sie sich. Also bohrte sie weiter.

„Sag mal, Sarah, wieso duzt Monica dich, während Robert für sie Herr Gregorius ist? Eigentlich komisch, oder?“ Ihr Verdacht von neulich kam wieder hoch. Ob er mit ihr etwas hat?

Das Erste, was Lisa wahrnahm, war ein Zucken von Roberts Augenlidern. Aha, sagte sie sich!

„Weißt du, mir bot Monica erst vor kurzem bei einem Glas Wein das Du an. Robert hat sie ja noch nicht so oft gesprochen, weil er nie ....“

Sie beendete den Satz nicht, da sie merkte, damit wieder Öl auf Lisas Feuer zu geben. Ihre Freundin verstand, schwieg aber zu dem, was sie vermutete. „Ach so! Na dann ist das ja verständlich.“

„Ja, genau so ist es, liebe Lisa“, ergänzte Robert eilfertig.

Ohne sich dagegen wehren zu können, erfasste Lisa plötzlich ein heftiges Gähnen. „Oh weh, der Jetlag! Sarah, schätze, ich brauche eine Mütze Schlaf. Böse, wenn ich auf mein Zimmer gehe?" Noch bevor sie antworten konnte, kam ihr Robert zuvor. „Aber gewiss nicht! Schlaf dich mal ordentlich aus. Morgen ist auch noch ein Tag."

„Nana, so lange wirst du ja nicht brauchen", ergriff Sarah rasch das Wort, „um wieder fit zu werden, Liebes. Um Acht gibt´s Abendessen. Du kannst natürlich auch früher runterkommen. Hast du einen Wecker?" „Hab ich. Super, sehen uns allerspätestens um sieben - sicher vorher schon; will dir doch beim Kochen helfen, und Zeit zum Quatschen haben."

„Nein, nein", ging Robert dazwischen. „Beim Kochen helfe natürlich ich meiner Frau. Schlaf du nur lange aus." Lisa fühlte Ärger in sich aufkommen; schon wieder versuchst du, mich von Sarah fernzuhalten.

Auch ihre Freundin erkannte Roberts Ansinnen; sie hatte dabei jedoch mit einem Zwiespalt zu kämpfen, der sich in ihr auftat.

Zum einen freute sie sich über Roberts Hilfsbereitschaft; zum anderen wollte sie Lisa so oft es geht um sich haben. Zur Verwunderung beider Frauen begannen sie wie aus einem Munde: „Okay. Robert hilft beim Kochen und …." Beide begannen zu lachen. „Genau; und wir zwei", beendete Sarah den offensichtlich gemeinsamen Gedankengang, „unterhalten uns dabei."

Während Sarah ihrer Freundin liebevoll über´s Haar strich, gelang es Robert nicht, seinen Unmut in Form

eines mürrischen Blicks zu unterdrücken. Lisa verabschiedete sich und ging nach oben.

Kapitel 11

Monica war schon vor zwanzig Minuten am Haus angekommen, stieg aber noch immer nicht aus. Sie musste nachdenken. Über das, was sie vorhin mit dieser überraschenden Besucherin Lisa erlebte und darüber, was Sarah ihr vor kurzem über ihren vielfach untreuen Ehemann erzählt hatte.

Wie sehr ähnelte es ihrem eigenen Schicksal. Irgendwie. John hatte zwar keine Geliebte, aber den Alkohol. Verbittert dachte sie dabei an den Schuldenberg, den er vor ihr verborgen gehalten hatte. Völlig verarmt war sie deswegen heute. Das durfte ihrer Schwester auf keinen Fall passieren!

Was, wenn Sarah sich wegen der Vollmacht weigert, obwohl ich ihr so gut zugeredet habe. Zwar ist einerseits Robert wieder bei ihr eingezogen, um sich die Unterschrift unter die Bevollmächtigung zu beschaffen. Andererseits aber ist diese blöde Freundin unerwartet aufgekreuzt. Shit!

Die, hatte Robby, mit dem Koffer in der Hand im Dachgeschoss angekommen, getobt, könne ihn absolut nicht leiden und würde ihn in den gemeinsamen Plänen sicher so gut stören, wie sie kann. Sie hätte eine Menge Einfluss auf Sarah und sähe es wohl am liebsten, ließe sie sich scheiden. Klingt gar nicht gut!

Was also, wenn er es ihretwegen nicht schafft? Genau das war, wusste Monica, ihr Grund, diese Lisa in ihr Haus aufzunehmen. Auch wenn Robert es zunächst nicht fassen konnte - der dumme Kerl. Haarklein musste sie ihm ihre Taktik erklären.

Sie selbst war dieser Frau sympathisch; dafür hatte sie mit ihrem freundlichen Getue schon gesorgt. Also würde sie Lisa in Gesprächen zu manipulieren versuchen, um sie umzustimmen. Eine Ahnung davon, murmelte sie jetzt vor sich hin, dass ich allein im Sinne meiner geliebten Yvonne und ihrem Robby agieren werde, hat sie ja nicht. Weder Sarah noch sie hat eine Ahnung davon, dass Yvonne meine Schwester ist. Robby hat es selbstverständlich für sich behalten.

Etwas anderes kam ihr in den Sinn; etwas, das ihr absolut nicht gefallen konnte. Sarah hatte es ihr ja klar gesagt: Der lässt sich nie scheiden. Und fremdgegangen war er zudem schon oft. Was, wenn Robby es mit Yvonne also gar nicht ernst meint? Dann käme sie nie an das Vermögen dieser Millionärin.

Ihre Gedanken kreisten somit mehr und mehr um die Frage nach einer Lösung. Welche Alternative gab es dann, um an ihr Geld zu kommen? Gab es überhaupt einen anderen Weg aus dem Schlamassel? Die Sache musste gut gehen! Irgendwie. Sonst sah es für die Zukunft des Kindes schlecht aus. Und für ihre Schwester erst Recht.

Eine schreckliche Idee kroch mit Macht aus den dunkelsten Tiefen ihrer Gewissenslast nach oben. Eine, die ihr gewiss nicht fremd war. Leider nicht!

Doch hatte sie eine andere Chance gehabt? Damals. Mit John. Nein! Sie stand dazu, was geschehen war, weil es hatte geschehen müssen.

Dennoch plagte sie es schwer. Sollte sie vielleicht doch zur Beichte gehen und darüber mit Pfarrer Millert reden? Einfach, um Absolution und Frieden zu erhalten.

Nein, befahl ihr der Verstand noch im selben Atemzug! Das kam nicht in Frage. Beichtgeheimnis hin oder her. So etwas war viel zu gefährlich. Selbst Priester können, wenn sie einen zu viel intus haben, von Sachen reden, die sie nicht erzählen dürfen. Leider trank Bill gerne einen über den Durst; das wusste jeder hier.

Nein, nein! Ein zweites Mal könnte sie so etwas Schreckliches nicht tun; dann käme ihre Seele nie mehr zur Ruhe. Sofort verjagte sie die verruchte Vorstellung daran.

Warum aber nicht? Schon wieder trieb der Teufel sein Spiel mit ihr. Robert würde sie danach beerben. So, wie sie selbst John, nachdem er gegen den Baum gerast war. Nur mit dem Unterschied, dass er - und damit Yvonne - kein völlig überschuldetes Haus abbekämen.

Ihre Stirn legte sich in Falten. Aber das würde bedeuten, dass ich sie .... „Nein!" Entschlossener hätte ihre Stimme nicht klingen können! Alles in ihr wehrte sich gegen den Höllenfürst, der sie mehr und mehr in den Bann des Bösen zu ziehen versuchte.

Sie fuhr sich mit beiden Händen energisch durch's Haar. „Weiche von mir, Satan! Schluss mit diesen schauderhaften Gedanken!"

Sie stieg aus, schlug die Fahrertüre mit Wucht zu, schloss den Wagen ab und ging die Stufen zu Yvonnes Haus hoch. Sie stutzte. Die Türe wurde aufgerissen, noch bevor sie klingeln konnte.

„Wo bleibst du denn? Ich warte schon ewig auf dich, seit deinem Anruf vorhin. So lange brauchst du doch sonst nicht von deinem Haus zu mir. Ich halte das nicht aus. Hast du ihn gesehen? Wie ist er? Mit seiner Frau, meine ich. Küsste er sie?"

„Nun beruhig dich aber mal!" „Ich will mich aber nicht beruhigen, verdammt! Hat sie die Scheiß Vollmacht schon unterschrieben?"

Monica zwang sich ruhig zu bleiben. Sie schob ihre Schwester zurück, ging in den Flur und drückte die Tür zu.

„Yvonne, hör zu. Das kann wohl länger dauern. Da ist nämlich ...." „Wieso länger?" „Eine Freundin von Sarah ist aufgetaucht. Eine, die es mit Robby und damit automatisch mit unseren Plänen nicht gerade gut meint."

„Was?!"

„Ja, ist echt blöd. Aber ich rede heute Abend mit Robby, wenn er zum Rauchen in den Garten geht. Wir treffen uns ab jetzt regelmäßig um dieselbe Zeit hinter dem Gewächshaus. Ich werde ihm helfen, indem ich diese Frau, sie heißt übrigens Lisa, manipuliere. Ich habe dafür gesorgt, dass sie mich mag. Gemeinsam kriegen wir das schon hin."

Ich muss ihm auch sagen, dass er nicht wieder zu trinken anfangen soll. Alkohol ist keine Lösung!

„Du musst begreifen, dass diese Lisa es ihm nicht gerade leicht machen wird. Da braucht er mehr Zeit. Du musst das aushalten, hörst du!" „Du hast leicht reden. Wohnt die etwa bei denen?" „Nein, aber bei mir unter dem Dach." „Warum das denn? Bist du verrückt? Das ist ja völlig schwachsinnig!"

„Gar nicht schwachsinnig!", wehrte sie ab. „Das habe ich mir sehr wohl gut überlegt. Außerdem hat Robby zugestimmt, nachdem ich ihm auf dem Weg ins Gästezimmer meine Taktik erklärte." „Taktik. Quatsch! Wäre die nicht da, würde er schon lange wieder bei mir sein. Und wir hätten das Geld."

„Aber auf diese Weise habe ich viel mehr Einfluss auf diese Lisa und kann ihr das mit der Scheidung vielleicht sogar ganz ausreden. Wir haben ...."

„Scheidung? Was soll das denn wieder?" Yvonne warf die Arme hoch und fuchtelte hektisch mit den Händen.

„Robert befürchtet, sie will seine Frau dazu bringen, sich scheiden zu lassen." „Ich bring dieses Weib um; was mischt sie sich da überhaupt ein?!", tobte Yvonne.

„Lass mich nur machen, Schwesterchen! Als sie vorhin in ihr Zimmer ist, habe ich sie auf der Treppe abgefangen und schon mal ein wenig Small Talk gemacht. Ich denke, die Chemie zwischen uns stimmt. Sie versteht sogar eine Menge von meinem Hobby. Damit haben wir schon ein gemeinsames Interesse."

Yvonne stutzte. „Was für´n Hobby?" „Na Giftpflanzen natürlich! Weißt du doch. Sie ist Pharmazeutin; kennt sogar die todbringende Wirkung unserer neuseeländischen Tree Tutu." „He? Was für´n Tutu?" Monica atmete ganz tief durch und schaute sie eindringlich an. Sekundenlang. Solange, bis ihre aufgebrachte Schwester begriff.

„Ach so, das Zeug meinst du." Im gleichen Atemzug dachte sie an John. „Er hätte es ja nicht trinken müssen. Ist ..., äh, war halt kein Maori; die wissen, wie man das Gift vorher herausfiltert." Sie lachte spöttisch.

„Nicht, Yvonne! Bitte. Du weißt, wie schwer mir das gefallen war." „Hast du ne Wahl gehabt?" Sie ersparte ihrer Schwester die Antwort. „Nein! Der hätte dich beinahe im Suff umgebracht. Das nächste Mal hätte es bestimmt geklappt. Oder irgendwann später."

Monica schloss die Augen. Erinnerungen kamen in ihr auf. Schlimme! Was damals geschah, lastete schwer auf ihr. Noch immer. Doch sie wusste selbst, dass es keinen Ausweg gegeben hatte. Lange genug litt sie unter ihm. Ihr eigenes Leben war ihr am Ende wichtiger gewesen als das ihres Mannes.

„Lass uns von etwas anderem reden, ja." „Ich hab nicht damit angefangen", gab Yvonne schnodderig zurück. „Weiß ich selbst! Also. Das Vertrauen, das zwischen dieser Lisa und mir zu wachsen scheint, macht es mir leicht, ihre Gedanken zu Sarah und Robby zu erfahren."

„Blah, blah!" „Sei nicht so schrecklich negativ! So bekomme ich sicher auch raus, ob sie von Roberts Schwierigkeiten in München was weiß. Vielleicht ist sie deshalb so gegen ihn eingestellt. Ich wüsste zu gerne, was sie vorhat. Robby denkt nämlich, dass sie auch deshalb dahinter steckt."

„Wo hinter?" „Dass Sarah die Vollmacht nicht unterschreibt." „Miststück!" Er hat auch Angst davor, dass ihr Mann herfliegt, um sie darin zu bestärken. Der ist Anwalt."

„Scheiße! Und was tut meine oberschlaue Schwester dagegen?", schrie sie und schlug mit der flachen Hand auf den Tisch. Monica zuckte zusammen. „Entweder muss Robby sie in sein Problem einweihen und auf ihr Mitleid hoffen." „Spinnst du?" Monica überging ihre Bemerkung.

„Dann schafft er es vielleicht, dass sie ihm hilft. Die Schwierigkeit ist aber, dass er sie bislang belogen hat; weißt ja, mit der Behauptung, die Bank bräuchte die Vollmacht; und die Immigration." Yvonne nickte. „Und wenn er sagt", meinte sie nachdenklich, „die Sache mit Deutschland sei erst jetzt aufgetaucht?" Beide gingen aufgeregt ins Wohnzimmer.

„Hm." Monica zuckte mit den Achseln. „Blöd ist außerdem das andere, was ich dazu von Lisa erfahren habe." „Was denn noch?" „Sobald Robby noch einmal die Vollmacht verlangt, schmeißt sie ihn raus; weil sie dann davon ausgeht, dass er nur zu ihr zurückgekommen ist, um die Unterschrift zu kriegen."

„Verdammt!" Mit Wucht traf Yvonnes Fuß das Tischbein. „Hey, lass das! Soll dein Kind etwa eine Gehirnerschütterung kriegen?" Das machte ihre Schwester noch wütender.

„Hätt ich mir bloß nicht von ihm ein Kind machen lassen. Jetzt lauf ich mit dem immer dicker werdenden Bauch rum, während Robby nun jede Nacht diese Frau vögelt. Ich hasse ihn!" Ihre Stimme überschlug sich.

„Tut er doch gar nicht!" versuchte sie die Tobende zu beruhigen. „Verarsch mich nicht! Klar tut er es; er ist viel zu geil darauf, es zu lassen!"

„Ganz bestimmt nicht, Yvonne! Hat er mir selbst versichert", log sie.

Sie scheint mir zu glauben, hoffte Monica. „Und wenn das mit der Mitleidstour nicht klappt und wir so nicht an ihr Vermögen kommen?"

Monica atmete tief durch. Dann blickte sie ihr sekundenlang vielsagend in die Augen.

„Nein?!", kam ungläubig von Yvonne. Monica hob und senkte den Kopf langsam und bedächtig. „Monica! Bist du verrückt?" „Hast du eine bessere Idee? Du weißt, wie eilig ihr beide das Geld braucht, um abtauchen zu können. Nimmt die Polizei Robby vorher fest, ist alles verloren."

Yvonne konnte nicht glauben, was sie da in seiner ganzen Tragweite zu begreifen begann. Kurz legte sich ihre Hand über den Mund. „Schwester! Das kannst du doch nicht ...." „Bessere Idee?", wiederholte diese ihre Frage. Ihr Gegenüber schüttelte den Kopf. „Aber gleich umbringen. Nein! Außerdem macht Robby da niemals mit."

„Er wird! Dafür sorge ich", kam als ihre entschlossene Antwort." Yvonne merkte, wie sie blass wurde. „Er als ihr verwitweter Alleinerbe", fuhr sie fort. „Damit habt ihr beide keine Probleme mehr. Kinder und Geschwister hat sie keine und die Eltern sind tot."

Yvonne öffnete fassungslos den Mund, fand aber keine Worte. „Allerdings muss das verdammt schnell passieren. Wegen des Auslieferungsgesuchs, von dem dir dein Ex-Lover erzählt hat. Niemand weiß, wie rasch das geht."

„Was soll das mit dem Ex-Lover jetzt?", fuhr sie ihre Schwester an. „Carl ist doch Schnee von gestern." „Ja, ja." Monica schmunzelte. „Brauchst gar nicht so zu grinsen. Mit Robby ist es ganz, ganz anders; den liebe

ich echt. Zwar kein Supermann. Aber hier drin ..." -
ihr Zeigefinger klopfte auf ihre linke Brust - „... weiß
ich, dass er der Richtige für mich und unser Kind ist."
Sie strich mit der Hand über ihren Bauch.

Monica schwieg dazu. Ihr jetzt von seinen Eskapaden
zu erzählen, wäre nicht gut. Jetzt nicht.

„Umso wichtiger ist es, an ihr Konto zu kommen!
Wenn auch als letztes Mittel auf diese schlimme und
sicher nicht ungefährliche Weise. Das Ganze geschieht
doch nicht für mich; ich will doch nur helfen."

„Aber doch nicht so, Monica! Ein Mord reicht doch
schon."

Das war zu viel! Monicas Gesichtszüge verhärteten
sich. Mit schriller Stimme schrie sie ihre Schwester
an. „Das war ein tagtäglich passierender, tödlich ver-
laufender Verkehrsunfall eines Betrunkenen. Kapierst
du! Ich bin keine Mörderin. Das will ich aus deinem
Mund nie, hörst du, nie mehr hören."

Yvonne wurde noch blasser als sie es schon war. Noch
nie hatte sie ihre besonnene Schwester so ausrasten
erlebt. Mein Gott, dachte sie erschüttert, wohin entwickelte sich das alles gerade? Sie musste unbedingt mit
Robby reden.

Was wird er dazu sagen? Hat Monica mit ihrem Plan
nicht vielleicht Recht? Gibt es überhaupt eine andere
Lösung? Zur Not. Dann, wenn seine Frau das Geld
nicht rausrücken will.

All das bewegte Yvonne, nachdem Monica am frühen
Abend gegangen war, noch den gesamten Tag über bis
in die späte Nacht hinein.

Zu ihrem Leidwesen jedoch auch während der folgenden zwei Wochen, in denen Robert bei Sarah wohnte und versuchte, sich bei ihr wieder lieb Kind zu machen - als hilfsbereiter Ehemann und guter Liebhaber.

Monica hatte es in diesen Tagen nicht leicht, den Spagat zwischen allen Interessen hinzubekommen. Robert motivieren; Yvonne ruhig halten; Lisa in vielen Gesprächen bearbeiten; und Sarah ebenfalls - so vorsichtig, wie es ihr die gebotene Zurückhaltung als Fremde erlaubte.

Kapitel 12

„Dieser Francis spielt nicht nur super Tennis. Sieht auch enorm gut aus. Ist in dich verliebt; erkennt ja ein Blinder mit Krückstock." „So ein Unsinn! Er ist einfach nur nett." „Jaja!" Lisa grinste Sarah frech ins Gesicht.

„Was ist?" „Wirst ja rot. Magst ihn also auch." „Unfug! Bin nur noch erhitzt vom Spielen. Red´ nicht so ein dummes Zeug. Zieh dich lieber fertig an, damit wir nach Hause kommen. Robert wollte um zwei vom Büro zurück sein."

Lisa schüttelte ärgerlich den Kopf. Seit der, dachte sie, wieder bei ihr wohnt, dreht sich nur noch alles um ihn. „Ach - kochst dann dem Pascha bestimmt wieder was Leckeres", spottete sie. „Aber natürlich tue ich das! Was ist falsch daran?"

„Will ich dir sagen. In der ersten Woche hat er ja noch fleißig im Haushalt geholfen. Legt nun aber schon wieder die Füße hoch, wenn es um´s Tischabdecken geht oder darum, einzukaufen. Und abends macht er sich im Wohnzimmer vor der Glotze breit, sodass eine Unterhaltung ausgeschlossen ist."

Lisas Stimme nahm an Lautstärke zu. Sie war sauer; auf Robert; aber eben auch auf sich selbst, weil es ihr noch immer nicht gelungen war, einen Keil zwischen die beiden zu treiben. Warum kapiert sie nicht, dass er sie schon wieder ausnutzt, dachte sie zornig.

„Stimmt doch gar nicht. Er bringt jeden Abend den Müll raus. Zum Beispiel." „Pah! Nur, weil er rauchen will. Dauert übrigens jedes Mal eine halbe Stunde. Komisch, oder?"

Lisa knöpfte ihre Bluse zu. „Nie genug Zeit, wir beide", nörgelte sie weiter. „Haben doch nur morgens das bisschen, wenn er ins Büro muss. Nach dem Mittagessen hockt er zwischen uns auf dem Sofa. Oder verschwindet mit dir im Schlafzimmer zum ...." Sie machte eine entsprechende Handbewegung.

„Lisa!" „Ist doch wahr! Oder Monica kommt plötzlich auch in den Garten und setzt sich auf die Bank. Genau dann, wenn ich mit dir reden will; unter vier Augen. Als würde sie´s riechen. Abends dann ewig Television. Nervt langsam echt! Wozu, verflixt, bin ich überhaupt gekommen."

Sarah schaute sie irritiert an. „Aber Lisa." „Ja! Was glaubst du, warum ich seit einigen Tagen schon um acht auf mein Zimmer gehe?" „Weil du Kopfweh hast. Oder etwa nicht?" „Natürlich nicht! Nein; kann es einfach nicht mehr ertragen, dass er dich schon wieder an der Nase herum führt." Sarahs entrüstetes „Gar nicht!" klang nicht gerade nach ihrem überzeugten Widerspruch.

„Sein Ton dir gegenüber hat sich auch schon wieder zum Schlechten hin verändert. Nix mehr mit Liebes und Schatz und so, wie anfänglich." Sie überlegte kurz. „Zankt sich sogar laut mit dir."

Sarah stemmte die Hände in die Hüften. „Gar nicht!" „Und ob! Hatte gestern Abend meine Brille im Wohnzimmer vergessen; bin also so gegen neun noch Mal die Treppe runter, um sie zu holen. Kaum hab ich eure Tür aufgemacht, hörte ich ihn schon; klang wirklich nicht nach Harmonie. Habt gestritten; stimmt doch, oder?"

Sarah schnappte nach Luft. Ihr erneutes „Gar nicht"
war schwächer als ihr vorheriges. „Ach du! Mach´s
mir doch nicht so schwer." „Will dir doch nur helfen.
Also, worum ging es?" Sie schwieg. „Komm, Sarah!
Rede es dir von der Seele. Seh doch, dass dich was
bedrückt."

Sie schüttelte den Kopf. Lisa gab nicht auf. „Hat er
etwa wieder von dieser Bevollmächtigung angefangen?" Ihre Freundin drehte sich von ihr weg und
mahnte zum Aufbruch. „Wir müssen nach Hause.
Robert ...." Sogleich spürte sie Lisas Hand, die ihren
Oberarm umklammerte. „Hat er?" insistierte sie ve-
hement. Sarah schnaufte laut. „Er hat also!"

So sehr leid ihr die Freundin tat, so sehr zufrieden war
sie darüber, was sie da hörte. Sie nahm Sarah in den
Arm; sie wehrte sich nicht. Dann brach es aus ihr heraus: „Ich hatte so sehr gehofft, er hätte es mit seiner
Rückkehr ernst gemeint. Aber als er gestern wieder
damit anfing, er bräuchte ...." „Die Bankvollmacht?"
„Ja".

Lisa kniff die Augen zu Schlitzen zusammen. Will also
doch noch an ihr Vermögen. Hab´s doch gewusst!
„Und?" „Na ja ...", kam zögernd. „Wie? Wirst doch
nicht ...." „Er hat gesagt, er hätte Probleme mit der
Polizei in Deutschland. Irgendein schreckliches Missverständnis, in das er zu Unrecht verwickelt sei. Um
nicht in Untersuchungshaft zu müssen, bräuchte er
ganz dringend ...."

In diesem Moment kamen zwei Frauen in weißer Ten-
niskluft schwatzend und lachend in die Umkleideka-
bine. Sofort brach sie ihren Satz ab. „Lass uns gehen,
ja? Wir reden heute Abend, Lisa; wenn er im Garten
ist."

Sie sah ein, dass es hier keinen Sinn machte, weiter auf sie einzuwirken. „Aber nach Hause will ich jetzt nicht, Sarah. Können doch im Clubhaus eine Kleinigkeit essen; dort kannst du mir alles erzählen.“

Energisch schüttelte ihre Freundin den Kopf, während beide nach draußen gingen. „Das geht nicht! Robert wartet auf´s Mittagessen.“ „Ach was! Kann sich auch mal ein Brot schmieren. Sarah, jetzt ist was anderes doch viel wichtiger: Was machst du, verlangt er es nochmal von dir.“

Ihr Blick suchte sie zu erreichen, doch Sarah ging schnurstracks am Gartenrestaurant vorbei in Richtung Parkplatz.

„Bleib doch mal stehen, verflixt! Was willst du ihm dann sagen?“ Sarahs Gang verlangsamte sich. Sie zuckte mit den Achseln. „Ich weiß es doch auch nicht.“ „Na siehst du. Ist doch besser, wenn wir zwei vorher darüber sprechen.“

Da keine Antwort kam, fuhr Lisa - nun in energisch werdender Stimmlage - fort. „Was ist das eigentlich für ein komisches Ammenmärchen, das er dir da auftischt? Polizei; und Gefängnis. Plötzlich nicht mehr die Bank und die Einwanderungsbehörde, die er als Grund vorgibt. Nun so eine blöde Story. Dass ich nicht lache! Wieder typisch für diesen dreckigen Lügner.“

Natürlich wusste sie, dass es keine Lüge war - wenigstens nicht im Kern. Sie wollte Sarah jedoch zu der Überzeugung kommen lassen, Robert würde mit jeder noch so abstrusen Geschichte versuchen, sie rumzukriegen. Je schlechter das Licht war, in dem sie ihren Mann sah, desto größer war die Chance auf eine Scheidung.

Nun wurde sie noch lauter. „Ja, er ist nicht nur ein notorischer Ehebrecher, sondern auch ein hinterhältiger Lügner, dein Herr Gregorius!"

Abrupt blieb Sarah stehen. Sie ließ ihre Tennistasche fallen und hob drohend den rechten Arm. „So, das reicht jetzt", schrie sie. „Du hast, verdammt noch mal, nicht das geringste Recht, meinen Mann auf diese Weise zu beschimpfen."

Lisas Augenlider zuckten. Sie merkte, dass sie den Bogen überspannt hatte; noch nie zuvor hatte sie ihre Freundin so kreischen hören.

Schon ging das Toben weiter. „Wenn das nicht aufhört, fliegst du am besten gleich morgen nach München." Sie bückte sich und nahm ihre Tasche auf. „So, und jetzt fahre ich nach Hause." Sie drehte sich um und rannte los.

Wie angewurzelt blieb eine restlos überfahrene Lisa stehen. „Das war´s dann wohl", murmelte sie resigniert. Soeben hatte sie den Zugang zu der Frau verloren, deren Vermögen in größter Gefahr war. Sie war zu ihr geflogen, um es zu retten.

Auch, um Sarah ein für alle Mal von ihm zu befreien. Doch das mit der Scheidung war nun in weite Ferne gerückt. Mehr eigentlich - es schien ihr verloren!

Eines war klar; wenn die gute Sarah erst einmal merken würde, dass er ihre Konten abgeräumt hat, wäre es auch einerlei, ob er noch ihr Ehemann war oder nicht.

Ihr Blick senkte sich wie der eines frustrierten Verlierers. „Dann ist er über alle Berge; mit dieser raffinierten Yvonne. Verdammt!" Sie war verzweifelt.

Wie aus dem Nichts kommend riss sie eine tiefe Stimme aus ihren Gedanken. „Hello! So alleine hier? Wo ist denn deine reizende Freundin."

Erstaunt schaute sie auf; ihr irritierter Blick verfing sich in großen, dunklen Augen eines sympathisch aussehenden, braun gebrannten Gesichts des Mannes, den sie kannte.

„Ach, du bist´s; war in Gedanken. Sorry! Sarah musste dringend weg und ich habe gerade ...." „Wie schade! Nun ja; zwar wollte ich euch beide hier zum Essen einladen. Aber nun ...."

Francis Spring schien zu überlegen. Lisa horchte auf; sollte das ein Zeichen des Himmels sein? Da stand der Mann vor ihr, der hinter Sarah her war. Drei Namen schossen ihr durch den Kopf: Robert, Sarah, Francis. Eine Frau zwischen zwei Männern. Ja! Diese Chance musste sie nutzen. Jetzt gleich!

„Nun", nahm sie seinen angefangenen Satz auf, „dann gehen wir beide eben essen." Mit einem bestechenden Lächeln strahlte sie ihn an. Als sie sein Zögern erkannte, schob sie rasch nach: „Hätte dir da nämlich was anzuvertrauen; wollte ich schon das letzte Mal. Waren aber leider nicht alleine - du und ich."

Kaum endete ihr Satz, begriff sie, dass Francis sie nur missverstehen konnte. Augenblicklich setzte sie ihre Worte ins rechte Licht. Mit erhobenem und von links nach rechts schwenkendem Zeigefinger klärte sie den Irrtum auf. „Nein, nein; es geht nicht um mich, Francis."

So gern ich das auch wollte, so als kleinen Urlaubsflirt, hörte sie dabei ihre innere Stimme sagen.

„Geht nämlich um Sarah und dich. Möchtest mehr wissen? Darüber, in wen sie verliebt ist." Wenn ich dich damit nicht zu einem Essen mit mir überreden kann, dann weiß ich auch nicht, schätzte sie.

Sie sollte sich nicht geirrt haben.

Das Strahlen des Mannes vor ihr hätte nicht erfreuter sein können. Ohne zunächst ein Wort zu sagen, bot er Lisa galant seinen Arm, nahm mit der freien Hand ihre Tasche und sprach dann siegessicher: „Let´s go!"

Wer ebenfalls strahlte - dies jedoch innerlich und für den Fisch, der soeben den Köder geschluckt hatte - nicht ersichtlich, war Sahras listige Freundin Lisa. Noch ist mein Plan nicht verloren, frohlockte sie ohne Worte.

Es ginge doch mit dem Teufel zu, ermutigte sie sich, würde eine bald von Robert enttäuschte Sarah nicht in den Armen dieses Mannes Trost finden. Daraus könnte sich dann endlich ein Ende für Roberts unrühmliche Rolle als Ehemann entwickeln.

Als sie bei der jungen, blonden Kellnerin bestellt hatten, konnte Francis seine Ungeduld nicht mehr zügeln. „Verliebt, sagst du, ist sie?" Lisa öffnete ihre Augen ganz weit. „Und wie!" In wen, hätte er allzu gerne gefragt, war sich aber zu stolz für so etwas Plumpes. Sie erkannte sein Zögern und half ihm. „In dich."

„Ehrlich! Ach, Lisa! Wirklich?" Sie nickte. „Kaum zu glauben; sie hat bislang jeden meiner Versuche, etwas mit ihr zu unternehmen, zurückgewiesen. Würden wir uns nicht jeden Montag zum Tennis treffen, wäre ich schon verrückt geworden."

„Verrückt?" stachelte sie ihn zu mehr an. „Ja! Ich kann kaum noch schlafen. Sarah hat mich verzaubert, hält mich aber auf Abstand. Darf ich ehrlich zu dir sein?" Sie nickte erneut. „Diese Frau hat mich .... Ich bin richtig abhängig .... Ach, ich leide echt wie ein Hund, weil sie sich so verschließt."

In dem Moment wurden die Getränke auf den Tisch gestellt. Sofort setzte er das Glas an und leerte es zur Hälfte, ohne es abzusetzen. Dann bemerkte er seinen Fauxpas. „Oh, entschuldige. Ich bin völlig durch den Wind." Er wurde rot. Zufrieden erkannte Lisa, wie sehr er in Sarah verschossen war. Leichtes Spiel; sehr gut!

Wie sehr freute sie sich über die Gelegenheit Schicksal zu spielen, um Sarah vor Robert und dessen bösen Absichten zu schützen!

Erneut hob er das Glas und hielt es ihr entgegen. „Cheers, meine Liebe! Und nochmals herzlichen Dank, dass ich mich wenigstens dir anvertrauen kann." „Muss euch beiden Verliebten doch helfen. Weißt, Sarah hat einfach ein ernstes Problem damit, dir ihre Zuneigung zu gestehen. Rede ihr seit Tagen gut zu, aber ...."

Sie machte es bewusst spannend. „Aber?" Lisa atmete tief ein und blies die Luft dann durch die fast geschlossenen Lippen aus. „Er heißt Robert."

Blässe trat in Francis Gesicht. Er ließ sich in die Rückenlehne zurückfallen. „Da gibt es also doch einen anderen Mann? Hab immer gehofft, der Ring sei nur ein ...." Sie nickte - und hatte Mühe, ihren ernsten Gesichtsausdruck aufrecht zu erhalten. „Ja! Leider. Ihren Ehemann." „Auch das noch!" Sein Schnaufen war nicht zu überhören.

„Einmal Hamburger, einmal Garnelen im Knoblauchsud." Er schaute verwirrt nach oben. „Ah, Jim. Das geht aber schnell. Ja, die Meerestiere sind für die Dame. Danke." „Guten Appetit!" Der Kellner ging. „Hm!", meinte Lisa, „das sieht ja gut aus." Francis klang resigniert. „Wenigstens besser als meine Chancen bei dieser wundervollen Frau."

„Gibst immer so schnell auf", fragte sie provokativ und schob sich die erste Garnele in den Mund? „Wow; echt lecker!" Er richtete seinen Oberkörper kerzengerade auf. Aha, dachte sie! Habe ich dich an der Ehre gepackt.

Er fixierte sie, sagte aber noch nichts. Also gab sie ihm den Rest. „Schätze doch, du bist einer jener wenigen Männer, die wirklich wissen, was sie wollen - und wie sie es sich holen können. Nicht so ein Warmduscher!"

Ihr Schmeicheln zeigte Wirkung. „Stimmt schon!" Ein beinahe nach Eitelkeit anmutendes Schmunzeln huschte über sein Gesicht.

„Du denkst also, Sarahs Mann ist ...; nun, ich meine, sie ist zwar noch verheiratet, aber zwischen ihnen harmonierte es nicht mehr so." „Gut erkannt. Die liebe Sarah ist sozusagen gegen Robert verheiratet." Sie grinste.

„Aber warum ist sie dann noch mit ihm ...?"

„Tja! Sie ist da ein wenig ..., nun, sagen wir mal, kompliziert." Er runzelte die Stirn. „Was heißt das genau?

Sie ist doch eine derart liebenswürdige und charmante
Frau. Was kann da an ihr kompliziert sein?"

Genüsslich nahm Lisa einen weiteren Bissen. Sie wollte ihn noch etwas auf die Folter spannen. „Wie
schmeckt dir der Burger?" „Äh ..., ja, gut." Sein unge-
duldiges „Aber sag doch!" kam noch im selben Atemzug.

„Nun, ihre strenge religiöse Erziehung hat dazu geführt, dass sie noch immer an ihrer Ehe festhält. So
Sachen wie ´Bis dass der Tod uns scheidet` und ´In
guten und in schlechten Zeiten` sind ihr ungemein
wichtig." Lisas Augenaufschlag machte ihm klar, was
sie davon hielt. „Ach so!"

„Viel zu wichtig, meine ich, zumal ihre Ehe den Namen schon lange nicht mehr verdient. Ihr Mann geht
ständig fremd. Sie leidet sehr darunter. Will aber die
Realität nicht einsehen; ein Bündnis auf Lebenszeit
gibt´s nicht; wenigstens zwischen den beiden nicht."

Der Mann ihr gegenüber nickte bedächtig. „Oh ja; so
etwas kenne ich!"

Sehr gut; klingt nach Gemeinsamkeit, erkannte sie
erfreut. „Hast du auch ...?" Er schnaufte. „Ja. Ich hätte
nie gedacht, wie rasch man sich auseinander leben
kann. Irgendwann war es passiert und sie wollte die
Scheidung." „Ein anderer Mann?"

Er schüttelte den Kopf. „Nein. Das hat sie mir in die
Hand versprochen. Glaube ich ihr auch. Sie wollte
einfach nicht länger unglücklich sein. Da war es für sie
so schon besser. Kann ich verstehen! Aber weh hat es
getan!"

´Nicht länger unglücklich`. Diese drei Worte machten sie mit einem Schlag nachdenklich. Wie steht es damit bei mir, fragte sie sich. Du solltest bald mit Alex reden, vernahm sie von ihrer inneren Stimme. Und ihm das mit Dieter sagen. Schade eigentlich, dass es mit uns auch so schlecht ausgehen muss. Aber wir haben uns einfach auseinander gelebt.

Ein deprimiertes „Schade!" kam ihr leise über die Lippen. „Was meinst du?" Sie merkte auf. „Ach nichts. War nur so ein Gedanke." Ihre Hand strich für den Bruchteil einer Sekunde über seinen Unterarm. „Schade um Sarah, meine ich", schwindelte sie und vertrieb damit den Gedanken an ihre eigene Ehe.

„Statt ohne Liebe zusammen zu leben ist es doch wirklich klüger, einen neuen Lebensabschnitt zu wagen." Sie atmete tief durch. „Ach, wäre Sarah nur endlich so weit wie es deine Frau damals war. Eigentlich ist doch alles so einfach." „Wie - einfach?"

Ohne gleich zu reagieren erhob sie ihr Glas. Er tat es ihr gleich, um nicht erneut ungalant zu sein. „Ihr Neuseeländer habt echt gute Weine!" „Sind auch stolz darauf. Aber sag - wie meinst du das mit dem einfach?"

„Schau! Sarah ist eine tolle Frau; spielt übrigens auch ganz hervorragend Klavier; muss der Neid ihr lassen. Ist andererseits eine sehr unglückliche Frau. Ihr Herz sagt ihr schon lange, dass sie etwas ändern muss. Ihr fehlt nur ..., naja, so etwas wie eine Initialzündung, um sich von ihrer verkorksten Erziehung zu lösen und ihren wahren Gefühlen eine Chance zu geben. Weißt du, was ich meine?"

Er nickte. „Das mit ihrem Mann - naja, das ist doch schon lange ...." Ihr Augenaufschlag erklärte ihm, was sie nicht mit Worten aussprach.

„Verstehe! Die Liebe ist ihnen wohl abhandengekommen. Deshalb muss er doch nicht andauernd fremdgehen!" „Männer!" kam abfällig von ihr. „Nana! Aber doch wirklich nicht alle!" „Ja, stimmt schon!"

„Und dieser Anstoß für sie in Form eines männlichen Eroberers ihres Herzens könnte ich sein, meinst du?" „Genau! Dass sie in dich verliebt ist, weiß ich. Wir beide ..." - nun griff sie mit festem Druck nach seiner Hand - „.... müssen ihr nur noch mehr Mut dafür machen, sich ihre Empfindungen einzugestehen. Du, mein lieber Francis, könntest dabei tatsächlich der Richtige sein, um sie aus ihrem Schlamassel herauszuholen. Und ...."

„Ja?" Spannung, Hoffnung und Neugierde standen in seinem Gesicht geschrieben.

„Und vielleicht ...." Er schaute sie eindringlich und erwartungsvoll an.

„Vielleicht ..." - sie schmunzelte verschmitzt - „.... hast du selbst ja auch ein wenig Eigeninteresse, Sarah für dich zu gewinnen." Er lachte laut. „Und ob! Mit dieser Frau an meiner Seite könnte ich der glücklichste Mann auf der Welt werden."

„Na, also! Muss doch zu schaffen sein, mit deiner Tatkraft und etwas Geduld! Einen besseren Zeitpunkt dafür kannst du gar nicht bekommen." „Wieso das?" „Zwischen den beiden kracht es im Moment noch heftiger als bislang. Da kann ein mutiger Eroberer ihres Herzens doch nur gewinnen."

Und, dachte sie dabei, ich werde schon dafür sorgen, dass die beiden sich noch mehr in die Haare bekommen! Da gibt es nämlich etwas, dem ich auf den Grund gehen muss. Irgendetwas an Roberts eigenartigem Verhalten Monica gegenüber ist komisch. Hat er doch was mit ihr?

Kapitel 13

„Verdammt noch mal, Sarah. Wenn ich am Ende tatsächlich ausgeliefert werde, lande ich hinter Gitter. Kannst du das verantworten?"

„Ach Unsinn!" schrie sie zurück. „So schnell kommt man nicht ins Gefängnis. Nur weil dieser Ex-Kollege ihr so einen Bären aufgetischt hat. Davon abgesehen - wie soll dir da meine Unterschrift helfen? Das ist doch alles Quatsch! Außerdem hast du vorgestern selbst gesagt, das Ganze sei nur ein Missverständnis."

Robert suchte nach einer glaubwürdig klingenden Erklärung. Wie nur konnte er sich aus seinem eigenen Lügengespinst befreien, um Sarah endlich zu der Bevollmächtigung zu bewegen, die er so dringend brauchte?

Vorsichtig ließ Lisa die Türklinke zu Sarahs Wohnung los. Sie hatte zwar Hunger und roch schon von oben, dass Sarah gekocht hatte. In diesen Streit hinein zu platzen hatte sie jedoch ganz sicher keine Lust.

Sie überlegte. Sollte sie mit ihrem Mietwagen noch Mal in die Stadt fahren und irgendwo etwas essen gehen? Das wäre wohl das Beste. Kurz entschlossen ging sie die Treppe erneut hoch, um ihre Handtasche und eine Jacke zu holen.

Kaum oben angelangt fuhr sie zusammen. Unten wurde die Tür aufgerissen, sodass die Schreierei ungehindert durch den Hausflur drang. „Du wirst schon sehen, was du davon hast!", brüllte Robert. „Wo willst du denn hin?", drang Sarahs aufgeregte Stimme nach oben. „Auf jeden Fall erst mal weg von dir."

„Aber Robert; nur weil ich nicht ...." „Genau! Das verstehst du also unter Liebe zwischen Eheleuten. Mich einfach so hängen zu lassen. Schäm dich!" Schon schlug er die Haustüre hinter sich zu.

„Oh je!", entfuhr es Lisa leise. „Das klingt gar nicht gut. Oder doch?! War das der eheliche Kollaps, auf den sie selbst vergeblich hingearbeitet hatte? Sie wartete ab. Zuerst hörte sie Sarahs Schluchzen; dann fiel deren Wohnungstüre ins Schloss.

Sollte sie, fragte sie sich besorgt, zu ihr gehen? Oder wäre gerade sie in dieser prekären Situation die absolut falsche Person, weil Sarah zugeben müsste, wie Recht sie wegen Robert die ganze Zeit hatte? Außerdem war Sarah noch immer ziemlich sauer auf sie.

Sie fasste einen anderen Entschluss. Sie wollte es wissen, um es Sarah brühwarm unter die Nase zu reiben - nämlich, ob er auf direktem Weg in die Arme der Frau war, von der er sich angeblich getrennt hatte. Das würde ihr den Rest geben; und Francis eine gute Chance.

Auf leisen Sohlen schlich sie sich nach unten und verließ das Haus - so rasch, aber auch so leise es ging. Draußen sah sie nur noch die Rücklichter von Roberts Wagen.

Nichts wie hinterher, befahl sie sich und beeilte sich, loszufahren! Als sie ihn bis auf etwa fünfzig Meter eingeholt hatte, hielt sie diesen Abstand; keinesfalls durfte er sie bemerken.

Ungefähr eine halbe Stunde später sah sie, wie Robert am Straßenrand parkte. Sofort drosselte sie ihre Geschwindigkeit, suchte sich ebenfalls links eine Parklücke und stieg aus. Sie war nun höchstens sechs Autolängen von ihm entfernt.

Ihr Blick heftete sich an den Mann, der mit schnellen Schritten die Stufen zu einem etwas höher gelegenen Reihenhaus nahm. Noch bevor er die Haustüre erreichte, kam ihm eine Frau entgegen. Wirklich Yvonne, fragte Lisa sich? Als sie Robert umarmte und küsste, bestand daran kein Zweifel mehr. Robert hatte sie also während der Fahrt schon per Handy informiert.

Lisa stutzte. Was war das? Die Frau hatte sich in Richtung Türe umgedreht und zeigte ihrer überraschten Beobachterin damit ihr Profil. „Nein!“, rief sie aus. „Die ist ja …. Darf doch nicht wahr sein!“

Schon verschwanden die beiden Hand in Hand. Jetzt gab es für Lisa nur eines; sie musste rasch nach Hause, bevor Sarah am Ende noch schlafen gegangen war. Das da - ihr Blick fiel ein letztes Mal in Richtung jenes Hauses - musste sie ihrer Freundin noch heute Abend mitteilen!

Als sie das Wohnzimmer betrat, saß Sarah zusammengekauert auf dem Sofa und weinte. Lisa setzte sich neben sie und legte ihr tröstend den Arm um die Schulter. „Robert?“ Sie nickte. „Er ist einfach gegangen.“ Sarahs Stimme klang gebrochen; ihre Hand legte sich über den Mund.

„Weiß es!“ Sarah runzelte die Stirn. „Habe euren Streit mitbekommen. War nicht zu überhören.“ Sarah atmete tief durch. „Ach so.“ Sie schluckte. „Dann weißt du auch, warum?“, drang leise durch ihre Finger.

„Hm!", meinte sie zustimmend. „Will dein Geld." Die Freundin presste Luft durch die Lungen; ihr Arm sank in den Schoß. „Nein, aber die Vollmacht." Lisas Augenaufschlag sprach Bände. „Das ist doch dasselbe, Liebes. Begreif das endlich!"

Sarahs Oberkörper sank förmlich in sich zusammen. Natürlich hatte sie das vorhin verstanden; Roberts Lügerei war nicht mehr anders zu deuten. Es Lisa gegenüber aber so einfach zuzugeben, fiel ihr schwer. Doch konnte sie jetzt noch anders?

Erbost wischte sie sich das Nass ihrer Tränen von den Wangen. „Sehe ich auch so. Erst brauchte er die Vollmacht für die Bank, dann für´s Immigration Office; und jetzt, um nicht ins Gefängnis zu müssen. Es geht ihm tatsächlich nur um mein Kontoguthaben."

„Es kommt noch schlimmer, Sarah!" „Wie - schlimmer?" Lisas Hand zog die Freundin noch enger zu sich. Sie wusste, was sie ihr mit dem antun würde, was sie nun zu sagen hatte.

„Ich bin ihm hinterher gefahren. Vorhin." „Und ..., wohin ist er ...." Sie brach ihren Satz ab, weil sie begriff. „Zu dieser Frau?" „Natürlich zu ihr! Oder hast du echt geglaubt, er hätte mit ihr Schluss gemacht? Nein, Sarah! Ich weiß seit einer halben Stunde ganz sicher, dass er noch mit ihr zusammen ist - und auch, warum."

Für einen Moment schwieg sie noch, bevor sie mit entschlossener Stimme weitersprach. „Ich habe diese Frau nämlich gesehen - und auch, was mit ihr los ist. Dafür habe ich ein gutes Auge."

Sarah löste sich aus der Umarmung und rückte ein Stück von Lisa weg. „Wie meinst du das?" Ungläubig schaute sie ihr ins Gesicht. Lisa gab keine Antwort; sie wollte, dass Sarah von selbst darauf kam, was sie angedeutet hatte. Schon sah sie, dass ihre Freundin nachzudenken begann. Ihre Stirn legte sich in Falten; ihre Mimik drückte das aus, was in ihr vor sich ging. Es war die Angst vor einer erschütternden Wahrheit.

Zunächst wollte sie den aufkommenden Verdacht verdrängen; doch er ließ sich nicht unterdrücken. Dann trat Fassungslosigkeit hinzu. Zuletzt stellten ihre geweiteten Augen die Frage nach der Wahrhaftigkeit ihrer Befürchtung.

Lisa antwortete ebenso wortlos. Sie zog die Augenbrauen hoch und nickte mit einer langsamen Bewegung.

Nein! Maßloser Zorn stieg in Sarah hoch. Ihr Mund öffnete sich, ihre Lippen bewegten sich zu einem nun lauten und wütenden „Nein!" Mit dem Instinkt einer Frau - zumal einer auf´s Schlimmste betrogenen - hatte sie Lisas Andeutungen richtig interpretiert.

„Schwanger?" „Schwanger!" „Dieser Mistkerl hat ihr ein Kind gemacht?" „Er hat!" „Und das sieht man schon?" „Schätze, siebter Monat." „Dieser ...." Ihr blieb das Schimpfwort im Hals stecken. „Dreckskerl!"; Lisa konnte sich diese Beschimpfung nicht verkneifen.

Augenblicklich wiederholte die bislang von der Unantastbarkeit der Ehe Überzeugte dieses Wort. „Du Dreckskerl!" Sie ballte beide Hände zu Fäusten. „Jetzt reicht es. Ich lasse mich scheiden!"

Lisas Empfindungen waren in diesem Moment Mitgefühl einerseits und Befriedigung andererseits; beide kämpften gegeneinander. Ihre Freundin tat ihr leid; ihr Ziel aber hatte sie endlich erreicht. Hoffentlich!

164

„Sobald er hier auftaucht, schmeiß ich ihn endgültig raus. Aus der Wohnung und aus meinem Leben. Nun ist Schluss! Lisa, kannst du Alex anrufen. Er soll gleich morgen den Scheidungsantrag vorbereiten. Ich flieg dann zu ihm und bringe ihm alle Papiere."

Lisas ´Endlich!` blieb unausgesprochen, um nicht rechthaberisch zu erscheinen; der Rest nicht. „Das mach ich. Und um deinen Flug nach Hause kümmere ich mich auch, Liebes. Keine Sorge! Deine Freundin Lisa ist für dich da." Noch während sie es sagte, kam ihr Francis in den Sinn. Dich brauche ich nun nicht mehr.

Sie strich Sarah freundschaftlich über´s Haar. „Und weißt du, was wir beide jetzt tun?" Sie schaute Lisa fragend an. „Wir machen eine Flasche Sekt auf; wenn uns die nicht reicht, hast du gewiss noch eine zweite im Kühlschrank."

„Und ob! Du hast absolut Recht. Damit beenden wir die Zeit der Trübsal und Demütigung." Lisa wunderte sich zwar über ihre Entschlusskraft, wusste damit aber auch, dass Sarah endlich begriffen hatte, dass es nur noch eines gab: Einen Schlussstrich unter die Zeit mit Robert zu ziehen.

Der nächste Satz bestätigte ihren Eindruck. „Den ersten Schluck trinken wir auf meine Befreiung von dem Mistkerl Robert Gregorius."

Deinen Namen werde ich danach ganz gewiss nicht mehr tragen, du Lügner, ergänzte sie schweigend. Sie fühlte sich unendlich erleichtert bei dem Gedanken, tatsächlich den Mut zu haben, über ihren Schatten zu springen und sich scheiden zu lassen.

Kapitel 14

„Bringst du deine Freundin heute nicht zum Spielen mit?" Sein Lächeln hätte nicht strahlender ausfallen können! Schon eine geschlagene halbe Stunde lauerte er vor dem Eingang auf die Frau, die er erobern wollte.

´Lisa hat dich neulich ermuntert`, hatte er heute Morgen vor dem Badezimmerspiegel stehend zu sich gesagt und weiter gedacht: Nutze also deine Chance, Francis! Sarah ist unglücklich. Da brauchst du nur einfühlsam ihr Herz berühren und ihr deine Liebe gestehen. Schon wirst du sie erobert haben.

„Tut mir leid, Francis, dass ich zu spät bin. Es gab einen Unfall auf dem Tamaki Drive; ich steckte total fest. So ein Mist; unser Platz ist bestimmt weg, nichtwahr?" „Nun, für die restlichen zwanzig Minuten brauchen wir gewiss nicht mehr auf den Court. Aber was macht das schon? Gar nichts!"

„Bist echt nicht böse?" „Echt nicht, Sarah! Ich finde es außerdem toll von dir, dass du mich nicht versetzt hast. Hättest ja schließlich auch Kehrt machen, nach Hause fahren und lieber Klavier spielen können; das liebst du doch, wie mir deine Freundin neulich erzählte."

Klavier spielen - seine Worte brachten sie augenblicklich dazu, für einige Sekunden nachdenklich zu werden und sich zu erinnern. Tatsächlich hatte sie daran gedacht umzukehren; zumal sie schon morgens keine rechte Lust auf Tennis hatte. Aber sollte sie sich in der Wohnung vergraben? Bei dem schönen Wetter? Auf bessere Weise konnte sie den gestrigen Streit doch gar nicht aus ihrem Kopf verdrängen!

Oder sich doch ans Piano setzen? Seit es schon wieder verstimmt war, mochte sie gar nicht mehr darauf spielen. Das feuchte Meeresklima tat ihm einfach nicht gut; und der Klavierstimmer war sowieso in Urlaub.

Nach der Schreierei von gestern war ihr der Spaß an ihrem Instrument sowieso vollends vergangen. Für´s Spielen brauche ich innere Ausgeglichenheit. Die hast du mir geraubt, ärgerte sie sich und hasste Robert dafür umso mehr.

Mein Gott, was hat er getobt! Wie im Film lief das Erlebte noch einmal in ihrem Kopf ab. ´Wieso stehen meine Koffer vor der Haustüre?` ´Weil ich mich scheiden lasse.` ´Das kannst du doch nicht machen`, hatte es durch den Hausflur getönt. Mit Gewalt und wüsten Drohungen hatte er versucht, in die Wohnung zu kommen. Völlig ausgerastet war er.

Zum Glück kam Monica runter und ging dazwischen. Wie böse sie ihn angeschaut hat! Sie ist eben ganz auf meiner Seite; hat ihn dann zum Gehen aufgefordert und drohte, die Polizei zu rufen.

´Schade, dass ich heute nicht kann; aber morgen Abend sehen wir uns im Garten. Auf ein Glas Wein. Dann kannst du mir alles erzählen, Sarah`, hatte sie versprochen. Sarah schmunzelte bei dem Gedanken an das letzte Mal. Ganz sicher würde es wieder mehr als nur eines werden.

Wie gut, dass sie nicht ganz alleine im Haus sein musste; jetzt, da Lisa zurück in München war. Es gäbe Probleme in der Apotheke; deshalb müsse sie sofort zurück, hatte sie erklärt. Angst hatte sie vor dem

Mann bekommen, der nicht fassen konnte, bald geschieden zu sein. So zornig hatte sie Robert noch nie erlebt.

„Spielst du schon lange Klavier?"

„Ja, seit der Kindheit", antwortete sie halb abwesend. Schon war sie wieder in Gedanken; das Geschehene beschäftigte sie noch immer sehr.

Sollte sie wirklich zum Tennis fahren, hatte sie tatsächlich überlegt? So lange, bis sie nach dem Frühstück ihrem Hadern ein Ende bereitete und mit sich selbst zu reden begann - so, wie sie es oft tat, wenn sie einsam war.

´Nix da, ich fahre hin! Francis wird mir gut tun.` Im gleichen Atemzug hatte sie ein Kribbeln im Bauch gespürt. Francis - warum eigentlich nicht? Jetzt erst Recht!

Während dieses Gedankens legte sich jetzt ein verschmitztes Lächeln auf ihr Gesicht und ihr Blick fiel unwillkürlich auf ihre rechte Hand. Da gab es keinen Ehering mehr.

Francis nahm ihre Regung wahr und fragte: „Du lächelst?" Sie stutzte und suchte rasch als Antwort nach einer unverfänglichen Erklärung.

Mit einem „Niemals, lieber Francis, könnte ich dich versetzen!" Ihre Hand strich kurz über seine muskulöse Schulter. „Ich freue mich doch, dich zu sehen. Und ... - was machen wir jetzt?" Sie schaute an ihm vorbei in Richtung des Terrassenrestaurants vor dem Tennisclub; ihr kam eine Idee.

Francis konnte es kaum glauben; wo war Sarahs bisherige Zurückhaltung geblieben? Meinte es Amor wirklich so gut mit ihm? Er ergriff die gute Gelegenheit beim Schopf. „Wie wär´s mit einem leckeren Stück Nachmittags-Kuchen? Und danach ....“

„Hm!“ Ihre Zunge wanderte genussvoll über ihre Lippen. Sofort spürte er den Schauer, der ihm über den Rücken lief. Was für eine Frau!

Er folgte ihrem Blick. „Aber nicht hier. Ich kenne da eine kleine Konditorei am Strand. Ganz in der Nähe meines Hauses.“ Sarah runzelte die Stirn. Sein Haus. War das mit seinem ´... danach` gemeint?

Der aufkommende Zweifel in ihrem Gesicht machte ihm klar, dass er behutsamer sein musste. „Ein deutsches Bäcker-Ehepaar; Stefanie und Bernd. Die machen sogar Schwarzwälder Kirsch. Und ganz exquisite Pralinen.“

Die süße Verlockung siegte gegen ihr Misstrauen. Gegen ein nettes Cafe ist doch nichts einzuwenden. In seine Wohnung muss ich ja schließlich nicht mitgehen. „Gerne!“ „Schön! Fahr einfach hinter mir her. Es dauert höchstens fünfzehn Minuten.“

Während der Fahrt hatte sie das Gefühl, ihr Herz würde schneller schlagen. Begreifen konnte sie es eigentlich nicht. Gerade hatte sie sich von Robert getrennt. Ja, mehr noch! Sie hatte ihrer Ehe fest entschlossen Adieu gesagt und damit etwas getan, was sie nie im Leben machen wollte.

Trotz der Schwere dieser Entscheidung fühlte sie sich befreit, ja sogar beflügelt. Dieser Mann im offenen Sportwagen strahlte etwas aus, das sie so unendlich lange Zeit nicht mehr erfahren hatte. „Francis - was

machst du mit mir?", kam ihr unkontrolliert über die
Lippen. Oder ich mit ihm, gestand sie sich sogleich
ein.

„Donnerwetter, ist das hier eine tolle Aussicht! Die
ganze Bucht. Und schau - die vielen Segelboote." „Der
Yachthafen liegt direkt dort hinten." Er deutete mit
ausgestrecktem Arm nach rechts. „Da kann man übrigens super essen." „Ach ja? Du kennst dich gut aus
hier?" „Ich wohne ja schon lange genug hier."

„Hello Francis!" Er drehte sich in seinem Stuhl um -
und erhob sich höflich. „Stefanie! Wie geht´s euch?"
Erfreut legte die dunkelhaarige Frau Ende dreißig ihre
Arme um ihn und strich dabei mit dem ausgestreckten
Zeigefinger seine Wirbelsäule entlang bis zum Hosen-
gürtel.

„Mir geht es super; ihm nicht so." Francis sah ihren
Augenaufschlag. „Wunderbar, dich heute zu sehen.
Tut gut, du mein Lieber." „Freu mich auch. Ist Bernd
krank?" Sie schüttelte den Kopf. „Ich hatte nur wieder
Stress mit ihm."

Während er sich rasch aus der Umarmung löste, deutete sie mit dem Daumen hinter sich in Richtung
Hauseingang. „Jetzt schmollt er in der Backstube und
macht Käsekuchen. Bis gerade eben war eine Geburts-
tagsgesellschaft da; die hat uns den gesamten Vorrat
weggegessen."

Erst jetzt warf sie einen Blick auf Sarah. Francis nahm
ihn auf. „Darf ich dir meine Tennispartnerin Sarah
vorstellen. Sie kommt aus München." Sarah reichte
ihr die Hand. „Freut mich. Hätte Francis mir nicht
erst heute erzählt, dass es bei euch deutschen Kuchen
gibt, wäre ich ganz sicher schon früher hier gewesen."

„Soso!", gab sie schnippisch zurück, schenkte ihr ein gekünstelt wirkendes Lächeln und ließ ihre Hände in den Taschen ihrer Schürze verschwinden. Nicht gerade freundlich, empfand Sarah.

„Das werden wir in Zukunft aber sicher nachholen", mischte sich Francis ein und legte dabei für einen Moment seine Hand auf Sarahs Unterarm. Sie spürte die Wärme seiner Berührung und wunderte sich dabei über das, was ihre innere Stimme dazu meinte: Schade, dass Freitag dein Flieger nach Deutschland geht.

Unwillkürlich zuckte sie mit den Achseln. Alex braucht leider meine Unterschrift und neben den ganzen Vermögensunterlagen auch die Heiratsurkunde.

„Was darf ich dir bringen, mein lieber Francis?", fragte die Bäckerin, während ihr neugierig forschender Blick auf ihm ruhte. Was willst du mit der da, hätte sie ihn am liebsten laut gefragt? Er erkannte ihre Unfreundlichkeit Sarah gegenüber - und wusste dabei sehr wohl, woran diese lag.

Bewusst drehte er sich zu seiner Tennispartnerin um. „Sarah, was möchtest du?" „Nun, ich nehme eine Schwarzwälder Kirschtorte und einen Kaffee Latte. Habt ihr doch?" Stefanie nahm ihre Worte schweigend zur Kenntnis.

„Und du, mein Lieber?" Dieses ´Lieber` sprach sie dieses Mal deutlich weniger herzlich aus; es lag so etwas wie ein Vorwurf darin. „Was Sarah mag, mag ich auch." Stefanie runzelte die Stirn. „So ist das also!"

Keine zehn Minuten später kosteten die beiden die Tortenstücke, die eine junge Angestellte in roten Hotpants und weißer Bluse mit Rüschen gebracht hatte. „Lecker, nichtwahr!" „Oh ja", gab sie mit vollem Mund zur Antwort, schluckte und sprach weiter. „Endlich wieder etwas von zu Hause. Du musst wissen, einen Metzger mit Wurstwaren bayrischer Machart habe ich ja schon gefunden. Das da aber ist ... - hm - ... einfach super. Backen die auch Brot?"

„Ja. Isst du gerne süß?" Sie strich sich über den Bauch. „Und wie! Auch wenn man das sieht." „Das bisschen steht dir aber gut! - wenn ich dir das Kompliment machen darf." Sie verzichtete auf eine Erwiderung, merkte jedoch, wie sie sich geschmeichelt fühlte.

„Wir wurden unterbrochen." Sarah hatte kurz überlegt, ob sie Francis auf das eigenartige Verhalten dieser Bäckersfrau ansprechen sollte, entschied sich aber dagegen. Nicht so wichtig wie das, was ich gerne über dich erfahren will. „Wie lange schon?", fuhr sie fort. Er stutzte. „Was meinst du?"

„Wie lange du schon hier an der traumhaften Küste von Auckland lebst." „Ach so; nun ...“; er rechnete nach; „... das müssen jetzt fast fünfundzwanzig Jahre oder so sein." Nochmals zögerte er. „Stimmt! Mit fünfundzwanzig verließ ich Wien und begann mein Jurastudium in Wellington."

„Bitte? Du hast in Wien gelebt?" Sein Nicken hatte etwas von Wehmut; er schnaufte dabei. „Da habe ich mich also nicht getäuscht." „Womit?" „Mit deinem Akzent. Das Wienerische klingt ganz leicht durch." „Ehrlich? Noch immer?" „Ja! Als Kind war ich manchmal bei meiner Großtante in Grinzing. Die redete auch so. Sie hatte ein großes Weingut. Oft sind wir von dort auf den Kahlenberg gewandert. So mit Picknickkorb; und dann ...."

„Nein! Ich glaub´s ja nicht!", fiel er ihr ins Wort. Sarah sah ihn irritiert an. „Als Kind, sagst du. Wann genau war das?" „Warum?" „Weil wir zwar am Schottentor in der Innenstadt lebten, Lea aber im Sommer oft mit mir in den Wienerwald auf den Kahlenberg fuhr. Den herrlichen Blick von dort oben auf die Weinberge und die Stadt im Hintergrund habe ich nie vergessen."

In Sarahs Gesicht zeichnete sich Erstaunen ab. Was für ein Zufall, dachte sie, bevor sie zustimmte. „Und ob das da oben schön ist!" „Wer weiß - am Ende sind wir uns dort einmal begegnet." Mit der flachen Hand auf seinen Schenkel schlagend ließ er seiner Begeisterung freien Lauf. Ist es mir etwa deshalb die ganzen Monate schon so, als würde ich diese Frau kennen?!

„Schon möglich." Da war es wieder, dieses Herzrasen von vorhin im Auto. „Aber wie kommt ein Wiener dazu, nach Neuseeland auszuwandern?"

„Ganz einfach! Ich wurde in Auckland geboren. Als ich fünf war, bekam mein Vater eine Dozentenstelle an der Wiener Uni angeboten. Angelsächsische Geschichte und Politikwissenschaft. Da seine zweite Frau Deutsche Wurzeln hatte, zog es sie in die Heimat ihrer Ahnen - Österreich, Ungarn und Deutschland." Auch wenn, dachte er bitter, keiner von ihnen die Schreckensherrschaft überlebt hatte; wären besser auch rechtzeitig ausgewandert!

„Sie kam aus Deutschland?" „Nicht direkt. Leas Eltern mussten in den dreißiger Jahren Berlin verlassen und wanderten nach Neuseeland aus; dort wurde sie geboren." „Ach so!", meinte sie und merkte, wie ihre Ahnung die Stimme bedrückt klingen ließ. Die Zeit ab dreiunddreißig war für viele Deutsche anderen Glaubens unbeschreiblich schwer.

„Äh - du sagtest eben zweite Frau." „Ja." Er machte eine bekümmerte Miene. „Meine leibliche Mutter starb bei meiner Geburt." „Oh, das tut mir leid." Ihr Augenausdruck kam ihm wie eine Mischung aus liebevollem Mitgefühl und Zärtlichkeit vor. Tut gut - so deutete er sein Herzklopfen, das er fühlte, während er sich in ihrem Blick verfing.

Francis atmete kurz durch und senkte dabei seinen Kopf für einen Moment. „Ist schon lange vorbei. Sicher wollte ich auch deshalb nach der Matura wieder in meine Heimat zurück. An Österreich bindet mich heute nur noch die Erinnerung an eine fröhliche Jugend."

Er kratzte sich am Kopf. „Papa und meine Stiefmutter sind vor einigen Jahren in Wien kurz nacheinander gestorben." „Aha!" „Es bestand eine außerordentlich große Liebe zwischen beiden; sie waren unzertrennlich. Lea wollte wohl nicht ohne ihn sein; nach seinem Tod, meine ich." Erneut verließ ihn ein schwermütiges Seufzen.

„Aber Schluss damit! Die ganze Zeit erzähle ich von mir. Was hat dich denn in unser schönes Land verschlagen?"

Augenblicklich verhärtete sich Sarahs Gesichtsausdruck. „Ach du. Eigentlich will ich gar nicht ...." Sie schluckte den Kloß, der ihr im Hals zu stecken schien, hinunter. Sofort bereute Francis seine Frage. Idiot, du weißt doch von Lisa, dass sie gerade Beziehungsstress hat!

Statt die Situation mit einem raschen Themenwechsel zu entschärfen, entschied er zu schweigen und richtete seinen forschenden Blick auf sie. Ich will, dass du dich öffnest und mir deinen Kummer erzählst.

Zwar fühlte sie sich dadurch bedrängt; die harmonische Atmosphäre zwischen den beiden wollte sie allerdings auch nicht trüben. „Nun", begann sie, „vor bald einem dreiviertel Jahr entschied sich ...;" - sie zögerte - „... also, wir beschlossen, nach Auckland zu ziehen, weil er ...." - wieder wollte sie Roberts Namen nicht in den Mund nehmen - „... naja, es ergab sich hier die berufliche Möglichkeit, dass sich mein Mann etwas ganz Neues und wirtschaftlich Interessantes aufbauen konnte."

„Und wie laufen seine Geschäfte? Welche Branche eigentlich?" „Pharma-Consulting. Scheint gut anzulaufen; genaues weiß ich aber nicht; dazu müsste er öfter ..."

Ein Mann unterbrach sie. „Ich wollte es mir doch nicht nehmen lassen, deine Begleitung zu begrüßen. Meine werte Gattin brummelte vor sich hin, du seist da; aber nicht alleine. Ihre schlechte Laune hat sich dabei ganz offensichtlich noch verschlimmert. Ich weiß nicht, was sie heute wieder hat."

Überrascht drehte Sarah den Kopf zur Seite. Francis erkannte die Stimme natürlich sofort; etwas verärgert blieb er sitzen. „Hello Bernd! Schön, dich zu sehen." Du störst aber; gerade wollte Sarah etwas Wichtiges erzählen, hätte er am liebsten dazugesagt.

Stattdessen meinte er: „Hat Stefanie dich aus der Backstube gelassen?" Sein Lachen hatte einen mitleidigen Unterton. Du hast es echt nicht leicht mit ihr. Ich müsste dir eigentlich mal stecken, wie sehr sie sich um mich bemüht. Dann hättest du endlich Grund genug, ihr ordentlich den Marsch zu blasen.

„Ich muss Mehl aus dem Wagen holen. Da dachte ich
....“ Er reichte Sarah die Hand. „Und Sie sind seine
neue Freundin?“ Verdutzt schaute sie Francis an.
„Mensch Bernd; manchmal hast du´s nicht so sehr
mit der Feinfühligkeit, was?!“ Sarah war ihm für diese
Schützenhilfe dankbar und griff nach des Bäckers
Hand. „Sarah Gregorius; angenehm.“

„Sarah und ich spielen gemeinsam Tennis - mehr
nicht. Und jetzt troll dich zu deinen Mehlsäcken, mein
Freund! Wenn du willst, rufe ich dich heute Abend
an.“ „Okay, okay; habe verstanden“, gab er in schuld-
bewusstem Tonfall zurück. „Gegen neun. Dann bin ich
mit der Buchhaltung fertig.“ „Abgemacht!“

„Entschuldige bitte. Manchmal ist er ein echter .... Er
meint´s eben gut mit mir und freut sich für mich, weil
....“ „Ach, lass doch“, erwiderte sie, noch bevor er ausreden konnte. „Ist schon in Ordnung.“

Seine Freundin, klang es in ihrem Kopf nach. Hat der
Kerl Recht, hörte sie die innere Stimme fragen? Der
kleine Schnaufer, der ihr entwich, hatte etwas von
wohliger Sehnsucht, aber auch von Bedauern. Warum
geschieht das Ganze erst jetzt, da ich wieder zurück
fliege.

„Er ist nett!“ Weit netter als seine Frau, verglich sie
schweigend. „Kennt ihr euch schon lange?“ „Sicher
schon vier Jahre. Er ist ein Pfundskerl. Leider hat er
mit der lieben Stefanie nicht so viel Glück. Wenigstens
nicht, seit ich hierher komme. Sie war mit meiner
Frau ....“ Nicht mehr rechtzeitig merkte er, dass er ein
Thema anschnitt, das heute hier nichts zu suchen
hatte.

Sarahs Reaktion kam prompt; sie richtete ihren Oberkörper kerzengerade auf und lehnte sich zurück. Er ist
also verheiratet. Na, das war´s dann wohl! Francis
begriff sofort, dass er einen falschen Eindruck erzeugt
hatte.

„Sie war mit meiner heute geschiedenen Frau befreundet; auf diese Weise habe ich die beiden kennengelernt." Sarahs Haltung wurde wie automatisch etwas lockerer.

„Die beiden haben aber keinen Kontakt mehr; so wie
ich. Sandy ist auf die Südinsel gezogen. Aufs Land,
soviel ich weiß. Ich habe weder Adresse noch Telefonnummer von ihr. Wofür auch!"

Sarah beugte sich wieder leicht nach vorn. „Geschieden also." Den Ausdruck von Erleichterung in ihrer
Stimme vermochte sie nicht ganz vor ihm zu verbergen.

Wie ihn das beruhigte! Fast hätte er die vorsichtige
Annäherung an sie gefährdet. Es war ihm heute doch
so wichtig, eine emotionale Brücke zu ihr aufzubauen,
auf der sie beide aufeinander zu gehen könnten.

Ich will diese wundervolle Frau erobern. Ich will endlich wieder glücklich sein; und sie mit mir froh sein
lassen. „Ja, ich bin geschieden und auch sonst völlig
ungebunden."

Dann ist ja alles gut. Sarah fasste sich ein Herz; vielleicht könnte sie sich auch etwas mehr öffnen und
über ihre bevorstehende Scheidung reden? Jetzt, da
sie wusste, dass er so etwas schon hinter sich gebracht
hatte. Außerdem - ein Schmunzeln huschte über ihre
Wangen - gab es damit ja noch mehr Gemeinsames

zwischen ihnen; sie dachte an ihre und seine Kinder-
tage in Wien.

„Du, darf ich dich was fragen?" Am Tonfall glaubte er
zu erkennen, dass sie etwas Besonderes auf dem Herzen hatte. Er nickte, wobei sich seine Hand über den
Tisch in Richtung ihres Unterarms bewegte. Sie ließ es
geschehen; seine Berührung tat ihr so gut - und ermutigte sie sogleich noch mehr, sich ihm anzuvertrauen.

„War das mit der Scheidung schlimm?" Sogleich ahnte
er den Hintergrund ihrer Frage. So weit ist es also mit
deiner Ehe.

Eigentlich sollte er nun so tun, als ginge es ihr nur
darum zu erfahren, wie sehr ihn die endgültige Trennung von Sandy getroffen hatte. Doch er beschloss,
das Ganze ohne Umschweife auf sie selbst zu bezie-
hen.

Francis verschränkte die Arme vor der Brust. „Im
Rückblick ist eine Trennung manchmal gut, auch
wenn es dir erst einmal ganz schön den Boden unter
den Füssen wegzieht. Aber besser so als noch weitere
Jahre spüren, dass der Mensch, mit dem du zusammen lebst, eigentlich nicht mehr mit Herz und Seele
bei dir ist. Auch wenn du es lange nicht wahr haben
wolltest und dich irgendwie blind stelltest, Sarah."

Sie erschrak ein wenig und bereute ihren Vorstoß fast.
Konnte er hellsehen? Nachdenklich bewegte sie ihren
Kopf. „Hast du deine Frau verlassen?", lenkte sie von
ihrer eigenen Situation ab.

„Oh nein!" Er fuchtelte abwehrend mit den Händen.
„Eines Morgens - ich kam gerade aus dem Bad in die
Küche - stand sie schon fertig angezogen da, trank
hastig ihren Kaffee aus und meinte mit entschlossener

Stimme: ´Francis, ich habe eine Entscheidung getroffen. Ich reiche die Scheidung ein`. Ich war wie vom Blitz getroffen."

„Sie also, aha! Und warum?" Er atmete tief durch. „Ich konnte sie nicht fragen; eine Minute später hatte sie ihren im Flur stehenden, gepackten Koffer genommen und das Haus verlassen." „Nein! Wie eiskalt ist das denn?!"

„Ja, das Ganze kam für mich wie aus heiterem Himmel. Erst Wochen später bekam ich einen langen Brief von ihr. Sie sei schon - um es kurz zu machen - zu lange unzufrieden mit ihrer Ehe und hätte keine Lust, ihr Leben weiterhin ohne tiefe Gefühle für mich mit mir zu verbringen."

„Und vorher hast du nichts gemerkt?" „Tja - dass unsere Beziehung nicht mehr die gelebte Liebe unserer Anfangszeit war, sah ich nach ein paar Jahren schon ein. Ich hielt dieses Nebeneinander ohne Leidenschaft wohl für normal. Außerdem gab ich ihr auf dem Standesamt ...." Noch bevor er seinen Satz zu Ende führen konnte, wurde er unterbrochen.

„Darf ich noch etwas bringen?" Francis wendete seinen Blick von Sarah zu Stefanie. „Hm ... - vielleicht noch mal dasselbe." Er deutete auf die leere Tasse. „Du, Sarah?" „Für mich auch, bitte." „Keinen Kuchen mehr, Francis? Dein Lieblings-Käsekuchen ist fertig; wenigstens der erste von vier; Bernd trödelt wieder so. Ist noch warm, so, wie du ihn magst."

Ihre Stimme klang wieder sanft und verlockend. Sie legte ihre Hand auf seinen Oberarm. Als sie ihn zu streicheln begann, schüttelte er sie mit einer Rückwärtsbewegung seines Oberkörpers ab.

Augenblicklich verhärteten sich ihre Gesichtszüge.
Sarah stutzte. Was gibt es da zwischen den beiden?
„Danke. Für mich nicht. Und du?" „Auch keinen Ku-
chen mehr." Sarahs Hand fuhr unwillkürlich über ihr
Bäuchlein.

Stefanie presste ihren Atem laut vernehmbar durch
die Nase. „Na gut, dann bringt euch unsere Joan
zweimal Kaffee." Sie machte auf dem Absatz kehrt und
ging zwei Tische weiter, um eine soeben angekomme-
ne Frau mit drei sich streitenden Kindern zu bedie-
nen.

Sarahs skeptischer Blick war voller Fragen. Was war
das denn? Ihre Zärtlichkeit. Warum warst du so abweisend? Und sie gleich so böse. Hast du was mit ihr.
Francis konnte in ihren Augen lesen, was ihr durch
den Kopf ging. Er schnaufte.

„Ich kann wirklich nichts dafür, Sarah. Sie ist hinter
mir her, seit sie mich das allererste Mal sah. Als ich
noch verheiratet war, zeigte sie mir das nur auf eine
Weise, die kein anderer bemerken konnte. Aber jetzt
...." Er raufte sich kurz die Haare.

„Seit Sandy weg ist, wird es echt unangenehm. Vor-
letzten Monat war ich mit meiner Cousine aus Sydney
hier. Stefanie dachte wohl, sie sei meine Freundin und
ist voll eifersüchtig geworden. Echt schlimm mit ihr.

Ich glaube, sie würde Bernd in dem Augenblick mit
mir betrügen, in dem ich ihr auch nur den kleinen
Finger reichen würde. Ich habe mir schon überlegt,
nicht mehr zu kommen. Aber Bernd zuliebe habe
ich´s noch nicht geschafft."

„Sag es ihm doch! Sollte er nicht wissen, was sie da
hinter seinem Rücken treibt, diese .... " Sie verkniff

sich die ihr auf der Zunge liegenden, abfällige Bezeichnung. Wie sehr sie dieses Verhalten verabscheute! Wie Robert! Für einen Moment kniff sie die Augen zu.

Francis schüttelte heftig den Kopf. „Ihn zu warnen, bring ich nicht übers Herz; das würde ihn zu sehr verletzen. Obwohl ... - besser wär´s; auf lange Sicht gesehen.“

„Ganz schön tragisch! Sie will dich ins Bett zu kriegen; damit macht sie doch alles kaputt - die Ehe; und die Freundschaft auch; am Ende glaubt dein Freund noch, du hättest dich an sie rangemacht.“

Sie richtete sich halb auf. „Ich hasse Menschen, die den Ehepartner hintergehen!“ Drohend reckte sie ihren Zeigefinger. Francis merkte auf. Das berührt sie aber sehr! Ihre Worte von vorhin kamen ihm in den Sinn. Hatte sie nicht gerade sagen wollen, ihr Mann wäre nicht oft zu Hause? Nun, Lisa hatte ja davon gesprochen.

„Du würdest so etwas nie tun, oder?“ Ihr Blick heftete sich fest an seine Augen. Francis Antwort kam ohne jedes Nachdenken. „Nie! Wenigstens nicht ohne Grund. Ich hatte Sandy vor der Standesbeamtin Treue geschworen. Daran habe ich mich hundertprozentig gehalten.“

„Andererseits ....“ „Ja?“ „Nun, wenn der andere fremdgeht, hat man auch das Recht, diesem enormen Vertrauensbruch mit Trennung zu begegnen; wenigstens dann, wenn keine tätige Reue zu erkennen ist. Die Verletzung ist einfach zu groß. Meinst du nicht auch, Sarah?“

Als sie schwieg, sprach er weiter. „Das habe ich früher als Anwalt meinen betrogenen Mandantinnen immer wieder gesagt. In dem Fall hat eine Frau - oder ein Mann natürlich - das Recht, an sich selbst und an das eigene Lebensglück zu denken.“

Er machte eine kurze Pause. Ist das nicht der geeignete Anlass, sie auf ihre häuslichen Schwierigkeiten direkt anzusprechen? „Denkst du, dass du dich über dein Versprechen, auch in schlechten Tagen an der Ehe festzuhalten, zu deinem eigenen Wohl hinwegsetzen darfst, Sarah? Oder war dir das mit dem ´Bis dass der Tod uns scheidet` nicht so wichtig?“

Selbstverständlich weiß ich von deiner Freundin, wie bedeutsam es dir ist! Gespannt schaute er sie an - und hoffte inständig, dass seine Taktik aufging und sie endlich zu reden begann.

Und ob mir das wichtig ist, Francis, lag ihr auf der Zunge! Bislang wenigstens. „Du meinst also, ich dürfe mich scheiden lassen, wenn er neben raus geht? Immer wieder. Obwohl wir Frauen unter allen Umständen zu unseren Männern halten müssen?“ „Müssen Frauen das wirklich? Ist nicht irgendwann die Grenze des Ertragbaren erreicht?“ „So bin ich erzogen worden.“

Er beugte sich zu ihr, nahm ihre Hand und drückte sie leicht. Zu seiner Freude erwiderte sie seine Berührung. Jetzt war der Moment der Wahrheit gekommen; frag sie ganz konkret! Wenn du richtig liegst, dann ist deine Brücke zu ihr fertig.

Er begann mit einem „Liebe Sarah, darf ich dich nun auch etwas fragen?“ Sie schaute zunächst auf die Hand, die so viel Wärme ausstrahlte, und dann in seine Augen. Lange. Ihr Gespür gab ihr eine Ahnung davon, worauf er hinaus wollte. Kennst du mich schon so gut?

Wie gut ihr seine Gegenwart tat! Nun würde sie ihm alles erzählen können. Im selben Moment erfasste sie aber ein Zögern. War Robert damals nicht ebenso einfühlsam gewesen?! Durfte sie Francis vertrauen? Einem eigentlich Fremden. Was wusste sie schon von ihm? Wie dümmlich ihr in diesem Augenblick der Spruch vorkam, der sich in ihr Bewusstsein drängte: Neue Besen kehren ....

Francis hielt ihrem Blick stand, begriff er doch, dass es jetzt galt! Würde sie es schaffen, sich ihm zu öffnen? Erzähl mir alles, hätte er am liebsten gesagt, nachdem sie sekundenlang schwieg. Geduldig wartete er ab.

Endlich überwand sie die letzte innere Hürde. „Ja, mein Mann betrügt mich; und das schon sehr, sehr viele Jahre lang immer wieder. Und ja, ich habe ihn mit samt seinem Gepäck endgültig aus der Wohnung geworfen. Und ja, Francis, du hast damit Recht, dass alles seine Grenzen hat. Die hat er oft genug überschritten. Jetzt reicht´s mir. Mein Anwalt beantragt gerade die Scheidung.“

Der Mut, der sie zu diesem Geständnis führte, reichte nun sogar dazu, dass sie Francis Hand mit ihrer anderen fest umklammerte. Ihre innere Stimme richtete sich dabei gen Himmel. Danke, dass du mir gerade jetzt diesen Mann geschickt hast. Ein Gefühl großer Erleichterung erfasste Sarah.

Kapitel 15

„Ach Monica, wie konnte ich nur so lange blind sein? Robert hat mich so oft betrogen; was aber habe ich gemacht? Nichts! Zuerst log ich mir in die Tasche, ich würde mir seine Verhaltensänderung und seine Heimlichtuerei nur einbilden. Weißt du, so wie die berühmten drei Affen - nichts sehen, nichts hören, nichts sagen.“

Ihre Zuhörerin nickte - und dachte sich ihr Teil.

„Später hatte ich Angst davor, ihn zu verlieren, wenn ich ihn darauf ansprechen würde. Aber jetzt hat es gereicht. Ich habe ihn vor die Tür gesetzt; für immer.“

„Wie? Du hast dich doch nicht etwa dauerhaft getrennt?“ Sie tat so, als wisse sie nichts davon. „Doch! Was er sich jetzt geleistet hat, brachte bei mir das Fass zum Überlaufen.“ „Was ist denn passiert?“, fragte sie scheinheilig.

„Stell dir vor - er hat seine Geliebte geschwängert.“ Sie atmete tief durch. Ihre Hand legte sich über ihren Mund. „Er bekommt mit ihr ein Kind. Oh je, was habe ich selbst damals alles über mich ergehen lassen müssen, um eines zu kriegen. Alles vergeblich. Nun tut er mir so etwas an!“

Sie griff zu ihrem auf dem kleinen Gartentisch vor dem Haus stehenden Weinglas und leerte es in einem Zug. „Ah, das tut so gut. Das ist irgendwie so, als spülte ich meinen ganzen Ärger über ihn auf einmal hinunter.“ „Noch ein Gläschen?“ „Sehr gerne, Monica.

Der schmeckt wieder ganz toll. Danke übrigens, dass du heute Zeit für mich hast."

„Aber natürlich, meine Liebe. Hätte dich viel lieber schon vorher zu mir eingeladen; aber es ging wirklich nicht früher." „Ist schon okay. Ich bin doch froh, dich zum Reden zu haben." „Na ja, von Frau zu Frau geht das eben gut, nichtwahr."

Von Frau zu Mann ebenfalls - aber nur in sehr seltenen Fällen; Sarah dachte an den Abend mit Francis. Nach dem wegen dieser Stefanie doch etwas ungemütlichen Kaffeetrinken waren die Stunden danach sehr schön geworden. Ganz besonders schön sogar! Sie schloss für eine Sekunde die Augen. Francis. Du bist ein wundervoller, zärtlicher und erfahrener Liebhaber! Du verstehst mich so gut.

„Weißt du was?" Monica schaute sie fragend an. Was konnte sie ihr wohl noch eröffnen? Sicher, dass sie sich scheiden lassen will. So, wie Robby es völlig deprimiert berichtete. Das aufkommende Strahlen in Sarahs Gesicht irritierte sie.

„Ich war gestern Tennis spielen." Ihre Nachbarin erkannte so etwas wie Triumph in ihren Augen. „Was Robert kann, kann ich schon lange!" Nur schade, dachte sie, dass es erst so spät passiert. Eine frühere Lektion hätte ihn vielleicht spüren lassen können, wie weh er mir jedes Mal tat.

Noch bevor Monica ein spontanes ´Tennis - na und? Spielst du doch regelmäßig` aussprechen konnte, überkam sie eine Ahnung, die ihr absolut nicht gefiel. Hatte Lisa neulich nicht mit einem verschmitzten Grinsen einen enorm gut aussehenden Tennispartner erwähnt, der hinter Sarah her war? Verdammt!

"Was kannst du schon lange?" fragte sie und hatte Mühe, ihre Sorge nicht sichtbar werden zu lassen. „Wie gerne würde ich's ihm mitten ins Gesicht sagen." „Was denn?" Ungeduld lag in ihrer Stimme. „Dass ich ihn betrüge. Aber eigentlich ist es ja kein Fremdgehen; schließlich sind wir so gut wie geschieden."

Robby, du bist solch ein Trottel. Wie konntest du nur so dilettantisch mit ihr umgehen?! Sie meint es tatsächlich ernst. Jetzt hängt sie sich noch an einen anderen Mann; wie willst du sie da zurückgewinnen? Idiot! Monica tobte innerlich, riss sich aber zusammen.

„Wie - Scheidung? Ach was, das willst du deinem Mann doch nicht antun, nichtwahr. Dazu ist eine Ehe doch viel zu wertvoll. Das mit dem Fremdgehen ist doch nur eine verständliche Gegenreaktion. Billige Bettgeschichten haben aber keine Zukunft, glaub mir; ganz im Gegenteil zu dem, was du mit deinem Robert hast.

Eine Ehe wirft man nicht so mir nichts dir nichts weg. Das fühlst du tief in deinem Herzen doch auch? Trotz deines Zorns auf ihn." Mit Engelszungen gab sie sich Mühe, Sarah umzustimmen.

Innerlich aber sah es nicht so friedlich aus. Dieser Tölpel! Als ginge es um nichts. Verdammt, es geht um ihr Geld; und damit um die Zukunft von Yvonne und dem Kind. Robby, dachte sie weiter erbost, du bist so ein Loser!

Wie sollen wir uns noch auf dich verlassen können? Ich hatte so viel Hoffnung in dich gesetzt - als Yvonnes Mann. Langsam kannst du mir gestohlen bleiben. Zur

Not muss ich mich selbst darum kümmern, an ihr Geld zu kommen - ob´s mir gefällt oder nicht.

Als Sarah nicht gleich reagierte, nahm ihre Nervosität zu. Sie wiederholte ihre Frage. Ihr Gegenüber ließ die Schultern fallen, schwieg jedoch weiterhin. „Schau, bestimmt wollte er das mit dem Kind nicht. Wer weiß - vielleicht hat ihn dieses Frauenzimmer sogar reingelegt. So etwas hört man doch alle Tage. Ich weiß ehrlich nicht, ob es die beste Idee ist, deswegen deine Ehe aufzugeben.“

„Allerdings“, lenkte sie ein, um Sarah nicht zu sehr unter Druck zu setzen, „würde ich ihn an deiner Stelle auch erst einmal ordentlich schwitzen lassen. Weißt du, so eine Woche lang die kalte Schulter zeigen; solange eben, bis er reumütig angekrochen kommt und dich um Verzeihung bittet; dafür, dass er sich von dieser Frau hat verführen lassen. Was meinst du?“

Sarahs Kopf bewegte sich zunächst langsam, dann aber energisch hin und her; dies in einem derartigen Maß, dass Monicas Wut auf diesen Versager immer größer wurde.

„Nein! Die Sache mit ihm ist erledigt. Ich fliege nach München und reiche die Scheidung ein. Ein guter Freund von mir ist Anwalt; Lisas Mann übrigens. Noch einmal lasse ich mich nicht um den Finger wickeln. Damit ist endgültig Schluss!“

Monica schlug die Augen nieder. Was konnte sie nur tun? Um etwas Zeit zu gewinnen, griff sie zur Weinflasche, schenkte sich ein und trank. Sollte sie Robbys Vorzüge als Ehemann in die Waagschale werfen?

Die Zeit drängte! Immerhin lag Yvonne seit heute Morgen eine Vorladung der Staatsanwaltschaft in

Auckland vor. ´Zeugenaussage wegen eines gewissen Robert Gregorius`, stand drin. Die sammeln also schon Beweise; für das Auslieferungsgesuch. Verflixt!

Irgendetwas muss geschehen! Am Ende hängen sie Yvonne wegen Beteiligung an dem Schlamassel auch noch etwas an. Schrecklich! Robert muss an die Vollmacht kommen.

Oder ich .... Wie sehr wehrte sie sich gegen dieses letzte Mittel, das ihr jene teuflische Stimme erneut ins Ohr flüsterte. Ist sie aber erst einmal in Deutschland oder am Ende geschieden, kommen wir nie an ihr Vermögen.

Letztes Mittel - der Gedanke daran ließ sie nicht los. Also hängt wieder alles an mir. Wie damals mit meinem bösartigen John. Du sollst in der Hölle braten! Für einen Moment kniff sie die Augen zusammen. Hast mich zu so etwas Schrecklichem gezwungen. Aber durfte ich mir selbst in der Not nicht der Nächste sein?!

Was tue ich nur? Besser gesagt, wie? Für Yvonne und ihr Kind. Und für mich selbst. Klar, dass ich etwas von dem Kuchen ab haben will. Ach was, muss - bei dem Berg Schulden. Sarah mit Gewalt zum Notar schleppen? Quatsch! Unter Drogen setzen, damit sie es tut? Monica! Unsinn!

Nach höchstens drei Sekunden des Grübelns beschloss sie, nochmals zu versuchen, Sarah dazu zu bringen, Robby eine Chance zu geben.

„Ich kann dich wirklich gut verstehen, Sarah. Aus deiner Sicht kannst du eigentlich gar nicht anderes handeln. Er hat dich betrogen. Nur ....“ Sie machte

eine Kunstpause, um Sarahs Aufmerksamkeit auf ihre
Worte zu richten.

„Kommt es denn nicht auch darauf an, ob er das mit
böser Absicht getan hat; und ob er nicht doch herein-
gelegt wurde. Schau, manchmal passieren Dinge ja,
obwohl man sie im Grunde seines Herzens nicht will.
Wer weiß, was das für eine Frau ist. Gerissen genug,
um sich an deinen unschuldigen Mann heran zu machen und ....“

„Pah! Von wegen unschuldig! Das ist ja nicht das erste
Mal.“ Rasch lenkte Monica ein, gab aber nicht auf.
„Stimmt natürlich. Du sagtest ja, er habe das schon oft
gemacht. Nur ....“ Wieder unterbrach sie sich bewusst.

„Was?“ Sarahs Stimmlage begann ins Gereizte umzu-
schlagen. „Nun ja, einer Geliebten damit zu vertrauen,
sie nähme die Pille und dabei betrogen zu werden,
passiert ja nicht zum ersten Mal, oder?“ Sie wartete
die Antwort ab, wusste sie doch, dass es dazu nur eine
einzige geben konnte.

„Ja, schon! Aber ....“ Rasch fiel sie ihr ins Wort. „Na,
siehst du. Dein Mann ist, ohne es zu wollen, auf so
eine reingefallen. Kannst du ihm das wirklich anlasten. Männer sind eben manchmal Idioten und tragen
ihr Gehirn da unten.“ Ihr Zeigefinger machte eine
eindeutige Bewegung.

Ohne ihr Gelegenheit zum Antworten zu lassen, ging
sie Sarah nun frontal an. „Müssen wir sie dieser
Schwäche wegen aber wirklich verstoßen? Ist es wirklich gerecht, wenn du ihm wegen seiner dummen
Schwäche eine ernstgemeinte Entschuldigung verwei-
gerst? Überleg mal, Sarah!“

Nahtlos redete sie weiter auf sie ein. „Wenn ich euch beide hier im Haus beobachtet habe, hatte ich stets nur den einen Gedanken: Was für ein schönes Paar! Nach so langen Ehejahren darfst du ihn doch nicht dieser Schlampe überlassen."

Yvonne, verzeih! Zum Glück hörst du es ja nicht. Aber ich muss doch alles versuchen, um ....

Sarah ließ sich so hart in die Rückenlehne des alten Gartenstuhls fallen, dass dessen Scharniere quietschten. Alles in ihr wehrte sich gegen diese Ratschläge. Nein, ich kann ihm nicht noch einmal verzeihen! Er hat es bislang immer wieder getan.

Außerdem - er wird Vater. Diese Rolle kann er nicht ablegen und würde immer zwischen uns stehen. Immer! Ein Kind hat einen Anspruch auf seinen Vater.

Ihr entwich ein verächtliches Lachen. Von wegen reingelegt. Da kann ich ja nur lachen! Wenn das so wäre, hätte er sich doch gleich hintergangen gefühlt und von ihr getrennt. Wie Lisa aber berichtete, ist die wohl im siebten Monat.

Oder ist da doch etwas an dem dran, was Monica sagt, zweifelte sie für eine weitere Sekunde des Nachdenkens. Energisch schüttelte sie den Kopf. Nein! Sie meint es sicher gut mit mir, aber ....

„Du, ich weiß, dass du eine kluge Frau bist und mir nur helfen willst. Du hast ja selbst schon viel erlebt - mit deinem Mann, meine ich.

Von dem Meinigen aber weißt du so gut wie nichts; er ist ein notorischer Frauenheld. Diese de Clerk kennst du ebenfalls nicht; ich sah ein Foto von ihr; sehr hübsch! Sie passt exakt in sein Beuteschema und sieht nicht gerade wie die Unschuld vom Lande aus."

Monicas Mienenspiel verhärtete sich. Muss ich Yvonne wohl doch vor ihm warnen, fragte sie sich?

„Von dem, was die beiden mir schon in München an Demütigungen angetan haben, hast du ebenfalls keinen Schimmer. Also lass es gut sein. Das mit Herrn Gregorius ist für mich Geschichte."

Sie will wirklich nicht. Mensch, Robert, hast alles versaut! Monicas Stirn legte sich in Falten. Bleibt es nun doch an mir hängen? Ich will das aber nicht, verflixt noch mal! Gibt es denn kein Durchdringen mehr zu ihr? Sie holte tief Luft und presste sie aus ihren Lungen. Vergeblich suchte sie nach Argumenten, mit denen sie Sarah umstimmen könnte.

„Ich danke dir ganz ehrlich dafür, dass du mir zuhörst und mit deinem Rat helfen willst. Nur ...." Sarah schluckte. „Im Endeffekt bleibt mein Entschluss jedoch bestehen; nach all dem, wie er während der letzten Jahre unsere Ehe mit Füssen getreten hat, kann ich nicht anders. Zu viel zerschlagenes Porzellan! Ich lasse mich scheiden. Punkt! Ich will dazu jetzt auch kein einziges Wort mehr verlieren! Das verstehst du sicher."

Monicas Hilflosigkeit und Unmut schlug nach diesem nach Unwiderruflichkeit klingenden Entschluss in unkontrollierte Unbeherrschtheit um. „Nein, verdammt, das verstehe ich nicht, weil ich es nicht kann!"

Mit Schwung erhob sie sich und stieß dabei gegen den Tisch; ihr Glas fiel um und der Wein lief aus.

Sarah erschrak, brachte aber vor Überraschung kein Wort heraus. Dies gelang ihr erst Recht nicht, als Monica aufbrauste: „Sarah, du machst einen schwerwiegenden Fehler!" Zorn lag in ihrer Stimme; und, empfand die Angeschriene verwundert, etwas Bedrohliches.

Monicas Rage war eine solche, die weniger auf diese Uneinsichtige ihr gegenüber abzielte, sondern mehr auf die Lage, in die dieser unfähige Robert sie selbst brachte.

Schon wieder taucht in meinem beschissenen Leben, tobte es in ihr, jemand auf, der mich zu so etwas zwingt. Aber Yvonne ist meine Schwester; und der liebste Mensch in meinem Leben. Ich habe es Mutter am Grab versprochen. In ihrer Erinnerung vernahm sie ihre von Tränen der Trauer erstickten Worte: ´Ich werde mich bedingungslos um Yvonne kümmern. Das schwöre ich hiermit hoch und heilig.`

Sarah schaute ihr verwirrt in die Augen. „Aber Monica, wieso bist du plötzlich ...?" Ohne die Frage zu beenden, hob sie die Arme und ließ sie gleich wieder nach unten fallen. „Ich habe doch gar nichts gemacht."

Erst diese Geste und Worte ließen die Aufgebrachte zur Besinnung kommen. „Entschuldige, Sarah! Ich habe gerade wieder einen meiner Migräneanfälle", log sie. „Sie plagen mich schon die ganze Woche; gerade jetzt wird es wieder ganz schlimm."

Sie fasste sich an den Hinterkopf und machte dabei ein schmerzverzerrtes Gesicht. „Diese unnachgiebige Haltung deinem Mann gegenüber finde ich zudem nicht gut! Ich gehe hoch, nehme meine Tabletten und schlafe."

Sarah war wie vor den Kopf geschlagen und verstand Monicas Verhalten überhaupt nicht. Migräne? Davon hatte sie bislang nichts bemerkt.

Noch bevor sie etwas erwidern konnte, war ihre Gastgeberin mit eiligen Schritten im Haus verschwunden. Der Knall, den die zugeworfene Türe verursachte, ließ Sarah zusammenzucken.

Kapitel 16

Es war eine furchtbare Nacht. Geschlafen hatte sie wenig. Immer wieder lag sie wach auf ihrem Laken und versuchte verzweifelt, den tausend Gedanken zu entrinnen, die in ihrem Kopf Karussell fuhren. Noch immer lag das Kissen fest über ihren Kopf gestülpt; auf diese Weise hatte sie versucht, den erdrückenden Fragen zu entrinnen.

Warum bist du gestern Abend plötzlich so garstig geworden, dachte sie nun wieder? Während der letzten Zeit sind wir uns doch richtig nah gekommen. Migräne? Sie schüttelte nachdenklich den Kopf. Wohl eher dein Missfallen an meiner Entscheidung, mich scheiden zu lassen! Warum nur, Monica?

Seit dem Gespräch ließen sie deren Worte nicht mehr los. Trotz ihrer festen Überzeugung, richtig zu handeln. Sollte sie Robert tatsächlich eine Chance geben? Noch eine. Nach so vielen zuvor.

Gereizt bemerkte sie Ärger über ihre Vermieterin aufkommen. Was mischt sie sich so engagiert in mein Leben ein, diese Mrs. Lipton?! Allzu sehr fühlte sie sich von ihr bedrängt. Sie kennt Robert doch gar nicht richtig. Ich versteh das nicht.

Sie griff nach dem Kopfkissen und zerrte es mit Schwung neben sich. Es hatte in der Nacht schließlich auch Lichtblicke in ihrem Kopf gegeben. Francis!

Sie erhob sich, ging ins Bad und stellte sich unter die Dusche. Das heiße Wasser lief über ihre Haut - und schwemmte förmlich alles Belastende von ihr weg. Als sie fünfzehn Minuten später ihren ersten Frühstückskaffee schlürfte, durchströmte sie ein wohliges Gefühl. Ihre liebevollen Gedanken an Francis nahmen die Gestalt eines Monologs an; es war ihr, als säße er ihr gegenüber am Tisch.

Du hast mich im Sturm erobert. Obwohl ich das wirklich nicht wollte. Echt nicht! Eigentlich. Oder doch? Lust und Moral kämpfen noch immer in mir gegeneinander. Eben getrennt und schon mit einem anderen in die Kiste - das geht doch nicht!

Du, es sah ja auch zuerst überhaupt nicht nach dem aus, wozu sich der Abend entwickelte. Wir unterhielten uns in diesem so schön am Strand gelegenen Restaurant doch nur. Stundenlang. Deine Worte aber umgarnten mich mehr und mehr. So etwas Wundervolles habe ich seit zwanzig Jahren nicht mehr erlebt. Danke, Francis!

Sie atmete tief durch und spürte einen wohligen Schauer über ihren Rücken wandern.

Ja, allein deine Worte verzauberten mich schon. Kein Wunder! Du bist ja Schriftsteller, seit du deine Anwaltskanzlei verkauft hast. Romane; und Liebesgedichte. Das eine war besonders schön.

Das, welches du mir danach in deiner Wohnung als letztes leise vorgelesen hast. Bei Kerzenschein. Bevor du mich ....

Sarah überlegte kurz. ´Ich will dich` - ja, so heißt es. Das hast du Lieber mir ins Ohr geflüstert. Danach war´s um mich geschehen. Ach du!

Die Erinnerung an die Nacht war noch so frisch, als wäre es keine Stunde her. „Ach du!", sprach sie schwermütig. Laut blies sie den Atem durch die Nase. Übermorgen fliege ich nach Deutschland. Dann wird es schon wieder vorbei sein mit deinem Zauber, mit dem du mich betört hast. Für immer. Wie schade! Aber es geht nicht anders. Leider! Oder?

Sarah spürte Stiche in der Herzgegend. Wieder! Robert; München; Francis. Sie war hin- und hergerissen. Zwischen Tag und Nacht. Zwischen Schwarz und Weiß. Zwischen Glückseligkeit und Schwermut.

Da war der Zorn auf Robert. Auch Hass auf dieses fremde Land, dessen räuberische Vögel ihr Schlimmes prophezeiten. Als Rettung vor all dem ihre Sehnsucht nach ihrer Heimat. Andererseits Liebeskummer - Francis wegen. Kaum gewonnen, so zerronnen.

Hoffnungsvoll blickte ihr inneres Auge in diesem Moment des Haderns auf eine bessere Zukunft zu Hause, aber auch auf ihre Angst, dann alleine zu sein; als Geschiedene. Am ärgsten aber war das Bewusstsein, ohne diesen aufregenden Mann zu sein, der sie im Sturm eroberte.

„Oh! Warum muss im Moment alles auf einmal und viel zu schnell geschehen. All das überrollt mich wie eine Riesenwelle." Sie nahm einen kräftigen Schluck und griff nach einem Croissant.

Wenn ich, versuchte sie sich zu beruhigen, erst wieder in München bin, bei Lisa, bei Alex, bei meinen anderen Freunden, wird alles gut. Nur mit zwei Koffern werde ich ankommen und alles, was ich brauche, neu kaufen. Kleidung, Möbel, ein Haus natürlich. Ich will einen totalen Neuanfang, ja, ein neues Leben. Ohne Erinnerung an meine Ehe mit Herrn Gregorius.

Um die Wohnung soll sich Robert kümmern. Schließlich hat dieser Mistkerl den Mietvertrag unterschrieben. Selbst am Flügel liegt mir nichts mehr. An dem hast du mir die Freude völlig verdorben! In München würde er mich nur tagtäglich an das in Neuseeland Erlebte erinnern. Ein tiefer Seufzer verließ ihre Brust. Tja, am Freitag bin ich weg von hier. Endlich!

Leider aber, hörte sie ihr Inneres unglücklich rufen, auch von ihm. Dem Drängen ihrer zwiegespaltenen Gefühle folgte ihr lautes und nahezu verzweifeltes „Oh, Francis! Warum nur habe ich mich von dir dazu überreden lassen?"

Deine Worte waren aber auch zu verlockend! ´Komm doch mit zu mir. Nur auf einen klitzekleinen Espresso; mit einer von Bernds süßen Pralinen. Es ist doch noch viel zu früh, um diesen wunderschönen Abend zu Ende gehen zu lassen.`

„Ja, damit hast du mich rumgekriegt."

Meine Gegenwehr war nicht stark genug. Es war so unendlich harmonisch mit dir gewesen. Alles konnte ich dir erzählen; mein halbes Leben fast. Du mir auch. So viel vertraute Offenheit habe ich seit Jahrzehnten nicht mehr erlebt.

Sarah fasste sich an die linke Brust. Ihr Herz raste und tat weh; das machte ihr Angst. Schon ihr früherer Arzt hatte sie gewarnt. Seit Dr. Lührson ihr damals das mit den bedenklichen Rhythmusstörungen erklärt hatte, horchte sie andauernd in sich hinein; besonders dann, wenn sie aufgeregt war. Das war sie jetzt!

„Warum habe ich mich auf dich eingelassen? Jetzt habe ich den Salat. Verliebt habe ich mich in dich; und irgendwie fast schon an dich gewöhnt." Sie redete so vorwurfsvoll, als säße Francis tatsächlich am Tisch. Das erschreckte sie ein wenig. Ist es mit mir schon so weit gekommen, dass Fantasie und Realität verschwimmen?!

Prompt nahm sie sich zusammen und dachte still und bewusst mit mehr Abstand weiter an jenen Abend. Anders hätte es zu wehgetan.

Ja, als sie sich dann morgens nach dem Frühstück trennten, wollte er ihre Adresse. Wofür, hatte sie gefragt - und dabei den Kloß in ihrem Hals herunterschlucken müssen. Denk an das Gedicht von heute Nacht, hatte er mit eindringlicher Stimme geantwortet und sie nicht mehr aus seiner Umarmung gelassen. Am liebsten hätte sie sich ihre Ohren vor seinem anhaltenden Bitten zugehalten - wusste sie doch um ihre baldige Abreise!

Sarahs Lippen begannen jetzt zu zittern. Wieder verfiel sie in die Welt der Fantasie und sprach in Gedanken mit ihm. Wie blass du wurdest, als ich dir gestand, schon am Freitag nach Hause zu fliegen. Für immer. Oh Francis! Warum nur ergab ich mich dir spät nach Mitternacht? Wie nur konnte ich dir so wehtun. Verzeih!

Und mir erst! Im nächsten Moment schossen ihr die Tränen aus den Augen. Ihre Hand fuhr nach oben und wischte sie gereizt von den Wangen ab. Alles in ihr befand sich in Aufruhr.

„Sarah, nimm dich zusammen", schrie sie und stampfte den Fuß auf den Boden. Nein, hatte sie beim Abschied entschlossen seinem Flehen widerstanden, als sie endlich ins Auto stieg, um nach Hause zu fahren. Weg von ihm. Weg von dem Mann, der ihr so unendlich gut tat. Weg von dem Mann, der ihr eine Nacht voller erotischer Glückseligkeit schenkte. Weg von Francis, dem sie zugetraut hätte, selbst der Verfasser der erotischen Lehre des Kamasutra zu sein. Was für ein Mann! Wie erbärmlich langweilig war dagegen Robert gewesen - immer!

´Nein, Francis, wir sehen uns nicht wieder. Es hat keinen Sinn! Du hier und ich so viele tausend Kilometer weit weg. Verzeih mir, Francis, aber es geht nicht`, hatte sie ihm schluchzend gesagt und sich aus seiner Umarmung befreit.

Als sie zu Hause angekommen war, weinte sie noch immer.

Sie biss ein großes Stück des Plunderteigs ab und zerkaute es wütend. Nie hätte ich mich von dir verführen lassen dürfen. Nie! Ich gehöre in mein München. Auch wenn mein Herz Ja! zu dir sagt, muss ich auf meinen Verstand hören.

Sie zuckte zusammen. Es klingelte.

Überrascht schaute sie auf die Uhr. Wer konnte sie so früh besuchen? Monica etwa, um sich für ihre harsche Reaktion zu entschuldigen. Oder er, um - mit einem noch größeren Blumenstrauß in der Hand - irgendeine gespielte Reue zu zeigen? Wehe ihm!

Rasch stand sie vom Tisch auf, zog ihr über dem anderen Stuhl hängendes, blaues Sommerkleid an, strich ihr Haar glatt und lief zur Tür. Beinahe brachte sie ihre Neugierde dazu, ohne Nachfragen zu öffnen; im letzten Moment dachte sie an die Gefängnisausbrecher. Monica hatte sie gewarnt. ´Du, pass auf, die sind noch immer auf freiem Fuß. Wer weiß, wo.`

„Wer ist da?“, rief sie laut. Aus dem Hausflur kam keine Antwort; also nicht Monica! Sie öffnete, ging vor zur Haustür und wiederholte ihre Frage. Sie lauschte. Etwa der Briefträger?

„Ich bin´s.“ Augenblicklich legte sich ihre Stirn in Falten. Das ist doch .... „Unsinn! Er weiß doch gar nicht, wo ich ....“, murmelte sie.

„Sarah, ich muss mit dir reden. Bitte!“

Francis? Nein! Ihre Knie begannen zu zittern.

„Sarah, bitte!“ Laut drang sein Flehen an ihr Ohr, das sie nun an das Türblatt presste. Oh nein - nicht du! Wenn ich dich jetzt hereinlasse, werde ich nie von dir loskommen. Sie legte ihre Hand auf die Herzgegend; nicht schon wieder!

„Geh weg! Es hat keinen Zweck! Francis, bitte!“

„Ich liebe dich. Sarah! Bislang freute ich mich auf jeden einzelnen Montag auf dem Tennisplatz mit dir. Nach unserer Nacht aber ist es tausend Mal mehr als reine Freude geworden. Es gibt nur noch einen Ge- danken in meinem Kopf - der an dich und an ein Le- ben mit dir.“

Sarahs Mund öffnete sich, um den Mann hinter der Tür erneut wegzuschicken. Doch die Worte, die sie dachte, blieben stumm. Oh Francis, bitte nicht! Ich sehne mich doch auch nach dir. Aber ....

Verzweifelt suchte sie nach einem Ausweg aus ihrem inneren Konflikt. Auch sie genoss das Tennisspiel mit ihm jedes Mal; bislang. Nach dieser Nacht aber war alles anders! Aber nein! Ihre Lippen bebten, ohne dass ein Wort über sie kam. Geh weg, Liebster! Für uns beide gibt es keine Zukunft.

Oh Francis, mach es mir doch nicht unnötig schwer! Wenn ich dich hereinlasse, kann ich dir nicht widerstehen; das weiß ich genau! Ich bin deinen Liebeskünsten schon viel zu sehr verfallen. So sinnlich, wie du mich berührst; so begehrlich, wie du mir deine Lust zeigst; so feurig, wie du mich nimmst. Nein!

Sie stampfte mit dem Fuß auf. „Bitte geh!" Entschlossen sollte ihre Aufforderung sein, wankelmütig klang sie jedoch.

„Ich bleibe so lange hier stehen, bis du mich hereinlässt." Zorn lag in seiner Stimme. Doch sogleich schlug der Ärger in Zärtlichkeit um. „Liebste Sarah; du bist die Frau, auf die ich mein Leben lang warte. Nie zuvor empfand ich eine derartige Harmonie." Auch nicht mit Sandy, dachte er, vermied es aber auszusprechen.

Er wartete. Da keine Antwort kam, fuhr er fort. „Kaum habe ich dich gefunden, soll ich dich schon wieder verlieren? Niemals, Sarah!" Seine Stimme wurde immer lauter. „Warum musst du nach Europa zurück. Bleib doch hier bei mir. Bedeute ich dir denn gar nichts? War diese Nacht für dich wirklich nur ...?"

„Was ist das da unten für ein Lärm? Was soll das, verdammt?!" Sarah fuhr zusammen. Monica! Den Stress brauche ich nicht auch noch. Ohne ihr zu antworten, riss sie die Türe auf, griff nach der Hand eines verstört aussehenden Mannes mit zerzaustem Haar und falsch zugeknöpftem Hemd, zog ihn mit einem energischen „Komm!" eilig durch den Hausflur in die Wohnung.

Noch während sie mit dem Fuß die Tür zustieß, umfingen ihre Arme seinen Hals. „Woher weißt du ...?", brachte sie gerade noch heraus, bevor sich seine Lippen auf die ihren pressten und seine Hände ihren Körper fest an sich drückten. Schon versuchten ihre Finger, sein Hemd zu öffnen.

Trotz der Wildheit seines Küssens spürte er es, lockerte die Umarmung und ließ es geschehen, bis der Stoff auf dem Boden landete. Die eigenen Hände tasteten nahezu gleichzeitig nach den steifen Knospen ihrer Brüste. Gleich darauf schob er ihr hauchdünnes Kleid nach oben. Ihr nackter Unterleib drückte sich wild gegen ihn.

Ein „Ah!" drang lüstern aus ihrem Mund, der sich von seinem befreit hatte, um seine nun unbedeckte Brust zu küssen. Keine Minute später zog er ihr mit einem Schwung das Kleid über den Kopf. Schon zerrte sie an seiner Gürtelschnalle. Alles, was er noch anhatte, lag im nächsten Moment auf dem Boden.

„Oh Sarah, ich will dich!" Seine starken Arme umfassten ihren Rücken. Mit einem Ruck hob er sie hoch. Seine Augen hefteten sich an die ihren. „Wo?" Ihr Kopf wies in Richtung der Türe, hinter der das stand, was er meinte. Nach wenigen Schritten drückte er mit dem Ellbogen den Türgriff nach unten.

„Ja?" Erneut richtete sich sein Blick fragend auf ihr Gesicht. Er wollte sie. Jetzt! Unbedingt! Doch nur, wenn auch sie wirklich bereit dazu war. Ihr gehauchtes „Ja!" war das letzte, was ihren Mund verließ - bevor es nur noch ihr wollüstiges Stöhnen war. Als er sie sachte auf das Bett legte und sich über sie beugte, waren ihre vollen Lippen damit beschäftigt, seine Küsse zu erwidern; zunächst zärtlich, dann immer wilder.

Seine Hand ging dabei auf Wanderschaft; sie knetete ihre Brüste, strich dann einem Windhauch gleich über ihren Bauchnabel entlang nach unten, bis sich Sarahs Becken aufbäumte und ihm ihr aus tiefsten Tiefen kommendes Seufzen sagte, dass sie heute nicht bereit war, lange darauf zu warten.

Ihre Augen weiteten sich, als er mit einem Stoß in sie eindrang. Es dauerte nur wenige Minuten, bis ihm Sarahs Kopfnicken erlaubte, seiner nicht mehr zu zügelnden Erregung nachzugeben. In diesem Moment fiebernder Leidenschaft wollte auch sie den süßen Tod sterben. Zu groß war ihre Lust darauf.

Beim zweiten Mal - kaum eine halbe Stunde, nachdem sie beide ihrer ersten Gier nachgegeben hatten -, gingen sie es weniger ungestüm an. Wie in jener Nacht lockten Francis Küsse seine Liebste stets nur soweit, bis sie zu beben begann; sogleich zog er sich kurz zurück, um sie sodann auf eine noch höhere Stufe ihrer Begierde zu tragen.

Dann rieb sein muskulöser Oberkörper mit leichtem Druck ihre vollen Brüste, während sich sein Schenkel gegen den Ort ihrer größten Lust drückte. Sarah erwiderte sein Locken, indem sie ihre Arme fest um ihn schlang und ihren freien Fuß gegen seinen Po presste - so, als wollte sie ihn dazu anspornen, sich zwischen ihre Schenkel zu zwängen.

Sie hatte schon in jener einzigen, langen Nacht von ihm viel gelernt und zügelte ihre Gier nach ihm sofort wieder. Sie schob ihn von sich weg. Er verstand und ließ sich auf den Rücken fallen. Was sie daraufhin tat, kostete ihn mehr Beherrschung, als er zu haben glaubte.

Rechtzeitig genug ließ ihr geöffneter Mund von der aufrecht stehenden Stärke zwischen seinen Schenkeln ab und setzte sich auf seinen Brustkorb. Sie wollte seine ihre steifen Knospen reibenden Fingerspitzen spüren. Er tat, wie geheißen und trieb sie damit fast in den Wahnsinn.

Auf diese Weise steigerte er ihre Lust auf ihn ins Unermessliche; solange, bis sie es nicht mehr aushielt. Sarah befreite ihre Brüste von seinen Händen und lud ihn mit einem Kopfnicken dazu ein, sie dort unten zu besuchen.

Doch nun begann ihr Liebesspiel von neuem - locken, zurückziehen, still halten, tiefer stoßen, langsam, behutsam, schneller dann und fordernder, bis beide den Moment spürten, ab dem es eigentlich keine Umkehr geben konnte. Doch dazu bereit waren sie beide noch lange nicht.

Er tanzte Tango mit ihrer Lust, sie Merengue mit der seinen. Sie erwiderte seine verlangenden Bewegungen mit solchen eigenen, die ihn noch gieriger nach ihr machten.

Er drehte sich auf den Bauch. Ihre Hände legten sich auf seinen Rücken und die Finger krümmten sich. Er glaubte Messerspitzen auf seinem Fleisch zu spüren. Ihre scharfen Fingernägel hinterließen tiefe Spuren, bis hinab zu seinen angespannten Pobacken. Den Schmerzensschrei, der seinen halb geöffneten Mund verließ, genoss Sarah. Ihre Küsse belohnten ihn für seine Liebespein.

So ging ihr Liebesreigen nahezu eine Stunde lang weiter, bis keiner den anderen mehr warten lassen wollte. Ihre Augen schenkten den seinen ein ekstatisches Ja! Ihre Münder sprachen in der selben Sekunde ein lang ersehntes „Jetzt!". Sarah warf ihren Kopf nach hinten, schloss die Augen und starb - jenen schönsten aller Tode und den, der dem Mann über ihr alle Kraft raubte, als sich seine Glut in sie ergoss.

Kapitel 17

Verträumt und sehnsuchtsvoll schaute sie aus dem Küchenfenster. Er war gegangen.

Was für ein Mann! Sie war glücklich. Doch im selben Moment überschattete ein betrüblicher Gedanke ihre Freude; wie viele Jahre habe ich mit diesem Robert vergeudet?! Mit einem Menschen, der mich nur egoistisch benutzte und immer wieder schändlich betrog.

Und nun? Francis will mit mir ein neues Leben beginnen. Ich aber will diesem ungeliebten Land so rasch wie möglich den Rücken kehren.

Was mache ich nur? Nach Hause fliegen - noch immer? Bleiben - bei ihm?

Das zarte Pflänzchen namens Zweifel hatte sich in ihr eingenistet. Stundenlang hielt sie an diesem Morgen das Glück in ihren Händen. Gleichklang der Gefühle und Gedanken nannte er das, wofür sie Worte suchte. Ins Ohr flüsterte er es ihr, während sie beim Abschied seine Hände auf ihrem noch immer nackten Rücken spürte.

Wollte sie wirklich weg aus diesem Land? Weg von ihm. Noch immer? Sie wusste es nicht!

Als er vor einer halben Stunde in seinen Wagen stieg, war sie drin geblieben; zu sehr tat es ihr weh, ihn gehen zu lassen. Doch er musste. Sie stand am Küchenfenster und ließ ihm ihre liebevollen und sehnsüchtigen Gefühle nacheilen. Dort, wohin er verschwand. Für kurze Zeit - für viel zu lange Zeit.

´Sag, woher kanntest du meine Adresse?` Das war ihre erste Frage an ihn, als sie beide in ihrer noch immer erhitzten Nacktheit auf dem verkrumpelten Bettlaken saßen und einen großen Schluck Sekt nahmen. Sarah war es danach! Nach so viel hitziger Liebeslust. Francis hatte sie geküsst, bevor er Antwort gab. ´Sei mir nicht böse. Ich fuhr dir an jenem Morgen nach unserer Nacht heimlich hinterher.`

Er hätte es nicht ertragen, sie gleich wieder zu verlieren, erinnerte sie sich. Er musste alles versuchen, sie umzustimmen. Wie von der Angst getrieben, ansonsten den Fehler seines Lebens zu begehen, sei er ins Haus gerannt, habe den Wagenschlüssel geholt und habe sie verfolgt. Anfänglich mit gefährlich hoher Geschwindigkeit, bis er ihren Wagen erkannt hätte.

Gegen ihren Willen, war Sarahs erste Reaktion gewesen, bei der sie die Stirn runzelte; doch nur für den Hauch eines Moments. ´Du verrückter Kerl! Ich liebe dich auch dafür`, hatte sie ausgerufen. Natürlich war sie ihm nicht böse. Ganz im Gegenteil - aus tiefstem Herzen dankbar dafür war sie, nicht aufgegeben zu haben.

Auch dankbar für dieses soeben erlebte erotische zweite Mal. „Für all das, was du mir gibst", murmelte sie versonnen vor sich hin. „Es ist so schön mit dir. Es wäre so schön mit dir."

Im selben Moment tauchte jedoch erneut der dunkle Schatten jener Wehmut vor ihr auf. Deine Pläne sehen völlig anders aus, gebot ihr die Vernunft! Ein tiefer Seufzer war Ausdruck der gegenteiligen Haltung ihrer Seele. Musste sie denn wirklich auf diese Liebe verzichten? Wollte sie tatsächlich zurück? Nach München. Ohne ihn.

„Schon jetzt vermisse ich dich, Liebster", gestand sie
sich flüsternd ein und ließ ihren Blick durchs Fenster
in jene Ferne schweifen, in der Francis verschwunden
war. Ach, warum musst du gerade heute nach
Wellington zur Präsentation deines neuesten Romans?!

Wie gerne hätte sie wenigstens die Zeit bis Freitag
noch mit ihm verbracht und genossen! Insgeheim
hätte sie dann hoffen können, trotz allem noch von
ihm zum Bleiben überredet zu werden, auch wenn sie
sich dagegen gewehrt hätte.

`Ich darf den Termin wirklich nicht verschieben. Sei
nicht traurig`, hatte er sie getröstet. ´Am Freitag bin
ich rechtzeitig wieder da und fahre dich zum Airport.`

Wie inständig Francis dabei ihren Sinneswandel her-
beisehnte, wusste sie bei diesen Worten nicht; er wollte sie nicht beeinflussen; ihr Entschluss musste von
ihr allein kommen! Aber er wünschte sich nichts sehnlicher als dass sie blieb. Bei ihm. Für immer.

Wie von selbst legten sich ihre Arme jetzt um ihren
Oberkörper. „Warum erst am Freitag?! Das dauert so
lang! Den gesamten Donnerstag ohne dich." Wieder
verließ sie ein tiefer Stoßseufzer.

„Muss ich wirklich nach Deutschland zurück? Für
immer?" Das, was ihr verliebtes Herz ihr zu sagen
aufgab, sprach sie so leise, als sollte es nicht einmal
ihr vernünftiger Verstand hören können.

Als Sarahs Blick nun auf ihren Geländewagen vor dem
Haus fiel, sah sie etwas, das sie aus ihren sehnsüchtigen Gedanken riss; die verdammten Keas machten
sich schon wieder am Scheibenwischergummi zu

schaffen. Sofort sperrte sie das Fenster auf und klatschte zornig in die Hände, bis die Vögel davonflogen. Bis auf den größten von ihnen. Er schwang sich aufs Wagendach und spreizte seine Flügel. Sein nachfolgendes Kreischen klang nach dem, was sie schon einmal zu hören geglaubt hatte. Es fröstelte sie.

Mit Schwung flog der Fensterflügel zu. „Ich hasse dieses Neuseeland! Keine Stunde länger als nötig werde ich hier bleiben."

Erbost stampfte sie mit dem Fuß auf - jedoch vorsichtig; sie war barfuß und sprach: „Du musst endlich deine Koffer fertig packen, Frau Gregorius. Los!"

Mit Monica wollte sie auch noch einmal reden. Seit sie so böse auf sie war, hatten sie sich nicht mehr getroffen. Das mit dem schlimmen Kopfweh glaubte sie mittlerweile nicht mehr, auch wenn sie den wahren Grund für ihr eigenartiges Verhalten nicht begriff. Hatte sie selbst etwas Falsches gesagt? Sie zuckte mit den Achseln. Ach ja - den Wohnungsschlüssel muss ich ihr Freitagmorgen auch noch geben.

Sarah stutzte. Wirklich? Würde sie ihn nicht doch noch brauchen? Dann, wenn sie nach Auckland zurückkäme.

Unsinn! Sie vertrieb den verlockenden Gedanken. Oder doch? War es inzwischen denn überhaupt noch denkbar, ohne diesen Mann sein zu wollen?

„Ach, was mache ich nur mit ihm, mit uns beiden?" Und mit meinen verwirrten Gefühlen, fügte sie still hinzu. Ja, sie hatte sich verliebt - und verstanden, dass sie nicht mehr allein durchs Leben gehen wollte.

Genau das hatte sie jahrzehntelang getan - mit Robert. Sie waren nach einigen Jahren zwar noch ein Paar, doch war es mehr als eine Wohngemeinschaft mit gelegentlichem Sex? Nein! Diese Entwicklung wollte sie nicht.

Will nur einer von beiden Gemeinsamkeit leben, wird es eben nichts! Nur wenige Stunden mit Francis hatten ausgereicht, um ihr die Augen für diese Wahrheit zu öffnen.

Die Schlüssel. Behalten? Sie schüttelte den Kopf. Nein, diese vier Wände betrete ich nicht mehr. Dann lieber gleich zu ihm - in sein wunderschön gelegenes Haus am Strand.

Aber München! All meine Freunde sind dort. Lisa; Alex; der Stammtisch; meine Musikgruppe, die Tennismannschaft. „Ach Francis - was hast du nur mit mir gemacht?!"

Sie atmete tief ein und aus. Egal! Am Freitag geht mein Flieger. Monica muss ich Bescheid geben! Aber wann? Sie befürchtete, wieder Streit mit ihr zu bekommen. So verschob sie die unangenehme Pflicht auf Donnerstag.

Am Donnerstagmorgen war es soweit; sie war bereit, nach oben zu ihr zu gehen, um zu sagen, dass sie Freitag fliegen würde. Im ersten Stock angekommen klopfte sie an ihre Tür.

„Wer da?" „Ich bin´s." Monica zögerte nicht lange und öffnete ihre Wohnungstüre. „Gut, dass du kommst. Gerade habe ich überlegt, zu dir runter zu gehen und dir ..." - sie deutete mit dem Zeigefinger auf den Fußboden neben sich - „... eine Flasche des Weines zu bringen, den du so magst. Als ..." - sie unterbrach sich kurz - „... als Entschuldigung für neulich."

Sarahs Gesichtsausdruck zeigte ihr Erstaunen über diese Wandlung. „Das freut mich aber! Ich hab mir den Kopf zerbrochen, warum du an dem Abend plötzlich .... Ach, Schwamm drüber!"

„Kannst du die Flasche nehmen, Sarah. Ich habe mir gerade die Hände mit Heilsalbe eingerieben. Wieder diese Allergie. Ich muss bei der Gartenarbeit an diese eine Pflanze gekommen sein. Obwohl ich so aufgepasst habe. Das brennt wie der Teufel."

Sarah bückte sich und nahm das Geschenk an sich. „Die hat ja einen Schraubverschluss." „Ja, seit neuestem; finde ich auch nicht schön. Aber Korkeichen werden rar auf der Welt und deren Rinde damit teuer; da steigen viele Winzer direkt auf Metall um." „Aha!"

„Ja! Die lassen sich allerdings manchmal sehr schwer öffnen, weil die Perforation schlecht ist. Ich hab dir den Deckel deshalb schon halb aufgedreht."

Sie lachte. „Ohne echten Korken hat es witziger Weise auch den Vorteil, dass diese kulinarischen Snobs die Gastwirte nicht mehr ärgern können." Sarah schaute sie verständnislos an. Monica verstellte die Stimme und meinte mit gekünstelter Hochnäsigkeit: „Igitt! Ihr Wein schmeckt nach Kork."

Sarah schmunzelte. Mehr nicht; so richtig nach Lachen war ihr nicht, weil sie das strittige Thema über Robert nun doch noch einmal ansprechen musste. „Du! Morgen fliege ich nach Hause." Besorgt prüfte sie Monicas Mimik.

Zu ihrer Überraschung blieb sie gelassen und meinte:
„Ist schon okay. Ich versteh dich. Das mit deinem
Mann ist ja wirklich unerträglich. So ein Schuft!" Sarah atmete erleichtert auf. „Da bin ich aber wirklich
froh!"

„Wann kommst du wieder?" Sarahs Schultern hoben
und senkten sich langsam. „Ich weiß es nicht. Auch
nicht, ob überhaupt noch einmal."

Ihr Gegenüber begriff. „Dieser Francis Spring, von
dem du mir erzähltest?" Sie nickte. „Irgendwie schon;
oder auch nicht. Ich weiß es einfach nicht." „War der
das mit dem Krach im Hausflur?" „Stimmt! Entschuldige bitte." „Kein Problem. Liebst du ihn?" „Ich fürchte, ja. Das macht die Sache ja so kompliziert." „Hm. Er
will, dass du bleibst?" „Ja." „Was wird mit der Wohnung? Ich meine, solltest du nicht zurück wollen?"
„Darum muss sich Robert kümmern. Die Schlüssel ...."

Monica drehte mit einer hektisch aussehenden Bewegung ihren Kopf nach hinten. „Oh nein! Schon wieder
diese verdammte, alte Waschmaschine." „Was meinst
du?" „Hat gepiepst. Ich muss rasch hin. Der Wasser-
stopp ist defekt. Gleich läuft alles wieder über. Sei mir
nicht böse - ich muss!"

„Na klar; geh nur. Ich bin unten, falls du noch etwas
von mir willst." Während Monica in Richtung Bad
eilte, zog Sarah die Türe zu und lief nach unten. „Eine
Flasche Wein!", freute sie sich laut. Die würde ihr über
ihren Kummer des Alleinseins in dieser letzten Nacht
in Neuseeland hinweghelfen!

Kapitel 18

Ein Auto fuhr auf das Haus zu und wirbelte dabei hinter sich Staub auf. Der Mann am Steuer lenkte es langsam neben die drei Polizeiwagen, um dort zu parken. Joe Smith stellte sich ihm breitbeinig in den Weg. „Hey, hier können Sie jetzt nicht hin." „Warum, Officer?", wurde der Uniformierte sichtbar irritiert durch die offene Seitenscheibe angesprochen. „Ich will meine Freundin abholen. Zum Flughafen."

Die Miene des Polizisten verfinsterte sich. „Nein, habe ich gesagt. Also!" „Moment mal! Ich habe Sie freundlich nach dem Warum gefragt und erwarte gefälligst eine Antwort. Schließlich habe ich einen berechtigten Grund hier zu sein."

„Wenn Sie meinen; es geht auch anders", kam garstig zurück. „Motor abstellen, austeigen, Führerschein. Aber flott!" Seine Rechte legte sich an das Pistolenhalfter. Mit einem verärgerten „Das darf doch nicht wahr sein!" fügte sich der Mann. Der Polizist schob die dunkle Sonnenbrille kurz auf die Stirn und warf einen prüfenden Blick auf den Ausweis.

„Francis Spring, aha. Wer ist diese Freundin?" „Frau Gregorius." Sein „Oh!" klang überrascht. „Was wollen Sie von ihr?" „Sagte ich bereits", gab er schnippisch zurück. „Airport." „Soso. Wann haben Sie sie das letzte Mal gesehen?" „Warum?" „Die Fragen stelle ich. Also!"

Francis rollte die Augen. „Vorgestern." „Wo?" „Hier." „Waren Sie seitdem noch einmal hier?" Langsam reichte ihm die Fragerei, ohne zu wissen, worum es eigentlich ging. „Wissen Sie was. Jetzt sagen Sie mir erst einmal, was hier los ist.“

„Joe“, kam von hinten. „Was ist mit dem Mann?“ „Behauptet, ihr Freund zu sein.“ Francis wendete sich zu dem hinzu getretenen Polizisten. „Das bin ich auch, verdammt!“ „Hey, hübsch brav! Geflucht wird hier gar nicht, ja!“ „Lass gut sein. Ich übernehme das hier. Der Boss braucht dich im Haus. Du sollst die Kamera mitbringen.“ Mürrisch gab er seinem Kollegen den Führerschein und zog von dannen.

„Okay, Mister ...“ - er schaute kurz auf den Ausweis - „... Spring. Mein Name ist Kevin Meyer. Sie wollen also zu Frau Gregorius. Warum?“ Er schnaubte. „Das habe ich schon gesagt. Sie muss zum Airport.“ Er blickte auf seine Armbanduhr. „Sie fliegt heute um 14:10 Uhr nach Deutschland. Es wird also langsam Zeit, dass man mich zu ihr lässt.“

„Nun, Sie wird heute sicher nicht fliegen.“ Francis runzelte die Stirn. „Wie bitte?“ „Sie ist im Krankenhaus.“ „Was?“ Er begriff nicht; nur das Eine - nämlich den eiskalten Schauer, der ihm über den Rücken lief. „Ja, bei ihr wurde eingebrochen. Die Hauseigentümerin fand sie. Ohnmächtig oder so. Keine Ahnung. Bin kein Arzt.“

Entsetzen erfasste Francis. „Wo genau ist sie?“ Der Uniformierte zuckte mit den Achseln. „Dann finden Sie es gefälligst heraus. Ich muss zu ihr. Mein Gott, Sarah!“ Er fuhr sich aufgeregt durchs Haar.

„Nun beruhigen Sie sich doch. Warten Sie einen Moment.“ Er ging zum Einsatzwagen und sprach ins Funkgerät. Gleich darauf antwortete eine Frauenstimme, was Francis aber nicht verstehen konnte. Der Mann kam zurück. „Sie haben sie ins Ascot Hospital gebracht." „Ascot, Ascot." Francis überlegte kurz. „In der Greenlane Road East?"

„Nummer 90. Stimmt! Aber ich denke nicht, dass man Sie zu ihr lässt." „Und ob! Sie ist Ausländerin und hat hier niemanden außer mir." Sarahs Mann zählte für ihn in diesem Moment ganz sicher nicht! Ich werde mich als ihr Anwalt ausgeben. Schon schnappte er sich mit einem „Danke!" seinen Ausweis, sprang in den Wagen, startete den Motor und brauste davon.

Ein dritter Mann in Uniform stand währenddessen in Begleitung von Monica in der offenen Haustüre. „Wer war das, Kevin?" „Ihr Freund, Boss. Ein Francis Spring." „Hast du seine Daten?" „Logisch." Er tippte mit seinem Zeigefinger gegen die Stirn." „Gut, Einstein!" So nannte er ihn - halb anerkennend, halb frotzelnd, weil er ein wirklich gutes Gedächtnis hatte.

„Missis Lipton, Sie haben den Mann eben gesehen; ein Francis Spring. Kennen Sie ihn?" „Nicht persönlich; ich hörte ihn nur einmal im Hausflur und sah ihn vom Fenster aus, als er später das Haus verließ. Aber ich weiß von Sarah, also von Frau Gregorius, dass die beiden wohl seit kurzem miteinander ..., na, Sie wissen schon." „Seit kurzem erst, sagen Sie. Aha! Gab es mal Streit? Wissen sie da was?"

Monica nickte. „Oh ja! Danach hörte es sich am Mittwochmorgen tatsächlich an." „Geht das etwas genauer?" „Nun, er wollte wohl unbedingt in ihre Wohnung und schimpfte sehr laut. Ich hatte den Eindruck, gegen ihren Willen. Als ich von oben herunter rief und mich beschwerte, ließ sie ihn dann doch rein." „Ging die Schreierei weiter."

„Hm." „Was - hm?" „Aber Herr Kommissar, ich bin doch keine, die ihre Nachbarn belauscht." Er stemmte die Hände in die Hüften und forderte sie mit dieser Geste auf zu antworten. Monica atmete kurz durch.

„Es war weniger ein lauter Streit, als mehr ein …, also ein sehr lautes Gestöhne. Stundenlang, sage ich Ihnen.“ „Ach so! Also mehr so ein Hass-Liebe-Ding. Machte der Mann auf Sie einen gewalttätigen Eindruck?“ Sie zögerte. „Irgendwie schon; immerhin ließ sie ihn nicht gleich freiwillig rein. Aber so genau kann ich das nicht sagen.“

„Okay, dann noch mal zu dem, was Sie vorhin sagten. Sie hätten heute früh ungewohnte Geräusche gehört und vom Badfenster aus zwei Männer vom Haus weglaufen sehen. Sie vermuten hinter denen wirklich die gesuchten Ausbrecher aus dem Paremoremo? Wie können Sie dabei so ….“

„Genau die!“, unterbrach sie ihn aufgeregt. „Noch gestern Abend zeigten sie deren Bilder in den Nachrichten. Das waren sie!“ Mit ihren fuchtelnden Händen unterstrich Monica ihre Aussage.

„Das mit den zwei machte mir natürlich Angst. Was wollten die bei uns? Und dann dieser Krach. Deshalb ging ich vorsichtig die Treppe runter. Da sah ich die beiden aufgebrochenen Türen und …. Mein Gott! In ihrer Wohnung fand ich sie und habe sofort die 111 angerufen.“

Sie hielt sich die Hand vor dem Mund und wand sich dabei kurz von ihrem Gegenüber in Richtung hinterem Parkplatz ab.

„Huch!“ „Was ist?“ „Ihr Auto ist weg.“ „Wessen Auto?“ „Na, Sarahs natürlich. Das steht immer neben meinem dort.“ „Scheiße!“ Wenn das mit den zwei Verbrechern stimmt, sind die schon lange über alle Berge.

„Fehlt denn der Autoschlüssel?“ „Das haben wir gleich. Kommen Sie mit.“

Sie ging in Sarahs Wohnungsflur. „Sehen Sie; am Schlüsselbrett ist er nicht. Nur die für den Briefkasten und die beiden Türen. Und ....“ „Was noch?“ „Ihre Handtasche auch. Die hängt sie immer an diesen Haken.“

„Woanders vielleicht?“ „Niemals. Damit ist sie eigenwillig; obwohl ich riet, wenigstens ihr Portemonnaie in die Schublade dort zu legen. Sie hat nämlich immer viel zu viel drin, die Dumme. Aber nein ...!“

„Ja, ja, so etwas erleben wir täglich! Das Kennzeichen wissen Sie nicht zufällig?“ „Nein!“ „Joe!“ „Ja, Boss?“ „Gib mal eine Fahndung nach einem ... - sagen Sie, Missis Lipton, was fuhr sie?“ „So einen kleinen Geländewagen; Toyota oder so? Ich kenn mich mit Automarken nicht aus.“ „Na egal. Also Joe - Zulassungsstelle, eine Sarah Gregorius, Adresse hier.“ „Wird gemacht.“

„So, Leute, seid ihr alle fertig?“, rief er in die Wohnung hinein. „Gleich. Muss nur noch eine große Plastiktüte aus dem Wagen holen. Für das Kopfkissen mit den Speichelspuren und dem - naja, Mageninhalt. Mit dem haben sie ihr die Luft abgedrückt, denke ich. Dass die überlebt hat - ein Wunder.“

„Ach Jane; was du immer so denkst. Was verstehst du schon von sowas? Ein Wunder - pah! Zwischen Leben und Tod gibt es keine Wunder. So was ist nur eine Erfindung der Kirche. Mach lieber deine Arbeit.“ Er mochte Frauen bei der Polizei nicht.

„Halt! Erstens haben Frauen nachgewiesenermaßen ein größeres Gehirn als Männer. Und zweitens .... Ach, was soll's." Sie winkte ab. „Ein Macho bleibt ein Macho." Jane konnte sich ihre freche Retourkutsche leisten; ihr Mann war Richter am Auckland High Court.

„Die arme Sarah!" schluchzte Monica. „Hoffentlich wird sie wieder gesund." Im Vorübergehen meinte Jane dazu: „Die Brandnarben machen mir auch Sorgen. Mindestens vier Stellen auf ihrer nackten Brust hat der Notarzt gezählt. Elektroschocker. Ne Menge Strom für ein Menschenherz. Schweine!"

„Maul, Jane! Das ist nicht für die Öffentlichkeit bestimmt." „Ich hab die verbrannten Stellen doch schon gesehen. Schließlich habe ich Sarah bewusstlos auf dem Bett entdeckt", kam Monica ihr zu Hilfe. Männer, dachte sie dabei abfällig! Entweder ihr unterdrückt uns Frauen, wo ihr könnt, oder ihr seid Schwächlinge. Sie dachte an Robby.

„Joe, was ist mit den beiden Sektgläsern auf dem Tisch im Wohnzimmer?" „Was meinen Sie, Boss?" „Hey, bist du etwa ne Frau ohne Verstand? Denk doch mal nach! Zwei!" Er zog das Wort ganz lang. „Ach so", kam kleinlaut zurück. „Sie hatte noch Besuch, meinen Sie?"

„Schnelldenker, was?! Und wo ist das, was sie tranken?" Er ging hinüber und roch an einem der beiden Gläser; das andere ließ er stehen. „Das ist kein Sekt; das ist Wein. Sucht mal die Flasche. Vielleicht findet ihr dort auch Fingerabdrücke. Und packt alles ein. Missis Lipton, wissen Sie etwas über einen Besucher gestern Abend oder so?" Sie schüttelte den Kopf.

„Boss!" „Was ist denn noch, Joe?" „Hab jetzt die Antwort. Keine Zulassung auf eine Sarah Gregorius." Nach kurzer Überlegung kam: „Na klar! Ihr Mann. Missis Lipton, ist das Opfer verheiratet?" „Natürlich!"

218

„Wie - natürlich? Ich denk, sie geht mit diesem Frank ins Bett." „Francis!", korrigierte sie ihn mit etwas Häme in der Stimme; Kleinhirn, was?! „Und?" Sie schaute ihn mit Unverständnis an. „Wie heißt er?", fragte er ungeduldig. „Gregorius eben. Wie sonst." Der Frauenverächter nervt!

„Und vorne?" Oh nein, Frauchen, bist du schwer von Begriff! „Robert." „Da hörst du es, Joe. Check das Ganze mal nach einem Robert Gregorius."

„Okay!" Der Kollege ging zurück zum Wagen. Sein Vorgesetzter schüttelte den Kopf; wenn man nicht alles alleine macht!

Er drehte sich zu den übrigen. „Also dann, Abmarsch! Jane freut sich gewiss schon darauf, dass ich in zwei Stunden ihren ausführlichen Bericht auf dem Schreibtisch habe." Wieder keine Mittagspause! Ihr wütendes ´Arschloch!` dachte sie nur, statt es ihm an den Kopf zu werfen.

´Lass dich nicht zu etwas provozieren, was er dir in deine Personalakte schreiben kann`, hatte ihr Dennis erst gestern Abend wieder beim Essen dringend geraten. ´Im nächsten Monat geht sein alter Chef in Rente und Daddys Freund Charly wird dessen Nachfolger. Dann kriegt er bei der nächsten Beschwerde eine Abmahnung. Garantiert!`

„Ach ja, bevor ich´s vergesse. Missis Lipton, Sie erwarte ich morgen Punkt zehn auf dem Revier. 58 Remuera Road." Er griff in seine Uniformjacke. „Hier meine Karte." Sie las. „Aber morgen ist Samstag, Mister Gordon! Da bin ich um diese Zeit auf dem Markt", murrte sie.

„Morgen um zehn!" Er drehte sich um und folgte seinen Leuten zu den Wagen. „Aufgeblasener Idiot!" rief sie ihm verärgert hinterher - und war sogleich froh, dass er es nicht mehr hörte; sonst wäre er wohl zurückgekommen.

Kapitel 19

„Susan, wann, glaubst du, wird die Patientin vernehmungsfähig sein? Sie ist zwar das Opfer, aber dennoch unsere wichtigste Zeugin." „Schwer zu sagen." „Warum?" „Weil wir sie in ein künstliches Koma versetzen mussten." „So schlimm?" Sie nickte. Ihr ernster Gesichtsausdruck bestätigte ihre Aussage.

„Was hat sie genau? „Ken, weißt ja, ich darf keine konkrete Auskunft über ihren medizinischen Zustand geben. Aber allgemein gesagt: Es steht nicht gut um sie. Das musste ich schon gestern ihrem Freund klar machen. Hat den Anwalt rausgekehrt. Wollte unbedingt zu ihr. Ist aber eben kein nächster Verwandter."

Er überlegte kurz. „Ein Francis Spring?" „Ja, ich glaube, so hat er sich vorgestellt." Sie langte in die Tasche ihrer Arzthose. „Seine Karte habe ich .... Hm, liegt wohl auf dem Schreibtisch. Na egal!" „Vielleicht morgen oder gleich Anfang nächster Woche? Nur ein paar Minuten wenigstens. Es ist wirklich wichtig!", bedrängte er sie dennoch.

„Okay, ich vertraue auf deine Diskretion; wir kennen uns ja schon so lange." Sie trat ganz nah an ihn heran und legte ihre Hand auf seine Schulter. Sein Atem strich über ihre Wange. Sie mochte diesen Mann. Sehr! Bist leider verheiratet; auch noch mit meiner besten Freundin. Gloria Barnebby, du Glückliche!"

Fast flüsternd erklärte sie: „Hör zu. Ihr Herz macht uns großen Kummer. Zugegeben, wir wissen noch nicht genau, warum." „Der Erstickungsversuch? Unsere Labortechnik hat das Kissen analysiert. Speichel!

Nasensekret und ...." „Ich weiß!" „Sie muss eine riesige Panik gehabt haben. Die Täter müssen sich mit dem Luftabdrücken lange Zeit genommen haben; welch eine Qual!"

Sie schüttelte den Kopf. „Eher die elektrischen Schläge. War wohl zu viel für den Herzmuskel. Die schlimmen Spuren auf der Haut habt ihr bestimmt gesehen." „Steht im Polizeibericht; Paul hat ihn mir heute Morgen auf den Tisch gelegt."

Paul Gordon, dieser arrogante Frauenhasser. Ich kann ihn nicht ausstehen! Ken sah ihrer Mimik an, was sie dachte. „Ja, seit ihn Barbara verlassen hat, ist er noch unausstehlicher geworden." Sie schnaufte. „Seht ihr euch noch?"

„Viel zu selten, seit sie nach Christchurch gezogen ist. Ich kann noch immer nicht verstehen, wie eine so erfahrene Spezialistin für Vergiftungen dort den Posten einer bürokratischen Klinikleitung übernehmen konnte. Allein ihrer ärztlichen Fachkenntnisse wegen fehlt sie mir hier jeden Tag. Von unserer Freundschaft ganz abgesehen."

„Geht uns ebenfalls so, Susan." Er strich ihr leicht über den Oberarm. Wie gut das tut! Sie schloss für einen Moment die Augen.

„Sie wollte halt so weit weg von ihm wie es ging; und so schnell auch." „Was wir alle sehr gut verstehen! Gerade gestern Abend beim Bowling sprachen wir wieder über sie." Sie schaute ihm direkt in die blauen Augen. „Sag, warum bist du nicht gekommen? Ich hab dich vermisst, Ken!"

„Fand ich selbst schade; einfach zu viel Arbeit." „Du musst mehr auf dich achten." Du Lieber, hätte sie beinahe hinzugefügt.

Er blies Luft durch seinen Mund. „Gut gesagt. Aber du weißt ja selbst, wie das ist." „Oh ja!"

Er schaute an ihr vorbei in Richtung der Glasscheibe zur Intensivstation. „Also keine Chance, mit ihr zu reden?" „Keine! Ich ruf dich aber sofort an, wenn sich ihr Zustand verbessert. Wie gesagt: Koma. Da ist nichts zu machen. Erst, wenn wir es wagen können, sie aus diesem Zustand zurück zu holen."

Schon, um dich wieder zu sehen, werde ich telefonieren, dachte sie und spürte das Sehnen, das ihren Körper erfasste. Was für ein Mann! „Lieb von dir, Susan! So, dann will ich mal wieder; die Arbeit ruft."

Um zu gehen, wollte er sich von ihr abwenden, doch sie hielt ihn fest, stellte sich auf die Zehenspitzen und hauchte ihm einen Kuss auf die Wange. „Musste sein, Ken! Sorry. Nächsten Freitag kommst du zum Bowling. Bitte!"

Diese Abende genoss sie; besonders, weil sie beide sich danach noch lange unterhielten. Ken ahnte ihre Gefühle für ihn sehr wohl. Sie war eine ganz besondere Frau. Doch Gloria hätte das nicht verdient!

Also beließ er es bei einem möglichst emotionslosen „Mach´s gut - bis Freitag." Im selben Augenblick vibrierte sein altes Handy. Er zog es aus der Gesäßtasche, drückte die Annahmetaste und ging während des Sprechens langsam den langen Flur in Richtung der Aufzüge.

Susan hörte ihn leise reden und verstand dabei nur seine Begrüßung - „Hello Paul, was gibt´s?" Wehmütig schaute sie ihm hinterher. Ach Ken ...!

Eine Männerstimme störte sie. „Hi, Doktor Monroe!" Sie drehte sich um. Oh nein; der schon wieder. „Mister Spring", rief sie laut aus. „Wie geht es Frau Gregorius. Kann ich wenigstens heute zu ihr?" „Auch heute nicht! Und generell nicht."

„Aber warum, verdammt noch mal? Die Frau ist doch ganz alleine hier im Land und braucht mich." Er versuchte, an ihr Verständnis zu appellieren. „Wir sind uns gerade erst näher gekommen, müssen Sie wissen. Ich liebe Sarah so sehr. Bitte!"

Irgendwie rührte sie seine Gefühlsäußerung an, doch ihr waren die Hände gebunden. Außerdem .... „Sie könnten sowieso nicht mit ihr sprechen." „Was heißt das denn?"

Guter Mann, ich kann dir doch nicht mehr sagen! Mit nun deutlich lauterer Stimme sprach sie: „Also nochmal zum Mitschreiben, Mister Francis Spring! Ich darf und kann Sie nicht zu Mrs. Gregorius lassen. Schon, weil Sie kein Angehöriger sind." Ihr förmlicher Ton missfiel ihr selbst; aber was sollte sie machen?!

Das Geräusch weniger, eiliger Schritte lenkte sie ab. Sie drehte ihren Hals nach ihnen um - und strahlte. „Du, Ken? Freu mich, dich gleich zweimal pro Stunde zu sehen. Weiter so!" Sie lachte. „Was gibt´s?"

„Ich habe eben erfahren, dass ich am Montag endlich mein I-Phone bekomme. Hier hast du schon mal meine neue Nummer." Er reichte ihr seine Visitenkarte. „Ich hab´s von Hand draufgeschrieben." „Und deshalb

kommst du nochmal zurück zu mir. Wie lieb! Danke.“
Sie strahlte ihn an.

Er wandte sich halb zu dem Mann neben ihr. „Hörte
ich das gerade richtig, Susan? Das ist Mister Francis
Spring?“ Beide sagten gleichzeitig „Ja!“ Er streckte
Francis die Hand aus. „Chiefinspector Barnebby. Gut,
dass ich Sie treffe. Wir wollten Sie schon aufs Revier
laden. So geht´s aber einfacher. Haben Sie kurz Zeit?“
„Äh, wieso?“ „Nun, wir brauchen da noch einige Auskünfte von Ihnen.“

Ohne ihm Gelegenheit zum Widerspruch zu geben,
forderte er ihn auf mitzukommen. „Draußen steht
mein Wagen. Dort können wir uns unterhalten; das
wird Ihnen sicher lieber sein als ins Präsidium zitiert
zu werden.“

Mit einem wenig freundlichen „Frau Doktor, Sie werden mich wiedersehen; das nächste Mal aber mit einer
Einstweiligen Verfügung“ folgte er dem Polizisten.

„Also, Mister Spring, sie sagten bei Ihrer gestrigen
Ankunft vor der Wohnung des Opfers Sarah Gregorius
meinem Kollegen Gordon gegenüber aus, sie sei ihre
Freundin.“ „Natürlich ist sie das!“ Er blätterte in seinem kleinen Schreibblock. „Zudem seien Sie das letzte
Mal am Mittwochmorgen vor dem Tattag bei ihr gewesen. Korrekt?“ „Ja!“, gab er unwirsch zurück.

„Worüber stritten Sie sich da mit ihr?“ „Wie bitte? Wir
hatten doch keinen Streit! Wer sagt denn sowas?“
„Beantworten Sie bitte meine Frage!“ Das kann doch
nur die Frau gewesen sein, die über Sarah wohnt.

Sofort bemühte er sich, den falschen Eindruck zu wi-
derlegen. „Nochmal - das war kein Streit. Auch wenn
Sie das überhaupt nichts angeht, erkläre ich es Ihnen

so: Sarah und ich waren uns gerade sehr viel näher gekommen, wenn Sie verstehen, was ich damit meine. Zu meinem großen Unglück gestand sie mir allerdings danach, Ende der Woche, genauer gesagt am gestrigen Freitag, für immer nach Deutschland zurückzugehen.“

„Und dann fängt sie noch eine Affäre mit Ihnen an?“ „Das ist ganz bestimmt keine Affäre!“, brauste Francis auf. „Sondern?“ „Eine wahrlich schicksalhafte Begegnung. Aber ...“ - er schnaubte - „... das verstehen Sie wohl nicht. Davon abgesehen - ich konnte es einfach nicht hinnehmen, Sarah zu verlieren, kaum, dass ich mich in sie verliebt hatte. So fuhr ich also mittwochs morgens zu ihr, um sie mit meinem Besuch zu überraschen - und zum Bleiben zu überreden.“

„Nach freudiger Überraschung klang das, was uns bekundet wurde, aber nicht. Sie sollen solange geschrien haben, bis Frau Gregorius sie notgedrungen in die Wohnung ließ.“ Francis Hand schlug laut auf seinem Oberschenkel auf. „Das war kein Schreien, sondern mein verzweifeltes Flehen, mich anzuhören.“

„Okay, das führt uns gerade nicht weiter.“ Was er sagt, scheint ja zu stimmen, dachte er. Es passt zu Pauls Ergänzungsbericht; er schmunzelte - ´... stundenlang gevögelt`.

„Wo waren Sie zwischen jenem Besuch und Freitagmorgen, als Sie mit dem Wagen vor dem Haus erschienen?“ Was soll die blöde Fragerei, verflixt nochmal! „Das klingt ja so, als würden Sie mich verdächtigen, he?“ Mit steinerner Miene schaute ihn der Polizist an. „Reine Routine. Ich mache nur meine Arbeit; und die lautet Reduktion, das heißt Ausschlussverfahren. Also?!“

226

„Um 17:25 jenes Tages ging mein Flieger nach Wellington. Gestern früh nahm ich die erste Maschine zurück, um rechtzeitig bei Sarah zu sein." „Und dazwischen?" Jetzt reicht es aber bald; der denkt echt, ich hätte .... Schwachkopf! Soll sich lieber darum kümmern, dass ich Sarah am Krankenbett besuchen kann.

„Abendessen mit Albert Melano und Norah Dexter, meinen Lektoren. Zudem Inhaber von Arnes & Nobles, wenn Sie´s genau wissen wollen. Den gesamten Donnerstag Romanbesprechung und am Schluss Präsentation im Verlag. Wollen Sie auch noch ...."

„Halt, nicht so rasch." Ken kam nicht schnell genug mit dem Schreiben mit. „Wie heißt der Verlag?" Francis schnaufte und wiederholte dessen Namen.

„Haben Sie´s endlich? Im Bett war ich dann gegen halb zwei und, Ihrer nächsten Frage vorgreifend, zu müde, um noch Sex mit dem Zimmermädchen zu haben, weswegen ich für diese nächtlichen Stunden leider kein Alibi habe." Sein Ärger wandelte sich bei diesen Worten in Ironie um. Er lachte.

Ken fand das jedoch nicht lustig und gab ihm gleich Contra. „Das Ganze glaube ich Ihnen nicht. Wie kommt es nämlich, dass Sie, bevor Frau Gregorius gefunden wurde, noch mit ihr Wein tranken?"

Francis riss die Augen auf. „Was soll ich gemacht haben?" „Die beiden Gläser waren innen noch feucht; also wurde nicht lange zuvor aus ihnen getrunken. Von Ihnen und Ihrem armen Opfer."

Er blickte ihm scharf in die Augen. „Nun sagen Sie doch endlich die Wahrheit, Mister Spring! Das mit Ihrem vermeintlichen Aufenthalt in Wellington stellt sich ja doch bald als Lüge heraus, wenn wir es überprüfen." Er wollte ihn provozieren und unsicher machen.

Ich hör wohl nicht recht! Francis konnte es nicht fassen. Ich soll Wein mit Sarah getrunken .... Er stutzte. Wein? Nein - aber Sekt. „Sekt hatten wir beide. Danach. Sarah hatte ihn aus dem Kühlschrank geholt." Diese Erfrischung brauchten wir wahrlich, dachte er für den Bruchteil einer Sekunde und spürte ein Kribbeln in seinem Bauch.

„Unfug! Ich habe die klare Aussage, dass es sich bei dem Flüssigkeitsrest um Wein handelte." Aber halt! War ihm beim Lesen des Protokolls nicht etwas aufgefallen? Wein aus Sektgläsern? Ungewöhnlich! Ihm kam ein Verdacht.

„Einen Moment!" Er stieg aus, griff zum Handy und tippte Pauls Nummer ein, während er sich einige Wagenlängen entfernte. „Gordon bitte! Es eilt!" Er wartete. „Ja?" „Hey Paul, ich bin´s. Sag, habt ihr in der Sache Gregorius schon die Analyse der Flüssigkeit in den Sektgläsern?" „Noch nicht. Wochenende, weißt ja! Warum?"

„Erstens - ich muss wissen, ob in dem Wein, den du gerochen hast, auch Spuren von Sekt war. Zweitens - geht in die Wohnung und sucht nach einer angebrochenen oder leeren Sektflasche. Drittens - ist die Weinflasche mittlerweile gefunden?"

Die Antworten kamen im selben Stil zurück. „Erstens - das kläre ich mit dem Labor. Zweitens - ich schicke Jane hin; die habe ich zum Samstagdienst verdonnert. Drittens - nein." „Nein? Sehr merkwürdig. Sind auch die Abfallbehälter vor dem Haus kontrolliert?" „Sie sind!"

„Danke! Bin in etwa einer Stunde im Büro." „Mittagessen?" Er blies Luft durch die zusammen gepressten Lippen. „Kaum! Hab noch so viel aufzuarbeiten. Bis dann!" Er beendete das Gespräch.

Zurück im Wagen wechselte er das Thema. Er musste mehr über diesen Mr. Spring und seine Freundin herausfinden. Irgendwie glaube ich ihm; sympathisch ist er schon. Was er sagt, klingt authentisch. Aber so einfach auf mein Gefühl hören, darf ich als Profi nicht.

„Wie haben Sie Frau Gregorius kennengelernt, Francis?", fragte er ihn mit bewusst freundlicher Stimme und beim Vornamen.

Plötzlich so vertraut? Das machte den erfahrenen Ex-Anwalt stutzig. „Nun, auf dem Tennisplatz; schon vor Monaten. Richtig aber eigentlich erst durch ihre Freundin. Auch eine Deutsche. War zu Besuch bei ihr." „Mit richtig meinen Sie ..." - er machte eine anzügliche Handbewegung - „... das da?"

Francis ärgerte sich über diese Bemerkung, ging aber darüber hinweg. „Lisa, also diese Freundin, merkte rasch, wie sehr ich mich in Sarah verliebt hatte; da gab sie mir den Wink, dass meine Chancen bei ihr derzeit gut wären. Also habe ich ...."

„Was bedeutet gute Chancen?" „Mit ihrem Mann läuft es wohl derzeit nicht besonders gut." Der Inspector wurde aufmerksam. Aha - lässt sich Mr. Gregorius deshalb nicht blicken? Paul hatte der Nachbarin auferlegt, sich sofort zu melden, wenn der auftaucht. Aber bislang kam nichts von ihr; nun, vielleicht bei ihrer Vernehmung.

„Wir wundern uns schon, wo sich ihr Ehemann aufhält. Haben Sie eine Ahnung?" Francis abruptes Kopfschütteln gab ihm die Antwort. „Ich kenne ihn nicht einmal."

Barnebby gab sich damit nicht zufrieden. Hatte ihr Mann etwas mit dem Überfall zu tun? Gab es da vielleicht sogar ein Motiv? „Sie erwähnten eine Lisa. Kann sie uns mehr über diese Ehe berichten?" „Ganz sicher sogar!"

Mit einem Mal kam ihm ein schrecklicher Gedanke; einer, der ihn wütend machte. Hatte ihr der Ehemann das angetan?

„Aber leider nur theoretisch", gab er zur Antwort „Wie - theoretisch?" „Praktisch deshalb nicht, weil sie wieder in Deutschland ist. In München."

Mist! Na egal, Mrs. Lipton gab ja an, sie habe diese Kerle aus dem Paremoremo aus dem Haus laufen sehen. Sicher haben sie die Herausgabe des Wagens erpresst; und des Geldes; mit dem Elektroschocker; und dem Kissen. Schweine! Die arme Frau.

„Meinen Sie, der Ehemann könnte etwas damit zu tun haben?", fragte Francis aufgeregt. „Das Schwein bring ich auf der Stelle um!" „Nun aber mal halblang. Ich fragte nur nach seinem Aufenthaltsort, um alle denkbaren Möglichkeiten prüfen zu können."

Francis besann sich - aber nur oberflächlich. Sein Zorn auf denjenigen, der Sarah das angetan hatte, ließ sich ganz gewiss nicht so einfach zähmen. „Sorry - es ist nur ..., ich liebe Sarah so sehr. Ich kann es einfach nicht ertragen, sie am Ende eines solchen Dreckskerls wegen wieder zu verlieren. Immerhin liegt sie im Koma; das ist ...."

230

Er öffnete seine Fäuste wieder, zu denen sich seine Hände geballt hatten, und atmete durch. Der Inspector sah ihm nach, was er gesagt hatte; schließlich brauchte er Informationen von ihm. Irgendwie ließ ihn dieser Ehemann nun aber selbst nicht los.

„Diese Freundin aus München - können Sie dazu Angaben machen? Nachnamen und Adresse." Francis runzelte die Stirn. „Lisa ..., Lisa Stone ..., nein, nein, so ähnlich." Angestrengt kniff er die Augenlider zusammen. „Stein. Ja! Stein. Aber die Adresse - keine Ahnung. Ich weiß nur, dass sie Apothekerin ist."

Das ist doch schon was; damit finden wir sie. Mit einem einfachen „Danke!" beendete er das Thema.

„Okay, Mister Spring, ihr Alibi werden wir überprüfen. Ihre Adresse haben wir ja." Er überlegte; sollte er ihn auffordern, die Stadt nicht zu verlassen? Sein Kopf bewegte sich leicht hin und her. Eigentlich glaubte er ihm. „Also dann, noch einen schönen Tag. Ich muss los."

Francis spürte Erleichterung. Dennoch - es gab da noch etwas, was ihn drückte. „Sagen Sie, können Sie nicht dafür sorgen, dass ich Sarah besuchen kann, Sir?" Sein Tonfall war eine Mischung aus Hilflosigkeit und Forderung; es lag sogar ein devotes Flehen in seiner Stimme.

Armer Kerl! Tust mir richtig leid. Aber ..., nun, vielleicht sollte ich mit Susan reden. „Puh - das liegt echt nicht in meiner Macht. Aber ...." „Ja?" „Ich spreche die Ärztin darauf an. Eventuell macht sie eine Ausnahme. Versprechen kann ich jedoch nichts. So - jetzt muss ich aber wirklich."

Er startete den Wagen; Francis öffnete die Seitentür, stieg aus und schlug sie zu. Schon sauste Barnebby davon.

Wenn du Scheißkerl von Ehemann meine Sarah umgebracht hast, bist du ein toter Mann! Diese Drohung begleitete ihn zurück in die Klinik; er musste noch einmal versuchen, an Sarahs Bett zu gelangen.

Kapitel 20

„Stein." „Hello! Bin ich mit der Apothekerin Lisa Stein aus München verbunden?" „Ja. Mit wem spreche ich?" „Sind Sie mit einer gewissen Sarah Gregorius bekannt?" „Ebenfalls ja. Aber wer will das wissen?" Und wieso spricht dieser Mann im typischen Kiwi-Englisch mit mir? Der ruft doch aus .... Sie spürte, wie sich ein unangenehmes Gefühl in ihr ausbreitete.

„Mein Name ist Barnebby. Chiefinspector Ken Barnebby vom Polizeirevier Remnera Road, Auckland, Neuseeland." Jenes komische Gefühl schlug in Beklemmung um. Sarah! Polizei!

Lisa hörte ein lautes Gähnen. „Oh, sorry; bei uns ist es schon nach elf."

Eigentlich hätte er schon lange Feierabend. Sonntags arbeitete er normalerweise überhaupt nicht; und so spät abends sowieso nicht. Aber der Fall Gregorius gewann von Stunde zu Stunde an Bedeutung; die Staatsanwaltschaft machte schon Druck.

Adolph Trump, der neue Chief public prosecutor, vor dem alle Angst haben, nervte ihn schon heute Morgen am Telefon. Strotzt vor Ehrgeiz; will bei der nächsten Wahl Mayor werden. Pah, der und Bürgermeister von Auckland. Dass ich nicht lache!

Irgendwie hatten die Medien von der Sache Wind bekommen. ´Ausbrecher überfallen Deutsche. Intensivstation! Polizei ahnungslos` - so las er heute Morgen die fetten Schlagzeilen fast aller Sonntagsblätter. Bei dem alten Percy. Am Kiosk um die Ecke. Der freute sich natürlich über die Schlagzeilen. ´Endlich reißen die Leute mir wieder die Zeitungen aus der Hand`, hatte er zufrieden gemeint.

Ewig hatte es gedauert, bis er endlich ihre Telefonnummer herausbekommen hatte. Kein Wunder - es war Sonntag und nach Deutscher Zeit jetzt erst 11:00 Uhr morgens. Erneut entglitt ihm ein Gähnen, bevor er fortfuhr.

„Ich muss mich zunächst dafür entschuldigen, dass ich Sie am heiligen Sonntag mit meinem Anruf behellige. Aber es ist für uns äußerst wichtig, mit Ihnen zu sprechen.“

Muss er mir den Zeitunterschied erklären, dachte sie ungeduldig? Soll doch besser zur Sache kommen! „Will jetzt aber endlich wissen, worum es geht!“

Sofort nahm die Stimme am anderen Ende der Verbindung einen sachlichen Ton an. „Frau Gregorius wurde in ihrer Wohnung überfallen und liegt nun schwer verletzt im Krankenhaus.“ Bevor Lisa den Sinn seiner Worte richtig begriff, merkte sie, wie ihr Gesicht blass und ihre Hände zittrig wurden.

„Sarah - Überfall - verletzt.“ Mehr kam nicht, so erschrocken war sie. Doch dann fing sie sich. Gott sei Dank lebt sie! Sonst wäre alles .... „Das war Robert, dieses Schwein!“ „Robert? Sie meinen ihren Ehemann?“ „Pah! Ehemann; besser Ehebrecher. Hoffentlich schon verhaftet, ja?“

„Frau Stein, weshalb beschuldigen Sie ihn so schwer?“ „Weil er ....“ Ihr blieben fast die Worte im Hals stecken, so aufgebracht war sie. „Weil er .... Vielfache Millionärin ist sie. Ihr Geld will der Schuft? Hat eine Geliebte. Ein Kind kriegt sie von ....“ „Halt! Langsam, da komme ich nicht ganz mit. Sie ist reich? Das sieht man ihrer Wohnung aber gar nicht an!“ „Sind beide gerade erst aus München geflüchtet. Wollte nicht wirklich da hin. Nur seinetwegen - oder, weil sie so blöd ist.“

„Geflüchtet?“ Barnebbys Mund öffnete sich vor Staunen. „Wovon reden Sie da?“ Lisa rollte die Augen. Weiß ja gar nichts! „Hören Sie! Mein Mann ist Anwalt. Von ihm weiß ich über die Sauerei mit der Pharmafirma Bescheid. Na, eigentlich Roberts Schweinerei. Ist für die Toten verantwortlich. Das Auslieferungsgesuch habt ihr doch, oder?“

Der Inspector begriff kein einziges Wort von dem, was sich da vor ihm auftat. Auslieferung? Pharmafirma? Ehebrecher? Geliebte? Kind? Hinter ihrem Geld her? Das klingt ja nach einem eindeutigen Motiv. Hat er sich aus diesem Grund noch nicht bei uns gemeldet? Wegen einer Vermisstenanzeige.

„Ich muss zugeben, dass mich ihre Angaben .... Nun ja, davon hatten wir bislang keine Kenntnis. Allerdings halten wir zwei Gefängnisausbrecher für die Täter. Die Fahndung läuft. Nur - ....“

Er überlegte. „Sagen Sie! Kennen Sie den Namen jener anderen Frau?“ Er griff zu seinem Schreibblock und dem Kuli. „Und deren Adresse.“

„Und ob! Yvonne de Clerk. Gewiefte Schlampe. Hochgeschlafen. Wohnt bei ihr; monatelang schon. Voll aus dem Häuschen, als ich´s ihr erzählte. Endlich kapiert, die dumme Sarah. Predige seit Jahren, lass dich scheiden.“ Sie schnappte nach Luft.“ Ihre Sätze wurden noch knapper und abgehackter als sonst.

Aber jetzt das! Eine schreckliche Konsequenz tauchte klar und deutlich vor ihrem inneren Auge auf; wenn sie stirbt, erbt er alles. Oder? Als ihr Mörder? Weiß nicht. Wenn doch, dann .... Oh nein! Muss gleich Alex fragen, wenn er aus der Kanzlei kommt.

Ihre aufgeregten Gedanken wurden abgelenkt. Alex! Die Erkenntnis, dass er schon vor neun dorthin fuhr, machte sie traurig. Heute. Es war nicht nur Sonntag. Nein, auch ihr Hochzeitstag. Doch daran gedacht hatte er nicht. Ach Alex, ist unsere Ehe tatsächlich schon so weit? Für dich gibt`s nur noch die Kanzlei. Eine innere, sie ermahnende Stimme ließ sie aufhorchen: Bist du nicht selbst schuld daran?

Davon wollte sie nichts wissen. Sofort richtete sie ihr Denken auf den Mann, der wohl ihre Zukunft sein würde. Dieter. Alex kann dann gerne Tag und Nacht im Büro arbeiten.

Barnebbys „Und ihre Adresse?" unterbrach ihr Sinnieren. Sie schüttelte den Kopf. „Hab damals nicht darauf geachtet. War so aufgebracht. Ohne Navi hätte ich überhaupt nicht mehr nach Hause gefunden." „Nach Hause?" „Zu Monicas Haus, meine ich." „Welche Monica? Da wohnten sie?"

„Die Vermieterin. Also, nein. Natürlich bei Sarah. Aber nicht in ihrer Wohnung. Wollte Robert partout nicht. Hat mir dann ihr Gästezimmer angeboten." „Frau Gregorius?" Mann, bist du schwer von Begriff. „Nein! Mrs. Lipton natürlich. Ihr gehört doch das Haus."

Er begriff. „Monica Lipton also?" Endlich! „Genau! Ist `ne total Liebe. Super verstanden mit ihr. Hat nen tollen Garten. Auch nen Haufen endemischer Pflanzen. Sogar giftige, die in meinem Herbarium fehlten.

Die Coriaria arborea zum Beispiel. Hab sie mir aber mitgebracht." Die Augen der leidenschaftlichen Apothekerin funkelten.

Ken hörte jedoch nicht wirklich zu. Seine Aufmerksamkeit scheiterte an der ihn in Beschlag nehmenden Frage, wie er diesen Ehemann finden könnte. Keine Adresse dieser Frau. Ihm kam ein Hoffnungsschimmer.

„Klingt ja eher Holländisch oder so. Sie ist keine Neuseeländerin? Oder? Wissen Sie das?" „Wer?" „Diese Yvonne de Clerk." „Keine Ahnung! Weiß nur, dass sie seine Sekretärin war. In München. Hochgeschlafen, das Flittchen. Sagte ich schon. Kam dann heimlich mit ihm nach Auckland."

„Heimlich?" „Ja. Hat seiner Frau die Lüge aufgetischt, die Sache mit der sei zu Ende. Nur eine unbedeutende Affäre. Hat sie belogen und diese ..." - sie enthielt sich nur mit Mühe, den abfälligen Ausdruck erneut zu benutzen, der ihr auf der Zunge lag - „... heimlich mitgebracht. Aber warum wollen Sie das mit der Nationalität wissen? Spielt doch keine Rolle, oder?"

„Oh doch! Wir in Neuseeland führen keine Einwohnerlisten, so wie in Deutschland. Nur ein Wählerverzeichnis. Darüber können wir Leute finden. Aber nur, wenn sie Inländer sind; oder permanent residents, also solche, die hier ein Daueraufenthaltsrecht haben."

„Aha, kapiere. Und über´s Telefonbuch?" „Wenn der Anschlussinhaber dort registriert ist. Oder eben, wenn die gesuchte Person hier Hauseigentümer ist." „Soso. Ganz schön schwierig bei euch." „Ja. Nun gut. Dann danke ich Ihnen für Ihre Auskünfte, Frau Stein."

Sie schmunzelte. Wie komisch sein ´Frau` auf Englisch klingt. Will wohl höflich sein; oder zeigen, dass er es aussprechen kann. Nett eigentlich!

„Haben Sie noch einen schönen Sonntag. Meiner ist nun schon fast vorbei und ich muss nun dringend ins Bett.“

Schon wollte er auflegen, da fiel ihm noch etwas ein. „Stop! Darf ich Sie anrufen, wenn ich noch weitere Fragen habe?“ „Aber ja doch! Will, dass Sie diesen Scheißkerl kriegen. Glaub nicht an Ihre Theorie.“ „Welche?“ „Die mit den entflohenen Ausbrechern.“

Sie überlegte. Gab es eine bessere Gelegenheit, Robert aus dem Verkehr zu ziehen? Nein! Die Polizei musste sich mehr um ihn als Täter kümmern.

„Er war´s. Sicher! Liegt doch auf der Hand. Bei dem Motiv. Schnappen Sie ihn sich. Ein strenges Kreuzverhör oder so. Wird dann schon gestehen. Tun Sie das! Hören Sie, Mister?!“

„Denke nicht! Die Vermieterin hat die beiden Kerle vor dem Haus beobachtet. Dennoch ziehen wir natürlich auch diese andere Möglichkeit in Betracht.“

„In welchem Krankenhaus liegt Sarah eigentlich?“, murrte sie unzufrieden. Rasch notierte sie Adresse und Telefonnummer. „Komme vielleicht `rübergeflogen. Sofern ich hier weg kann; eröffne gerade eine neue Apotheke. Also dann, gute Nacht. Und buchten Sie Robert gefälligst ein!“

Hey, dachte er mit einem Anflug von Ärger, sag mir nicht, wie ich meinen Job zu machen habe. Mit seinem schlichten „Bye bye!“ beendete er das Telefonat.

Kapitel 21

„Und? Was wollten die von dir?" Yvonne zog an ihrer Zigarette, blies den Rauch durch Mund und Nase und nahm gleich darauf einen noch größeren Zug. „Verflixt, du sollst doch nicht ...."

„Das ist mir jetzt gerade mal scheißegal! Du glaubst ja nicht, was mich das vorhin Nerven gekostet hat. Zwei Stunden haben die mich ausgefragt. Ob ich einen Robert Gregorius kenne. Ob ich noch Kontakt zu ihm habe. Warum ich vor fünf Jahren nach Holland ging. Wieso ich nun wieder in mein Haus in der Seafield Road gezogen bin. Weshalb ich ...."

Monica schnaufte laut. „Nun halt mal die Luft an und sag mir lieber zuerst, was du geantwortet hast, Schwesterchen!" „Na, was wohl. Dass ich in derselben Firma in München wie Robby war, haben sie mir gleich auf den Kopf zugesagt. Stell dir vor, die wussten sogar, dass ich seine Assistentin war."

„Und sonst?" „Dass er bei mir wohnt, erwähnte ich natürlich nicht. Weil die mir am Anfang sagten, worum es bei der Befragung geht und dass ich nur als Zeugin ...."

„Worum denn? Um Sarah?", unterbrach sie Yvonne ungeduldig. „Gar nicht! Hab ich ja auch erst gedacht. Drum war ich ja so nervös. Aber nein! Um ein strafrechtlich relevantes Vergehen eines gewissen Robert Gregorius in Deutschland gehe es" - sie ahmte dabei die strenge Stimme des Mannes nach, der das Verhör führte.

„Geredet hat immer nur der Größere von beiden; der andere hat mitgeschrieben; obwohl das Mikro an war. Waren ganz fein angezogen; so mit dunklem Anzug und Krawatte." „Waren das keine normalen Bullen?" Monica runzelte die Stirn.

„Nö. Haben sich als Ministerialbeamte, Abteilung Auslandsvergehen vorgestellt. Aber von wegen fein; der Große ist ein echtes Ekelpaket. Hat andauernd in meinen Ausschnitt und auf den dicken Bauch geglotzt und mich später tatsächlich abfällig gefragt, ob ich denn überhaupt den Vater kenne. So ein Arsch!"

„Hast es ihm aber nicht verraten." „Natürlich nicht. Ich wollte nicht reingezogen werden; hab ihnen auch gesagt, dass ich eigentlich gar nichts weiß. Später war ich auch verdammt froh, die Klappe gehalten zu haben."

„So?" „Weil die ..." - Yvonne wurde vor Aufregung laut - „... sogar wissen, warum die Münchner Staatsanwaltschaft ihn haben will. Am Ende halten die mich noch für seine Komplizin, die sich von ihm schwängern ließ."

Yvonne rutschte nervös auf ihrem Stuhl hin und her. Nun ja, lag es ihrer Schwester bitter auf der Zunge, ist ja auch so. Das Ganze gefiel ihr gar nicht!

Sie biss sich auf die Zunge. „Das heißt, das, was dir dein Ex-Lover in der Firma gesteckt hat, stimmt tatsächlich." Yvonne überging das mit dem Ex-Lover. „Das mit dem Auslieferungsgesuch? Ja!"

Es wird also ernst! So ein Mist, ärgerte sich Monica, dass dieser Schlappschwanz von Robert es nicht geschafft hat, an ihr Geld zu kommen. „Hätten wir ihre

Kohle, wäre es jetzt an der Zeit, Neuseeland schleunigst zu verlassen."

Yvonne machte ein besorgtes Gesicht, während sie sich über ihren Bauch strich. Bald wird es schwierig werden zu fliehen; mit dem Säugling im Arm nach Panama oder wohin auch immer. In aller Eile. Oh weh!

„Ja, das Geld täte uns jetzt gut! Meinst du, sie überlebt?" „In der Zeitung steht wenigstens noch nichts." „Hoffen wir mal, dass es rasch geht; dann erbt mein Robby wenigstens alles." „Muss aber sehr bald passieren. Wenn sie ihn erst mal geschnappt haben, kommst du am Ende nicht mehr in den Genuss seines neuen Vermögens."

Yvonne schaute sie irritiert an. „Aber ich heirate ihn doch gleich nach ihrem Tod." „Dummerchen! Wie willst du das denn anstellen, wenn er in Deutschland gesiebte Luft atmet?!"

Ihre Schwester legte die Hand auf die Wange. „Aber .... Aber was machen wir dann bloß. Monica! Du musst dir was einfallen lassen. Bitte!"

Monica wusste sehr wohl, was zu tun war! „Wenn er nachher wieder zu Hause ist, wirst du ihm klarmachen, dass er sich irgendwo verstecken muss. Nicht hier bei dir. Das Haus werden sie vielleicht beobachten." „Glaub ich nicht. Denen ging es doch gar nicht um Sarah. Sonst hätten die doch auch von dem Überfall gesprochen."

„Hm - stimmt eigentlich; aber wer weiß, wann die den Fall Sarah G. bearbeitenden Polizisten von den Ministeriumstypen einen Hinweis auf deren Ermittlungen bekommen? Wenn die erst mal den Zusammenhang erkennen, ...“ Yvonne machte ein entsetzt aussehendes Gesicht.

„Weißt du denn, ob sie dir abgenommen haben, dass du Robby nicht mehr siehst?“ „Ich hab ihnen erzählt, dass ich meinen Job gekündigt und wieder ins Elternhaus nach Auckland gezogen bin. Als sie nach dem Grund fragten, behauptete ich einfach, mein Chef hätte sich an mich rangemacht.“ „Und - haben sie´s geglaubt?“ „Ich hoffe.“

Monica runzelte die Stirn. „Einerlei! Jedenfalls läuft uns die Zeit davon.“ Sie tippte mit dem Zeigefinger gegen ihre Unterlippe. „Man müsste irgendwie in ihr Krankenzimmer kommen.“ Yvonne erschrak. „Nein!“ „Oh doch! Je schneller, desto besser. Du siehst doch selbst, dass es knapp wird, jetzt, da sie ihn wegen München schon suchen.“

Yvonne schaute sie fassungslos an; sie war sich sehr wohl im Klaren darüber, was ihre Schwester damit meinte.

„Aber das können wir doch nicht .... Nein!“ Sie zögerte. „Wie könnte das überhaupt gehen?“ Monica schaute an ihr vorbei. Mir wird schon etwas einfallen. Sie darf nicht überleben!

Etwas ließ Monica keine Ruhe. „Sag, hat dieser ..., äh, wie heißt dieser Kerl?“ „Du meinst diesen Lüstling? Wayne, glaube ich. Ist ja auch egal.“ „Hat der wirklich überhaupt nicht nach Roberts Frau gefragt?“ „Mit keinem Wort. Dem ging´s echt nur um die Sache in Deutschland. Er wusste darüber ziemlich gut Bescheid. Hat immer in seiner Akte gelesen. Aber kein Ton vom Überfall auf sie.“ Komisch schon, wunderte sie sich.

„Gut! Dann wissen die im Ministerium tatsächlich noch nichts davon." Monica griff nach dem Arm ihrer Schwester und drückte ihn. „Bei all dem muss dir eines klar sein." „Au! Das tut weh. Was denn?" „Wenn es hart auf hart kommt und doch alles rauskommt, lasse ich Robert über die Klinge springen."

Ungläubig schaute sie ihre Schwester an. „Bist du jetzt total übergeschnappt?"

„Ganz im Gegenteil, Herzchen. Ganz egal, was noch passiert und wie alles ausgeht, gilt das Eine: Wir beide halten zusammen; wie Pech und Schwefel. Zur Not retten wir unseren Hals, indem wir ihm alles anhängen. Kapiert?!"

Yvonne machte einen Schritt zurück. „Aber das kannst du doch nicht von mir verlangen." „Und ob! Oder willst du, dass dein Kind seine Mutter im Knast besucht? Nein, nein! Das wird nicht geschehen! Er hat dich in den ganzen Schlamassel reingeritten. Dann muss er auch die Konsequenzen tragen."

„Aber ...." „Nix aber. Er oder du und dein Kind." Und ich selbst, dachte sie weiter und war fest entschlossen, diesen Schwächling zu opfern. Reiche Männer, hätte sie am liebsten hinzugefügt, gibt es genug auf der Welt. Besonders solche, die sich so eine schöne Frau, wie du eine bist, wünschen. Ich werde mich um dich kümmern; hab´s Mutter versprochen. Selbst wenn ich dafür in der Hölle schmore.

„Und noch etwas, Yvonne." „Was denn noch?" Ihr verärgerter Blick sprach Bände. „Wir beide dürfen uns ab jetzt nicht mehr gegenseitig besuchen." „Was ist das wieder für ein Unsinn? Wozu soll das gut sein?"

„Keiner von denen weiß bislang, dass wir Schwestern sind; dieser Zusammenhang sollte besser nicht herauskommen." „Na klar! Der Ministerialfuzzi weiß es offensichtlich nicht."

„Der ist aber unser geringstes Problem." „Du meinst die Polizei?" Monica nickte. „Richtig! Die sucht ja immerhin nach dem Täter." „Oder den Tätern. Schließlich sind es zwei Ausbrecher. Was sollen sie dann von uns wollen?" Monica atmete tief durch; Kleine, wieso nur bist du manchmal so einfältig?

„Was, wenn sie in eine ganz andere Richtung ermitteln. Leicht dürfen wir es ihnen also gewiss nicht machen." „Hast Recht, meine kluge Schwester! Wenn ich dich nicht hätte!" Monica verkniff sich ein Lächeln; die Sache war viel zu ernst.

„Der Weg von Robby zu dir und dann zu mir ist nicht so verzweigt, wie wir uns das wünschen würden. Geht die Polizei den, weil wir einen Fehler machen, denkt sie rasch in unsere Richtung und beginnt zu stochern. Gar nicht gut!"

„Was aber, wenn es doch passiert?", sorgte sich Yvonne. „Dann ... werden ... wir ... beide ... völlig ... erschüttert ... darüber ... sein" - sie zog die Worte in die Länge - „dass dieser böse Ehemann so etwas Schlimmes tun konnte. Verstanden?!"

Kapitel 22

„So Leute, aufgepasst! Für drei ist wegen der Deutschen die Pressekonferenz angesetzt. Es gibt verdammt wichtige Neuigkeiten dazu. Mittlerweile hat sich sogar der Botschafter aus der Hauptstadt eingeschaltet, hörte ich. Und wer bei uns von oben ganz viel Druck macht, könnt ihr euch ja vorstellen."

Ein Raunen ging durch Barnebbys Büro. Allein Jane hatte den Schneid, den Namen laut auszusprechen. „Adolph Trump?" Ken nickte und hob an, weiterzureden. Im selben Moment ging die Türe auf. „Ah, schaut her! Nicholas und seine liebe Anne geben sich auch die Ehre." „Sorry Sir. Wir mussten noch ...." „Was ihr musstet, können wir uns durchaus bildlich vorstellen."

Bob Miller hörte breit grinsend zu; wie gern wäre er an Sparkys Stelle; sie hatte ihn aber entschlossen abblitzen lassen. Blöde Kuh, dachte er, noch immer in seiner Männerehre gekränkt.

„Unser junges Pärchen. Missis Anne Summer und Mister Nicholas Sparky. Hört zu, ihr beiden! Euer Privatleben gehört nicht in den Dienst, kapiert?! Wenn ich sage, zehn Uhr, dann heißt das, nicht nach zehn Uhr. Verstanden?!" „Ja, Sir. Wird nicht mehr vorkommen." Sie gingen zu den freien Stühlen am Fenster und setzten sich.

Kevin murmelte: „Warum kann er auch nie pünktlich sein, der Idiot?" Der neben ihm sitzende Joe gab ihm flüsternd Recht. „Wo er doch genau weiß, dass der Alte ihn auf dem Kieker hat." „Zum Glück kommt der erst um halb. Der hätte ihm gleich wieder einen schriftlichen Verweis verpasst." „Gordon ist ja auch ein Arsch!", gab sein Kollege noch leiser zurück. Doch Jane hörte es und schmunzelte. „Und was für einer! Der frustrierte Frauenhasser."

„So, hört das Getuschel endlich auf? Ich würde gerne anfangen." Sofort verstummte ihre heimliche Unterhaltung. „Okay, was haben wir bis jetzt? Jane!"

„Das Opfer liegt noch immer im künstlichen Koma. Die Ärztin konnte mir heute Morgen nicht sagen, wie lange noch. Dringend tatverdächtig sind die beiden Ausbrecher, weil die Vermieterin des Opfers sie gesehen hat. Ich habe sie am Samstag noch einmal danach befragt. Die seien, bestätigte sie nochmals, wohl mit Mrs. Gregorius Wagen geflüchtet. Soweit das dazu. Dann ist da noch ...."

„Was ist eigentlich mit dem Ehemann? Hat der sich schon gemeldet?", rief Kevin dazwischen. „Richtig, Einstein. Ein Ehemann, der nach dem Überfall auf seine Frau nicht auftaucht. Sehr dubios!", gab Nicholas ihm Recht. „Lasst Jane gefälligst ausreden, ja!" „Danke, Sir. Also - dann ist da noch dieser Ehemann, wie Einstein richtig bemerkt; ein gewisser Robert Gregorius. Mrs. Lipton hat mir ...."

„Wer ist Mrs. Lipton?", unterbrach Nicholas sie. „Kannst du keine Aktennotizen lesen, he? Davon spreche ich doch gerade! Sie ist die Vermieterin", gab sie vorwurfsvoll zurück. „Also, sie gab weiter an, er sei nicht oft zu Hause; viel geschäftlich unterwegs. Wo er sich gerade aufhält, wusste sie nicht zu sagen."

Barnebby schaltete sich dazu ein. „Na, dann sperrt mal alle hübsch die Ohren auf. Heute früh um sechs holte mich Mr. Trumps Anruf aus dem Bett." Um sechs, dachte Jane; dieser karrieregeile Workaholic; das muss ich heute Abend Dennis erzählen.

„Der unterhielt sich gestern Abend beim sonntäglichen Rotary-Treffen mit einem von ganz da oben im Ministerium. Der erzählte ihm von einem neuen Fall, den sie mit den deutschen Behörden haben; dabei machte er sich über den in seinen Ohren komisch klingenden Namen ´Gregorius` lustig. Da hat unser zukünftiger Mayor ....“

„Der und Bürgermeister - hoffentlich nicht, sonst dreht der noch mehr auf“, meinte Jane halblaut. Der Chief schaute sie halb zustimmend, halb verärgert über die erneute Unterbrechung an, rügte sie aber nicht. „Mr. Trump reagierte sofort und hakte nach. Es geht denen um Mrs. Gregorius Ehemann.“

Sofort setzte sich Kevin kerzengerade und schaute seinen Chef gespannt an. „Warum gegen den?“ „Genau! Wieso ermitteln die gegen den Ehemann unseres Opfers, ohne uns was zu sagen?“, ärgerte sich Jane in derselben Sekunde. „Wieder typisch!“, schimpfte Joe. „Da weiß die eine Hand nicht, was die andere ....“

„Stimmt schon!“, fiel Barnebby ihm ins Wort. „Aber die suchen ihn nur wegen eines Auslieferungsverfahrens.“ „Ach so?“ „Dann wissen die also, wo er steckt?“ „Nein, Nicholas. Die Befragung einer Neuseeländerin, die lange in Deutschland lebte und ihn von dort kennt, hatte laut Trump insoweit keinen Erfolg.“

„Name?“, hakte Kevin in seiner gewohnt kurzen Art ein. Barnebby grinste breit und schlug zu Kevins Erstaunen die vor ihm liegende Akte zu. „Wie? Wollen Sie nicht nachlesen?“

„Nein!" „Wieso?" „Weil ich das schon weiß. Ohne Trump und Co. Da brauch ich keinen Blick in die Akte zu werfen." „Wie das?" „Erzähl ich euch in ein paar Minuten. Bin stolz, mal früher als die Schlauberger da oben mit ihren besseren Beziehungen was herausgekriegt zu haben."

„Und - wie heißt die Frau jetzt?" Ungeduld lag in Kevins Stimme. „Yvonne de Clerk. Laut Mr. Trump war sie früher seine Sekretärin in einer deutschen Pharmafirma. Da muss eine große Sauerei passiert sein; mit Toten. Das wusste ich aber auch schon, bevor er mich heute früh aus dem Bett holte."

„Dann sind wir an einer noch weit größeren Sache als an einem Überfall dran", staunte Jane. Der Chief winkte ab. „Nicht wir; die vom Außenministerium. Leider! Unsere eigene Erfolgsstatistik müsste nämlich dringend aufgebessert werden; aber jetzt mischen die sich ein und schnappen uns am Ende noch unseren Fall weg. Doch nur dann, wenn die den Zusammenhang mit dem Überfall erkennen. Es gibt also noch Hoffnung für uns!"

Joe stöhnte. „Gut! Was können wir schließlich dafür, wenn die Aufklärungsrate so beschissen ist? Wir sind einfach viel zu wenig Männer." „Und Frauen, bitteschön!", wand Jane sofort ein. „Oben wird das Geld zum Fenster rausgeschmissen, und da, wo es wichtig wäre, wird der Hahn zugedreht. Ist doch wahr!"

„Stimmt! Den alten Kooti haben sie ebenso wenig ersetzt wie den armen Chinesen." „Schweine!", schimpfte Nicholas. „Ihn einfach strafversetzen; auch noch nach Wanaka; wo Hopsing doch den kalten Süden gar nicht abkann."

248

„Nenn ihn doch nicht immer Hopsing; nur, weil er so einen langen Zopf hat wie Ben Cartwrights Koch", ermahnte Jane ihn wohl zum hundertsten Mal, musste dabei aber selbst grinsen.

„Der hätte mit diesem Reporter besser nicht über die Zustände bei uns geredet", gab er zurück. „Cheng hat das richtig gemacht! Sonst macht ja keiner den Mund auf. Er konnte nicht ahnen, dass dieser Schmierfink daraufhin in der Zeitung so ein Riesenfass aufmacht?", nahm sie dessen Tun in Schutz.

„Okay! Sei es, wie es ist", versuchte Barnebby Ruhe in seine Mannschaft zu bringen. „Hört zu! Das Eine ist klar. Wegen der Auslieferungssache werden die Blackies uns den Fall nicht streitig machen." So nannte er die aus den Ministerien gerne abfällig, weil sie stets in schwarzen Anzügen rumliefen.

Bob nickte. „Sicher nicht!" „Wir müssen", fuhr Ken fort, „aber schneller sein. Gute Chancen haben wir; was die nämlich nicht wissen, ist das, was ich gestern Nacht rausgefunden habe."

Er machte eine Pause. Neugierde zeichnete sich auf den Gesichtern der anderen ab. „Kommt jetzt das, was Sie uns eben noch nicht sagen wollten, Sir?" „Sagen Sie schon, Chief!" „Bin gespannt, Mister Barnebby!" Jeder von den Fragenden sah ihn erwartungsvoll an.

„Die kennen die tatsächliche Verbindungen zwischen der Neuseeländerin und dem gesuchten Gregorius nicht. Passt mal auf! Der hat eine Geliebte. Wollt ihr wissen, wer das ist?" Alle nickten gleichzeitig. Er aber schwieg für einen Moment. „Wer denn?", drängelte Jane. „Diese Mrs. Lipton?", fragte Nicholas. „Quatsch! Die de Clerk ist es. Was sagt ihr jetzt?"

„Nein! Das ist ja ein Hammer.“ „Woher?“, wollte Kevin sofort wissen. „Ich hab gestern erst nach elf Feierabend gemacht und vorher mit einer Frau in München telefoniert.“

„München? Wo ist das denn?“ „Oh Sparky!“, rügte ihn der, den sie alle anerkennend Einstein nannten. „Das letzte Erdbeben hatte wohl auch Auswirkungen auf dein Gehirn?!“ „Depp!“ „In Deutschland natürlich.“ „Angeber!“

„Und was hatte diese ominöse Deutsche noch zu sagen? Wer ist die eigentlich. In meiner Akte steht von so einer nichts, Sir“, monierte Joe. „Noch keine Zeit, es aufzuschreiben. Das ist eine gewisse Lisa Stein; sie ist eine Freundin des Opfers.“

„Wie sind sie denn auf die gekommen, Sir?“ „Gute Frage, Jane. Kommissar Zufall. Erinnert euch an den Kerl, der am Tattag vor dem Haus dieser Gregorius auftauchte.“

„Mister Spring“, wusste sie sofort zu antworten. „Genau der hat mich auf die Spur zu dieser Frau gebracht. Die hat - nun könnt ihr mal richtig staunen - mir erzählt, dass die de Clerk von dem Gregorius schwanger ist.“ „Ach nein, das wird ja immer besser!“

„Außerdem hat sie mich auf etwas noch spannenderes hingewiesen. Unser Opfer aus dem Überfall soll stinkreich sein.“ „Donnerwetter!“, kam nochmals von Anne. „Mrs. Gregorius will sich zudem von ihrem untreuen Göttergatten scheiden lassen.“ „Kann ich sogar gut verstehen!“ „Ich auch, Joe!“, bestätigte Anne und warf ihrem Freund einen ermahnenden Blick zu.

„Damit“, kam trocken von Kevin, „haben wir ein perfektes Tatmotiv.“ „Und - wer weiß - den potentiellen

Mörder, der dann wegen der drohenden Scheidung keine Sorgen mehr haben muss." „Richtig, Bob! Sofern sie nicht überlebt", ergänzte Barnebby. „Doch auch ohne Mord reicht es für zehn Jahre hinter Gittern allemal. Wir sollten ihn also finden; unabhängig von der Fahndung nach den Ausbrechern."

„Obwohl - wenn es der Ehemann war, dann brauchen wir", folgerte Jane, „die Ausbrecher ja gar nicht." „Langsam! Bislang ist das nur eine Möglichkeit. Allerdings eine Spur, der wir natürlich nachgehen."

„Schätze also, dass er sich bei seiner Geliebten versteckt hält", fuhr Barnebby fort. „Die Adresse, Sir?" „Hat Trump mir gegeben, Kevin. Kitzelte er dem Blacky raus."

„De Clerk. Klingt ja nicht gerade nach Inländerin." Ihr Chef hörte es. „Doch, Jane! Ist eine von uns; hat vor Jahren einen Holländer geheiratet. Inzwischen geschieden." „Macht aber mit einem Deutschen rum!", murrte sie.

„Darf sie, du Moralistin! Ist wieder frei; seit der Scheidung." „Darf sie nicht!", widersprach sie inbrünstig. „Wieso, bitte?", gab Joe scharf zurück. „Der Mann, mit dem sie ..., na ja, ihr wisst ja, was ich meine, ist verheiratet. Sie zerstört eine Ehe."

Ach Jane, dachte Barnebby bei sich, ohne dazu seinen Kommentar laut abgeben zu wollen. Du bist noch so jung. Wirst auch noch erleben, wie das mit der ehelichen Treue so läuft. Stattdessen versuchte er, den Disput beizulegen, indem er sich wieder dem Fall zuwendete.

„Vor allem wirft das Ganze nun ein ganz anderes Bild
auf die Reihe der Tatverdächtigen. Wir werden also
....“ Er wurde unterbrochen.

„Ken, wir müssen den Ehemann finden und verhaften,
bevor die ihn wegen der Auslieferung schnappen. Das
ist schließlich unser Fall!“, kam lauthals von Paul
Gordon, der in der offenen Tür stand.

Vor Aufregung über den unerwarteten Verlauf der
Sachlage hatte niemand sein Erscheinen bemerkt. „So
einen Erfolg brauchen wir nämlich verdammt rasch,
damit wir die Schlappe mit den entflohenen Sträflin-
gen ausbügeln können. Die Presse hackt deswegen
noch immer auf uns herum.“

„Hello, Paul! Stimmt absolut! Joe und Jane!“ „Ja,
Sir?“, kam wie aus einem Mund. „Ihr beide übernehmt
ab sofort die Überwachung der Wohnung dieser de
Clerk. Ein Foto vom Ehemann habt ihr ja aus der
Wohnung des Opfers mitgebracht.“

„Was hältst du davon, auch das Krankenhaus zu
überwachen?“ „Hast Recht, Paul! Wenn der tatsächlich vorhatte, seine Frau umzubringen, um ihr Vermögen zu erben, wird er es erneut versuchen.“

„Genau! Wir müssen hier echt auf Nummer sicher
gehen, um sie zu schützen; und um ihn dingfest zu
machen, wenn er dort auftaucht.“ „Okay, ich rede
gleich nachher mit Susan. Mal sehen, wie wir ihm am
besten eine Falle stellen können.“

Der Chiefinspector überlegte kurz und meinte dann:
„Vielleicht benutzen wir sogar die Presse dazu.“ Als
müsste er noch etwas bedenken, schwieg er kurz.
„Wundert euch bei der Konferenz also nicht, wenn ich
den Journalisten nachher etwas mitteile, was nicht

stimmt. Wäre doch gelacht, wenn wir den Anzugträgern da oben nicht den Schneid abkaufen können!“

Er lachte und das einhellige „Jawohl!“ seiner Leute bestärkte ihn in seinem Plan.

Kapitel 23

Was am folgenden Tag im ´NZ Herald` auf Seite zwei stand, entsetzte Monica. Noch während sie es las, stellte sie ihre Tasse Kaffee zurück auf den gedeckten Frühstückstisch und griff zum neben dem Brotkorb liegenden I-Phone. Keine drei Sekunden später hörte sie ihre Stimme. „De Clerk." „Sie ist aus dem Koma erwacht und erinnert sich langsam wieder."

„Fuck! Ich hab´s gerade gelesen. Und jetzt?" Völlig außer sich begann sie Monica anzubrüllen. „Weißt du, verdammt noch mal, warum ich heute Nacht total Scheiße geschlafen habe, he? Alles, was wir getan haben, stürzte auf mich ein. Und das Baby trat mir fortwährend gegen den Bauch."

„Aber Yvonne!", versuchte ihre Schwester sie zu bremsen. „Beruhige dich." „Sei still! Was, hab ich verzweifelt überlegt, wenn sie den Wagen finden? Mit Robbys Fingerabdrücken. Dann wissen sie doch, dass er ihn an jenem Morgen im Lake Pupuke versenkt hat."

„So ein Quatsch!", brauste Monica auf. „Das ist im Moment wirklich nicht das Schlimmste von dem, was gerade geschieht." „Was denn sonst?", fiel sie ihr lauthals ins Wort.

„Das mit den Fingerabdrücken ist bedeutungslos. Als ihr Ehemann hat er das Auto ja oft selbst gefahren. Weiter - die Polizei geht natürlich davon aus, dass die Ausbrecher Handschuhe trugen. Außerdem ist der See so tief, dass der Wagen nicht mehr auftaucht. Viel schrecklicher ist doch, dass Sarah aufgewacht ist."

„Daran bist du doch schuld!", blaffte sie weiter „Du hast es nicht geschafft, dass sie schon lange tot ist!" „Yvonne! Wie kannst du nur!" Monica war geschockt. Ihre eigene Schwester warf ihr so etwas vor.

Natürlich - nie hätte sie gedacht, die Menge würde nicht ausreichen. Bei John hatte die Giftdosis genügt. Allerdings hatte er schon eine Flasche Whiskey intus, bevor er es trank und dann ins Auto stieg.

Die Elektroschläge hätten ihr doch den Rest geben müssen - bei ihrem kranken Herz. Wie oft hat sie deswegen gejammert! Als ich das Kissen am Schluss ganz wegnahm, kam kein einziger Muckser mehr.

Sie zuckte mit den Schultern, weil sie es nicht verstehen konnte. Dass Yvonne ihr das aber vorwarf - unglaublich!

Schäm dich in Grund und Boden, Frau de Clerk, hätte sie ihr am liebsten an den Kopf geworfen. Ich hol euch die Kohlen aus dem Feuer und dann machst du mir solche Vorhaltungen.

Doch, beschloss sie rasch, bringt das im Augenblick gar nichts. Das Kind war in den Brunnen gefallen, aber noch nicht tot. Fast musste sie bei diesem Spruch schmunzeln; die Lage war zu ernst. Sarah war wirklich noch nicht tot. Leider! Es musste etwas geschehen. Sofort!

Also ging sie nicht auf Yvonnes bösartige Worte ein. Mit einem Atemstoß presste sie fast sämtliche Luft aus ihren Lungen, um auf diese Weise ihren Zorn loszuwerden.

„Schwester!" „Was?" „Wo ist dein kleiner Scheißer von Robby?" Ihre Stimme klang hart und gereizt, was

Yvonne sofort noch zorniger machte. „Hack gefälligst
nicht schon wieder auf ihm herum, verdammt!"

„Dieser Versager!", fügte ihre Schwester sauer hinzu,
ohne auf ihre Rüge zu reagieren. „Also - wo ist er?"
Yvonne schluckte. „Im Manukau Holiday Park."

„In der Great South Road?" Yvonne nickte. „Ja. Er hat
sich da in so einer Camping-Cabin eingemietet."
„Dort? Oh je! Die Anlage ist inzwischen ziemlich run-
tergekommen, hörte ich. Geschieht ihm Recht, dem
Loser."

Yvonne schnaufte und strich über den dicken Bauch,
weil sie wieder Tritte spürte. Du armes, kleines Wesen
kriegst den ganzen Ärger mit. „Hör endlich auf, den
Vater meines Kindes so schlecht zu machen! Das
kannst du nicht tun!" „Kann ich wohl!", schrie Monica.

„Seinetwegen komm ich in den Knast. Nur, weil er es
nicht schaffte, an ihr Geld zu kommen. Wenn Sarah
mich tatsächlich erkannt hat, bin ich reif. Und alles
wegen deinem ...." Sie verschluckte den Ausdruck;
noch mehr Streiterei war das Letzte, was sie im Moment brauchte. Nun ging es ums Ganze. Sie musste
sich auf ihren Plan konzentrieren.

„Okay! Im Campingpark also. Ich ruf ihn an und überlege mit ihm, was zu tun ist." „Und was?" Monicas
Wut stieg erneut an; sie fasste an die Stirn, weil sie
spürte, wie ihre Zornesader anschwoll. „Hör zu! Das
ist ab sofort eine Sache zwischen ihm und mir. Klar?!"

„Aber ...." „Nix aber! Sei froh, wenn ich dich aus der
Scheiße raushalte. Entweder, diese Frau stirbt noch
heute Nacht, oder sie kann mich vielleicht schon morgen als Täterin entlarven." Hätte sie es schon getan,

dachte sie beruhigt, wäre ich schon verhaftet. „Robert muss das Problem beseitigen.“

„Wie - er? Soll das etwa heißen, dass ....“ „Halt die Klappe! Natürlich er! Oder denkst du, ich verbrenn mir für dich ein zweites Mal die Finger? Sicher nicht!“ Der ihren Zorn begleitende Blick war alles andere als nachsichtig; sie hätte sich gewünscht, dass Yvonne ihn gesehen hätte. Blöde Kuh!

„Wenn das gelingt, dann erbt er und wir sind alle fein raus. Schafft er es nicht, hänge ich ihm alles an. Verstanden? Erinnerst du dich daran, was ich dir dazu sagte? Das meine ich todernst!“

Zeit für eine Antwort ließ sie ihrer völlig irritierten Schwester nicht. Kurzerhand brach sie die Verbindung ab und wählte Roberts Handy-Nummer.

„Ja?“ „Hör mir genau zu! Exakt um halb zehn ....“ „Hallo - bist du das, Monica? Ich versteh dich ganz schlecht. Der Empfang ist ....“ „Ich leg auf und ruf noch mal an.“ Monica kochte innerlich. Als er sich zum zweiten Mal meldete, begann sie von neuem. „Besser? Hörst du mich?“ „Ja! Was gibt´s denn?“ „Um halb zehn heute Abend stehst du vor dem Krankenhaus. Du wirst weiße Turnschuhe tragen und ....“

„Wieso? Ich sollte eigentlich zu Yvonne kommen. Außerdem habe ich keine weißen ....“ „Was solltest du? Sag mal, seid ihr beide total verrückt geworden? Ich hatte doch ausdrücklich gesagt, dass ....“

Fassungslos brach sie den Satz ab. War denn tatsächlich nicht einmal mehr auf Yvonne Verlass. Worauf habe ich mich da nur eingelassen?! Wollte euch doch nur helfen. Und jetzt muss ich alles selbst ausbaden.

Mit überlauter Stimme brüllte sie ins Telefon: „Dann wirst du dir gefälligst welche kaufen; jetzt gleich; und auch ein Paar weiße Leinenhosen und ein ebensolches T-Shirt!" „So eines habe ich", kam kleinlaut zurück. Monica verdrehte die Augen. Idiot! „Aber wofür, um Himmels Willen, das Ganze?"

Am liebsten wäre sie ihm durch die Leitung mitten ins Gesicht gesprungen, so aufgebracht war sie. Ein ´Mach es einfach und frag nicht so blöde!` lag ihr schon auf der Zunge. Die Anspannung über das, was ihr bevorstand, raubte ihr nahezu jede Selbstbeherrschung. Im letzten Moment riss sie sich zusammen.

„Also, lieber Robby; wir beide haben heute Nacht etwas sehr Wichtiges zu erledigen. Dazu wirst du dich ein wenig verkleiden, damit du für einen Klinikarzt gehalten wirst." „Hä? Ich verstehe kein Wort."

Monicas Fingernägel gruben sich in ihre Handballen. Warum nur hatte sie nicht mehr Zeit, um ihm alles in Ruhe zu erklären?! Aber es konnte doch niemand ahnen, dass diese Frau wieder aus dem Koma erwacht; wenigstens nicht so schnell; und sich am Ende auch noch erinnert. So eine verdammte Scheiße! Ihr Brustkorb hob und senkte sich und der Atem trat laut aus ihrem Mund heraus.

„Deine Frau ist aufgewacht und wird garantiert der Polizei erzählen, dass du hinter dem Anschlag auf sie steckst. Wegen der Scheidung, verstehst du. Und weil du damit arm wärst. Und weil du immer wieder versucht hast, ihr das Geld abzuschwatzen; mit deinen schwachsinnigen Begründungen - von wegen Immigration und Bank und so."

Fast so laut wie ihr eigenes war nun das Atmen, das von Robert kam. Gut, dachte sie; er begreift. „Das ist ein perfektes Tatmotiv für die Anklage, Robby. Damit wanderst du ein. Lebenslang."

Sie ließ ihre Worte fürs erste so im Raum stehen und wartete. Erst nach einer knappen halben Minute des Schweigens kam von ihm: „Du aber auch! Schließlich hast du Sarah ...." Mit diesem Einwand hatte sie gerechnet und konterte in scharfem Tonfall.

„Das ändert überhaupt nichts daran, dass du deinen Sohn niemals aufwachsen sehen kannst, und er einen Mörder als Vater ablehnen wird. Außerdem willst du Sarah doch beerben, oder?"

Wieder machte sie eine Pause; das mit dem Sohn würde ganz sicher Wirkung zeigen!

Dieses Mal dauerte es länger, bis er seine Gedanken sortiert hatte. „Aber das hieße ja .... Also, dann müsste Sarah also ...." Sie ergänzte das, was sich wohl in seinem Kopf abspielte. „.... nicht mehr in der Lage sein zu reden, meinst du? Aber wie soll das gehen, jetzt, wo sie gesund wird?"

Ihre Worte formulierte sie bewusst als Frage; sie wollte ihn selbst aktiv von sich aus sagen hören, was zu tun war. „Hm - dann müssten wir sie .... Aber wie?" Sie ließ ihn ohne Antwort und gab ihm Zeit.

„Weißt du denn, wo sie liegt?" „Im Greenlane Ascot." „Weiß ich selbst. Stand ja schon vor Tagen in der Zeitung", kam ungehalten zurück. „Ich meine, in welchem Krankenzimmer." „Das werde ich in etwa einer Stunde wissen, nachdem ich meine arme Nachbarin besucht habe."

Mit einem Mal schlug er sich mit der flachen Hand gegen die Stirn. „Ach so - deshalb die Arztverkleidung!" Er hat´s kapiert! Fast wenigstens, frohlockte sie still.

„Robby, ich werde dir dabei helfen." Sie hörte regelrecht sein Stutzen, als er zu stottern begann. „Wie? Du ... du ... wirst ... wirst ... mir ... mir ... hel... hel... helfen." „Ich werde dir erklären, wie du in ihr Zimmer kommst. Dort wirst du sie...." „Bitte?! Wieso ich?"

Jetzt reicht´s mir aber! Schluss mit der Feinfühligkeit, du blöder Idiot! „Weil ich es schon einmal getan habe!" Sie zog die Worte ganz lang. „Und das einzig und allein für dich; damit du dich nämlich mit deiner kleinen Familie der Auslieferung nach Deutschland entziehen kannst. Schon vergessen, mein Lieber?!" Das ´Lieber` klang abfällig und aggressiv.

„Genau deshalb wirst du es heute Nacht erledigen. Damit Schluss mit der Diskussion, Herr Gregorius. Ich lege jetzt auf. Jeder von uns hat etwas äußerst Wichtiges zu tun."

„Äh, aber ich kann das nicht. Monica! Sie ist meine ...." „Halt den Mund, du ...." Vor Zorn verschluckte sie ihre eigene Spucke, bevor sie ihre Wut und Enttäuschung über diesen Schlappschwanz in das passende Wort kleiden konnte.

„Eines sage ich dir noch. Wenn du nicht pünktlich kommst oder in der Klinik kneifst, dann werde ich aussagen, dass alles dein Plan war und du deine Frau umzubringen vorhattest." „Nein!" „Oh doch! Und Yvonne wird es ebenfalls tun." „Niemals."

Monica hörte Unsicherheit in seiner Stimme. „Bist du dir da wirklich sicher?" Das war das Letzte, was er hörte - außer dem Piep, der anzeigte, dass das Telefonat beendet war.

Kapitel 24

„Hi, Mister Spring. Danke, dass Sie so pünktlich sind. Ich habe schrecklich viel zu tun, doch ohne mich kommen Sie nicht zu ihr." „Doktor Monroe, das ist doch selbstverständlich. Ich bin froh, dass Sie mir überhaupt gestatten, meine Sarah ein weiteres Mal zu besuchen. Gerade jetzt, da sie aus dem Koma erwacht ist; ich habe es heute Morgen in der Zeitung gelesen."

Ein frohes Lächeln machte sich auf seinem Gesicht breit. Susan nickte nur kurz und bat ihn kommentarlos, mit zum Aufzug zu kommen.

Während sich die Automatiktür schloss und sie auf den Knopf zur vierten Etage drückte, fragte Francis besorgt: „Am Telefon meinten Sie, Sarah sei verlegt worden. Weshalb?" „Vom zweiten haben wir sie nach oben gebracht. Aus Sicherheits ...."

Die Ärztin hielt inne, als ihr bewusst wurde, dass die beiden nicht allein im Aufzug standen. Neben einer blutjungen Frau mit einem schlafenden Säugling im Arm stand eine ältere, die einen Strauß Feldblumen in der Rechten hielt. Mrs. Monroe sah Francis irritiert fragenden Blick, schwieg aber.

Schon öffnete sich die Aufzugtür. „Kommen Sie rasch!" Er folgte ihr nach rechts. „Was wollten Sie mir gerade erklären?" Sie antwortete flüsternd: „In ihrem ehemaligen Bett in der zweiten Etage liegt eine bewaffnete Polizisten; man rechnet damit, dass es einen weiteren Mordanschlag auf die Patientin geben wird. Deshalb haben wir ihre Freundin dort hinten am Ende des Gangs in einem weiteren Intensivzimmer versteckt."

Francis zuckte nervös mit den Augenlidern. „Wie - ein weiterer Mordanschlag?", fragte er wie in Trance; er konnte nicht glauben, was er da vernahm. „Ja! Ken, äh, ich meine, die Polizei geht seit gestern davon aus, dass ihr Ehemann der Täter ist." Francis kniff die Augen zusammen. „Also doch!"

Sie zuckte mit den Achseln. „Schlimm, was so passieren kann, wenn die Liebe irgendwann in Hass umschlägt."

Beide erreichten das Ende des Gangs. „Hello Officer! Der Herr ist ihr Freund. Mr. Barnebby hat´s erlaubt." Der Polizist erhob sich. „Name!" „Francis Spring" „Ihren Ausweis, Sir!" Er gehorchte, als die Ärztin zustimmend nickte. „Okay, Sir!" Sie drückte die Klinke nach unten. „Aber nur eine halbe Stunde. Versprochen?" „Versprochen! Und danke!"

Francis trat in einen Vorraum, der durch Glasscheiben mit dem Krankenzimmer verbunden war. Die Türe hinter ihm fiel langsam ins Schloss. „Kommen Sie. Ich bin Schwester Elisa. Ziehen Sie bitte das da an; sie kennen die Prozedur ja schon von unten." Sie deutete auf den grünen Kittel, die Überschuhe und die Haarhaube. „Na klar!"

Sein Blick fiel auf das Krankenbett. Verwundert fragte er: „Sie ist doch wach? Wieso hängt sie noch immer an den Apparaten?" „Wach? Wie kommen Sie darauf? Das künstliche Koma besteht noch immer." „Aber ..., aber in der Zeitung steht es doch." Sie schüttelte den Kopf. „Davon weiß ich nichts. Gehen Sie jetzt hinein; Sie wissen ja - nur dreißig Minuten!"

Mit ihren an den Officer gerichteten Worten „Passen Sie gut auf sie auf!" hatte sich Susan verabschiedet und war davongeeilt. Am Aufzug vorüberkommend sah sie nun, dass neben den dort Wartenden auch jene Frau mit den Blumen stand. „Kann ich Ihnen helfen?" fragte sie kurz. „Oh, nein, nein; ich glaube, ich habe die falsche Etage erwischt." Susan nickte und hastete weiter in Richtung Schwesternzimmer.

Monica klemmte die Blumen unter den Arm. Sie hatte genug gesehen. Was für ein Glück, dachte sie, gerade in dem Moment unten angekommen zu sein, als die Ärztin diesen Mann in Empfang nahm. Erkannt hatte sie ihn sofort; es war der, welcher im Hausflur herumgeschrien hatte, bevor Sarah ihn in die Wohnung ließ. Später beobachtete sie ihn beim Weggehen durch's Fenster.

Robert, nun bist du an der Reihe! Sie ging zum Treppenhaus und lief nach unten; sie wollte nicht von weiteren Menschen gesehen werden. Auf dem Parkplatz warf sie die Blumen in einen Abfallkasten, bestieg ihren Wagen und fuhr nach Hause.

Während der Fahrt verfiel sie ins Grübeln; was, wenn ihn der Polizist vor der Krankenzimmertür nicht hinein lässt? Aber warum eigentlich nicht? Schließlich wird er ihn für einen Arzt halten. Und wenn nicht?

Sollte sie Robert den Elektroschocker mitgeben? Für alle Fälle. Ja! Aber du musst, überlegte sie dabei, zuvor all deine Fingerabdrücke abwischen. Dann finden sie nur seine und glauben, auch den Täter des ersten Anschlags zu kennen.

Hoffentlich vermasselst du Schwächling die Sache nicht! Ich hol dir jedenfalls kein zweites Mal die Kohlen aus dem Feuer. Ihr mittels der Spritze mit der

dicken Kanüle das giftige Zeug in den Rachen einflößen, wirst du ja wohl noch schaffen.

Verdammt, was hast du mir da eingebrockt! Säße er in
diesem Moment neben ihr, hätte er ihren gesamten
Zorn auf ihn mit aller Wucht abbekommen.

Kapitel 25

„Guten Morgen; setzt euch mal! In der Sache mit der Deutschen gibt´s Neuigkeiten. Meine Finte mit der Presse war ein voller Erfolg - fast wenigstens." „Haben wir den Mörder etwa, Sir?" „Ja und nein, Jane." „Bedeutet, Sir?", hakte Kevin in seiner gewohnt kurzen Art nach.

Barnebby schlug für einen Moment die Augen nieder. Anne sah es als erste. „Was ist passiert?" Sie rückte noch enger an den neben ihr sitzenden Nicholas heran. „Am besten lese ich euch den Bericht des Wachhabenden vor."

Er schlug den vor ihm liegenden Aktendeckel auf und begann. „Um 09:52 p.m. kam mit eiligen Schritten ein Arzt zu mir und wollte in das von mir bewachte Krankenzimmer der Zeugin Sarah Gregorius. Als ich ihn nach seinem Namen fragte, fuhr er mich mit den Worten an - ich zitiere: ´Mann, das ist ein Notfall! Soll die Patientin etwa sterben, nur weil Sie mich hier mit Formalitäten aufhalten?`. Da mich diese Aussage nicht daran zweifeln ließ, es sei in Ordnung, ihn ohne Identitätskontrolle durchzulassen, tat ich dies."

„Oh nein; mir schwant Übles", entwich es Bob. Jane nickte. „Mir auch!" „Ruhe da hinten! Unterbrecht mich nicht, verflixt!" „Sorry, Sir!"

„Also weiter. Etwa 09:56 p.m. hörte ich innen den Schrei einer Frau. Dieser konnte, da die Patientin nach meinen Informationen im Koma lag, nur von der Nachtschwester stammen, was mir verdächtig vorkam. Sofort betrat ich den Vorraum, sah jedoch zunächst weder diese noch den Arzt. Nach meinem suchenden Blick hinter die offene Türe erkannte ich die dort in verkrampfter Haltung und zitternd daliegende Krankenschwester; Klammer auf - Name zu diesem Zeitpunkt unbekannt - Klammer zu; im nächsten Augen ...."

„Shit! Der Kerl war kein Doc! Sicher der Ehemann, wie vermutet!" „Sparky, unser Schnellmerker!", lästerte Kevin. „Ruhe, Einstein! Nicholas hat Recht damit. Darf ich weiterlesen?!"

„Im nächsten Augenblick war ich im Krankenzimmer und riss den über der Patientin gebeugten Verdächtigen vom Bett weg. Dieser hielt in der Linken eine Spritze; ich schlug sie ihm aus der Hand. Mit seiner anderen Hand drückte er mir allerdings einen Elektroschocker gegen die Brust; Klammer auf - sehr schmerzhaft - Klammer zu; sodass ich ...."

„Aua!", raunte Anne ihrem Nicholas zu. Barnebby schaute sauer auf, las aber sofort weiter. „.... sodass ich auf den Knien landete. Dies nutzte der Gemeinte zur Flucht auf den Flur. Mit aller Kraft kam ich wieder auf die Beine und verfolgte ihn mit der lauten Aufforderung, stehen zu bleiben, ohne ihn jedoch noch vor dem Treppenhaus zu erreichen. Über Funk verständigte ich circa 10:04 p.m. den Kollegen Marc Spitz, der am Haupteingang im Wagen saß.

Durch den entstandenen Lärm alarmiert erschienen ein Arzt und zwei Schwestern, die ich ohne Zögern zum Zimmer der betreffenden weiblichen Kranken schickte."

„Gestelzte Protokollsprache. Schrecklich!", murmelte Kevin. Der Chief atmete tief durch, verkniff sich aber eine erneute Rüge.

266

„Ich selbst nahm den Aufzug nach unten, weil mir meine Gliedmaßen durch den Elektroschock noch immer den ordnungsgemäßen Dienst versagten. Draußen angekommen sah ich nur noch den Dienstwagen des vorbezeichneten Kollegen einem blauen SUV der Marke Mitsubishi, Kennzeichen entfernungsbedingt nicht erkennbar, nachjagen. Damit endet meine persönliche Wahrnehmung und dieses Protokoll.“

„Und was ist mit unserer Zeugin Gregor?“, fragte Jane aufgeregt.“ „Gregorius!“, korrigierte Nicholas sie. „Scheiß egal, du ewiger Besserwisser!“, gab sie frech zurück. Mit seinem eiligen „Die ist wohl gerade nochmal davon gekommen“, unterband ihr Chef den ewigen Zoff zwischen den beiden.

„So, wie es aussieht, wollte der sie mit einer Todesspritze erledigen.“ „Wie schrecklich, Sir!“ Anne hielt sich die Hand vor den weit geöffneten Mund. „Eine Probe der Injektionsampulle ist schon auf dem Weg zu unserer lieben Barbara nach Christchurch.“ „Barbara Gordon, die Ex vom …?“ „Richtig! Ergänzend zu unserem eigenen Labor will ich von unserer ehemaligen Giftspezialistin wissen, was sie davon hält.“

„Aha!“ „Was meinst du jetzt wieder, Einstein?“, kam von Joe. „Na, klickt es bei dir denn nicht?“ Er drehte sich zu ihm um. „Hat das Opfer beim ersten Attentat vielleicht auch Gift bekommen?!“

Barnebby runzelte die Stirn. Hatte Susan nicht auch so einen Verdacht geäußert? Wegen des bewusstlosen Zustandes ihrer Patientin bei der Einlieferung. Ich werde noch einmal mit ihr reden müssen, beschloss er.

„Wer weiß? Bin erst Mal auf Barbaras Bericht gespannt. Was ist eigentlich aus den Gläsern geworden?" „Ich hake gleich noch einmal nach", antwortete Jane. „Aber ...." „Was, Einstein?" „Der Deutsche und Gift; woher denn?"

Hat in München immerhin in einer Pharmafirma gearbeitet, schoss es Ken durch den Kopf. Ob das aber erklärt, wie er hier an Gift gekommen ist? Er zuckte mit den Achseln.

„Und was genau geschah mit dem Mistkerl von Ehemann?", wollte Anne wissen. „Gibt´s dazu auch einen Bericht?" „Na klar! Ich erspar euch aber das Protokoll des Kollegen Marc. Die Verfolgungsjagd endete nach knappen zwanzig Minuten an einem Brückenpfeiler. Der Täter hatte wohl die Kontrolle über sein Auto verloren und war mit über 80 Meilen dagegen gerast."

„Tot?" Barnebby nickte Kevin zu.

„Dann können wir diese Akte ja wohl schließen." Alle schauten erstaunt zur plötzlich offen stehenden Tür. Er war wieder einmal ganz am Schluss der Sitzung aufgetaucht. „Und das mit dem Endvermerk: Mordversuch des Ehemanns an seiner wohlhabenden, noch immer im Koma liegenden Ehefrau aufgeklärt. Deutscher Täter durch Selbstverschulden verstorben. Ende!"

„Nun ja, ein Restzweifel an dessen Alleintäterschaft besteht da ja doch noch", widersprach Einstein in einem für ihn ungewöhnlich langen Satz. „Da hat er nicht ganz Unrecht. Wegen der Giftinjektion. Die haben wir übrigens an ...."

„Unsinn!", widersprach Paul Gordon energisch. „Es gibt Wichtigeres. Schließlich wartet noch immer die

Verhaftung der entflohenen Sträflinge auf uns; oder, Ken? Trump hat mich deshalb gestern wieder ge-nervt."

Immer muss er sich in meine Arbeit einmischen! Das machte Barnebby langsam aber sicher stinksauer. Er brummte etwas in seinen Bart und meinte verstimmt: „Okay, Leute, an die Arbeit! Ich ruf unsere sehr ge-schätzte Babsy Gordon ..." - den Namen betonte er deutlich und schielte dabei zu Paul hinüber - „... an; wegen der per Eilkurier geschickten Laborprobe. Viel-leicht weiß sie schon etwas."

Er nahm Paul noch immer übel, wie schlecht er seine Frau jahrelang behandelte. Die Wirkung blieb nicht aus; ihr Ex-Mann warf Ken einen vernichtenden Blick zu.

Kapitel 26

„Hast du ihn noch immer nicht erreicht?" „Nein, verdammt!", schrie Yvonne ihre Schwester durchs Telefon an. „Was hast du mit ihm gemacht?" „Ich? Überhaupt nichts", wehrte sie sich. „Lüg nicht! Du wolltest dich doch gestern Nacht mit ihm am Krankenhaus treffen."

Monica schluckte. Sie wusste doch selbst nicht, was auf der Station passiert war. Vor dem Eingang war gegen Viertel vor zehn ein Polizeiwagen aufgetaucht und wurde direkt neben Roberts Auto geparkt. Da war es ihr schon mulmig geworden. Als Robert nicht viel später aus dem Krankenhaus gerannt kam und mit seinem Wagen davonraste, geriet sie in Panik und fuhr sofort weg. Im Rückspiegel sah sie nur noch, dass ihn der Polizist mit Sirenengeheul verfolgte.

„Sag was, verflixt und zugenäht!" Was soll ich dir sagen, Schwesterchen? Verzweifelt ging sie in Windeseile zum x-ten Mal den Abend durch. Irgendetwas musste schief gelaufen sein. Nur was?

Robert war pünktlich erschienen. Sie hatte ihm genau erklärt, wo Sarah lag; auch, dass vor dem Krankenzimmer ein Polizist saß. Dann hatte sie ihm den Elektroschocker und die Spritze gegeben. ´Wieso trägst du Handschuhe?`, hatte er irritiert gefragt. ´Heilsalbe; wegen meiner Hautallergie`, hatte sie gelogen. Dann verschwand er in der großen Eingangstüre.

Eigentlich war doch alles so einfach! Dem Wachhabenden etwas von einem Notfall erzählen - hineingehen – ihr das Gift in den Mund spritzen - das Zimmer verlassen und unerkannt verschwinden. So einfach! Was war nur geschehen?

„Von einem Treffen weiß ich nichts", gab sie vor. Sie ahnte, dass sie sich angesichts der unübersichtlichen Lage nun aus dem Schussfeld zu bringen hatte. Das Schlimmste war zu befürchten. Selbst ihre Schwester musste sie im Unklaren lassen; sie war ganz sicher nicht der Mensch, der seinen Verstand von irrationalem Verhalten freihalten konnte. Du bist viel zu labil; eben nicht so kopfbestimmt wie ich, Yvonne; warst du noch nie!

„Wie kommt er nur darauf?", setzte sie ihre Lügerei fort. „Hat er mir aber am Telefon erzählt! Total aufgeregt war er." „Unsinn! Hat er vielleicht wieder getrunken? Ich war den ... gesamten ... Abend ... zu Hause." Sie tat so, als zögerte und überlegte sie beim Sprechen.

„Das Einzige, was ...." „Ja? Was?" „Nun, mittags telefonierte ich mit ihm, um mit ihm die Situation zu besprechen." „Welche Situation denn?" Monica schnaufte. „Na, welche wohl?! Dass seine Frau aus dem Koma erwacht war. Daraufhin klang er irgendwie kalt; weißt du, so, als hätte er einen schwerwiegenden Entschluss gefasst. Gesprochen hat er aber nicht darüber. Ich musste dann rasch auflegen, weil es an der Haustür klingelte; der Postbote."

Yvonne legte die Stirn in Falten. Das Ganze verwirrte sie vollends. Wollte Monica ihn nicht ...? Sollte Robby tatsächlich ...? Ohne ihr etwas zu sagen? Robby? Ihr Kopf bewegte sich langsam hin und her; so etwas hatte sie ihm gar nicht zugetraut. Ein Hauch von Stolz auf ihn kam in ihr auf; allerdings auch Angst.

„Du meinst, er ist zu ihr gefahren, um sie ...?" Ihre flache Hand legte sich über den halb geöffneten Mund. Monica atmete erleichtert auf. Gut! Sie glaubt es. „Sieht echt so aus. Aber warum geht er nicht ans Telefon?"

Eine schreckliche Ahnung überkam sie; sie haben ihn geschnappt und er sitzt im Gefängnis. Ja! Deshalb kann er nicht telefonieren. Doch das war das Letzte, was sie ihre Schwester jetzt wissen lassen durfte.

„Ich kann mir nur vorstellen, dass er es getan und sich danach irgendwo verkrochen hat - mit einer Flasche Schnaps." „Getan? Das? Er? Denkst du wirklich?" „Hm! Oder hast du eine andere Begründung dafür, dass er sich nicht meldet?"

Sie hörte, wie Yvonne laut durchatmete. „Na, siehst du! Garantiert wird er sich später bei dir melden. Glaub mir! Ich muss jetzt auflegen; die Gartenarbeit wartet auf mich. Ich kann im Moment ja auch nichts machen. Also dann, bis nachher." „Na gut. Ich ruf dich gleich an, wenn ...." „Okay!"

Sie musste sich ablenken. Doch im Gemüsebeet stehend konnte sie sich nicht auf ihr Tun konzentrieren. Der Gedanke an gestern Nacht ließ sie nicht los. Hatten sie ihn tatsächlich geschnappt? Als Mörder seiner Frau? Oder lebte sie am Ende noch? Weil er es vermasselt hat. Alles drehte sich in ihrem Kopf.

Vielleicht hatte er sich wirklich nur versteckt und wollte mit niemanden reden; weil er völlig verstört war. Oder betrunken. Einen umzubringen ist ja schließlich nichts, was einen kalt lässt.

Auch noch einen Ehepartner! Sie wusste, wovon sie sprach. Robert war zudem nicht ein solch rationaler

Typ wie sie; obwohl - selbst sie als absolute Realistin hatte sie sich damals wochenlang gegrämt und mit niemandem geredet.

Außer mit der Polizei. Während einer Befragung hatte sie sogar zu ihrem Schreck einen Moment befürchtet, die wollten John obduzieren; als der Officer so komische Fragen stellte. Nun ja, komisch waren die eigentlich nicht, sondern berechtigt.

Monica schloss kurz die Augen und sah sich in ihrer Erinnerung zu; in ihrer Angst, überführt zu werden, hatte sie auf der Wache so lange erschüttert geweint, bis sich der offensichtliche Verdacht des Inspectors zerstreute; er hatte sie dann sogar tröstend in die Arme genommen.

„Puh, Glück gehabt!“, stöhnte sie. Auf keinen Fall darf die Polizei jetzt eine Verbindung zwischen mir und Robert erkennen! Aber was, wenn sie ihn geschnappt hatten. Dieser Schlappschwanz verrät doch über kurz oder lang alles. Bestimmt! „Was kann ich nur machen?“ Beinahe hätte selbst sie sich von irrationalem Denken übermannen lassen.

Mit einem lauten „Hey, Missis Lipton, reiß dich zusammen!“ rief sie sich zur Räson. Selbst wenn er redet, überlegte sie, heißt das noch lange nicht, dass sie dir etwas beweisen können. Wessen Fingerabdrücke sind denn auf dem Elektroschocker und der Spritze? Wer ist denn an ihrem Krankenbett gewesen. Der Polizist vor der Türe kann ihn mit absoluter Sicherheit identifizieren. „Also - was machst du dich verrückt, he?!“

Das Einzige, grübelte sie weiter, was mir keine Ruhe lässt, ist die alles entscheidende Frage, ob du noch lebst. Du weißt, wer dir eine offene Weinflasche brachte; selbst wenn es die nicht mehr gab; dafür habe ich gesorgt!

Zwar schliefst du, als ich ins Schlafzimmer kam. Für den Bruchteil einer Sekunde, bevor ich dir das Kissen aufs Gesicht drückte, hast du aber die Augen aufgemacht. „Verdammt! Wie konntest du damals nur überleben?" Mit aller Gewalt trieb sie die Hacke in den Boden.

Was aber passierte gestern Nacht mit dir? Monica suchte nach einer Idee, um es herauszufinden. Ein Besuch im Krankenhaus? Unsinn! Die lassen mich sicher nicht zu ihr; bin ja nur eine Bekannte. Außerdem - was, wenn mich diese Ärztin von gestern als die Frau mit dem Blumenstrauß wiedererkennt? Nein, nein! Viel zu gefährlich, damit auf mich aufmerksam zu machen.

Gedankenverloren harkte sie den trockenen Erdboden weiter auf, bis ihr Blick auf das fiel, was sie dabei anrichtete. „Shit! Du blöde Kuh sollst das Unkraut und nicht die kleinen Tomatenpflanzen wegmachen." Erbost warf sie die Hacke weg und lief zum Haus zurück.

Kapitel 27

Francis Wangen waren nass. Die Tränen ließen sich nicht mehr aufhalten. Immer wieder musste er sie sich aus dem Gesicht wischen und seine Augen mit seinem Taschentuch trocken reiben. Keinen Moment sollte sein Blick auf Sarah von dem feuchten Schleier verdeckt sein.

Mit beiden Händen hielt er ihre Hand; dort, wo keine Kanülen in ihren Adern steckten. „Weinen Sie nur. Ist total in Ordnung!" Er spürte ihren Arm auf seiner Schulter. Nur ganz kurz schaute er hoch. „Danke, Frau Doktor, dass ich hier sein darf. Trotz allem."

Susan Monroe drückte zwei Finger auf ihre bebenden Lippen, um sich zu beruhigen. Als Ärztin hatte sie gelernt, das Leid anderer nicht zu sehr an sich herankommen zu lassen. Das hier ging ihr jedoch echt an die Nieren.

Wie schrecklich! Der eigene Ehemann versuchte sie umzubringen. Diese schöne Frau, bei der sie nicht absehen kann, wie die Aufwachphase ausgehen wird; im besten Fall hat sie nur Erinnerungslücken. Susan schlug kurz die Augen nieder.

Spätestens in einer Woche, dachte sie, werden wir mit der Reduktion der Sedierung beginnen und es dann wagen, sie wachwerden zu lassen. Hoffentlich geht das gut. Sie atmete tief durch. Ihm ihre Sorgen dazu mitzuteilen, konnte sie nicht. Diesem erschüttert weinenden Mann, der neben ihrem Bett saß, durfte sie nur Mut machen, ihn aber nicht mit schlechten medizinischen Prognosen noch mehr belasten.

Wie sehr er sie lieben musste! Ihre Hand strich tröstend über seinen Rücken.

Ohne erneut hochzuschauen fragte er: „Wird sie wieder?" Die Ärztin musste an sich halten, um ruhig zu bleiben; das, was sie als Einziges mit Sicherheit antworten konnte, würde ihm noch mehr an Hoffnung rauben. Aber irgendeine Antwort schuldete sie ihm. „Ich weiß es nicht."

Natürlich wirkten ihre Worte nicht beruhigend genug für ihn. Kaum ausgesprochen sah Susan, wie Francis Oberkörper in sich zusammensackte und auf dem Bettrand landete. Rasch zog sie ihn wieder in die Aufrechte. „Nicht! Sonst klemmen die Schläuche ab." Sein „Entschuldigung" klang schwach und trostlos.

„Ach, Missis Monroe! Warum kann das Leben so unbarmherzig sein? Sarah ist eine so liebe Frau. Was muss das für ein Teufel sein, der ihr so etwas Schreckliches antut?! Als hätte der Überfall in ihrer Wohnung nicht ausgereicht. Habe sie die beiden Ausbrecher schon?"

Ohne eine Antwort abwartend redete er weiter, während er sich mit dem Handrücken erneut über die nassen Backen fuhr. „Eigentlich konnte ich bislang niemanden wirklich hassen. Doch diese Verbrecher und den Dreckskerl von Gregorius ...."

Er holte tief Luft und presste sie durch die fast geschlossenen Lippen. „Ich danke Gott dafür, dass dieses Schwein tot ist. Ja, das tue ich! Die beiden anderen könnte ich mit bloßen Händen ...."

Obwohl sie als Ärztin sich das Retten von Leben auf ihre Fahne geschrieben hatte, gab sie ihm nickend

Recht. Das Geräusch ihres Piepsers schreckte sie auf. Sie schaute auf das kleine Display. „Francis, ..." - sie wunderte sich nicht darüber, seinen Vornamen zu benutzen; sie empfand sehr viel Mitgefühl für ihn - „... ich muss los."

Der niedergeschlagene Mann neben ihr blickte traurig auf. „Wirklich?" Wie leid er ihr tat - so ganz allein mit seinem Schmerz! „Ich komme in meiner Mittagspause zurück; versprochen!" Francis schaute auf die Armbanduhr; es war erst halb zehn.

Seine Verwunderung klärte sich auf, als sie ihr Wort an die Krankenschwester im Vorraum richtete: „Jasmin, er darf heute länger als eine halbe Stunde bleiben; so lange er will." „Aber natürlich, Missis Susan."

Als sie draußen war, kam ihr Barnebby entgegen. „Wollte gerade rein zu deiner Patientin; und, um mir den Tatort genau anzusehen. Aber gut, dass ich dich treffe, Susan. Ich wollte dich fragen, wie du das neulich ...."

„Hi, Ken. Du, ich bin total in Eile. Es geht jetzt wirklich nicht; sorry! Ein Notfall." Schnellen Schrittes lief sie zum Treppenhaus.

Oh je! Du Arme hast aber auch ganz schön Stress. Kein Zuckerschlecken, so ein Arztjob. Seine Finger fuhren über das schüttere Haar. Aber meiner ist auch nicht gerade Urlaub.

Als wären seine Gedanken wahrgenommen worden, klingelte sein Handy. „Barnebby; wer stört?" „Turner hier. Wenn ich störe, leg ich besser wieder auf."

Ihr ironischer Unterton entging ihm nicht. Sie war nicht auf den Mund gefallen - diese reizende und kluge Frau aus dem Labor. Ein ´Wenn es meine Gloria nicht gäbe, dann ....` huschte durch seinen Kopf. „Nein, nein, Diana. War nur Spaß. Hast du was für mich?" „Und ob, Ken! In einem der beiden Sektgläser - du weißt schon, die aus der Wohnung dieser Sarah Gregorius - ...." „Natürlich! Und?" „... - war sowohl Sekt als auch Wein."

„Wau!" Hatte ihr Freund also doch Recht, als er darauf bestand, nur Sekt mit ihr getrunken zu haben. „Aber darüber hinaus noch was anderes." Er runzelte die Stirn. Etwa wirklich das, was er inzwischen vermutete? „Gift?", fragte er. „Gift!" „Nein?!" „Doch!"

„Und was genau?" „Morgen!" „Warum erst morgen?", murrte er. „Morgen, versprochen." Der Kuss, den sie ihm durch die Leitung zuwarf, versöhnte ihn. „Dank dir, Diana." Das Sehnsuchtsvolle in seiner Stimme hörte sie nicht mehr, weil sie schon aufgelegt hatte.

Er betrat das Krankenzimmer. „Ja bitte? Wer sind Sie?" Angst lag in der Frauenstimme. „Chiefinspector Barnebby." Er zeigte der Schwester seinen Ausweis. „Sorgen Sie sich nicht, Missis ...?" „Kamilla Hedges, Sir." „Kamilla, sorgen Sie sich nicht; der Kerl kommt nicht wieder." „Wirklich? Haben Sie ihn geschnappt?" Irgendwie schon! Er nickte.

Sein Blick fiel auf seine leblos daliegende Zeugin. „Wie geht´s ihr?" Die Frau schlug die Augen nieder; er verstand. Shit! Wie wichtig wäre ihre Aussage für ihn. Wie sonst sollte er erfahren, was in ihrer Wohnung passiert war. Jetzt, da er wusste, dass ihr irgendjemand Gift gab.

Wer nur? Die Ausbrecher? Möglich, aber .... Hm? Der Ehemann? Nahe lag es schon; nur, woher konnte er es haben? Ihn vernehmen konnte er nicht mehr.

278

„Hat sich ihre Kollegin von der Nachtwache wieder erholt?" Sie legte ihre Rechte auf ihre Wange. „Der Strom hat ihr ganz schlimm zugesetzt; sie ist krankgeschrieben." „Die Arme!"

Bei beiden Taten also Gift und ein Elektroschockgerät, ging ihm schon wieder durch den Kopf. Das spricht eindeutig gegen die zwei ....

Erneutes Klingeln des Handys unterbrach seine Überlegung. Aufpassen! - dieses Mal meldest du dich ohne den blöden Spruch; wer weiß, wer nun dran ist!

„Chiefinspector Barnebby." „Trump." Ken fuhr ein wenig zusammen. Glück gehabt! „Ja, Sir?" „Ich möchte Ihnen für den Abschluss in der Sache dieser Deutschen im Krankenhaus danken. Gute Arbeit!" „Äh, danke Sir!" Wieso bedankt der sich bei mir? Das sind ja ganz neue Töne. Oder will der was .... Weiter kam er nicht.

„Ich möchte das gleiche ein weiteres Mal tun." „So?" „Dann, wenn Sie die entwichenen Sträflinge endlich geschnappt haben. Bis zum Wochenende ist das erledigt. Verstanden! Die Akte Gregorius haben Sie hoffentlich schon geschlossen, nichtwahr?" Klingt gar nicht nach einer Frage, begriff er.

„Nun ja, es ist so, dass ich ...." „Haben Sie doch sicher, zumal ich das Gordon schon auferlegt habe." Sein Tonfall wurde härter. Ken schwieg. „Sie werden ab sofort jeden einzelnen Ihrer Leute darauf ansetzen, sie zu kriegen! Ist das Klar?!"

„Natürlich Sir, nur denke ich, dass die beiden nicht die damaligen Täter ...." Mit Eiseskälte traf ihn die Stimme des Chefanklägers. „Wer hat Ihnen erlaubt zu denken? Rede ich etwa Chinesisch, he?" „Nein, Sir."

„Die Verbrecher sind mir binnen sechsunddreißig Stunden auf einem Silbertablett zu präsentieren, damit ich sie anklagen kann. Wegen Ausbruch, Widerstand, Raub und versuchten Mordes an dieser Deutschen."

Während seiner Aufzählung schwoll sein Stimmvolumen so an, dass der Inspector das I-Phone etwas von seinem Ohr wegnahm.

Mehr Eskalation konnte er nicht riskieren; Adolph war zu mächtig. „Selbstverständlich, Sir. Binnen drei Tagen gehören die Kerle Ihnen." „Sechsunddreißig Stunden, sagte ich!" „Natürlich, Sir!" „Na also, geht doch." Ohne ein weiteres Wort von ihm beendete er das Telefonat.

„Arsch!" Ken tobte innerlich. Weniger dieses karrieregeilen Machtmenschen wegen, der unbedingt der nächste Mayor sein wollte. Nein, sondern weit mehr deshalb, weil er selbst soeben gekuscht hatte.

Doch Ärger mit dem - nein danke! Gloria würde ihm den Kopf abreißen, müsste er wieder den Straßenverkehr regeln. Er hatte seine Lektion gelernt; damals. Die Interne wollte ihm beinahe seine Marke wegnehmen - für immer. Nein, heute war er vorsichtiger.

Und dennoch! Zu viele Fakten sprachen gegen eine Täterschaft der Männer aus dem Paremoremo. Er spürte den ausgestreckten Zeigefinger gegen seine Wange klopfen; wie stets, wenn ihm etwas klar wurde. Die Vermieterin muss sich damit irren, die Ausbrecher gesehen zu haben. Oder ...?

Unsinn! Woher sollte sie den wahren Täter kennen? Und decken. Sie hat sich in der Aufregung bestimmt nur verguckt. Alles, was wir bislang haben, spricht deutlich mehr gegen den Ehemann. Zweimal Vergiftungsversuch. Aber nur, schränkte er seinen Gedanken gleich wieder ein, wenn es sich um dasselbe Gift handelt.

Oder unterschiedliches? Glaub ich nicht. Wer macht sich denn die Mühe? Woher hat der aber so etwas? Und was genau? Die süße Diana ist erst morgen soweit. Schade! Ob Babsy vielleicht ...?

Schon rief er sie an. „Barnebby." „Hi! Ken hier. Geht´s gut?" „Oh, welche Überraschung! Obwohl - eigentlich ja keine; rufst ja doch nur an, wenn du was von mir brauchst. Das Ergebnis der Probe, nichtwahr?" Ihr Vorwurf klang weit weniger anklagend als traurig.

„Echt sorry! Aber ..., na, du weißt doch selbst, wie uns alle die Arbeit erstickt." „Schon gut! Also - ich habe herausgefunden, was in der Injektionsampulle ist. Hab den Bericht vor zehn Sekunden an dich gemailt; nur vergessen, die Nummer vom New Zealand Poison Centre zu notieren; falls du eine zweite Meinung brauchst."

Er schmunzelte - typisch Barbara; kommt immer gleich auf den Punkt, ohne Zeit zu verschwenden. Ihren Leitsatz hatte er noch nicht vergessen: Wenn du am Anfang trödelst, kommst du am Ende zu spät.

„Danke! Aber die brauche ich gewiss nicht, liebe Babsy!" Er tippte rasch auf eine Handytaste, um zu den E-Mails zu kommen. „Hab ihn aber noch nicht." „Euer Server ist ja auch aus dem letzten Jahrhundert. Na, wird sicher gleich kommen. Sag, lebt das Opfer noch? Mit diesem Cocktail im Körper wohl kaum."

„Doch! Aber nur, weil ihr Mann nicht mehr dazu kam, ihr das Gift einzuflößen." „Der eigene Mann? Die Welt ist schlecht! Der Himmel war dann tatsächlich auf ihrer Seite; sonst wär sie schon dort oben. Weißt du, was Coriaria arborea ist?"

Es klingelte nicht gleich bei ihm; er brauchte einen kurzen Moment, bis er sich erinnerte. „Ich glaube, ja. Eine Zeugin aus Deutschland erwähnte das neulich. Es ging ... - ... es ging um ... - ... ja, eine Giftpflanze. Eine, die bei uns wächst."

„Richtig, mein Lieber. Tree Tutu. Sehr ungesund; in der Konzentration wie hier höchstwahrscheinlich töd-lich." „Wau! Aber du sagtest Cocktail." „Hm! Plus Samen von Sophora und von dem Zungenbrecher Corynocarpus laevigatus; alles fein zermahlen und erst in C2H6O und dann in destilliertem H2O gelöst."

Seine Augen hatten sich geweitet. Der Mistkerl Grego-rius wollte ihr nicht den Hauch einer Chance lassen!

„Wo wächst das Zeug bei uns genau?", wollte er nun wissen. „Tree Tutu zum Beispiel an kleinen Bachläu-fen; auch schon in ganz normalen Gärten, wenn es feucht genug ist; ach, eigentlich überall, wie das ande-re Zeug auch. Oft sind es Kinder, die die Sträucher mit anderem verwechseln; oder Bienen."

„Wie - Bienen?" „Früher gab es Todesfälle, weil über die Bienen der Pollen der Tree Tutu in den Honig gelangt war." Er schluckte. „Okay! Ab morgen wird Gloria keinen Honig mehr auf den Tisch bringen!" Sie lachte laut. „Keine Sorge. Seit die Imker das wissen, passiert es nicht mehr. Wie geht es ihr eigentlich? Ich werde sie morgen ...."

„Barbara!“, hörte er es durch das Telefon hinter ihrer Stimme laut rufen. „Rasch! Die Obduktion ist am Telefon. Dr. Carlyle.“ „Ken, da muss ich rangehen. Sorry! Mach´s gut und grüße Gloria ganz lieb von mir.“ Schon hörte er das Piepsen; sie hatte ihn abgehängt.

´In Gärten und an Bachläufen`, meint Babsy also. Eine andere Stimme kehrte in sein Gedächtnis zurück; eine Frauenstimme; am Telefon; neulich. ´Sie ist eine ganz Liebe. Kennt sich sogar mit ...` Ja, genau das hatte die Münchner Apothekerin über die Vermieterin des Opfers gesagt.

Ein Gedanke blitzte in ihm auf. Der Sache will ich doch gleich mal nachgehen! „Na, dann los!“ Er rannte die Treppe hinunter zum Wagen.

Während der Fahrt zur alten Gärtnerei nervte ihn erneutes Telefonklingeln. „Verdammt, lasst mich doch wenigstens ein paar Minuten in Ruhe!“, rief er aufgebracht und schlug mit der flachen Hand gegen das Lenkrad.

„Ja, wer stört denn schon wieder?“ „Ich glaube, wir beide sollten mal unter dem Sternenhimmel einen Spaziergang machen - nach einem gemeinsamen Abendessen und zwei Flaschen Bardolino. Du bist einfach nicht im inneren Gleichgewicht, liebster Ken. Ich schätze, ich muss dir meine beiden Yin- und Yang-Kugeln in deine großen Hände legen.“

Wie weich ihre Stimme klang; weich und verfüh.... Nein! Er verbot sich den Rest des Gedankens.

Ken spürte, wie er rot wurde. Das andere, was er fühlte, war der wohlige Schauer, der über seinen Rücken wanderte. „Diana?“ „Schön, dass du in deinem Stress wenigstens meine Stimme erkennst." Er atmete tief durch. Diese Frau schafft mich!

Bevor ihm eine Antwort gelang, hörte er ihr: „Sag jetzt nichts. Denk einfach mal darüber nach. So, und jetzt werde ich dienstlich. Ich habe mich nämlich für dich ins Zeug gelegt und deine Sache vorgezogen. Neben Wein und Sekt habe ich deutliche Spuren von ...."

Rasch fiel er ihr ins Wort. „Von Tree Tutu gefunden. Stimmt´s?" „Donnerwetter, Mister Barnebby. Woher hast du ...?" „Zudem sind noch Sapharo-Samen drin", fuhr er siegessicher fort. „Nun, die heißen zwar So-phora; aber das ist ja einerlei, weil es stimmt; genau das ist auch drin. Jetzt sag mir aber bitteschön, woher du das weißt und ..." - ihre Tonlage wurde härter - „... warum du mir dann meine Zeit stiehlst, he?"

Als er seine folgenden Worte vernahm, wusste er nicht, welcher Teufel ihn ritt. „Tut mir leid; aber als Entschuldigung übernehme ich den Bardolino zum Essen. Okay?!"

Diese Antwort schien sogar der wortgewandten Mrs. Turner die Sprache zu verschlagen. Die dadurch ent-stehende kleine Pause füllte er damit aus, sich entrüs-tet gegen die Stirn zu schlagen. Sag mal, spinnst du jetzt total? Du hast sie ja wohl nicht mehr alle!

Schon hörte er ihr zartes „Ich freu mich. Ruf mich heute Abend an; auf derselben Nummer. So um neun; dann liege ich in der Wanne; mit ganz vielen Kerzen um mich herum. Unseren Termin machen wir aus, während der duftende Seifenschaum meine Haut zart streichelt."

Wie froh er über das sogleich folgende und den Anruf beendende Piepsen war! Sie hatte aufgelegt. Was hatte er da angerichtet? So etwas war ihm ja noch nie passiert. Diese Turner wird mir langsam echt gefährlich! Sein nächster Gedanke landete direkt zu Hause - bei Gloria.

Kapitel 28

„Guten Tag, Missis Lipton. Chiefinspector Barnebby. Ob Sie wohl einige Minuten Zeit für mich haben? Es gibt da noch Fragen, bei denen Sie uns helfen könnten.“

Ein nervöses Zucken huschte über ihre Lippen. Was will der denn? Blitzschnell überlegte sie; wenn du ihn abwimmelst, wirst du es nicht erfahren.

„Aber gerne; kommen Sie herein!“ „Äh; würde es Ihnen etwas ausmachen, wenn wir durch Ihren schönen Garten gehen? Bei dem tollen Wetter!“ Sie stutzte. „Nun ja, aber er ist nicht so in Schuss, wie ich´s gerne hätte. Nun ja, warum nicht. Bitteschön!“ Ihre ausgestreckte Hand wies nach draußen.

„Wie nett Sie das hier haben! Ach, dort hinten fließt sogar ein kleines Bächlein. Na, da waren ihre Mieter gewiss auch oft hier draußen, nichtwahr?“

Worauf, verdammt, will der hinaus? Sie nickte leicht. „Wie kann ich Ihnen denn helfen, Mister Barnebby?“

Er ging nicht darauf ein, sondern beharrte auf einer Antwort. „Auch Mr. Gregorius?“ Ihre Wimpern schlugen rascher auf und zu als normal. „Ja, schon! Er auch.“

„Er kommt aus der Pharmabranche; wissen Sie das?“ „Ich glaube, Sarah hat´s mal erwähnt. Aber Genaueres dazu kann ich Ihnen nicht sagen.“ Spielt der etwa auf die Sache in München an? „Na, es interessiert uns ja auch nur beiläufig, was er gemacht hat.“

Hat, horchte sie irritiert auf? Was soll das denn bedeuten? „War er Botaniker?“ „Das weiß ich echt nicht.“ Dabei zog sie die Schultern hoch. Was hat das mit dem Arzneimittelskandal zu tun?

Sie gingen ein paar Schritte weiter auf den Bachlauf zu. „Haben Sie hier auch diese gefährliche Pflanze im Garten, von der mir gerade gestern meine Frau berichtete; daran seien vergangene Woche Kinder einer Touristenfamilie fast gestorben. Wie furchtbar!“

Der Hitzeschwall, der sie erfasste, zwang sie, nach ihrem Taschentuch zu greifen und sich die Stirn zu wischen. „Ganz schön heiß heute.“ Ken schaute sie von der Seite an. Mache ich sie etwa nervös?

Meint der etwa ...? Shit, der redet von Tree Tutu. Erneut wischte sie sich den Schweiß ab. Monica versuchte sich zu fangen. „Ja, ja, die gibt´s hier überall. Schauen Sie.“ Sie richtete den Zeigefinger dorthin, wo die Pflanze wächst. „Ah, so sieht die aus. Hat Mister Gregorius Sie mal nach der Wirkung des Giftes gefragt?“

Ach so läuft der Hase! Der meint gar nicht mich, sondern den Idioten von Robby. Sie spürte den Felsen von ihren Schultern fallen. Das machte ihr Mut, den Spieß herumzudrehen und nun das zu fragen, was ihr so brennend auf der Seele lag. Sie musste mehr über Sarahs Zustand herausfinden; und über Roberts Verschwinden.

„Sagen Sie, was mache ich denn mit der Wohnung? Sarah liegt ja, schätze ich, noch lange im Krankenhaus, oder? Und ihr Mann taucht schon seit dem Überfall nicht mehr auf. Wo steckt der nur? Ich brauche schließlich wenigstens meine Miete.“

„Nun, so wie ich das sehe, werden Sie da noch etwas zuwarten müssen, bis die arme Frau wieder fit ist. Danach braucht sie Ihre Hilfe. Ihr Mann wird nämlich nicht mehr kommen; er ist verstorben."

Bei ihrem nächsten Schritt schwankte Monica. Im letzten Moment hielt er sie am Arm fest. „Bin nur gestolpert. Danke Ihnen, Mister Barny!" Sie war völlig durcheinander. Robert tot? Oh nein! Deshalb also .... Wie soll ich das Yvonne beibringen? Krampfhaft bemühte sie sich um einen gefassten Ton. „Wie das? Er war doch nicht krank, oder?"

„Nein. Er kam im Zuge einer nächtlichen, polizeilichen Verfolgungsfahrt zu Tode. Er stand im dringenden Verdacht, seine Frau umbringen .... Nun ja, zum Glück hat sie das Attentat überlebt. Ein zweites Mal." Monica merkte, wie sich ihre Schultern verkrampften.

„Wie, ein zweites Mal? Sie meinen, das hier in ihrer Wohnung war er ebenfalls? Aber ich habe doch die Ausbrecher aus dem Haus rennen sehen."

„Die? Oder nur den?", fragte er geschickt. „Äh ...." Sie wurde unsicher. Was habe ich denen damals genau gesagt? Ohne eine Antwort abzuwarten setzte er nach.

„Ob Sie sich in der Aufregung vielleicht damit völlig geirrt haben, fragen wir uns. Es deutet so vieles darauf hin, dass er ...." Ken brach seinen Satz bewusst ab, um sie zum Nachdenken zu bringen. Prompt tat sie es.

Er? Robert? Die glauben nicht an meine Geschichte mit den Verbrechern. Ihn haben sie in Verdacht. Mich etwa auch? Shit!

„Zweimal Gift; zweimal Elektroschläge; ist das Zufall!
Überlegen Sie nochmal genau, Missis Lipton."

Aber warum mich? Er redet doch nur von ihm! Denk
nach! Robert ist tot. Den Elektroschocker fanden sie
mit seinen Fingerabdrücken.

Weiter! Dieser Kerl fragt mich nach Tree Tutu aus.
Den Giftpunch haben sie also auch. Das Ganze zwei-
mal, sagt er. Aber keine zweite Spritze! Nur meinen
Wein .... Vielleicht.

Sie fühlte das Blut in ihren Schläfen pochen. Mensch,
beruhige dich! Die gehen doch nur von einer Verbindung zwischen beiden Taten aus. Bei einem einzigen
Täter. Robert. Hoffentlich!

„Meinen Sie wirklich, dass ich mich .... Nun, wenn ich
überlege ..., ja ..., ich hatte wohl meine Brille nicht
auf." Sie kratzte sich am Kopf.

„Und das, wonach Sie mich vorhin fragten ...." Sie ließ
den Satz offen; so, als würde sie über etwas grübeln.
„Ja?" „Es stimmt schon!" „Was genau?" „Jetzt, da Sie
mich erinnern, da ...." Wieder tat sie, als zögere sie.
„Soweit ich Sarah verstanden habe, war die Botanik
ein Hobby ihres Ehemanns."

Also doch! Kann mich doch auf meine Nase verlassen!
Das wird Adolph gar nicht gefallen. Aber warte noch
damit, bis du mehr Beweise hast; sonst macht er dich
fertig, wenn du ihm sagen musst, dass es nur einen
Täter gibt; einen toten. Die große Mordanklage gegen
die Häftlinge kann er dann vergessen.

„Nun, dann will ich Sie nicht länger aufhalten, Missis
Lipton. Vielen Dank für Ihre Zeit und noch einen

schönen Tag.“ „Gern geschehen. Der Polizei muss man doch schließlich bei ihrer schwierigen Arbeit helfen.“

Als sie ihn davonfahren sah, atmete sie erleichtert auf. Zu Beginn dachte ich echt, der wäre mir auf die Schliche gekommen. „Puh, die Kuh ist hoffentlich vom Eis!“

Doch eines steht mir noch bevor. Wie bringe ich Roberts Tod Yvonne bei?

An das andere wollte sie jedoch im Moment gar nicht denken. Sarahs Erinnerung hing wie ein spitzes Damoklesschwert über ihrem Kopf.

Kapitel 29

„Hast du das gehört?" „Was denn?" „Mensch Crack, da draußen ist wer." Erneut lauschte er. „Da! Hörst du das nicht?" „Kein Ton! Fang nicht an zu spinnen! In der Gegend hier gibt´s meilenweit keine Menschenseele. Solltest dir besser auch was reinziehen, statt mich zu nerven."

Rod Savage fluchte innerlich. Das Zeug wird dich noch umbringen. Und mich selbst zurück in den Bau, weil sie uns deinetwegen noch erwischen. Ums Verrecken kriegen die mich nicht mehr rein. Vorher jage ich mir ne Kugel ins Hirn. Besser, ich mach ohne dich weiter. Hätt ich gleich machen sollen.

„Musst du dich immer so zudröhnen?!" „Fuck You!" „Mensch Blayney, deinetwegen schnappen die uns noch", brauste Rod zornig auf. Er war kurz vor einem Wutausbruch.

„Bullshit! Mach doch gar nichts! Also lass mir die Ruhe, sonst ...." Seine Hand bewegte sich in Richtung der neben ihm liegenden Knarre.

„Ach ja! Und was war das mit der Frau, he? Musstest du Arschgesicht die Tante unbedingt alle machen?" „Hätte halt nicht abhauen sollen. Konnte ich der Süßen nicht durchgehen lassen. Strafe muss sein!" Er grinste hämisch und ließ seine Zungenspitze über die Oberlippe fahren.

„Du Flachwichser! Die hat uns schließlich geholfen. Weißt doch, wie scheiße es uns ging. Wie ein Geschenk kam die angefahren, in ihrem klapprigen Chevi. Wir waren am Verhungern. Schon vergessen?"

Der andere zuckte nur mit den Achseln.

„Mussten verdammt dringend weg aus Auckland. Die ganze Karre voller Einkäufe. Essen satt." Rod schlug sich auf den Bauch. „Wie hätten wir´s ohne ihr Auto sonst geschafft, drei Tage nach dem Ausbruch schon hier zu sein? Zum Dank drehst du ihr die Luft ab. Du bist so ein perverses ...."

„Vorsicht, Alter!" Crack griff zur Pistole, doch sein Kumpel war schneller und richtete die seine auf seinen Kopf. „Kannste haben!"

Rod wusste, dass Crack nicht schießen würde. Nicht auf ihn. Er senkte seinen Arm und steckte die Waffe wieder in seinen Gürtel. „Aber red nicht so mit mir, Arschloch; klar?!" Auch er legte das Schießeisen wieder neben sich.

Blayney griff sich mit einer Hand in den Schritt. „Find´s ja auch Kacke, dass die nicht mehr ist. Hat mit der Kleinen richtig Spaß gemacht - so, wie die sich jedes Mal gewehrt hat." Sein Blick fiel auf die Matratze, und sein Lachen hätte nicht hässlicher klingen können.

„Hatten zu dritt doch alles. Fressen, Saufen, Stoff, die Alte und nen super Versteck. Die Hütte sieht doch total verlassen aus, bei dem Dreck, der hier rumliegt. Drumherum wohnt weit und breit keiner."

„Aber ein Fehler war es bestimmt, dass du Feuer gemacht hast. Den Rauch sieht man doch bis ins Tal. Und das Auto .... Wenn sie das aus der Luft erkennen, sind wir sowieso am Arsch." Crack kniff die Augen zusammen. Ihm reichte es langsam.

„Erstens steht das hinten halb unter dem Schuppen. Zweitens wolltest du das Fleisch sicher roh essen, hä?! Oh, du kotzt mich an mit deinem ewigen Gejammer. Hätt ich dich bloß nicht mitgenommen!" „Von wegen! Ohne meinen Plan würdest du Hirnamputierter doch noch immer hinter Gittern schmoren."

Schon wollte Crack wieder zur Waffe greifen, ließ es aber sein. Er wusste, dass sein Kumpel Recht hatte; er selbst war zwar der Killer, Rod aber der Denker - selbst wenn auch er brutal zuschlagen konnte.

„Komm mal wieder runter, und scheiß dir nicht in die Hosen. Irgendwann geben die auf uns zu suchen; dann können wir unentdeckt die Fähre nach Süden nehmen. In Timaru wartet Rongo schon; der bringt uns mit seinem Wasserflugzeug weg. Der Drecksack von Maori schuldet mir noch was. Also gib endlich Ruhe!"

Er setzte den zum Röhrchen gedrehten 20-Dollar-Schein an die Nase, beugte sich vor und saugte den weißen Stoff in die Nase. Sich schüttelnd schloss er die Augen und drückte sich noch tiefer in das zerschlissene Lederkissen.

Ich bring diesen Kiffer noch um. „Ein Scheiß lass ich dich in Ruhe. Du gehst jetzt raus und guckst nach, was da draußen los ist."

Cracks gestreckter Mittelfinger brachte ihn zum Kochen. Hätte er nicht im selben Moment wieder ein lautes Knacken gehört, wäre er ihm an die Gurgel gegangen. Er rannte zum Fenster und schob vorsichtig den letzten noch vorhandenen, allerdings halb zerrissenen Vorhang vorsichtig zur Seite. Seine Augen weiteten sich. „Bullen! Verflucht!"

Kaum hatte er es ausgesprochen, flog schon die wenig stabile Holztür auf. „Polizei! Auf den Boden! Los, runter! Hände über den Kopf."

Crack war schon zu benommen, um zu reagieren; wie gelähmt blieb er sitzen. Rod jedoch ging blitzschnell in die Hocke, während er eine Pistole aus dem Hosengürtel zog, und schoss. Der als erster hereingestürmte Polizist stürzte mit einem Schmerzensschrei zu Boden. Schon legte der versierte Schütze auf den anderen Uniformierten an, da streckte ihn eine Gewehrsalve nieder.

Der dritte Kollege hatte durch die Scheibe des gegenüberliegenden Fensters geschossen. Zwei Sekunden später saß er auf dem Schützen und fühlte seinen Puls am Hals. „Tot!" Der andere legte dem apathisch dasitzenden Mann Handschellen an. Dann kniete er sich neben den am Boden liegenden Kollegen.

„Jack! Wo hat das Schwein dich ...?" „Bin Okay; nur das Bein. Streifschuss, glaub ich." „Lass mich sehen!" Adam öffnete sein Klappmesser und schnitt den Stoff der Länge nach auf. „Hey, die ist neu! Muss das sein?" „Muss! Von wegen Streifschuss!"

Er schaute nach oben. „Bear, pack das tote Schwein in den Wagen und komm mit dem Verbandskasten zurück." Rangi Matene wurde nicht umsonst ´Bear` genannt; der hünenhafte Maori hatte Bärenkräfte. Mit einem Schwung legte er den Erschossenen über die Schulter und trat aus der alten Waldhütte.

Als er zurückkam, versorgten sie Jack die Wunde. „Scheiße, warum muss es immer mich erwischen?!"

„Weil du der Mutigste von uns bist und wieder mal als
erster rein bist", meinte Rangi anerkennend. Adams
Kommentar klang ironischer, war aber ebenfalls gut
gemeint. „Jack Lendon, der Held des Tages" - so versuchte Adam ihn aufzumuntern. Der Angeschossene
lachte. Die drei waren schon seit vielen Jahren beste
Freunde.

So stand es dann auch im Polizeibericht, den Barnebby zwei Tage später auf den Schreibtisch bekommen
und gelesen hatte.

´...... Am Donnerstag fassten die drei unterzeichnen-
den Kollegen Jack Lendon (mit Schussverletzung);
weiter Adam Orkney und Rangi Matene in einer
Waldhütte nahe Waipoua die vor Wochen aus Paremoremo entwichenen Häftlinge Crack Blayney sowie
Rod Savage. Der Letztgenannte verstarb bei einem
von ihm begonnenen Schusswechsel. ....

.... Nach mittlerweile bestätigten kriminaltechni-
schen Prüfungen besteht kein Zweifel an der Aussage
des überlebenden Häftlings dahingehend, die beiden
hätten sich schon drei Tage nach der Flucht mittels
eines Fahrzeugs der Besitzerin Claire Fisher, Devon-
port, (Person seitdem vermisst), am Ort ihrer Fest-
nahme aufgehalten. Nach schätzungsweise zweiwö-
chiger Genesungsphase wird Kollege ..... `

Soweit zu lesen hatte Ken genügt. Hab also Recht gehabt! Die Vermieterin hatte sich geirrt und nicht die -
oder auch nur einen der - Verbrecher, sondern mit
größter Wahrscheinlichkeit Robert Gregorius gesehen.
Natürlich ist damit er der Täter bei beiden Überfällen
auf die Deutsche. Zufriedenheit lag in seinem Gesicht.

Nur .... Er runzelte die Stirn. Das wird Mr. Trump gar nicht gefallen! „Oh weh!" Dieser Bericht unterstützt aber meine Vermutung! Da steht Schwarz auf Weiß drin, dass es die Ausbrecher nicht gewesen sein konnten.

Damit kann er sich für seine Wahlkampagne keinen spektakulären Mordprozess gegen die Ausbrecher wegen der Deutschen auf seine Fahne schreiben. Es sei denn, er findet Beweise dafür, dass der Überlebende von beiden jene Frau ermordet hat. Und gegen Gregorius geht gar nichts; der ist nämlich tot.

„Wie schade für dich, Adolph!", entwich ihm seine Schadenfreude.

Kapitel 30

Francis hörte Schritte hinter sich. Gewiss Mrs. Monroe, dachte er!

Erwartungsvoll drehte er sich um - und konnte kaum glauben, was er sah. „Was machst du denn hier?" Fassungslos schaute er in ein Gesicht, mit dessen Auftauchen er ganz sicher nicht rechnete.

Lisa ging erfreut auf ihn zu und begrüßte ihn mit einer herzlichen Umarmung. „Schätze, dasselbe wie du. Sarah besuchen. Ist ja wieder bei Bewusstsein ist."

Zur Begrüßung küsste er sie auf beide Wangen. „Hm!" Er schnupperte; welch ein angenehm blumiges Parfüm. „Du duftest wundervoll, Lisa." Ein Strahlen legte sich auf ihr Gesicht und sie nickte. „Ein wirklich einzigartiges Eau de Parfum; nie mehr werde ich ein anderes nehmen!"

„Ich freu mich wirklich sehr, dich wieder zu sehen. Auch wenn die Umstände schrecklich sind. Aber woher weißt du ... - und überhaupt ...?"

„Du, dieser Kommissar hat mich vor vier Tagen ein zweites Mal angerufen; wegen einer merkwürdigen Sache während ihrer Aufwachphase. Kein Halten mehr für mich! Wollte schon lange kommen, aber .... Zuviel zu tun. Neue Apotheke." Wieder sprach sie abgehackt.

Natürlich wusste sie, warum sie die ganze Zeit München nicht verlassen wollte. Jetzt, da sie mit Alex reinen Tisch gemacht hatte und er ausgezogen war, wollte sie jeden freien Augenblick mit Dieter verbringen. Auch damit, eine rasche Scheidung zu vereinbaren.

Immerhin hatte sie es schon geschafft, dass er einem offiziellen Trennungszeitpunkt von Tisch und Bett vor fast zehn Monaten zustimmte; auch, wenn sie diese kleine Schwindelei eine Stange Geld gekostet hatte. Doch das würde sie sich um ein Vielfaches von ihrem zukünftigen Ehemann zurückholen! Auf diese Weise könnte sie in weniger als drei Monaten geschieden sein - und die gesetzlichen Regeln etwas umgehen.

„Wie furchtbar das alles ist, Francis!" „Oh ja!", gab er ihr bedrückt Recht. „Du hast hoffentlich wegen deines Besuchs hier schon mit der Ärztin gesprochen?" „Klar! Wäre ich sonst hier?! Will Sarah doch nicht schaden." „Gut! Ich durfte nämlich lange Zeit nicht zu ihr."

Er schaute auf die Uhr. „Missis Monroe wird in zehn Minuten kommen; dann gehen wir nacheinander rein." „Wie, nacheinander?" „Sie wird dich bei Sarah erst ankündigen. Hat sie auch mit mir so gemacht. Wir müssen sehr behutsam mit ihr umgehen, verstehst du?" „Natürlich!"

„Was meintest du eigentlich eben damit, der Polizist hätte von etwas Merkwürdigem gesprochen?" „Schrie beim Aufwachen. Schrecklich. Sarah." „Ach so, das meinst du. Hab´s auch nicht verstanden. ´Geh weg, Monica. Nicht!`, oder so ähnlich." „Konnte sich keinen Reim darauf machen, der Barnebby. Hat Rat gewollt; von mir. Naja! Kenne sie ja gut. Auch ihre Nachbarin; ein wenig. Du?"

„Diese Monica Lipton?" Sie nickte. „Nicht wirklich; weiß nur, dass sie Sarahs Vermieterin ist." „Eine sehr Nette! Wohnte bei ihr; unterm Dach. So abweisend? Komisch! Die sei nicht mal drin gewesen; im Krankenzimmer." „Natürlich nicht!" Nachdenklich und verwundert zugleich schüttelte sie den Kopf und zog dabei die Schultern hoch. „Echt komisch!", wiederholte sie dieses Mal deutlich lauter. Er nickte. „Was ist komisch, Missis Stone, äh, Stein? Das sind Sie doch, nichtwahr?" Lisa drehte sich um. „Und Ihrer Telefonstimme nach zu urteilen sind Sie Mister Barnebby."

„Hello! Schön, dass wir uns nun auch persönlich kennenlernen. Von Susan, also Doktor Monroe, weiß ich, dass Sie heute Morgen hier mit ihr verabredet sind. Deshalb bin ich gleich gekommen. Habe ja noch ein paar Fragen an Sie." „Freut mich auch! Ja, erwähnten es."

Er blickte zu Francis. „Oh sorry! Hello, Mister Spring, wie geht es Ihnen? War ganz schön aufregend, als sie aus dem Koma kam, nichtwahr?" „Oh ja, das hat mich arg mitgenommen; aber ich wollte unbedingt dabei sein, wenn sie aufwacht. Die Ärztin hielt es auch für gut, weil ich für sie eine enge Bezugsperson mit Gefühlsbindung sei, meinte sie."

Francis schaute über des Kommissars Schulter hinweg. „Ah, da kommt sie ja." Alle drehten sich nach ihr um. „Hello alle miteinander! Susan Monroe, freut mich!" „Lisa Stein. Danke, mir den Besuch zu erlauben! Beste Freundin. Alles so schlimm!" „Gerne, aber eins nach dem anderen. Und du? Willst du auch zu ihr?"

„Nein, nein", antwortete Ken. „Ich bin heute nur wegen Mrs. Stein hier." „Okay! Francis, können wir." „Klar!" „Sie sind dann als nächste dran - sofern es ihr so gut geht wie heute früh nach dem Wecken." „Selbstverständlich." Sie verschwanden hinter der Tür zum Krankenzimmer.

„Nun, dann haben wir beide ja etwas Zeit. Wie war Ihr Flug?" „Über dreißig Stunden dieses Mal. Wurden in Singapur festgehalten. Der Taifun." „Ja, um diese Zeit schlägt das Wetter verheerend zu." „Was wollten Sie noch von mir wissen, Inspector?"

„Ach so, ja. Also, Sie glauben nicht daran, dass Mr. Gregorius sich in Botanik auskannte? Sie wollten nach dem Telefonat mit Ihrem Mann sprechen, weil er ihn doch auch kennt. Was meint er denn dazu?"

„Kopf geschüttelt. Laut gelacht und gemeint: ´Der und ein Pflanzenfreund. Schon in der Schulzeit hasste er alles an Biologie; daraus machte er nie einen Hehl.` Nein, Mister Barnebby! Robert und Pflanzen - ganz sicher nicht!" Wie gerne, erinnerte sie sich, hätte Sarah einen richtig großen Garten gehabt; aber Robert ....

Sie winkte ab. „Schreibtischtäter. Ohne Sinn für Natur." Bis auf Orchideen, dachte sie bitter; die brauchte er, um Sarah immer wieder einzuwickeln. Und nun? Er tot, sie noch immer im Krankenhaus.

„Kannte er sich nicht vielleicht doch berufsmäßig mit Pflanzengiften aus?" „Glaub ich wirklich nicht! War für klinische Studien zuständig; im Rahmen von Arzneimittelzulassungen."

„Arzneien - also doch!" „Nein, hat ja keine entwickelt; nach chemischen Formeln oder so. Ich könnte so etwas; hab´s studiert. Mische täglich Arzneipflanzenstoffe; für Kunden; im Offizin." „Offizin?" „Apotheke. Spezialausdruck; etwas veraltet; zugegeben." „Aha!"

„Warum fragen Sie das alles?" „Reine Ermittlungsarbeit", wiegelte er ab. Sie schaute ihn fordernd an und wiederholte die Frage. „Warum? Will schon mehr wissen! Mich ausfragen und selbst nichts preisgeben - nicht fair!“

Er schwieg. Also versuchte sie es auf andere Weise. „Hat sie wirklich hier zu töten versucht? Robert, dieser Mistkerl.“ Sie deutete auf das Krankenzimmer. „Wie denn?“ Fragt er deshalb nach seiner Kenntnis über Pflanzen? „Etwa mit Gift? Sagen Sie endlich was!“

Lisa runzelte die Stirn. Robert - mit Gift? Nein! Dennoch hakte sie nach. „Der Überfall bei ihr zu Hause? Hat sie da auch Gift bekommen?“ Sie schüttelte nachdenklich den Kopf. Woher soll er das haben?

Noch immer kam nichts. Sie beharrte auf einer Antwort und bohrte weiter.

„Zweimal Gift? Niemals! Woher sollte er ...?“ Grübelnd legte sie Daumen und Zeigefinger an ihr Kinn. „Etwa gar nicht Robert? Sondern die Ausbrecher? Vermuteten Sie ja. Am Telefon. Oder? Los, sagen Sie endlich was!“

„Erstens: Nein! Die waren es nicht, weil sie zur Tatzeit die Stadt schon verlassen hatten. Zweitens: Zweimal Vergiftung ist durchaus denkbar! Mir fehlen aber noch wichtige Beweise.“

„Also doch Robert, meinen Sie? Aber Gift?“ „Vielleicht!“ Lisa überlegte. „Mit dem Gift einer Pflanze, denken Sie? Weil Sie eben von Botanik sprachen?“

Wieder kam nichts von ihm. Er hatte sich schon viel zu weit aus dem Fenster gehängt; schließlich waren die Ermittlungen noch nicht abgeschlossen und damit nicht für die Öffentlichkeit bestimmt.

„Coriaria arborea?“, folgerte sie halblaut. „Wächst in Monicas Garten. Hätte sie fragen können. Daraus aber Gift zu machen .... Der doch nicht! Nein, Mister Barnebby. Können Sie sich echt abschminken.“

Ken´s Mund hatte sich vor Erstaunen über ihren Scharfsinn halb geöffnet. Klar, dieser Kerl hat ihr das Gift einflößen wollen! Aber woher hatte er es?

Hinter ihnen öffnete sich die Tür und Francis trat auf den Flur. „Schon wieder draußen?“ „Ja, leider! Lisa; du kannst heute wohl nicht zu ihr. Ihr Zustand hat sich sehr verschlechtert, meint Susan, äh, Dr. Monroe. Sarah ist völlig wirr und hat mich erst nach Minuten erkannt.“

Er legte seine flache Hand über die zitternden Lippen. „Hoffentlich stirbt sie nicht.“ Bevor Tränen seine Augen verließen, drehte er sich rasch um. Lisa strich ihm mitleidsvoll über den Rücken. „Wird schon! Sarah ist stark.“

Mein Gott, Sarah, halte durch! Das kannst du mir doch nicht antun!

„Das denke ich auch“, meinte die Ärztin tröstend, während sie ihm durch den noch geöffneten Zimmerausgang folgte. „Ein derartiger Verlauf ist nicht ungewöhnlich. Mach dir nicht zu viele Sorgen.“ „Meinst du wirklich?“ „Bestimmt, Francis!“

Sehr vertraut, die beiden, dachte Lisa.

„Sorry, aber mein Zeitplan; ich muss weiter.“ „Halt!“, wand Lisa ein. „Kann ich Sarah Morgen sehen? Ich bin doch nur drei Tage hier.“ „Natürlich - morgen um dieselbe Zeit. Falls es früher geht, wird Francis Ihnen Bescheid geben. Wir beide stehen in engem Kontakt.

Francis, tauscht am besten eure Nummern aus, ja?"
„Geht klar. Ich darf dich heute Abend anrufen?" Susan
nickte.

„Tja, meine Arbeit ruft ebenfalls. Missis Stein, ich
danke Ihnen für Ihre Erkenntnisse. Und ...." Sie
schaute ihn neugierig an. Barnebby lächelte. „Und
wenn sie sich mal beruflich verändern wollen, können
Sie bei mir anfangen. Ihr logisches Denken könnte ich
im Team gebrauchen." Sie freute sich über das Kompliment. Aha, hab also den Kern der Sache getroffen!

„Mister Spring." „Mister Barnebby." „Einen arbeitsrei-
chen Tag noch", ergänzte Lisa die Verabschiedung der
beiden Männer voneinander und schmunzelte. „Den
werde ich haben. Schätze, wir sehen uns noch einmal."

Mit bedächtigem Schritt entfernte er sich. Es war Lisa
so, als wäre der Inspector noch immer in Gedanken
um Robert und das Gift.

„So, und was machen wir beide mit dem angefangenen
Tag? Hättest du vielleicht Lust auf einen Spaziergang?
Danach ein Mittagessen? Wie wär´s?" Lisa ließ sich
offensichtlich einen Augenblick zu lange Zeit, sodass
Francis seinen Vorschlag in eine Bitte umwandelte.

„Du, mir geht´s im Moment nicht so gut; kannst dir
vielleicht vorstellen, warum. Deshalb wäre ich dir echt
dankbar, wenn du ...." Weiter brauchte er nichts sagen, weil es Lisa schon leidtat, aus seiner Sicht gezö-
gert zu haben. Sie strich ihm über den Arm. „Einverstanden!" Er atmete erleichtert auf. „Na, dann los!"

Kapitel 31

„So, ich hab ihn!“

Barnebby hielt zwei beschriebene Blätter Papier hoch, während er die Bürotür hinter sich ins Schloss fallen ließ. „Die Kopie leg ich in die Akte.“

„Gut! Damit werden wir hoffentlich etwas herausfinden. Jeder hinterlässt Spuren. Vielleicht hat seine Geliebte das Zeug gemixt.“

„Hm. Ich hätte nicht gedacht, dass sogar wir beide anfänglich so falsch lagen“, gab Ken leicht verärgert zu und kratzte sich am Kopf.

„Hast Recht! Trump ging davon aus, dass die Frau in ihrer Wohnung von den Ausbrechern überfallen wurde. Du dachtest mal, ihr Ehemann sei in beiden Fällen der alleinige Täter. Jetzt aber riecht das Ganze tatsächlich danach, dass er für die Beschaffung des Giftes jedes Mal jemand als Helfer hatte. Jemand, der auch ein Tatmotiv hat. Verzwickte Sache!“

„Wen nehmen wir mit?“ „Am besten zwei Frauen, damit die uns nix anhängen kann; so, wie diese Nutte Lulu neulich.“ „Miststück; ich hätte sie betatscht. Mit so einer fiesen Tour hast du ganz schnell die Interne an der Backe.“ „Anne und Jane, was meinst du?“ Er nickte. „Ich ruf sie an und teil sie ein.“ „Kannst du morgen früh um halb sechs hier sein?“ „Kein Thema.“

Pünktlich um Viertel vor sechs rappelte Yvonnes Wecker. Sie war keine, die es lange im Bett aushielt. Jetzt, da sie so unförmig geworden war, erst Recht nicht.

Heute aber hätte sie gerne länger geschlafen. Sie reckte sich und drückte auf den Ausschaltknopf. „Hättest ihn besser um vier ausgemacht", schimpfte sie mürrisch. Die halbe Nacht lag sie wach und weinte. Robby war tot. In ihrem Bauch wurde sein Kind immer größer und würde bald da sein. Wovon sollten sie leben - ohne sein Geld? „Und ohne das seiner Scheiß Ehefrau!" Ihre Finger krallten sich in das Kissen neben ihr. Sein Kissen.

„Stinkreich! Ich verfluche dich! Deinetwegen ist mein Mann tot." Wie sehr sie diese Frau hasste. Ohne deinen verfluchten Geiz wäre das alles nicht passiert, tobte es in ihr weiter. Hättest du ihm das gegeben, was er von dir wollte, wäre alles gut gewesen.

Aber nein! Du musstest ja stur mit deinem fetten Arsch auf deinen Dollars sitzen bleiben. „Aber für Robby´s Tod wirst du mir büßen; das schwöre ich dir!" Hoffentlich kratzt du im Krankenhaus nicht vorher ab. Ich will dein angstverzerrtes Gesicht sehen, wenn ich dir die Luft abdrehe.

Mit einem für ihre Körperfülle viel zu energischen Schwung stellte sie sich auf die Füße und ging in die Küche. Zu ihrer Guten-Morgen-Zigarette brauchte sie vor allem anderen ihren Kaffee. Sie drückte auf den Knopf der Maschine. Als die Tasse vollgelaufen war, trank sie. „Hm! Der erste Schluck ist einfach der Beste."

Zu ihrem zweiten kam sie nicht. Sie fuhr zusammen. An der Haustüre klingelte es Sturm. Monica? Warum aber so früh? Außerdem wollte sie, schoss es ihr im Bruchteil einer Sekunde durch den Kopf, vorerst nicht hierher kommen; bis Gras über die Sache gewachsen war.

´Dass wir Schwestern sind, weiß ja niemand. Auf meine Verbindung zu deinem Robert muss dieser Polyp ja nicht kommen`, hatte sie ihr unmissverständlich klargemacht.

Die nächste Klingelsalve wurde von heftigem Hämmern gegen die Türe begleitet; und von einem herrischen „Missis de Clerk! Polizei. Öffnen Sie sofort, sonst brechen wir auf.“

Polizei? Um Gottes Willen; was soll das denn? Yvonne rannte in den Wohnungsflur. Beinahe stieß sie gegen den Holzstuhl mit der hohen Rückenlehne, an der ihr Sommerhut hing. In größter Aufregung schnappte sie sich am Garderobenständer den Trench und zog ihn im Laufen über ihre nackte Haut.

„Ich komme ja schon, verdammt!“, schrie sie lauthals. Sie drehte den Schlüssel im Schloss um und riss die Tür auf. Soweit es ging, weil dahinter ihre Straßenschuhe standen. Das erste, was sie sehen konnte, war ein Stück Papier, das ihr direkt vor ´s Gesicht gehalten wurde.

„Sie sind Yvonne de Clerk?“ „Ja, verdammt.“ Routinemäßig leierte der Mann das Folgende herunter. „Ich bin Chiefinspector Barnebby. Das ist ein Durchsuchungsbeschluss. Es geht uns um die Sicherung von Besitzgegenständen sowie um den Verdacht in Bezug auf Ihre Mittäterschaft an Straftaten zu Lasten von Mrs. Sarah Gregorius.“

„Bitte?“ Yvonne schoss Blut in den Kopf. „Sie haben das Recht, einen Anwalt anzurufen, wodurch die richterlich angeordnete Durchsuchung allerdings nicht verhindert werden kann. Was Sie von jetzt an äußern oder tun, kann gegen Sie verwendet werden. Lassen

Sie uns herein!" Zwei Männer und zwei Frauen zwängten sich an ihr vorbei ins Haus.

Yvonnes Hand stülpte sich über ihren Mund. Sie konnte nicht fassen, was da geschah. Polizei. Durchsuchung. Anwalt. „Aber ..., aber was ..., wieso denn?" stammelte sie. Barnebby drehte sich um. „Sie sind, äh, waren die Freundin des deutschen Staatsbürgers Robert Gregorius?" „Ja doch!" „Der Mann hielt sich seit seiner Einreise zumindest zeitweise in Ihrem Haus auf?" „Äh ...."

Sie war so verunsichert, dass sie nicht wusste, ob sie das bejahen durfte. Monica fragen? Das ging nicht. „Und?" „Ja, schon!" „In welchem Raum befinden sich seine Sachen?" Wieder fühlte sie sich überfordert und rang nach einer Antwort; eine, die ihre Schwester erlaubt hätte. Sie fand keine und schwieg.

„Anne, du nimmst dir das Schlafzimmer vor; Schränke, Kommoden - na, du weißt ja, wonach wir suchen."

Suchen? Was suchen die denn? Robby ist doch tot. Sie verstand überhaupt nichts mehr.

„Jane, das Bad." „Ja, Sir!" „Okay, Ken, ich wühl mich mal durch die Küchenschränke." Gordon stürmte los.

Schon drangen Geräusche aus den Zimmern. Yvonne war es, als würden Schubladen aufgezogen, Schranktüren aufgerissen und Dinge auf den Boden geworfen. So, dachte sie erschüttert, wie in den vielen Krimis, die sie schon gesehen hatte.

Ohnmächtig vor Hilflosigkeit hielt sie sich die Ohren zu. Einige schwere Atemzüge später spürte sie, wie ihre Beine sie nicht mehr tragen wollten; ihr wurde schwindelig. Barnebby sah es und war mit zwei Sätzen bei ihr.

„Setzen Sie sich hier auf den Stuhl. Ein Glas Wasser?" Sie nickte. „Paul, kannst du rasch etwas Wasser bringen?", schrie er. Sofort hörte er aus der Küche, wie Wasser aus dem Hahn lief. Schon kam er und hielt Yvonne eine Tasse entgegen.

Meine Kaffeetasse! „Haben Sie den ausgeschüttet?" Die Männer schauten sich gegenseitig irritiert an. Natürlich hatte Paul das in der Eile! „Trinken Sie!"

„Sir, kommen Sie mal, bitte. Ich hab was." „Wo, Anne?" „Die zweite Tür rechts." „Bin gleich da!" „Jane, komm du mal rasch zurück und bleib bei der Frau." Paul wusste, warum er das wollte. „Gut, dann nehme ich mir nach der Küche das Bad vor", beschloss er und ging.

„Was hast du?" „Das Laptop. Er hat aber einen Zugangscode." „Ich frag sie danach." „Mitnehmen?" „Natürlich. Unser Computer-As wird ihn zur Not knacken." „Ganz sicher! Z ist dafür der Beste."

Er schmunzelte; das tat er jedes Mal, wenn sie den jungen, begabten Kerl aus Berlin so nannten. Das ´Z` hatten sie ihm nach dem Erfinder des ersten Computers, dem Z 1, wie einen Stempel auf die Stirn gedrückt; nach Konrad Zuse. Dass es Claus nach Neuseeland verschlagen hat, war ein großes Glück für seine Abteilung.

Ken ging in den Flur zurück. „Geht´s ihr besser?" „Sieht so aus." „Missis de Clerk, wir nehmen ihr Laptop mit. Wie lautet …?" „Nein! Das dürfen Sie nicht; ich brauch es", brauste sie sofort auf. „Wir dürfen!

Also, wie lautet ihr Zugangscode?" „Vergessen Sie´s!"
Ihre Augen funkelten vor Zorn.

„Was wollen Sie denn noch? Reicht es denn nicht,
dass Sie meinen Mann mitten in der Nacht umgebracht haben?" Wenn Blicke töten könnten, dachte
Barnebby. Eine Antwort schenkte er sich, fragte sich
aber kurz, woher sie die Tatzeit des Autounfalls wusste. Stand wohl in der Zeitung.

„Schaut mal, was ich hinter den Getränkekästen entdeckt habe." Gordon kam mit einer halbleeren Flasche
Wein in den Flur. „Aha! Ob da wohl Spuren von ...."

Sofort fuhr Barnebby ihn an. „Hey Paul, keine Details
vor ihr! Nur einpacken." „Okay!", winkte er ab und
ging zurück in die Küche. Er selbst stieg die Treppe
hoch, während Yvonne ihm hinterher rief: „Danke,
dass Sie mein Leergut entsorgen. Die Bullen als
Müllmänner; echt super!" Ihr Lachen klang ebenso
verächtlich wie verstört.

Langsam begann sie zu ahnen, was hier los war. Denken die Scheißkerle etwa, ich hätte auch was mit den
Attacken auf diesen dämlichen Geldsack von Sarah zu
tun? Dass ich nicht lache! Davon könnt ihr vielleicht
ausgehen, wenn ich sie alle gemacht hab. Später,
wenn sie aus dem Krankenhaus raus ist. Aber jetzt?
Pah! Jetzt könnt ihr mir gar nichts! Robby auch nicht.
Der ist nämlich tot, ihr Mörder.

Während ihres letzten Gedankens schlug ihr unsägli-
cher Hass in tiefe Erschütterung um; ihr geliebter
Robby würde nie mehr da sein. Unkontrolliert schossen ihr die Tränen aus den Augen. Jane legte ihre
Hand auf ihre Schulter; sie wollte sie trösten.

Sofort schüttelte sie Janes Hand ab und schrie lauthals: „Fass mich nicht an, du ...." Ihr Zorn auf die Polizei entlud sich. Schon hob sie die Hand. Jane wich
zurück. „Sorry, wollte nur helfen."

Barnebby hörte es und kam rasch nach unten. „Was
hat sie?" „Schon okay; ist nur sauer! Wohl alles ein
bisschen zu viel für sie." Jane deutete auf ihren Bauch.
Sie hatte Verständnis für sie; schließlich hatte die
Schwangere ihren Freund verloren.

„Verstehe. Schau mal, was ich hier habe." Er hielt ihr
ein Buch hin. „Heimische Giftpflanzen. Lag zwischen
Herrensocken." „Interessant!" Ganz lang zog sie das
Wort. „Weit interessanter ist das, was zwischen den
Seiten liegt."

Er schlug es auf und zeigte ihr einen Zettel. „Ein Be-
stellzettel aus dem Buchladen; mit seinem Namen."
„Und hier - das Datum. Er tippte mit dem Zeigefinger
darauf. „Erst kürzlich gekauft. Alles klar!" Sie nickte
zustimmend.

„Hat noch wer irgendwas Auffälliges gefunden?", rief
er in die anderen Räume hinein? Sonst rücken wir
ab." Nacheinander kamen die anderen mit einem
Kopfschütteln an. „Alle fertig?" „Fertig, Sir!" Paul
nickte. „Hab auch nichts mehr gefunden." Zwei Minuten später fiel die Haustür von außen ins Schloss. Mit
einem Schlag war es still in der Wohnung.

Yvonne zitterte. Wie betäubt starrte sie die Wand an.
Kälte schlug ihr entgegen. Fremde waren in ihr Heim
eingedrungen. Überall waren sie mit ihren dreckigen
Schuhen herumgelaufen. Alles hatten sie angefasst.
Der Gedanke daran ekelte sie an. Fast fehlte ihr der
Mut dazu, sich den Zimmern zu nähern. Sie wollte
nicht das Durcheinander sehen müssen, das diese

Verbrecher angerichtet hatten. Monica! Sie musste sofort Monica anrufen. Ja, sofort!

„So ein Mist!“, schimpfte Monica; daran hatte sie nicht gedacht. „Auch den Zugangscode?“ „Natürlich nicht!“ Der ist ziemlich kompliziert, beruhigte sie sich; aber wer weiß, wie gut die im Knacken sind? Im schlimmsten Fall finden sie auch Fotos von mir.

„Verdammt! Wie konnte das nur passieren?!“ Yvonne fing an zu weinen. Das Ganze hatte sie zu sehr mitgenommen. „Heul nicht, verflixt! Sag mir lieber, wie der Inspector hieß.“ Sie zuckte mit den Achseln. „Weiß nicht mehr.“ „Dann streng dich gefälligst an. Los!“ „Äh - irgendwas mit B; Barny oder so?“ „Barnebby?“, schoss es aus Monicas Mund.

„Barnebby - ja, ich glaub. Jaja, so heißt der Mistkerl.“ „Was genau haben die sonst noch mitgenommen?“ „Leergut.“ Sie lachte dabei laut auf. „Eine Weinflasche. Komisch; ich trink doch keinen Wein“, wunderte sie sich. „Egal! Was noch?“ „Puh; was noch? Ein Buch.“

Dieses Buch etwa? Bestimmt! „Welches Buch?“, heuchelte sie. „Eines über Giftpflanzen; das hab ich hier noch nie gesehen. Soll in der Schublade von Robbys Unterwäsche gelegen haben.“

Monicas zufriedene Miene und ihre Gedanken dazu blieben ihrer Schwester verborgen. Alles läuft nach Plan. Bis auf deine blöden Fotos. Na, wer weiß, ob sie überhaupt dran kommen.

Wenigstens habe ich mit dem Zweitschlüssel gerade noch rechtzeitig das Zeug in die Wohnung schmuggeln können. Hab sie ja gewarnt; wenn es schief geht, lass ich Robert über die Klinge springen. Mit dem Gift in der Weinflasche. Dazu das passende Büchlein in seiner Kommode. Sie atmete tief durch. Natürlich tat ihr Yvonne leid. Aber da muss sie jetzt durch! Ich war gezwungen, alles so vorzubereiten, rechtfertigte sie sich, dass sämtliche Indizien nur gegen Robert sprechen.

Monica rekapitulierte: Er befürchtete die Auslieferung, wollte fliehen, brauchte Geld; viel Geld. Seine Ehefrau war stinkreich. Sie stirbt, er erbt.

Ja, genauso wird Barnebby denken. Damit verlor das immer mehr an Bedeutung, was ihr trotz allem unruhige Nächte bescherte. Was, wenn Sarah zu sich kommt und sich erinnert. Alle Beweise gegen ihren Ehemann werden dann aber schwerer wiegen als das, was Sarahs durch das lange Koma verwirrte Gedächtnis an Fantasien produziert.

Hoffentlich!

„Für wann hast du sie aufs Revier bestellt, Anne? Hab´s vergessen." „Elfdreißig." „Hast du´s gehört, Paul?" „Bin ich taub?! Wieso hast du die de Clerk eigentlich noch nicht verhaftet? Schwerer Fehler!"

Ken ärgerte sich schon den ganzen Morgen über dessen mürrische Laune. Hast wohl wieder zu viel getrunken. Selbst schuld; als du Babsy noch nicht rausgeekelt hast, ging´s dir besser. Am liebsten hätte er es ihm ins Gesicht gesagt. Idiot!

Eine Antwort gab er ihm nicht. Weißt doch selbst, dass es dafür noch nicht reicht.

„Du wirst dir zusammen mit Jane die Schwangere vornehmen. Mrs. Lipton knöpfe ich mir vor. Anne, du wirst dabei sein, okay?" „Klar, Sir! Noch Kaffee? Gleich fertig." „Gerne!" „Für mich auch! Mit Milch und drei Stück Zucker. Aber zack zack!", blaffte er sie an. Widerspenstig schüttelte sie den Kopf. „Sie wissen ja, wo die Maschine steht, Mister Gordon."

Seinen Befehlston konnte sie noch nie leiden. Außerdem hackte er seit Tagen auf Nicholas herum. Ken schmunzelte; Paul sah es und verkniff sich verärgert seine ihm schon auf der Zunge liegende Retourkutsche; er wusste, dass er gegen zwei nur verlieren würde.

Außerdem hätte Claus ihr ebenfalls zur Seite gestanden; davon musste er ausgehen, so charmant, wie er zu ihr war. Schwuler Frauenversteher, schimpfte er wortlos.

„Okay, Z, du hast die Laptop-Sperre überlistet. Gute
Arbeit!" „Danke, Sir. War easy." „Fass doch für die
anderen nochmal zusammen, was du mir schon gezeigt hast." „Ein paar E-Mails waren drauf; Sparky
meinte aber, die brächten nichts."

„Was weiß der schon", murmelte Paul. Ken warf ihm
einen rügenden Blick zu. „Aber ne Menge Fotos. Wurden von einem I-Phone runtergeladen." „Konntest du
den Anschluss ermitteln?", wollte Jane wissen. „Steht
in der Akte." Er deutete auf Kens Schreibtisch und gab
ihm die Gelegenheit, selbst die Katze aus dem Sack
lassen.

„Ja", erklärte dieser, „da werdet ihr so erstaunt sein
wie ich es gestern Abend war. Er gehört einer gewissen Monica Lipton."

„Was?" Gordon sprang auf. „Die? Das ist ja der Hammer! Was haben die denn miteinander .... Auf der
Stelle verhaften!" Ken´s Augenaufschlag hätte nicht
eindeutiger sein können.

„Zeig ihnen mal einige Bilder!" Mit dem Beamer warf
Claus die ersten nacheinander an die Wand.

„Da - die Schwangere und Robert Gregorius", stellte
Anne fest." „Das ist ja wohl aktenkundig, werte Kollegin", machte Gordon sie sofort an. Ihr zum Glück nur
gedachtes ´Arsch!` zeigte ihr, wie schwer es ihr fiel,
bei seinen Provokationen ruhig zu bleiben. Wie frus-
triert dieser Mensch sein muss! Kann nicht ertragen,
dass ich mit Nicholas so glücklich bin.

Drei Fotos weiter schlug Gordon sich mit Wucht auf
den Schenkel. „Die Lipton und er; ich glaub´s ja

314

nicht." Barnebby blieb noch immer die Spucke weg - so, wie abends, als Carl ihm die Bilder gezeigt hatte.

„Z, scroll weiter!" „Okay!" „Seht her, was jetzt kommt; Lipton und de Clerk Arm in Arm. Das ist aber noch gar nichts!" „Wie meinen Sie das, Sir?" Claus schaute Barnebby fragend an.

„Ja! Heute früh bekam ich nämlich Antwort auf meine Anfrage beim Geburtenregister. Haltet euch fest! Die beiden sind ...."

Seine Sprechpause erhöhte die Spannung der anderen. „Was sind die, Ken?"

„Schwestern. Wegen der aufgrund Heirat unterschiedlichen Nachnamen sei es etwas schwierig gewesen, ihr aber am Ende doch noch gelungen, meinte die Angestellte am Telefon."

„Diese falsche Hexe von Lipton!", kam von Gordon. „Kein Wort hat sie uns dazu gesagt. Na, die werde ich nachher zur Schnecke machen!" Barnebby hob den Zeigefinger. „Sicher nicht, Paul!" „Wieso nicht?", gab er bissig zurück. „Weil du Mrs. de Clerk vernehmen wirst. Schon vergessen? Und zwar mit Samthandschuhen, kapiert. Die Frau ist hochschwanger."

Zu Jane gerichtet ergänzte er: „Du bist dabei und .... Ich will keinen Ärger mit ihrem Anwalt." Sie verstand; sie sollte ihn im Zaum halten. „Wie - Anwalt?" „Sie bringt einen mit. Hat sie wenigstens gemeint, als Anne sie anrief. Also reiß dich am Riemen." Pauls Zornesader schwoll sichtbar an.

„Was ist eigentlich mit unserer Kronzeugin im Krankenhaus, Barnebby?", konterte Gordon mit aufbrausender Stimme. Mit dessen Nachnamen nannte er ihn nur, wenn er kurz vorm Platzen war.

„Du musst sie doch schon lange verhört haben! Wir müssen unbedingt wissen, warum die beim Aufwachen so ein komisches Zeug gebrabbelt hat. Wie sollen wir sonst vorwärts kommen, jetzt, da unser Chefankläger die Akte nochmal aufgemacht hat. Du könntest echt wichtigeres tun als in Fotos anderer Leute zu stöbern.“

Ken wäre ihm allzu gern an den Kragen gegangen. Heb dir dein Stänkern doch für zu Hause auf, schimpfte lautlos; dann, wenn du in den Spiegel guckst, siehst du wenigstens, was für ein unausstehliches Ekel du geworden bist. Doch was hätte es gebracht; heute, wo er so auf Krawall gebürstet war wie schon lange nicht mehr. Stattdessen antwortete er sachlich und so ruhig, wie es ihm eben gelang.

„Weil der Klinikpsychologe jeglichen Fremdkontakt untersagt hat; selbst Susan gab mir ein deutliches Nein! zu einer Vernehmung. Mrs. Gregorius´ Zustand sei wieder sehr schlecht geworden. Deshalb werde ich auch einen Teufel tun und auf dich hören, verstanden, Mister Gordon!“

Anne empfand die zunehmende Eskalation zwischen beiden langsam für so explosiv, dass sie etwas unternehmen musste; Unfrieden konnte sie nicht lange ertragen. Rasch ging sie zur Kaffeemaschine, um Barnebby den versprochenen Kaffee zu bringen.

Sie merkte, wie Gordons Augen ihr folgten. Mit einem wohlwollenden Blick zu ihm gab sie sich einen Ruck. „Auch einen?“ Seinem irritiert klingenden „Ja“ folgte zu ihrer Beruhigung sogar ein gemurmeltes „Danke!“

Zehn Minuten später meinte Barnebby: „Okay, nun ist alles besprochen. An die Arbeit, Leute! Nach den beiden Vernehmungen sehen wir uns hier wieder.“

Kapitel 33

Der Chiefinspector und seine Kollegin betraten den Verhörraum mit der Nummer 2. „Hallo, Missis Lipton", begann er. „Vielen Dank, dass Sie so pünktlich gekommen sind, zumal es ja sehr kurzfristig war."

Er schaltete den Recorder ein. „Donnerstag, elfter zweiter dreizehn; es ist elfdreißig. Anwesend Mrs. Monica Lipton, Anne Summer und Ken Barnebby. Missis Lipton, wir möchten Sie als Zeugin zu unseren neuen Erkenntnissen im Fall ´Sarah Gregorius` befragen, welche sich nach einer Durchsuchung der Wohnung ergaben, in der sich Ihr Mieter Robert Gregorius zeitweise aufhielt."

„Sie meinen das Reihenhaus meiner Schwester Yvonne, nichtwahr?", kam wie aus der Pistole geschossen.

Barnebby sah Annes überraschten Seitenblick und hatte selbst erhebliche Mühe, sein Erstaunen zu verbergen. Sie gibt es also von alleine zu! Zwar war ihm seit heute Morgen klar gewesen, dass die Schwestern nach der Hausdurchsuchung mit einander geredet haben würden. Aber das da! Wow! Ziemlich ausgebufft!

„Richtig! Was mich übrigens wundert, ist, dass Sie diesen Verwandtschaftsgrad nie erwähnten, Missis Lipton." Er zwang sich dabei zu einem eher beiläufig klingenden Ton. Die Nuance eines Schmunzelns auf dem Gesicht seines Gegenübers zeigte ihm aber, dass ihm dies nicht gelang; seine Verärgerung über ihr bisheriges Schweigen blieb ihr nicht verborgen.

„Haben Sie mich jemals danach gefragt, Mister Barnebby?“ Für einen Moment kniff er die Augen zusammen. Die ist ja richtig ausgekocht! „Macht Sie das für uns nicht verdächtig - bei der sich damit aufzeigenden nahen Beziehung zum Täter?“

„Mit Beziehung meinen Sie den Mietvertrag mit Mr. Gregorius? Oder denken Sie etwa an ein Verhältnis mit dem Freund meiner Schwester? Aber pfui, Herr Kommissar!“

Ken ließ sich in die Rückenlehne fallen. Auf dieses geschickte Verhalten war er bei ihr nicht gefasst gewesen.

„Nun reicht´s aber mit den Spielchen!“, ging Anne energisch dazwischen. „Wir müssen tatsächlich in Erwägung ziehen, dass sie im Rahmen des Überfalls auf die Geschädigte in deren Wohnung Robert Gregorius als Täter erkannt haben. Ihre Geschichte mit den Ausbrechern ....“

Weiter kam sie nicht, weil Monica ihr ins Wort fiel. „Schon vor Tagen sagte ich Ihrem Kollegen, dabei nicht mehr so sicher zu sein, weil ich meine Brille nicht aufhatte. Stimmt´s, Mister Barnebby?“

Mit seinem gedrückten „Stimmt!“ gab er ihr - wenn auch ungern - Recht. „Dieser Vortrag ist allerdings noch kein Beweis für ihre Redlichkeit. Sollte sich erweisen, dass Sie ihn decken, würde dies zumindest Behinderung unserer Ermittlungen bedeuten und damit eine Anklage nach sich ziehen.“

Er schaute sie dabei scharf an und bemerkte zu seiner Zufriedenheit ein leichtes Zucken um ihre Mundwinkel. Aus der Fassung ließ sie sich dadurch jedoch nicht bringen. „Und wie wollen Sie mir insofern eine Lüge nachweisen? Ach ja", fügte sie mit ironischem Unterton hinzu, „Sie können ja Mister Gregorius um eine Bestätigung Ihrer Annahme bitten." Im Ansatz zeigte sie ein Grinsen, was Ken dazu brachte, die Finger seiner Rechten zur Faust zu ballen.

Erneut kam Anne ihm zu Hilfe. „Nun mal im Ernst, Missis Lipton. Wir können uns durchaus vorstellen und hätten großes Verständnis dafür, dass Sie aus quasi familiärer Verbundenheit nichts zu Lasten des Liebhabers ihrer sicher von ihm schwangeren Schwester sagen möchten."

Monica begriff sofort; guter Cop, böser Cop. Mit dieser psychologischen Brücke wollt ihr mich zum Reden bringen. Vergesst es! Hört mal gut zu, wie ich euch das Märchen von der geliebten Schwester vermasseln werde.

„Von wem die lasterhafte Yvonne den dicken Bauch hat, weiß ich nicht - bei ihrem Lebenswandel. Der war mir schon immer ein Dorn im Auge. Wenn ihr neuester Lover Robby auf ihre Ehrlichkeit hofft, äh, ich meine hoffte, dann war das sein Pech." Sie setzte sich gerade, hob die Schultern kurz an und senkte sie wieder.

„So, wie ich die Sache sehe, hat ihn seine blinde Gutgläubigkeit ja offensichtlich zu schlimmen Dingen veranlasst - und sogar umgebracht. Männer sind eben ..., nun ja, besser, sie würden sich von ihrem Gehirn steuern lassen und nicht von ihrem ...." Sie vermied es, den Rest zu sagen, sah sie dem Mann ihr gegenüber doch an, dass er verstand.

Barnebby begann innerlich zu kochen. Na, dir werde ich´s zeigen! „Sie glauben also selbst, dass ihre

Schwester ihn zu seinen Taten anstiftete und ausnutz-
te, dass er ihr hörig war?"

Diese Schlussfolgerung gefiel ihr gar nicht. Doch statt
sich auf den Angriff auf Yvonne einzulassen, sah sie
Barnebby mit großen Augen an. „Verlangen Sie
soeben von mir Illoyalität meiner Familie gegenüber?
Sie wissen, dass mir das Gesetz hier Schutz vor
rechtswidrigen Ausforschungen der Polizei gewährt,
nichtwahr?"

Sofort hakte Anne - die Gefahr für ihren Vorgesetzten
erkennend - ein und beschwichtigte sie. „Nein, nein,
da haben Sie Mr. Barnebby aber völlig falsch verstanden. Eine derartige Aussage würden wir von Ihnen nie
einfordern."

„Richtig! Es ist nur so: Mrs. de Clerk gerät derzeit
durchaus ins Stadium einer dringend Verdächtigen.
Das könnte dazu führen, dass sie in Untersuchungshaft müsste." Natürlich wusste er, dass es dazu nicht
reichen würde; doch so manches Mal hatte eine Drohung zur rechten Zeit dabei geholfen, Täter oder Mit-
wisser ins Wanken zu bringen.

Tatsächlich nahm er eine prompte Reaktion wahr. Für
den Bruchteil einer Sekunde zuckten ihre Augenlider.
Monica spürte Angst in sich aufsteigen. Mit Gewalt
beherrschte sie sich, überstürzt und unbedacht zu
reagieren.

„Sie denken an so etwas wie Anstiftung?" Ihr Kopf
bewegte sich langsam hin und her. „Das kann ich mir
nicht vorstellen. Nein!" Sie legte ihre Stirn in Falten
und wollte damit vorgeben, in sich gekehrt nachzudenken.

„Mit Männern spielen - ja. Aber kriminell werden und sie für Schlimmes benutzen? Um Gottes willen nein; zumal sie ein Baby erwartet. Nie würde sie in einer solchen Situation den Kindesvater in Gefahr bringen; nicht einmal den, von dem sie will, dass er es zu sein glaubt. Schließlich braucht ..., also brauchte sie ihren Auserwählten ja als willigen Versorger.“

Der Anflug ihres Grinsens hatte etwas Abfälliges, auch wenn Monica diese unwahre Andeutung bezüglich der Vaterschaft nicht leicht fiel. Doch sie musste weiterhin vorgeben, nichts von Yvonnes Liaison mit Robert gehalten zu haben, damit ihr geglaubt wurde. Nämlich erstens, dass Yvonne allenfalls Männer in Liebesdingen manipulierte. Zweitens, dass sie selbst keinerlei Grund hatte, ihn zu schützen.

„Yvonne eine Kriminelle? Undenkbar!“ Sie schenkte ihrem Gegner im Ring ein sanftmütiges Lächeln. „Das erscheint Ihnen doch selbst kaum nachvollziehbar? Oder würde Ihre Frau in einer solchen Situation etwa die Zukunft der Familie gefährden?“ Der Ausdruck größter Aufrichtigkeit traf Barnebbys Gesicht.

Anne sah zu ihm hinüber; es schien ihr, als wolle er sich den gefühlsbetonten Argumenten dieser Frau ergeben. Damit irrte sie jedoch.

„Ist es nicht im Gegensatz dazu so“, konnte sie ihn zu ihrer Beruhigung sogleich hören, „dass das junge Glück, wenn ich es einmal so ausdrücken darf, ein Motiv für ein gemeinsames Handeln hatte? Beide hatten doch allen Grund, sich mit allen Mitteln von einer großen Sorge zu befreien. Uns liegen hierzu eindeutige Aussagen vor.“

Augenblicklich wusste die Angesprochene, worauf er hinaus wollte. Die Sache mit München. Wie konnte sie am Klügsten darauf antworten?

Muss ich denn, schoss es ihr durch den Kopf, von Roberts Angst vor einer Auslieferung gewusst haben? Sprach diese Freundin Lisa mit mir darüber, grübelte sie weiter? Kann er von ihr …? Ich glaube nicht. Verdammt, ich weiß es aber nicht mehr genau.

Etwas noch Ernsteres fiel ihr ein. Yvonne wurde doch von diesem lüsternen Typ vom Außenministerium befragt; damit kann auch Barnebby davon wissen und wird davon ausgehen, dass Schwestern auch darüber reden. Mist!

Keine Sekunde später ging sie auf die gestellte Frage ein. „Was genau meinen Sie damit?" „Mr. Gregorius sollte nach Deutschland geflogen werden." „Ach?" Von mir bekommt er dazu keine Aussage; soll er mir doch sagen, was er von mir hören will, dachte sie trotzig.

Tu nicht so unschuldig, ärgerte sich Anne zunächst ohne Worte, brauste dann aber auf: „Ja, weil man ihn dort anklagen will, Missis Lipton."

Das erste Mal schoss Monica ebenso laut zurück. „So ein Unsinn! Das ist doch alles ein großes Missverständnis. Robert wusste, dass er, falls das geschehen würde, binnen einiger Tage wieder hier wäre. Gelacht hat er über so einen Quatsch. ´Gar nicht so schlecht`, hat er gesagt. ´Kostenlos nach München, wo ich dort sowieso noch etwas zu erledigen habe.`

So und nicht anders verhält sich das mit Ihrem angeblichen Tatmotiv, Mister!" Ihr war tatsächlich der Kragen geplatzt. Sogleich ärgerte sie sich darüber. Sie merkte, wie ihre Selbstbeherrschung zu bröckeln schien.

Erfreut über diesen Gefühlsausbruch holte Ken zum nächsten Schlag aus. „Warum hat er seine Frau dann mit allen Mitteln dazu bringen wollen, ihr ein Vermögen zu übertragen, bitteschön?"

Das von Mrs. Stein zu wissen, behielt er als Ass im Ärmel für sich, bekam er doch langsam den Eindruck, es hier mit einer größeren kriminellen Energie dieser Mrs. Lipton und ihrer Schwester zu tun zu haben, als er gedacht hatte.

Nur, verdammt, fluchte er innerlich, beweisen kann ich ihr nichts. Mal sehen, was Paul aus der de Clerk herausholt.

Es kostete Monica Überwindung, nicht erneut laut zu werden. „Wie kommen Sie denn auf so etwas. Vermögen übertragen? Davon weiß ich nichts. Allenfalls, dass die beiden wohl in einer Krise steckten; das kommt doch irgendwann einmal in jeder Ehe vor. Aber dabei ging es sicher nicht um Geld. Robert ist doch nicht arm."

Wieder kam er nicht weiter. Da riss Anne der Geduldsfaden. „Ach, und dass er seine Frau dann umbringen wollte, ist lediglich eine ganz normale Art, Ehezwistigkeiten auszufechten, verflixt und zugenäht? Das Ganze mit tatkräftiger Unterstützung seiner Geliebten." „Was soll sie damit zu tun haben, bitteschön?"

„Wie erklären Sie sich sonst die Tatsache, dass wir im Haus ihrer Schwester all das fanden, was er für seine Mordanschläge verwendete? Wollen Sie allen Ernstes behaupten, ihre saubere Schwester hätte davon nichts gewusst?“

Monica petzte kurz die Augen zu und zögerte damit zu antworten. Also setzte Anne sofort mit einem gehässigen Lachen nach. „Da liegt für mich ja sogar weit mehr als Anstiftung oder Beihilfe auf der Hand, sondern ganz klar Mittäterschaft. Sicher werden wir gleich von unseren Kollegen erfahren, dass die Gute umgefallen ist und alles gestanden hat. Dann kommt ganz gewiss auch Ihr Part an der Sache ans Tageslicht, werte Missis Lipton. Mindestens Bei ....“

Das war Ken nun doch zu viel Emotionales und Unprofessionelles. „Das genügt, Anne!“ Sein Zeigefinger richtete sich auf Monica. „Sie halten sich auf jeden Fall zur Verfügung und verlassen die Stadt nicht, Missis Lipton.“

Er schaute auf die Uhr. „Das Gespräch wird hiermit um elfachtundfünfzig beendet.“ Er schaltete das Aufnahmegerät ab. „Sie können gehen.“ Ohne eine weitere Bemerkung zu ihnen stand sie auf und verließ den Raum. Ihr war nicht wohl; hoffentlich war Yvonne so hart geblieben, wie sie es ihr eingebläut hatte.

Kaum war sie draußen, kam Paul herein. „Und?“ Sein tiefes Schnaufen ließ die beiden nichts Gutes ahnen. „Ihr Anwalt hat die Sache nach fünf Minuten abgebrochen. Ohne eine Anklageschrift könnte sich seine Mandantin einfach an gar nichts erinnern und sei darüber hinaus in ihrem Zustand nicht in der Lage, eine derartige Aufregung zu ertragen. Sie hatte sogar ein ärztliches Attest dabei.“ „Na super!“

„Und was ist mit der da?“ Sein Daumen zeigte in Richtung Gang. „Aalglatt. Nichts, was für eine Anklage reichen würde. Zu schade, dass dieser Ehemann tot ist. Der würde sicher was preisgeben, nur, um seine eigene Lage zu verbessern; mit einem entsprechenden Deal würden wir ihn schon dazu bringen.“

„Falls ...“, meinte Jane, die nun hinter Paul in der offenen Tür erschien, „... die Frauen wirklich etwas mit der Sache zu tun haben. Sicher bin ich mir nicht mehr. Vielleicht hat der Kerl tatsächlich völlig allein gehandelt.“

Ken staunte; Gordon murrt nicht einmal! Sie fuhr fort.

„Sein Giftpflanzenbuch; vergiftetes Zeug in der Flasche und in er Spritze; seine Fingerabdrücke überall; in beiden Wohnungen; auf den Tatwaffen; er im Krankenzimmer; seine Schlüssel für das Lipton-Haus und die Wohnung; die aufgebrochenen Türen dort waren natürlich nur ein Ablenkungsmanöver. Dann die Sache mit der Gefahr, ausgeliefert zu werden und die dazu passenden Aussagen dieser Freundin, Mrs. ....“

„Mrs. Stein“, half Gordon ihr.

„Genau! Und ... und ... und. Puh! All das weist nur auf den Toten als Alleintäter hin, reicht aber Mr. Trump nie für eine Anklage gegen eine oder beide Schwestern. Echt nicht!“

„Das sehe ich aber total anders!“ Anne nickte heftig. „Ich auch, Sir. So versiert, wie die gekontert hat, ist nur jemand, der sich gut vorbereitet hat. Wer das tun muss, hat etwas zu verbergen.“

„Richtig! Deshalb schlage ich unbedingt vor, den Profiler einzuschalten. Ich mach gleich einen Termin mit Jeffrey.“ „Jeffrey?“, fragte Paul interessiert. „Jeffrey Hunter, der Neue. Auf diese Weise können wir seine

Denkweise und Fähigkeiten testen. So jung, wie der ist, zweifle ich noch etwas an seiner Erfahrung. Obwohl Trump ihn empfohlen hat. Das heißt für mich aber nichts; er soll nämlich der Freund seiner Nichte sein.“

„Typisch! So läuft das heutzutage“, murmelte Jane.

„Wenn ihr meint, dann macht das eben! Kann ja nicht schaden. Apropos Adolph; der macht Druck. Hat mich wieder angerufen.“ „Wie - Druck? Dir auch?“ Ken schaute ihn mit einem Stirnrunzeln fragend an „Er will unbedingt, dass wir ihm einen Schuldigen liefern; einen lebendigen, meine ich. Er erwartet noch heute meinen Bericht. Ist wohl sauer, dass ihm die Anklage gegen den Gregorius verloren gegangen ist.“

„Dieser machthungrige Kerl. Erst zwingt er mich, die Akte zu schließen; und jetzt das“, ärgerte Ken sich. „Dieses ewige Hin und Her; wie ein Fähnchen im Wind!“ „Und so einer wird unser neuer Mayor“, lästerte Jane. „Gott bewahre!“ Annes Finger streiften die Haarsträhnen aus dem Gesicht.

„Halt mal!“ Alle schauten zu Ken, dem trotz seines Ärgers über Trump gerade eine Idee kam. „Das ist ja eigentlich super!“ „Was soll daran super sein?“ „Denk doch mal nach, Paul! Mit dessen Interesse an der Sache und den Beziehungen, die er hat, bekommen wir vom Richter doch garantiert ohne Murren etwas, was wir sehr gut gebrauchen können.“

„Mach´s nicht so spannend!“ „Würdest du nicht gerne wissen, was diese Lipton und ihre Schwester so miteinander reden - jetzt, da wir ihnen Feuer unter dem Hintern gemacht haben?“

„Sie denken an Abhören, Sir?" „Korrekt, Anne; das volle Programm. Wanzen in den Wohnungen; Telefon anzapfen; notfalls Richtmikrofone, falls sie im Garten sind. Paul, kümmerst du dich darum? Musst ihn ja sowieso heute noch anrufen." „Oh ja; damit rücken wir ihnen ordentlich auf den Pelz. Das macht mir Laune!"

„Gute, hoffe ich doch", meinte Ken lachend und bekam ein süffisantes „Bin doch immer gut gelaunt, oder?!" zurück.

Kapitel 34

„Ja, Anne, damit haben Sie Recht. Nach dem, was ich bislang über die Persönlichkeit und die Verhaltensmuster dieser Frau erfahren habe, kämpft sie gegen ein Schuldpotential." „Sie meinen also auch, sie hat Dreck am Stecken?" „Ganz eindeutig. Sie zeigt dabei ein starkes Verdrängungssymptom; irgendetwas aus ihrer Vergangenheit."

Gordon spitzte die Ohren. Der kann ja echt was! „Sehen Sie sich doch nur mal ihre Argumentationsmittel an. Ich habe das Aufnahmeprotokoll genau studiert." „Und?" „Zunächst kontert sie, ohne sachlich auf die gestellten Fragen einzugehen. Dann arbeitet sie mit Ironie. Zuletzt verliert sie sogar kurz die Beherrschung."

„Stimmt genau, Mister Hunter", bestätigte Anne. „So, wie Sie es so toll beschreiben, habe ich das auch beobachtet." Ihre Augen funkelten so sehr, dass der neben ihr sitzende Barnebby aufmerksam wurde.

„Gut, Anne! Es sind nämlich nicht nur die Worte, die ein Bild ergeben, sondern auch die Tonlagen, der Ausdruck der Stimme, das Atmen. Natürlich auch die Gestik, doch war ich ja leider zu spät eingebunden worden."

„Sorry deswegen; aber wir dachten nicht im Traum daran, dass Mrs. Lipton eine derart harte Nuss sein würde", rechtfertigte sich Ken.

„Schon okay; ich sehe ja auch so genug. Alles lässt sich wie Puzzlesteine zu einem Ganzen zusammensetzen.

Niemand, der unschuldig ist, wird sich verteidigen; ganz einfach, weil er davon ausgeht, es nicht nötig zu haben. Wer es jedoch - besonders auf diese versierte Weise - tut, weiß, dass er bemüht sein muss, objektiv vorhandene Schuld, welcher Art auch immer, von sich zu weisen.“

„Total interessant, Mister Hunter! Wie gerne würde ich mehr von dem erfahren, was Sie können - äh, wissen, meine ich.“

Ken beobachtete Anne jetzt mit noch mehr Aufmerksamkeit; so aufgekratzt hatte er sie noch nie erlebt; nicht einmal, wenn sie mit Sparky zusammen war. Dieser braungebrannte Kerl sah aber auch ziemlich gut aus; sein Auftritt war souverän und charmant; das musste Ken sogar als Mann zugeben.

„Oh Anne, sag ruhig Jeffrey zu mir. Wir können uns ja mal näher darüber unterhalten. Wie wär´s?“ Sein Blick sprach Bände. „Gerne. Hab um fünf Schluss.“ „Na, das passt doch!“

„Und wie können wir sie knacken?“, störte Ken rasch das Turteln der beiden, um Schlimmeres zu verhindern; er mochte Nicholas. Außerdem eilte Jeffrey schon jetzt bei den weiblichen Kollegen ein Ruf voraus, von dem auszugehen war, dass Anne am Ende auf der Strecke bleiben würde. Trumps Nichte sollte aufpassen!

„Ken, wie bekommt die Natur ein Loch in den Stein?“ Er schaute ihn verwundert an, weil er nicht verstand, was der Profiler von ihm wollte; zudem gerade in dem Moment, in dem er sich Gedanken über ihn machte. Sollte er es ihm angesehen haben?

Anne wusste gleich, was er meinte. „Steter Tropfen höhlt den Stein. Stimmt´s, Jeffrey?" Ihr Strahlen war für ihn eine Offenbarung; er erkannte, dass er bei ihr nur noch wenige Tropfen benötigte. „Du bist sehr begabt, Anne. Ehrlich! Hast mindestens einen I Q von 95, schätze ich." Sofort stieg Röte in ihre Wangen.

Verzweifelt versuchte Ken seine schützende Hand über das junge Ding zu legen. „Und weiter? Was halten Sie von ihrer Schwester, Mister Hunter?"

Jeffrey ließ ein Lächeln über sein Gesicht huschen. Kens abweisend klingendes ´Mister Hunter` verriet ihm dessen Absicht. Sie ist mir doch schon erlegen; siehst du das nicht, alter Mann, dachte er genüsslich.

„Diese Yvonne ist die Schwachstelle. Das sieht man daran, dass sie mit Hilfe des Anwalts und des Attests eine Schutzmauer um sich baut. Sie weiß, dass sie euren professionellen Fragen nicht lange genug wird Stand halten können. Und das ist auch Mrs. Lipton allzu klar; zu deren Leidwesen."

Anne nickte heftig und bekam von ihm ein Lächeln.

„Ihre Schwester muss also der Tropfen sein, mit dem man den Stein durchlöchern muss. Verstanden? Solange ihr keine tragfähigen Beweise habt - und die habt ihr bislang tatsächlich nicht - übt euch in psychologischer Kriegsführung."

Die Tür zu Barnebbys Büro ging auf. „Ja, Bob?" „Ich hab recherchiert, Sir. So, wie Sie es wollten." Mit Blick zu Hunter meinte er: „Können wir kurz unterbrechen? Das könnte interessant werden. Was hat sich ergeben, Bob?" „Diese Lipton ist tatsächlich im Daten-Computer. Allerdings bei den Verkehrsunfällen." „Also doch nichts für uns. Schade; war nur so ein Gefühl von mir.“

„Doch, doch! Vor Jahren hatte ihr Mann einen tödlichen Unfall. Alkohol. Irgendetwas musste dem alten Kollegen von damals - einem Charles Tanner; er ist mittlerweile verstorben - aber eigenartig vorgekommen sein.“ „Wieso?“ „In der Akte fand ich den Vermerk ´Obduktion beantragen`. Dazu gekommen ist es aber nicht; schätze, der Richter hat nicht mitgemacht.“

„Gibt es gar keinen Hinweis, warum?“ „Doch, im Totenschein.“ „Nämlich? Lass dir doch nicht alles aus der Nase ziehen!“, schimpfte Gordon. „Sei doch geduldig, Paul“, versuchte Ken ihn zu beruhigen. „Bob!“

„Da steht nämlich neben dem Wert der Blutalkoholkonzentration noch etwas von einer ungewöhnlichen Gesichtsverfärbung, die auf Atemnot zurückzuführen sein könnte. In Klammer schrieb der Doc die Buchstaben: Groß U Punkt, klein f Punkt.“

„Kein Schimmer, was das bedeutet. Einer von euch?“ Jeder schüttelte den Kopf.

„Tanner schrieb zudem, nicht verstehen zu können, dass der Wagen auf der dreispurigen Straße überhaupt den Baum erwischt hat; der stand nämlich zwanzig Meter vom Straßenrand entfernt.“ „Wie hoch war die BAK?“ „Der Polizist kratzte sich an der Stirn. „Äh; ich glaube, zwei Komma sieben Promille.“

„Na also!“. „Dennoch störte Tanner die Sache mit der Hautverfärbung. Schon komisch, oder?“ „Ob die Ehefrau da vielleicht ihr Händchen im Spiel hatte?“ „Nana, Ken! Das ist aber ziemlich weit her geholt“, widersprach Paul ihm. „Meinst du? Okay, danke Kollege.“

„Immer gerne, Sir." Bob ging wieder. „So, Mister Hunter, dann können wir wieder!" Ken sah ihn erwartungsvoll an.

„Dieses Ermittlungsergebnis sollten Sie nutzen. Psychologische Kriegsführung. Empfahl ich vorhin, nichtwahr? Deuten Sie bei ihr an, Sie hätten die Akte von damals gelesen und sähen Parallelen. Machen Sie sie mit Andeutungen unsicher - jedes Mal ein wenig mehr." Anne nickte. „Steter Tropfen, nichtwahr?!" Sie hatte nur noch Augen für Jeffrey.

„Damit bin ich im Moment fertig mit meiner ersten Einschätzung. Ich möchte Sie bitten, mich über die nächsten Reaktionen der zweifelhaften Dame zu informieren. Am besten nehmen Sie mich mindestens einmal zu einem Verhör mit; ich will ihre Gestik und Mimik studieren. Geht das?"

„Selbstverständlich! Dann erst Mal vielen Dank. Und wir gehen auch wieder an die Arbeit. Paul!" „Ja?" „Du weißt, was du als erstes tust?" „Bin ja noch nicht so alt wie du. Antrag auf eine Abhörgenehmigung, für beide Frauen." Ken hob seinen rechten Daumen hoch und lachte.

Als er alle hinausgehen sah, gefiel ihm gar nicht, dass dieser Frauenheld mit seiner Hand ganz kurz über Annes Rücken strich.

Kapitel 35

„Guten Morgen, Barbara. Alles gut bei dir?" „Ja - bis auf die viele Arbeit. Und bei dir?" „Der Fall mit der Vergiftung macht mir noch immer zu schaffen." „Ah, deshalb rufst du an." Ihr Unterton machte ihm ein schlechtes Gewissen.

„Aber Gloria telefoniert doch öfter mit dir", verteidigte er sich rasch. „Ob ich auch hier und da mal den Rat eines Freundes brauchen könnte?!", gab sie prompt zurück.

Sie ließ ihn kurz schmoren und meinte dann: „Egal! Was willst du wissen?" Ken war es alles andere als egal. Gerade am Vorabend hatte er mit seiner Frau ein wenig angenehmes Gespräch darüber geführt, dass ihn sein Beruf wieder aufzufressen beginnt und er kaum noch Zeit für anderes hat. Auch nicht für Freunde wie Babsy.

„Tut mir echt leid. Ich hab Gloria versprochen, mich zu bessern. Dir sage ich das hiermit auch zu." Er hörte, dass sie aufatmete. „Freut mich sehr. Also dann - leg los, mein Lieber."

„Ich bin auf eine Buchstabenabkürzung gestoßen." „In welchem Kontext?" „Im Zusammenhang mit Veränderung der Gesichtsfarbe; wegen Gift, wie ich vermute." „Aha! Und wie lautet die?" „Groß U Punkt - klein f Punkt. Kannst du dir darauf einen Reim machen?"

Die Antwort kam ohne Zögern. „Tree Nettle; die Maori nennen die Pflanze ongaonga. Sie ist endemisch, gibt´s also nur bei uns."

„Das kann es aber doch nicht sein; die Buchstaben passen ja nicht." Ihr Schmunzeln konnte er nicht sehen. „Urtica ferox - so heißt der Nesselbaum im Lateinischen. Fünf-Hydroxitryptamin, Acetylcholin, Triffydin und ...." „Genügt, genügt; verstehe ich sowieso nicht." Er lachte.

„Okay. Jedenfalls ist die Flüssigkeit der Brennhaare ziemlich giftig, bekommt man zu viel davon ab. Dann bleibt es jedoch nicht bei den von dir erwähnten Hautrötungen des Opfers."

„Sondern?" „Starke neuropathische Beschwerden, Atemnot, Störung der Sehfähigkeit, Tod im schlimmsten Fall." Sehfähigkeit - also deshalb, begriff er, donnerte ihr Mann gegen den Baum.

„Frau Doktor, Sie haben einem wissenschaftlich ungebildeten Streifenpolizisten sehr geholfen. Mein Verehrung." „Du charmanter Witzbold!", prustete sie laut heraus - und dachte dabei: Wie schade, dass ich wegen dieses Idioten von Paul jetzt so weit weg wohne.

Als hätte er ihren wehmütigen Gedanken wahrgenommen, kam von ihm: „Willst du nicht an einem der nächsten Wochenenden mal zu uns kommen? Mit dem Flieger geht das doch schnell." Ihr Durchatmen war deutlich zu hören.

„Wie gerne! Ich check mal meinen Kalender und ruf Gloria heute Abend an." „Oder gleich mich! Ich bin spätestens um sieben zu Hause." Er hatte es seiner Frau versprochen. „Gut, dann leg ich jetzt auf. Die Arbeit ... - du weißt ja!" „Bis heute Abend. Nochmals Danke. Ich schätze, damit hast du eine Mörderin überführt."

Kaum war das Telefonat beendet, klingelte es erneut.
„Barnebby.“ „Susan hier. Du, nur ganz kurz; bin in
Eile. Mir ist da heute Nacht was eingefallen. Sag mal,
habt ihr eigentlich die Kamerabilder schon gesichtet?“

„Bitte? Welche Bilder?“ „Wir haben doch seit kurzem
auf jedem Flur Kameras. Mir geht eine Frage nicht aus
dem Kopf; wie konnte dieser Kerl wissen, wo die arme
Gregorius lag.“

Sie holte tief Luft. „Davon hatte doch kein Externer
eine Ahnung. Nur die Intensivschwestern, die sich
abwechselnden Polizisten vor dem Krankenzimmer,
Du, ich … und Francis. Der fällt ja nun ganz sicher als
Verräter aus, so, wie der sie liebt. Jeden Tag ruft er
mich an und will erfahren, ob er sie endlich wieder
besuchen darf.“

Diese missliche Situation tat ihr leid; besonders für
Francis. Sie mochte ihn. Aber was sollte sie machen?
Patienteninteressen haben stets Vorrang.

„Ach ja, noch was; diese Freundin Lisa Stein ist übrigens mittlerweile völlig enttäuscht nach Deutschland
zurück geflogen, sagte er mir gestern; weil sie noch
immer nicht an Sarahs Krankenbett durfte.“

Sie legte ihre Hand auf die Brust. Erneut musste sie
durchatmen. Ken hörte es durch die Leitung. Was hat
sie nur in letzter Zeit, fragte er sich besorgt. „Nun, ich
denke, übermorgen kann ich´s ihm erlauben; es geht
ihr zusehends besser.“

Gut! Dann kann ich sie endlich vernehmen, dachte
Ken erleichtert. Das mit der Kamera interessierte ihn
jedoch im Moment weit mehr.

„Ihr habt auf dem Flur also Kameras?" Warum weiß
ich das nicht, ärgerte er sich? „Damit kommen wir
vielleicht drauf, wie der Mistkerl sie finden konnte.
Ich fahre sofort zu euch. Bei wem muss ich mich melden?" „Frag am Empfang nach William Dickson. Ich
sag ihm schon mal Bescheid. In einer halben Stunde?"

„Das reicht mir - trotz des Verkehrs heute Morgen.
Danke. Ach übrigens ...." „Ja?" „Ruf doch mal wieder
Babsy an; die freut sich." „Du, wir haben gestern
Nacht sicher zwei Stunden miteinander gequatscht."
„Na dann! Bis demnächst." „Okay!"

Er schluckte. Ken Barnebby, du nimmst dir offensichtlich echt zu wenig Zeit für Freunde - im Vergleich zu
anderen!

Wenig später bat er Anne in sein Büro. Kurz darauf
klopfte es an seiner Tür.

„Anne, sagst du bitte den anderen, dass wir uns zur
täglichen Besprechung um fünf bei mir treffen. Es gibt
Neuigkeiten." „Oh; ich glaube, Mr. Gordon ist um halb
sechs bei Mr. Trump zum Rapport." „Dann eben eine
Stunde danach. Länger wird es bei ihm hoffentlich
nicht werden."

Sie schnaufte. „Eigentlich wollte ich mit ...." Sie
bremste sich gerade noch rechtzeitig; ihr Date mit
Jeffrey ging ihn gar nichts an. „Ja?" „Ach, ich wollte
mit einer Freundin ins Theater." „Tja, da wird sie wohl
alleine hingehen. Die Arbeit geht vor."

Sie drehte sich um und zog die Bürotür ein wenig zu
laut hinter sich zu. Mist! Dann wird´s für mich mit
sieben Uhr zu Hause auch nichts. Oh, wie ich es hasse!
Doch wenn Trump schon Paul zu sich zitiert, brennt
es ihm unter den Nägeln, endlich eine Anklageschrift

vorlegen zu können. Die Bürgermeisterwahl steht ja bald an.

Um halb sieben saßen alle vor ihm - und zeigten mürrische Gesichter. „Ich seh euch an, wie sehr ihr Spättermine liebt. Mir geht es nicht anders, glaubt mir. Okay, dann will ich keine Zeit verlieren. Am besten fängt Paul an."

„Um´s kurz zu machen. Erstens: Adolph macht Druck; zweitens: Adolph macht Druck; drittens: Adolph macht Druck." Keiner lachte.

„Das ist die schlechte Nachricht; die gute ist besser. Die Abhörerlaubnis haben wir schon morgen früh auf dem Tisch, dafür will er persönlich sorgen. Die Lipton habe ich angerufen und sie damit konfrontiert, dass wir wohl den Autounfall ihres Mannes neu aufrollen wollen. Ihre Reaktion war weit weniger cool als bei der Vernehmung. Der Profiler hatte Recht; mit diesen Nadelstichen kochen wir sie über kurz oder lang weich. So, das war´s schon von mir."

„Danke! Meinerseits gibt es zwei sehr interessante Überraschungen - nach den Gesprächen mit Barbara und Susan. Dieser John Lipton wurde vergiftet; da verwette ich meinen alten Hut. Dieses ´U Punkt f Punkt` steht für Urtica ferox, ist toxisch und hat garantiert dazu geführt, dass er gegen den Baum gerast ist. Ich weiß nur noch nicht, wie wir ihr eine Tat nachweisen können; nach so vielen Jahren"

„Obduktion?" Der Chief zuckte mit den Schultern. „Keine Ahnung, Anne." „Aber für Nadelstiche reicht das doch allemal!", meinte Gordon. „Genau! So, wie es mein Jeffrey ..., äh, unser Profiler, empfiehlt." Anne wurde rot. Aha, schloss Ken daraus; da läuft echt was zwischen den beiden.

„Eigentlich ja; aber das wird wohl nicht mehr nötig sein."

Alle außer Anne schauten Ken verwundert an. „Wegen der zweiten Neuigkeit, Sir?", preschte sie vor. Wie eilig sie es hat! Er nickte.

„Was glaubt ihr, wer wenige Stunden vor dem Mordanschlag im Greenlane Ascot war? Exakt auf dem Flur, auf dem wir ganz hinten in dem Krankenzimmer unsere Zeugin versteckt hatten. Na?"

„Sag schon!", trieb nun auch Paul ihn an. „Unsere Mrs. Lipton. Mit einem Blumenstrauß in der Hand." „Nein!" „Doch, Paul!"

„Woher?", fragte Einstein in gewohnt kurzer Form. „Kamera auf dem Gang", gab Ken ebenso abgekürzt preis. „Doc Monroe erinnerte sich sogar daran, dass die Lipton mit ihr und diesem Francis Spring im Aufzug hochfuhr."

„Wie das denn? Spinnt die?!" „Sie kannte sie ja nicht; auch oben hielt sie die Frau nur für eine Besucherin, die sich in der Etage geirrt hatte. Offensichtlich sah die Lipton, wie eine Ärztin mit Mr. Spring nach oben fuhr; damit war ihr alles klar."

„Das heißt doch dann, dass wir sie haben. Sie hat für den Mörder, nun ja, Fast-Mörder eben, alles ausspioniert, worauf er in der Nacht kam." „Eigentlich schon, Jane. Doch ihre Ausrede wird sein, dass sie ihre Mieterin besuchen wollte, sie aber - im bisherigen Zimmer - nicht fand und versehentlich im oberen Flur landete."

„Shit!“ fluchte Einstein. „Aber keine Sorge; auch dieser Vorwurf von uns wird helfen, sie mürbe zu machen. Und am Ende ....“ „Was, Ken?“ „Am Ende, Paul, macht der ehrgeizige Trump vielleicht einen Indizienprozess daraus. Wir werden sie schon kriegen!“

„Ja, das soll er tun, damit die Sache endlich vom Tisch ist“, meinte er zustimmend. „Beide Wohnungen werden übrigens schon observiert.“ „Gut so! Okay, Leute, gibt´s von euch noch was?“ „Ja, Sir!“ „Was, Joe?“

„Können Sie Mrs. Lipton und ihre Schwester von zu Hause weg locken, damit unsere Techniker die Wanzen setzen können?“ „Oh ja, richtig! Ich kümmere mich gleich noch darum und sag Bescheid, wenn deren Häuser leer sind.“ „Danke, Sir.“ „Sonst noch was? Nein? Dann ab nach Hause. Bis Morgen.“

Kapitel 36

Yvonne öffnete ihren Briefkasten. Sie hatten vereinbart, dass Monica ihr auf diese Weise Nachrichten übermittelt. Sie rechnete damit, dass das Telefon abgehört wird - und wer weiß, am Ende auch noch die Wohnung. Tatsächlich lag ein Zettel drin. Sie las: 6:00 p.m., Vulcan Lane, Ecke High Street. Gute Idee! Dort können wir auch Essen gehen; ich hätte Lust auf Sushi.

Schon um zehn sollte sie in der Remnera Road sein, bei diesem Bullen Barnebby. Er drohte, sie ansonsten vorführen zu lassen. Da hatte sie natürlich zugestimmt. Ich bringe aber wieder Mr. Grey, meinen Anwalt, mit, hatte sie ihm am Telefon gesagt.

Bill F. Grey steht auf seiner Visitenkarte. Dreißig vielleicht. Ziemlich kompetent. Fährt einen Maserati. Rolex-Uhr. Yvonnes Augen strahlten. Außerdem ist der Typ attraktiv und charmant. Wär das nicht vielleicht .... Muss mal aus ihm heraus kitzeln, ob er solo ist.

Punkt sechs am frühen Abend stand sie am verabredeten Treffpunkt. Keine zwei Minuten danach erschien ihre Schwester. „Stell dir vor; ich musste heute schon wieder aufs Präsidium", schimpfte sie, noch bevor sie Monica zur Begrüßung umarmte. „Wie, du auch? Wann denn genau?" „Um zehn."

„Ich um elf. Was wollten die von dir?" „Wissen, woher ich den Wein hatte; weißt, die angebrochene Flasche, die sie bei mir fanden. Der wollte mir ums Verrecken erst nicht glauben, dass ich die noch nie gesehen habe.

Erst, als ich Ihnen schwor, wegen des Babys keinen Alkohol zu trinken, nahm er es mir ab, glaub ich."

Fahrig fuhr sie sich durch's Haar. „Den Wein musste Robby mitgebracht und heimlich getrunken haben; damit mir's nichts ausmacht, zurzeit keinen genießen zu dürfen. Wie lieb von ihm!"

Sie schniefte. „Er fehlt mir schon!" Er - oder eigentlich nur ein Mann an meiner Seite? Im Bett. Und für's Baby natürlich? Das mit Bill ... - nun ja, es muss ja weitergehen!

Monica schaute sie liebevoll an. „Kann ich sehr gut verstehen, Schwesterchen. Aber ich bin bei dir; zusammen schaffen wir das. Wenn das Kind da ist ..., sorge dich nicht; du bist nicht alleine." Sie legte kurz ihren Arm um ihre Schulter, machte dann aber einen Schritt zurück.

„Und sonst?" „Nur Blabla. Mein Anwalt hat dem Ganzen dann wieder schnell ein Ende bereitet, als ich Bauchschmerzen vortäuschte." Sie grinste. „Er hat mich dann sogar nach Hause gefahren."

„Nett von ihm." Monica runzelte die Stirn; gibt es da was, das ich wissen sollte?

„Wie war's bei dir?" „Sie stocherten wegen John herum." „Was? Wieso das denn?"

„Ich befürchte, die haben einen Verdacht." „Du meinst, weil du ...." „Das können die mir im Leben nicht nachweisen. Ach, lass uns doch ein wenig laufen. Geht das?" Sie schaute auf ihren Bauch. „Kein Problem; Bewegung ist gut, meint die Ärztin."

342

„Ich weiß nicht recht, warum die sich so auf mich fokussieren. Das hab ich schon beim Verhör neulich gemerkt.“ Yvonne zuckte mit den Schultern. „Vielleicht, weil du denen nicht gleich gesagt hast, dass wir Schwestern sind? Und du aus ihrer Sicht damit gewusst haben müsstest, was Robby vorhatte.“

„Aber ich hatte doch nur so eine Ahnung, als ich mit ihm am Telefon sprach; bevor er nachts ...; na, du weißt schon! Doch genau konnte ich´s ja nicht wissen. Außerdem hat die Polizei davon ja keine Ahnung!“

Ihre tatsächliche Rolle dabei kannte ihre Schwester nicht - natürlich hatte sie ihr noch immer nichts davon erzählt. Das war ihr zu gefährlich; dazu kam ihr ihre Schwester gerade in ihrem Zustand zu labil vor.

Sie blieb stehen und schüttelte den Kopf. „Aber ich kann noch immer nicht verstehen, warum dein Robby so etwas Schreckliches gemacht hat“, heuchelte sie. „In allen Zeitungen steht es drin - ´Deutscher bringt Ehefrau um`. Obwohl sie ja noch lebt; aber die Presse übertreibt ja immer. Wäre mir sein Vorhaben klarer gewesen, hätte ich ihn doch davon abgehalten“, log sie weiter.

„Mach dir doch keine Vorwürfe. Im Prinzip ist ganz allein diese reiche Hexe an allem schuld. Irgendwie hat sie den armen Robby doch dazu gezwungen, etwas zu unternehmen. War es nicht sogar seine Pflicht, seine kleine Familie zu schützen?“ „Genau! Hätte sie ihm das Geld gegeben, wäre das alles nicht passiert. Hoffentlich kratzt sie bald ab.“

„Weißt du was über ihren Zustand?“ „Keine Ahnung; leider. Aber ihr Tod wäre nur gerecht, weil sie unseren Robby auf dem Gewissen hat.“ Irgendwie, dachte Monica bei ihren doppelzüngigen Worten, stimmt das ja auch. Ohne Sarahs sture Weigerung hätte sie Robert nicht dazu bringen müssen, ihr den Todesstoß zu versetzen.

„Und dich hat sie auch auf dem Gewissen, weil du es vorher auf dich genommen hast, dem Ganzen in ihrer Wohnung ein Ende zu bereiten; nur, um uns zu helfen. Echt scheiße, dass es nicht geklappt hat!"

„Genauso ist es. Ich wollte dir und besonders deinem Kind ersparen, dass sein Vater in den Knast kommt. Mit dem Geld, das Robert nach ihrem Tod geerbt hätte, wärt ihr drei einfach abgehauen. Ich hatte ja sogar schon mit Ernesto in Panama telefoniert."

Zudem wäre ich dabei sicher auch nicht schlecht weggekommen und hätte John´s Schulden zurückzahlen können. Erneut kam Wut in ihr auf. Robert, du bist der größte Versager, der mir je untergekommen ist. Hast mich in eine so gefährliche Lage gebracht. Hoffentlich geht .... Ach, hör auf zu jammern, rief sie sich zur Räson. Sieh lieber zu, dass wir heil aus dieser Nummer rauskommen.

„Schwesterchen, vor allem du musst nun stark bleiben und dich auf keinen Fall zu irgendwelchen Aussagen über mich verleiten lassen, hörst du! Auch nicht in Bezug auf John und darüber, wie oft er mich zusammengeschlagen hat. Okay?"

„Bist du verrückt? Natürlich sag ich keinen Ton! Auch nix dazu, dass du das Sarah-Dreckstück ..., na, du weißt schon. Die haben doch nichts gefunden, was darauf hinweist, dass du sie überfallen hast; oder? Wie hast du es eigentlich gemacht? Zu dumm, dass sie´s überlebt hat."

Monica atmete tief durch und schüttelte den Kopf. „Das kann ich noch heute nicht verstehen. Das Gift, die Stromschläge und dann das Kissen. Die blöde Kuh muss drei Schutzengel gehabt haben. Nein, nein, von mir gibt´s keine Spuren. Das Einzige, was die wirklich haben, ist, dass Robby im Krankenhaus war, um ihr etwas antun. Warum sonst hat ihn die Polizei danach verfolgt?!"

„Und ihn auf der Flucht umgebracht", setzte Monica ihren Gedanken wütend fort. „Die haben ihn dazu verleitet so zu rasen; obwohl er doch immer so vorsichtig gefahren ist. Nur ...." Sie legte die Hand an die Wange und überlegte. Etwas anderes ließ ihr noch immer keine Ruhe. „Nur?"

„Was, wenn sie wegen des ersten Überfalls am Ende doch auf mich kommen?" „Wie sollten sie?" „Hm? Wenn sie zum Beispiel herausfinden, dass es die Ausbrecher nicht gewesen sein können. Die auf der Wache haben ja schon behauptet, ich hätte Robby erkannt und gedeckt."

Monica legte ihre Stirn in Falten. Sollen sie ruhig denken! Aber, ohne dass ich ihn gesehen hab. Nur, dass er dort war und Sarah umzubringen versuchte. Dann bin ich raus aus deren Schusslinie.

„Ich hätte ihn gesehen. So ein Unsinn! Allerdings ...." Sie lachte. „Ich sah ihn ja wirklich. Ihr beide wart ja schließlich dort, um ihr Auto wegzufahren und im See zu versenken." „Stimmt!"

„Wenn ich´s mir recht überlege. Ein Motiv hat er ja. Für die Bullen. Und kein Alibi. Du wirst ihm doch keines geben, nichtwahr? Denk immer daran, dass du mich und dich sonst ins Gefängnis bringen kannst."

Yvonne blieb stehen. „Natürlich nicht! Oder sind wir etwa keine Schwestern?! Zudem - mein armer Robby ist tot; da können sie ihm ruhig auch den ersten Mordversuch anhängen. Besser ihm als dir. Blut ist eben dicker als Wasser." Sie strich Monica über den Rücken.

„Ach Yvonne!" Ihre Worte klangen nach tief empfundener Traurigkeit. „Wie weit uns das Schicksal doch in die Welt des Bösen getrieben hat." Es war tatsächlich das erste Mal, dass diese vernunftgesteuerte Frau ihren Gefühlen freien Lauf ließ. An dem, was sie wieder getan hatte, trug sie schon seit Tagen so schwer, dass sie kaum noch schlafen konnte.

„Gegen John musste ich mich lange Jahre wehren; so lange, bis nur noch das Eine half: Ihn umzubringen. Und nun das mit ..." - ihr Blick fiel auf Yvonnes Unterleib - „... dem Vater deines Kindes. Warum war er nicht Manns genug, das Problem selbst zu lösen. Warum musste ich das tun? Ach!"

Dieser erneute Seufzer kam aus den tiefsten Tiefen ihres Inneren und war so laut, dass sie die Worte der Männerstimme hinter sich zunächst gar nicht verstand.

Yvonne allerdings tat es, drehte sich um und fuhr zusammen.

„Missis Lipton und Missis de Clerk. Ich verhafte Sie wegen eines Mordversuchs, wegen Beihilfe zu einem weiteren Mordversuch, sowie wegen damit im Zusammenhang stehender strafbarer Handlungen, beides zu Lasten von Mrs. Sarah Gregorius. Sie haben das Recht, die Aussage zu verweigern. Alles, was Sie allerdings sagen oder tun, kann gegen Sie verwendet

werden. Sie haben weiterhin das Recht auf einen Anwalt.“

Fassungslos starrte jetzt auch Monica in ein Gesicht,
das sie kannte. „Legt ihnen Handschellen an und dann
ab in die U-Haft.“ „Wird gemacht, Sir!“ „Und das mit
großer Freude, Ken!“, hörte Yvonne Mr. Gordon sagen.

„Aber …, aber …“, stotterte Monica, als sich das kalte
Metall um ihre Handgelenke legte. „Das können Sie
doch nicht …, ohne jeden …, jeden Beweis. Ich habe
doch gar nichts …, gar nichts getan. Mister Barnebby!“

„Und ob wir Beweise haben, werte Missis Lipton. Direkt aus ihrem Mund.“

Was er dann tat, ließ die beiden Frauen leichenblass
werden. Er zog die Hand hinter seinem Rücken her-
vor. „Wissen Sie, was das ist? Ich sag´s Ihnen. Ein
Richtmikrofon. Wir haben alles auf Band.“

Kapitel 37

Sie schlug die Augen auf und sah, wie liebevoll er sie anschaute. „Bist du schon lange wach?“ Seine Hand fuhr ihr zärtlich über ihren Kopf. Ihr Haar war nass. Sie hatte wieder Schweißausbrüche gehabt; von ihren schlimmen Albträumen „Sarah, Liebes, ich bin so unendlich froh, dass du wieder gesund wirst.“

Auch, dass du, dachte er weiter, nun bei mir wohnst. Er erinnerte sich an Sarahs Worte bei ihrer Entlassung aus der Klinik. ´In meine alte Wohnung bei dieser mörderischen Kräuterhexe bringen mich keine zehn Pferde mehr. Auch, wenn sie im Gefängnis sitzt.`

´Am liebsten würde ich das Haus in Schutt und Asche legen, Francis`, hatte sie - nahezu hysterisch - hinzugefügt.

Wie groß ihre Wut auf diese Lipton war, wusste er am besten. Während der ersten Wochen sprach sie mit ihm von nichts anderem als von ihrer Fassungslosigkeit darüber, wie ein Mensch ein derart falsches Spiel spielen kann.

Wenn sich dann ihr Zorn auch noch auf ihren verbrecherischen Ehemann richtete, war sie kaum noch zu beruhigen. In unzähligen Gesprächen versuchte Francis immer wieder, einen Weg aus ihrem dunklen Tal tiefster Enttäuschung und Verzweiflung zu finden.

´Wie gut`, hatte er dann eines Tages zu seiner Liebsten sagen können, ´dass morgen der Strafprozess gegen Mrs. L. beginnt`. Sie hatten vereinbart, ihrer Peinigerin keinen richtigen Namen zu geben, um Ab-

stand von ihr zu gewinnen; auch ihm selbst war das
eine Hilfe.

Ebenso, wie die vielen Gerichtsverhandlungen. Stück
um Stück konnte er die schmerzvolle Zeit des Bangens
aus seinem Gedächtnis verdrängen; wie viel Angst
hatte er um seine geliebte Sarah gehabt! Wie schlimm
war es für ihn, so lange nicht zu ihr ans Krankenbett
gedurft zu haben! Wie sehr hatte er gelitten! Und sie
erst!

All das Leid der beiden fand nach weiteren zwei Monaten größter Anspannung und seelischer Belastung
für sie ein Ende, als die zwölf Geschworenen das Ergebnis ihrer Beratung verkündeten. Weit über ein
Dutzend Zeugenaussagen sowie zwei Berichte von
Gutachtern hatte es gedauert, bis das abgeurteilt war,
was täglich mit großen Lettern in den Zeitungen verlangt wurde:

MONICA, THE POISONER, IS GUILTY!

Vor dem Gerichtsgebäude bildeten sich sogar regelmäßig Menschenaufläufe, die der Presse nacheiferten
und ebenfalls die Giftmischerin schuldig sprachen.

Genauso fiel dann auch der Schuldspruch und das
Strafmaß aus. Nach dem Ende ihrer Strafhaft in Paremoremo würde sie neuneinhalb Jahre älter sein.
´Viel zu wenig ...`, hatte Sarah entrüstet geschimpft.
´... für das, was die mir angetan hat. Schließlich hat
sie ja irgendwie zu allem Übel sogar schuld an Roberts
Tod.`

Obwohl Francis das nicht anders sah, enthielt er sich
damit, seine Wut ebenfalls zu äußern. Was hätte es
Sarah geholfen?! Stattdessen gab er sich alle Mühe, sie
zu beruhigen.

Richtig schlimm wurde es aber erst, als danach im Parallelprozess Yvonne verurteilt wurde. Zwar kam sie wegen reiner Beihilfe mit einem blauen Auge und einer Bewährungsstrafe davon. Getobt hat sie allerdings, als hätten sie und ihre geliebte Schwester die Todesstrafe bekommen.

Schon während des Schuldspruchs der Jury drohte sie der in diesem Moment leichenblass werdenden Sarah, die wie immer neben Francis in der ersten Reihe der Publikumsbänke saß, mit erhobener Faust.

Yvonne tobte so fürchterlich, dass sie von drei Beamten aus dem Saal gebracht werden musste. Noch auf dem Flur hörte man sie hasserfüllt brüllen.

´Sarah, du hast meinen Robby und Monica auf dem Gewissen. Dafür bringe ich dich um. Das schwöre ich!`

Genau diese Worte hatten bei der Frau in Francis Bett auch an diesem frühen Morgen wieder für nächtliche Albträume gesorgt. Wie jedes Mal, wenn ihre Schreckensfantasien sie verfolgten, wurde er wach und sah es im fahlen Licht, das durch das Fenster fiel. Sarah wälzte sich dann wieder hin und her und fuchtelte mit den Armen.

Wie so oft schrie sie: ´Nein! Nicht! Hilfe!` Sein vorsichtiges Streicheln befreite sie aus ihren Horrorszenarien. Lange hatte es dann gedauert, bis sie wieder eingeschlafen war. Er aber nicht; dazu sorgte er sich viel zu sehr um sie.

„Du hast wieder schlimm geträumt, Liebes?" Ihr Nicken war von einem Schluchzer begleitet. „Was, wenn das Ganze noch einmal von vorne beginnt? Oh Francis, ich trau mich ja schon nicht mehr alleine auf die Straße.“

Ja, dachte er, seit Prozessende wird es jeden Tag schlimmer. Yvonnes Drohung zeigt ihre schreckliche Wirkung. „Oh Francis, am Ende schaffen sie es beim dritten Versuch.“ Natürlich, das wusste er, meinte sie Yvonne; doch in ihrer Furcht traten Monica und Robert neben die Frau, die sie umzubringen geschworen hatte.

Sarah schloss die Augen und stülpte die Hand über ihren Mund. Er schaute sie an und spürte im selben Moment einen Stich in der Brust; er ahnte, woran sie dachte. Wieder. An das, was sie ihm vor zwei Wochen - es war beim Sonntagmorgen-Frühstück - unter Tränen eröffnete.

´Liebster, ich halte es hier nicht mehr aus. Ich muss weg aus Neuseeland.`

Obwohl ihm sein Verstand sagte, was sie damit meinte, wollte er es nicht wahrhaben. ´Du meinst, du brauchst etwas Abstand? Aber klar! Lass uns nach Sydney fliegen und eins, zwei Wochen Urlaub machen. Wir können in die Opera gehen und zum Segeln und ....` Auf diese Weise hatte er an jenem Morgen versucht, das Problem herunterzuspielen.

Der verzweifelte Blick, den sie ihm damals zuwarf, ließ aber keinen Zweifel an der Realität zu. ´Nein! Sarah, bitte, tu mir das nicht an!`, hatte er gefleht.

Lange lagen sie sich an jenem Sonntag weinend in den Armen, bevor sie ihre Sprachlosigkeit überwinden konnten. Zu groß war der Schmerz darüber, was ihnen ihr Schicksal aufzuerlegen schien. ´Francis, ich will nicht weg von dir. Aber ich muss fort von hier, sonst werde ich noch verrückt vor Angst. In meinem München bin ich sicher. Liebster, komm doch einfach mit mir.`

Natürlich verstand er sie. Sie wollte fort von den schlimmen Erinnerungen. Aber sein Auckland verlassen? Was für ein unvorstellbarer Gedanke! Er hatte hier alles. Ein Haus in Sichtweite zum Strand. Das gute Wetter. Seine Freunde. Die guten Beziehungen zu seinem Verlag; damit die Sicherheit, dort als Autor auch viele weitere Romane veröffentlichen zu können.

Hier könnten sie beide doch glücklich bis ans Ende ihrer Tage leben!

Das aber kannst du nicht, dachte er - jetzt neben ihr liegend und den starren Blick auf ihre geschlossenen Augen richtend - erneut. Du willst nach Deutschland zurück. In Sicherheit. Weg von mir. Wie schwer muss dir diese Entscheidung fallen!

Weg von mir, wiederholte sein Gehirn diese Erkenntnis. Von dem Mann, den du liebst. Oder .... Wieder einmal nagte ein Zweifel an ihm. Liebst du mich? Wirklich? Von ganzem Herzen? So sehr, wie ich dich.

Rasch verjagte er sein Grübeln über ihre Liebe. Was jedoch blieb, war die bitterste Erkenntnis von allem: Ein Leben ohne Sarah? Nein! Alles in ihm schrie dieses Wort heraus. Nein! Für ihn war es das Schlimmste, was er sich vorstellen konnte.

In Sarah hatte er eine Frau kennengelernt, mit der er sich ein gemeinsames Leben vorstellen konnte. Das, was er für sie empfand, war für ihn der Ausdruck wahrer Liebe.

Während der Zeit, in der nicht klar war, ob sie überleben, ob sie mit Gehirnschädigungen erwachen oder tatsächlich gesund werden würde, ging es ihm so schlecht, dass er nicht einmal sein laufendes Buchprojekt fortzusetzen vermochte.

Zum Glück, dachte er jetzt wieder, hatte insbesondere Norah alles Verständnis der Welt für ihn; sie war nicht nur eine erfolgreiche Verlegerin, sondern erst recht ein ganz wundervoller Mensch.

Ja, für ihn gab es in dieser Zeit nur ein tägliches Warten auf Susan Monroes Anruf. Stundenlang saß er nur da, starrte sein Handy an - und hatte schreckliche Angst vor dem Moment, in dem es klingeln würde. Welche Nachricht würde an sein Ohr dringen?

Ja, er liebte sie von ganzem Herzen! Sein gesamter Tagesablauf war auch nach ihrer Entlassung aus dem Krankenhaus nur noch darauf ausgerichtet, für sie da zu sein. Selbst dann, wenn er konzentriert an seinem Schreibtisch im Wohnzimmer saß und an seinem ganz anderen, neuen Romanprojekt arbeitete, hielt er es nicht lange aus, ohne hinüber zum Sofa zu gehen, um sie zu küssen.

Gerade dieser neue Roman half ihm dabei, das Geschehene zu verarbeiten. Als der letzte Prozesstag zu Ende war, hatte er sofort damit begonnen. Schon während der ersten Verhandlungstage hatte Norah ihm ein ungewöhnlich lukratives Angebot unterbreitet. Überredet werden musste er nicht eine Sekunde lang. Er sollte über das schreiben, was seine Sarah und er erleben mussten. Eine wundervolle Romanidee!

Sein Blick fiel jetzt auf die kleine, goldfarbene Nachttischuhr; es war kurz nach neun. Es wurde Zeit aufzustehen. Gleich nach dem Frühstück musste er sich wieder daran machen weiterzuschreiben. Bis zum Mittagessen hätte er weitere drei Kapitel geschafft.

Im Rahmen der vielen Gerichtstage hatte er von den aussagenden Beteiligten eine derartige Fülle von Ermittlungsergebnisse erfahren, dass er zur Wahrheit nicht sehr viel hinzu dichten musste. Das wird sicher wieder ein Bestseller, dachte er, während er Sarah an sich zog und küsste.

„Komm, Liebes, lass uns ins Bad gehen. Ich mache uns dann ein leckeres Frühstück; und heute Abend verwöhne ich dich wieder mit einem feinen Drei-Gänge-Menü." Sie öffnete die Augen und ließ ihre Arme sinken. „Ach du, ich hab eigentlich keinen Hunger. Am liebsten würde ich mich den ganzen Tag unter die Bettdecke verkriechen."

Noch viel lieber hätte sie noch heute die Koffer gepackt und wäre heim geflogen. Doch erneut davon zu sprechen hätte bedeutet, ihm wieder weh zu tun; das aber wollte sie ganz sicher nicht. Nicht nur, weil er in all diesen schlimmen Monaten für sie da war.

Nein! Auch, weil sie ihn sehr mochte. Am Anfang hatte sie ihr Herz sogar sagen hören, es sei Liebe. Mit der Zeit aber war ihr klar geworden, warum sie damals etwas mit diesem attraktiven und interessanten Mann anfing. Die wirkliche Ursache dafür war Roberts schlimmes Verhalten.

So sehr er sie betrogen hatte, so sehr wollte auch sie ihn betrügen. Auch, wenn es kein Fremdgehen gewesen war, weil sie schon mit ihm gebrochen hatte. Zudem tat ihr Francis Charme und seine starke Schulter so unendlich gut. Auch das, was sie so viele Jahre vermisste: Zärtlichkeit und erotische Lust.

Nein - wenn sie ehrlich war, reichten ihre Gefühle zu Francis nicht für mehr als eine innige und vertraute Freundschaft. Gut, musste sie sich eingestehen, er war ein traumhafter Liebhaber und fürsorglicher Partner; doch für die wahre Liebe reichte ihr das nicht.

Emotionen, die dieser Vorstellung sehr nahe kamen, kannte sie nur einem Mann gegenüber. Der lebte bis heute tief im Inneren ihres Herzens. Allein mit ihm konnte sie sich eine lebenslange Liebe vorstellen.

Es war derjenige, dem sie in jungen Jahren den Laufpass gegeben hatte. Danach war er für sie unerreichbar geworden. Erstens, weil sie Roberts treue Ehefrau geworden war und zweitens, weil Alex mit ihrer besten Freundin verheiratet war.

Welche Sprünge ihr Herz jedoch am vergangenen Samstag machte, spürte Sarah in diesem Augenblick des Zauderns wieder ganz deutlich. Lisa hatte sie angerufen.

´Alex ist ausgezogen; ich lasse mich scheiden`, hatte sie ihr nahezu beiläufig erzählt - so, als handele es sich um etwas völlig Normales.

Fast hätte sie diese alles verändernde Nachricht gar nicht erfahren können. Zum Glück hatte ihre Freundin bei ihrem ja leider ziemlich erfolglosen Besuch in Auckland Francis Telefonnummer bekommen. Sonst hätte sie sich mit der Nummer der Wohnung bei Mrs. L. die Finger wund wählen können.

Alex ist ausgezogen. Ich lasse mich scheiden - diese Worte hatten sich seitdem immer tiefer in ihr Gehirn eingebrannt; und in ihr Herz ebenfalls.

Was hindert mich, überkam sie jetzt wieder ihr sehnlicher Wunsch, überhaupt noch daran, dieses unselige Land zu verlassen? Alex ist frei. Frei für mich. Und Francis kann sich bis heute nicht dazu durchringen, mit nach Deutschland zu ziehen. Also ....

Zudem - und das verwunderte sie total - bestärkte Lisa sie darin, endlich wieder nach München zu kommen. Ihr Drängen kannte sie auswendig: ´Was willst du denn noch dort? Robert ist tot. In Auckland kennst du niemand. Okay - dieser Francis ist ein toller Mann. Aber liebst du ihn denn? Ich meine, so richtig aus tiefster Seele?`

Bei der Erinnerung an diese Frage atmete Sarah jetzt schwer. Sie schaute den noch immer neben ihr Liegenden verstohlen an. Nein, das tat sie nicht. Echte Liebe fühlt sich anders an.

Lisa versicherte ihr ja sogar, Alex würde sich riesig auf ihre baldige Rückkehr freuen. Eigenartig daran ist allerdings, dass er bislang nicht einmal in Auckland anrief. Sie schüttelte den Kopf; nur so unmerklich, dass Francis es nicht wahrnehmen konnte; was hätte sie ihm als Grund dafür nennen dürfen?!

Die Vorstellung, dass sie beide nun frei für einander waren, bestärkte Sarah in ihrem Entschluss, bald mit Francis reden zu müssen.

„Wo bist du mit deinen Gedanken, Liebes?" Sie zuckte zusammen. „Lass uns frühstücken." „Na gut! Eine Tasse Kaffee vielleicht", antwortete sie erleichtert.

„Ach du!" Seine Stimme klang alles andere als glücklich. Sie wusste, dass er litt. Wie sehr hatte sich ihr Verhalten ihm gegenüber geändert. Besonders seit Lisas Anruf.

Alex! Sarah atmete tief durch.

Heute Abend werde ich´s ihm sagen; beim Abendessen. Es geht nicht anders!

Sie erhob sich und ging ins Badezimmer.

Kapitel 38

Eng umschlungen standen sie in der Wartehalle vor der großen Anzeigetafel. „Schreib mir, ja? Ich muss doch wissen, wie ....“ Der Kloß in seinem Hals erstickte das, was er noch sagen wollte. Er spürte das Kopfnicken der Frau in seinen Armen. „Natürlich! Darf ich dich auch anrufen? Obwohl ich ....“ Ihre Worte wurden von ihrem Schluchzen erstickt.

Aus dem Lautsprecher dröhnte eine Ansage durch die Halle. „Das ist deiner.“ Als Antwort bekam er ihre noch festere Umarmung zu spüren. „Ich will nicht - aber ....“ „Ich weiß, Liebes; ich weiß. Wir bleiben ja Freunde.“

Das war das Einzige, was ihm von ihr bleiben würde. Seine Lippen bebten. Es zerriss ihm das Herz. Oh Schicksal, warum tust du mir das an? Ich liebe sie doch so sehr.

Sie ließ ihn los und schob ihn leicht von sich weg, um sein Gesicht sehen zu können. „Ja! Die besten Freunde.“

Wie wenig das für ihn war, wusste sie aus dem langen, abendlichen Gespräch. Erst recht aus denen, in welchen er danach noch versucht hatte, sie umzustimmen. Als Sarah sich dann jedoch dazu durchrang, von Alex zu erzählen, gab er tief getroffen auf. Ein anderer Mann warf ihn also aus dem Rennen! Einen anderen liebte sie weit mehr als ihn! Wie weh das tat! Noch immer! Sicher für immer!

„Nur Freunde", murmelte er traurig. Sein Blick zeigte ihr, wie es in ihm aussah. „Verzeih mir. Bitte verzeih mir. Aber mehr kann ich dir nicht geben."

Dann legte Sarah ihre Hand auf ihre Brust. „In meinem Herzen wirst du mein Leben lang einen Platz haben. Ich liebe dich auf meine Weise, Francis. Du bist für mich ...." Mehr zu sagen schaffte sie nicht; der Schmerz über ihre gemeinsame Entscheidung erstickte ihre Stimme.

Ihn noch länger hinzuhalten hatte sie nicht gekonnt. Ebenso, wie sich selbst zu quälen. Für sie gab es keine andere Richtung mehr als die nach Hause. Zu einem Mann namens Alex.

Er hatte sich tatsächlich bei ihr gemeldet. In einem dreistündigen Telefonat hatten sie sich gegenseitig ihrer Liebe versichert und sogar schon Zukunftspläne geschmiedet.

Es war ihnen beiden so, als wären sie damals überhaupt nicht auseinander gegangen. ´Wir gehören einfach zusammen, Sarah!`, hatte er ihr aus tiefster Überzeugung gesagt. ´Nur mit dir kann ich glücklich sein.` ´Ich ebenfalls, Alex!`, hatte sie voller Inbrunst geantwortet.

„Ja, Francis, ich werde dir schreiben, wie es mit mir weitergeht. Und wir telefonieren. Nicht nur, damit dein Roman über uns beide ein Happyend bekommt."

Ihre Lippen landeten auf den seinen; sie konnte es nicht verhindern. Ihre Gefühle für ihn verlangten es in diesem Moment.

Happyend. Sie schloss kurz die Augen. Auch wenn es nicht das ist, welches du dir gewünscht hast, dachte sie. Sarah wusste, wie sehr sie ihn verletzt hatte, als sie ihm ihre Liebe zu Alex gestand. Ganze zwei Wochen hatte er gebraucht, um sein inneres Gleichgewicht wieder zu finden.

´Ich liebe dich trotzdem weiter, Sarah`, hatte er mit Tränen in den Augen gesagt. ´Ich kann nicht anders. Ich verstehe dich, auch wenn mir mein Herz in zwei Stücke zerbricht. Aber ..., aber wenn ..., wenn er dich ... unglücklich macht, dann kommst du wieder zurück, ja?`

Sie hatte es ihm versprochen, auch wenn sie tief in ihrem Inneren fest daran glaubte, mit Alex die Liebe ihres Lebens gefunden zu haben. Doch diesen letzten Hoffnungsschimmer durfte sie Francis nicht nehmen. Dafür war er ein viel zu guter Mann.

„Und wenn dein - ach was - unser Roman fertig ist, dann bekomme ich das allererste Exemplar; handsigniert. Verstanden!“ Mit ihrem gekünstelten Befehlston brachte sie ihn sogar ein wenig zum Lachen. „Verstanden.“

Mit dem Handrücken wischte er sich das Nass von den Wangen. „Vielleicht bring ich´s dir sogar persönlich nach München?“ Das Fragezeichen hinter seinem Satz klang deutlich durch. Ihre Antwort kam prompt. „Oh ja - das machst du.“

„Sei lieb und geh jetzt.“ „Kommst du nicht bis nach vorne mit?“ Sie sah, wie er sich auf die Lippen biss. Mit bebender Stimme verließ ihn das Wehmütigste und Traurigste, das sie jemals aus seinem Mund gehört hatte. „Nein! Unsere Zeit endet hier. Entschuldige, aber weiter schaffe ich es nicht.“

Er drehte sich um. Sarah presste die Hand auf ihren Mund, um mit aller Gewalt ein erneutes Schluchzen zu unterdrücken. „Aber wir sehen uns in München, wenn das Buch fertig ist. Ja, Francis?" Mit aller Kraft gelang ihm ein letztes „Ja!".

Als sich ihre Schritte entfernt hatten, konnte er seinen Tränen nicht mehr Herr werden. Er hatte ein zweites Mal eine Frau verloren, von der er geglaubt hatte, sie liebe ihn wirklich.

Kapitel 39

Erst vier Wochen später erreichte ihn Sarahs erster Brief. Er wartete nicht einmal, bis er im Wohnzimmer war, sondern riss das Kuvert schon im Hausflur auf. Sofort begann er zu lesen - mit lauter Stimme; so, als wollte er ihn jemandem vorlesen. Jemandem, den er jetzt allzu gern neben sich gehabt hätte, der jedoch wohl für immer auf der anderen Seite der Erdkugel lebte.

„Lieber Francis,

es tut mir leid, dass ich erst heute dazu komme dir zu schreiben. Ich hatte so viel zu tun; sogar ein Haus habe ich mir gekauft, was aber nur deshalb so rasch ging, weil meinem Makler in der letzten Minute ein Kunde abgesprungen war. Da habe ich natürlich sofort zugeschlagen.

Meine liebe Swetlana wird mir den Haushalt führen und bei mir wohnen. Wie gut, dass sie mit ihrer Stelle nicht zufrieden war und etwas Besseres suchte. Weißt, die treue Seele arbeitete schon für meine Eltern.

In der übernächsten Woche kommen die ersten Möbel; ja, da staunst du sicher. Hier gibt es nämlich einen Möbeldesigner, über den ich es geschafft habe, binnen so kurzer das Nötigste zu bekommen. Außerdem habe ich bei Antiquitäten-Stadler einen super erhaltenen Frankfurter Nasenschrank ersteigert. Ein ganz toller, großer Schrank! Der kommt ins Wohnzimmer.

Alte Gemälde hat er auch und Kommoden und .... Ach, hat der schöne Sachen! Ich brauch doch so Vieles, weil ich alles in dem verfluchten * Auckland gelassen habe. (* Oh, entschuldige!) Einen Flügel habe ich mir auch schon ausgesucht.

Somit kann ich ganz bald einziehen. Zurzeit wohne ich noch im Hotel - so, wie er auch."

Er, fragte Francis sich? - und ahnte sogleich, wen sie meinte. Er schluckte den Kloß in seinem Hals hinunter und las laut weiter.

„Weil du und ich ausgemacht haben, uns gegenseitig alles zu erzählen, traue ich mich auch, dich wissen zu lassen, dass Alex und ich demnächst heiraten. Sobald er geschieden ist."

Francis glaubte, sein Herz verkrampfe sich; sie heiratet ihn. Für einen Moment schloss er die Augen. Dann wird sie tatsächlich nicht mehr zurückkommen. Es fiel ihm schwer, zu sprechen. Einige Minuten vergingen, bevor er begann.

„Leider dauert das wohl länger als erwartet. Es gibt mächtig Streit zwischen Lisa und ihm. Ich sitze da ganz schön zwischen zwei Stühlen; sie ist meine beste Freundin und er mein zukünftiger Ehemann. Dadurch ist es zwischen uns Frauen nicht mehr so wie früher. Trotzdem habe ich mich schon zweimal mit ihr getroffen.

Sie ist ganz aufgeblüht; der Grund dafür heißt Dieter. Er ist ebenfalls Apotheker, hat es als baldiger Alleinerbe eigentlich nicht nötig zu arbeiten und ist ein Adliger. Nach der Heirat ist sie dann eine Freifrau Carola Elisabeth von Ketelhausen.

Ich soll aber weiter Lisa zu ihr sagen, weil sie ihre beiden Vornamen schon als Kind nicht leiden konnte. Seitdem durfte sie niemand anders als Lisa nennen, sonst wurde sie fuchsteufelswild.

Schade, dass sie neben Reichtum nun auch auf so etwas Überkommenes wie ein ´von` vor dem Nachnamen Wert legt; wie wichtig ihr dieser Adelstitel ist, zeigt ja die Tatsache, dass Lisa sogar auf ihren eigenen Namen, der ihr bei der ersten Heirat mehr bedeutete als der ihres Ehemanns, verzichtet. Nun ja, so ist sie eben! Geld und Ansehen - das steht bei ihr an oberster Stelle.

Zusammen mit Alex können sie und ich uns aber nicht mehr treffen, so wie früher; er will sie nur noch vor Gericht sehen. Also verabreden wir uns alleine in der Stadt; ich hab ihm nämlich auch versprochen, dass sie nicht in mein Haus kommen darf, weil es ja irgendwie auch schon seines ist. Daran halte ich mich auch."

Na, schoss es ihm durch den Kopf, ob ich sie dann überhaupt in ihrem Haus besuchen darf? Bin schließlich der Mann, der sie noch immer liebt.

„Noch etwas anderes muss ich loswerden. Ich bin jetzt in Psychotherapie, weil ich meine Angst vor dieser Frau noch immer nicht ganz besiegt habe. Wegen dieser Drohung im Gerichtssaal; du weißt ja. Obwohl ich so weit von ihr weg bin. Schlimm, nichtwahr?!"

„Verdammt!", fluchte Francis. „Und ich kann nicht bei dir sein, um dir zur Seite zu stehen."

„So, mein lieber Francis, nun muss ich leider schon wieder schließen, damit der Brief noch rechtzeitig in den Kasten für die Nachtleerung kommt. Aber ich rufe dich nächsten Sonntag an, wenn es bei uns acht Uhr morgens ist. Schreib du mir bitte auch, wie es dir ergeht.

Ganz liebe und herzliche Grüße

Deine Sarah

P.S.: Ach ja, noch was. Ich heiße bald wieder Sommerfeld, so, wie als Kind. Es ist zwar schwer, sagt die Anwältin; aber es gäbe da eine Gesetzeslücke, die sie ausnutzen will. Weil er mich doch umbringen wollte."

„Sommerfeld also. Summerfield - sounds good; klingt doch viel besser als Gregorius." Mit diesen Worten ging er hinaus auf die Veranda, ließ sich in seinem Schaukelstuhl nieder und starrte in den blauen Himmel. „Ach Sarah, ich vermisse dich so sehr."

Gleich heute Abend würde er ihr einen Brief schreiben - aber nichts davon, wie sehr sie ihm fehlte. Laut und bestimmt sprach er - und wünschte dabei, sie könnte es hören: „Du sollst endlich glücklich und unbelastet leben; zur Not eben mit diesem blöden Alex! Aber wehe ihm, wenn er dich nicht gut behandelt."

Doch vor seinem Brief hatte er unbedingt die Zeit zu nutzen, um seinen Roman zu beenden und das Manuskript wegzuschicken.

Er hatte es Norah versprochen; immerhin war sie ihm des anderen Buchs wegen so lieb entgegengekommen. Sie mochte ihn sehr; das wusste er. Er sie ebenfalls. In einer Woche würde er dann zur Endbesprechung zu ihr nach Wellington fliegen. Er freute sich schon darauf; die Ablenkung würde ihm guttun.

Noch ahnte Francis nicht, welche Wendung dieser rein geschäftliche Aufenthalt im Verlag nehmen würde. Wie hätte er auch wissen können, dass das Schicksal einen Plan für ihn hatte?!

Nachdem er eine Woche länger als beabsichtigt in Wellington geblieben war und dort nicht, wie üblich, im Hotel übernachtet hatte, schrieb er Sarah von zu Hause aus einen weiteren Brief:

Liebe Sarah,

es gibt etwas zu erzählen, das ich nicht für möglich gehalten hatte. Da auch ich dir alles sagen darf, traue ich mich nun, dir heute von Norah Dexter aus Wellington zu berichten. Sie ist meine Verlegerin und ... - ach, warum soll ich lange um den heißen Brei herumreden?! Es ist nämlich so:

Ich habe mich in sie verliebt; oder, um der Wahrheit die Ehre zu geben, besser gesagt, sie hat mich verführt und ich bin ihr erlegen. Aus heiterem Himmel kam das aber eigentlich nicht, denn sie zeigt mir schon lange ihre große Sympathie für mich - um es mal gelinde auszudrücken.

Bislang wehrte ich mich gegen ihre liebevollen Attacken, weil ..., nun, das kannst du dir ja denken. In meinem Herzen hatte eben nur eine Frau Platz; eine, die du persönlicher nicht kennen könntest.

Ohne jammern zu wollen, sage ich heute im Rückblick, dass ich diese Frau namens Sarah verlor und mir das sehr wehtat. Nun bin ich jedoch sehr froh darüber, dass sie mit ihrem Alex ihr wahres Glück gefunden hat. Versöhnt damit bin ich (und zugegebenermaßen meine Eifersucht) jetzt dadurch, dass die Vorsehung auch für mich noch einmal eine Liebe bereitgehalten hat.

So! Das war meine neue und sehr gute Message an dich.

Dir und euch wünsche ich alles Gute.

Herzlichst
Francis

P.S.: Wenn der (unser!!!) Roman erscheint, schicke ich dir ein handsigniertes Exemplar. Und, wer weiß, vielleicht kreuzen sich unsere Wege noch einmal. Du weißt ja: Man sieht sich im Leben immer zweimal.

Kapitel 40

Klaus Havenstein gab mit seinen ausgebreiteten Armen das Zeichen und Ilona schaltete sofort alle Mikrofone aus.

„Bravo, bravo, bravo an euch alle! Ihr habt ganz großartig gesprochen. Es gibt keine einzige Stelle, die ich rausschneiden und nachsprechen lassen muss."

Katharina räusperte sich und fing noch in derselben Sekunde an zu husten. Rasch reichte Jacob ihr die Wasserflasche. „Trink! Du hattest den letzten Part - und der war ganz schön lang, nichtwahr?" Sie nickte und füllte ihr Glas, das sie in einem Zug leerte.

Sarah spürte den Druck seiner Finger; erst jetzt merkte sie, dass sie beide Hand in Hand nebeneinander saßen. Sie schaute zunächst an sich hinab auf dieses Zeichen der Innigkeit und dann nach oben in sein Gesicht. Francis Augen strahlten.

„Du hast allen Grund dafür, so zufrieden zu sein! Was für einen wunderschönen Schluss du für unsere Geschichte gefunden hast!", flüsterte sie. „Alles gut verstanden, was die Vorleser sagten?" „Klar! Mein Österreichisch hab ich doch nicht verlernt; auch wenn ich in Neuseeland keine Übung dafür habe - bis auf die Zeit mit dir." Sarah beugte sich zu ihm hinüber und küsste ihn auf die Wange. Ein toller Mann, dachte sie dabei!

„Unser aller Dank gilt dem Autor, der uns einen gefühlvollen, schicksalsreichen, spannenden und am Schluss gut ausgehenden Roman geschrieben hat."

Francis legte seinen Arm um Sarah. „Ohne diese wunderbare Frau hätte es diesen Roman nie gegeben!"

„Jawohl!" und „Super gemacht!" und „Ganz tolle Geschichte!" - so kam es lautstark aus der Menge der anderen. „Ich bin so froh", meinte Maria sichtlich ergriffen, „dass ihr beide euch wenigstens als Freunde behalten durftet." „Was man ja deutlich sieht", ergänzte Herr Grimm und klatschte in die Hände.

„Ilona!", meinte Havenstein zu ihr und deutete auf die vorbereiteten Sektgläser. „Sofort, Klaus." Kurz darauf standen alle in einer Runde und prosteten einander zu.

Drei Stunden später saßen zwei innig verbundene Freunde im Hotelrestaurant und vergaßen bei all dem, was sie einander zu erzählen hatten, fast das Essen und Trinken. „Ziehst du dann eigentlich nach Wellington zu ihr?", fragte Sarah ihn, als er von seiner Zukünftigen zu schwärmen begann.

„Ich bin schon dabei, mein Haus zu verkaufen. Schreiben kann ich ja schließlich überall." „Wann heiratet ihr?" „Wenn es nach Norah ginge, wäre das schon geschehen. Ich möchte aber vorher Auckland verlassen können und bei ihr einziehen; so eine Fernbeziehung zweier Eheleute geht für mich gar nicht!"

„Das verstehe ich absolut! Zwei Herzen, die sich finden und sich für immer aneinander binden, in Liebe zu zweit, für alle Zeit, dürfen nicht getrennt bleiben!"

„Und wie ist es mit euch? Das ist ja ein richtiggehender Rosenkrieg zwischen den beiden, hast du erzählt. Dauert wohl ewig, bis sie geschieden sind." Sarah atmete tief durch. „Sie will mehr und mehr Geld von

ihm. Wie ein Mensch nur so gierig sein kann, begreife
ich einfach nicht."

„Naja, wird schon werden." Sie zuckte mit den Achseln. „Liegt sicher daran, dass sie keinen Vater hat -
ich meine natürlich, dass sie ihn nicht kennt; und
dass ihre Mutter arm war. Genau wegen dieser Armut setzt sie als Erwachsene alles daran, deutlich
besser zu leben als in ihrer Kindheit. Für sie zählt nur
Reichtum." Und der Adelstitel, dachte sie.

„Darf ich die Herrschaften stören? Hier käme nämlich ihr Hauptgang." Beide schauten irritiert hoch.
„Ach so. Natürlich!", antwortete Francis. „Hm! Das
sieht ja lecker aus." Sie schmunzelte. „Komisch, dass
wir beide dasselbe bestellt haben."

„Komisch?", gab er mit einem bedeutsamen Blick
zurück. „Meinst du wirklich?" Sie verstand und
schenkte ihm ein Lächeln, das nicht liebevoller hätte
sein können. Schon nach den ersten Bissen setzten sie
ihre angeregte Unterhaltung fort.

Ihre Augen verloren sich beim Erzählen immer öfter
in den seinen. Die lange Gemeinsamkeit während
ihrer Zeit in Auckland zeigte trotz der Trennung noch
immer Wirkung; ebenso die zweite Flasche Chateau
Lafite-Rothschild, zu der Francis sie mit den Worten
'Meinen großen Romanerfolg müssen wir schließlich
gebührend feiern` überredete.

Auf diese harmonische Weise ging es noch den ganzen Abend weiter. Erst, als beide bemerkten, dass sie
die letzten Gäste waren, beglich er die Rechnung.

„Ganz lieben Dank, Francis! Das war ein so wundervoller Abend, dass es doch ...."

Sarah wog kurz ab, ob sie dem Kribbeln in ihrem Bauch nachgeben sollte, welches sich während der vergangenen Stunden immer öfter bemerkbar machte. Sie schwankte. Durfte sie das wirklich? Doch kaum hörte sie sein fragendes „Ja? Was meinst du damit?", gab sie ihrer Gefühlswallung ohne weiteres Überlegen nach.

„Es wäre doch schade, ihn jetzt schon zu beenden." Fast hätte sie noch ´Ich bin heute Nacht Strohwitwe` hinzugefügt.

Diese Worte waren kaum über ihre Lippen gekommen, da fürchtete sie sich schon vor dem, was ihre Stimmung von ihr zu sagen verlangt hatte. Und vor seiner Reaktion. Wie konnte sie nur?! Die Macht ihrer Erinnerung an die vielen Nächte mit diesem aufregenden Mann hatten sie tatsächlich für einen kurzen Moment schwach werden lassen.

Augenblicklich bedauerte sie ihre Begierde nach dieser verbotenen Nähe. Sie merkte, wie sich Röte auf ihre Wangen legte. Natürlich musste er sie verstanden haben! Oh je, was denkt er nun von mir?

Statt jedoch darauf einzugehen, lenkte Francis mit unbefangener Tonlage ab. „Vielleicht hat Norah ja mal Lust auf eine Europa-Tour. Dann sehen wir uns wieder. So, und jetzt begleite ich dich hinaus zum Taxistand. Mein Flieger nach Wien hebt schon um kurz nach acht ab.

Wenn ich dort all meine Jugenderinnerungen aufgefrischt habe, geht´s zurück nach Neuseeland. Mach´s gut, Sarah - und auf Wiedersehen!"

Dankbar schaute sie ihm tief in die Augen. Wenn es Alex nicht gegeben hätte, dann wäre sicher ich deine Norah geworden, dachte sie dabei.

Als hätte er ihr Gedankenspiel wahrgenommen, gab er ihr einen Kuss auf's Haar und meinte: „Gute Nacht, Norah!"

Sie verstand und korrigierte ihn nicht.

Kapitel 41

Zu Hause angekommen telefonierte Sarah als aller erstes mit Alex. Wie sehr sie sich schämte! Sogleich begann er zu erzählen. „Ich habe schon lange auf deinen Anruf gewartet, Sarah. Vier Dinge muss ich dir unbedingt sagen, Liebes", meinte er mit ernster Stimme.

„Ja?", fragte sie ebenso erwartungsvoll wie ängstlich, befürchtete sie doch, von ihm ein Geständnis zu hören, das mit dem vergleichbar war, was sie selbst beinahe getan hätte. Angespannt lauschte sie, was da kommen würde.

„Erstens - ich liebe dich! Zweitens - ich begehre dich! Drittens - ich freue mich darauf, wenn ich dich morgen kurz nach achtzehn Uhr dreißig am Flughafen in die Arme nehmen kann. Du holst mich doch ab, oder?"

Ihr „Wie gerne, mein Liebster!" war der Ausdruck größter Erleichterung. „Und viertens?" „Das verrate ich dir morgen Abend." „Oh! Los, sag es mir", bettelte sie. „Okay! Einen kleinen Hinweis gebe ich dir; es hat etwas mit Lisa zu tun." Er machte eine Pause, bevor er fortfuhr.

„Hast du sie eigentlich noch einmal getroffen?" Mit seiner Frau hat es zu tun, grübelte sie, bevor sie ihm Antwort gab? „Nein, viele Wochen nicht mehr. Es ist nicht mehr so wie früher zwischen uns. Ich hab mir auch überlegt, dass ich den Kontakt zu ihr nicht mehr fortsetzen will; wer dir so viel Ärger macht, kann nicht mehr meine Freundin sein."

„Liebes, das ist ganz und gar deine Entscheidung; ich kann aber nicht gerade sagen, dass ich traurig darüber bin. Danke!" „Ich liebe dich so sehr, Alex. Schlaf gut. Morgen Abend warten am Flughafen meine Umarmung und ganz viele Küsse auf dich." „Dann erfährst du auch, was sich hinter meinem ´Viertens` verbirgt. Gute Nacht, Sarah."

Genauso kam es auch! Gleich nach ihrem innigen Empfang am Airport wusste Sarah, was er gemeint hatte.

Sein Scheidungstermin war kurzfristig für Freitag, zehn Uhr angesetzt worden. Sein Anwalt hatte ihn zwischenzeitlich angerufen. Die Freude der beiden kannte keine Grenzen - und ihre gemeinsame erotische Nacht ebenfalls nicht.

Was Sarah allerdings nicht wusste, waren zwei Ereignisse.

Zum einen die Tatsache, dass knapp zwei Wochen später eine gewisse Yvonne de Clerk in München landete .

Zum anderen, dass kurz darauf etwas Schreckliches mit ihr geschehen würde.

Kapitel 42

„*Wie geht´s ihr, Bianca?*" „*Seit fünf heute Morgen sind die Werte stabiler, Doktor Lenzen. Sie erwachte um halb sieben kurz. Auf meine Ansprache hin reagierte sie aber nur mit einem Zucken der Augenlider.*"

„*Na, das ist ein zufriedenstellendes Zeichen. Nach der OP! Hätte nicht gedacht, dass wir sie retten können. Ihr Herz hätte beinahe schlapp gemacht.*"

„*Ja, manchmal gibt es selbst bei solchen Patienten einen unerklärlichen Lebenswillen.*" *Er nickte zustimmend, trat ganz nah an das Krankenbett heran und beugte sich über seine Patientin.* „*Die Würgemale werden noch lange zu sehen sein. Mein Gott, der Kerl hat ihr beinahe den Kehlkopf zerdrückt.*"

„*Sieht aus, als hätte er Frau Sommerfeld von hinten gepackt, seine Armbeuge unters Kinn gelegt und dann so fest den Hals umschlungen, dass sie keine Luft mehr bekam; schauen sie, der Druck ist nämlich auch rechts und links am Hals zu sehen; so, wie eine Zange, die zugedrückt wird. Schlimm, nichtwahr?!*"

Ein Staunen legte sich auf sein Gesicht. „*Donnerwetter! Genau das hat mir Kollege Hansen von der Kriminaltechnik erklärt. Bianca, wenn ich Sie nicht so dringend in meinem Team bräuchte, würde ich Ihnen zu einem Wechsel zu ihm raten. Sie sind echt begabt!* „*Aber Herr Doktor!*" *Sie blickte verlegen nach unten.*

„*Gut! Ich schau sie mir nach der Visite genauer an; etwa in zwei Stunden. Wer löst Sie ab?*" „*Schwester*

Rosa; aber erst um zwölf." „Die Neue aus Venezuela? Kommt von soweit hier her. Ungewöhnlich!"

„Der Liebe wegen. Ihr Mann leitete dort ein Dschungelkrankenhaus und sie war eine seiner Krankenschwestern. Sie ist übrigens eine ganz Kluge, Chef!" „Hab gehört, die stammt über drei Ecken von diesen Ureinwohnern ab; diesen ...." Er suchte nach dem Namen.

„Die heißen Yanomami." „Sie wissen damit ja auch gut Bescheid." Sie sah seinen bewundernden Blick auf sich ruhen. „Ach nein! Nur, weil sie mir das erzählt hat; auch davon, dass ihre Urgroßmutter Sachen sehen konnte, die kein anderer wusste."

„Dann hat diese Rosa vielleicht solche seherischen Fähigkeiten geerbt; wer weiß. Habe darüber gelesen; diese Ureinwohner haben so eine Art achten Sinn. Das ist uns hier schon lange verloren gegangen, sofern wir es überhaupt einmal hatten. So, jetzt muss ich aber los! Also dann bis nachher."

Sie hat, dachte Bianca, während der Chefarzt die Tür hinter sich schloss, bei der Einlieferung am zerschundenen Hals sogar das Parfüm der armen Frau erkannt - trotz des intensiven Blut- und Schweißgeruchs auf ihrer Haut. Donnerwetter! Ich hab davon nichts gerochen.

Auf dem Gang traf der Arzt auf die Freundinnen Dr. Jägert und Dr. Raabe. „Gut, dass ich euch treffe!" „Hallo, Peter. Was gibt´s?" „Heike, würdest du dir mal meine Patientin Sarah Sommerfeld auf der 318 ansehen? Ihr zerquetschter Hals gefällt mir gar nicht; besonders der Kehlkopf."

376

„318. Da liegt doch die Frau, die dieser Einbrecher fast umgebracht hat, oder?", interessierte sich Claudia. „Richtig!" „Hab es im Kurier gelesen. Das mit den Einbrüchen wird immer gefährlicher. Michael will jetzt eine Alarmanlage ins Haus einbauen lassen. Wir sprachen gerade darüber."

Mit seinem „Ja!" wandte er sich an Heike. „Dein Stefan ist dafür genau der Richtige - er ist schließlich vom Fach und hat echt Ahnung!" Dass er ihm ein guter und langjähriger Freund ist, musste der Chefarzt dabei nicht betonen; das wussten beide. „Bin auch froh, dass er´s machen wird", bestätigte Claudia.

„Gut! Aber noch mal zu der so schwer gewürgten Patientin. Claudia, könntest du mitgehen und auch einen Blick darauf werfen? Vier Augen sehen mehr als zwei." „Klar doch!"

Heike anzwinkernd meinte sie: „Wir zwei werden dir danach ein Gutachten erstellen. Natürlich wird das nicht kostenlos sein!" Er lachte. „Gut! Dann laden wir euch mal wieder zum Abendessen ein. Zu sechst macht das doch jedes Mal einen Heidenspaß!" „Versprochen?"

„Versprochen!" „Dann rede aber gleich heute Abend mit deiner lieben Brigitte darüber, wann es ihr am besten passt, ja?! Sag ihr einen herzlichen Gruß! Ich freu mich arg, sie zu sehen."

„Und sie erst! Brigitte und ich sind sehr, sehr glücklich miteinander - aber auch darüber, euch nach so vielen Jahren wieder gefunden zu haben. Echt schade, dass ich erst im letzten Jahr die Chefarzt-Stelle hier in der Klinik angenommen habe. Hätte ich schon *viel früher tun sollen! Nun ja, die Wege des Lebens sind oft verschlungen." Die beiden nickten.*

„So, ich habe gleich Visite, muss aber zuvor noch mit der Polizei telefonieren. Macht´s gut; und wie gesagt, ich melde mich. Schickt mir wegen der Sommerfeld eure Meinung per Mail, wenn ihr mich nicht am Telefon erwischt."

Heike warf ihm einen Handkuss zu. „Sehen wir uns in der Kantine?" „Weiß noch nicht. Frau Brodi von der Klinikleitung will mich um eins sprechen." „Na dann, bis bald!"

Als er in sein Büro kam, rief ihm seine Sekretärin genervt zu: „Dieser Kommissar hat schon wieder angerufen. Die Nummer liegt auf Ihrem Tisch, Chef." „Danke, Sylvia!"

Kaum meldete er sich, vernahm er schon Herrn Bachmaiers gehetztes: „Ist Frau Sommerfeld endlich vernehmungsfähig? Ich warte nun schon drei Tage darauf." „Frühestens in zwei, drei weiteren." „Mist! Wir müssen das Schwein finden, das sie so zugerichtet hat."

„Zugerichtet? Der Mistkerl wollte sie umbringen; da gibt´s für mich aus ärztlicher Sicht keinen Zweifel." „Aber sie wird uns doch vor einem Verhör nicht wegsterben, Dr. Lenzen?"

Ganz schön viel Mitgefühl, diese Kriminaler, stellte er ironisch fest; erst kommt der Fahndungserfolg, dann die Gesundheit des Opfers. Als wollte Bachmaier sich rechtfertigen, erklärte er: „Der Oberstaatsanwalt sitzt mir im Nacken, verstehen Sie." Nur mit Mühe verstand er ihn. „Ich ruf Sie an, sobald es geht." Er legte auf.

„So, liebe Sylvia", sprach er, während er in Richtung Ausgang an ihr vorbei ging und ihr dabei die Hand leicht über ihre Schulter gleiten ließ, „für Morgen gebe ich Ihnen frei; und das machen wir unter der Hand, ohne Personalabteilung. Sagen wir, Sie arbeiten von zu Hause aus, weil Sie da mehr Ruhe haben."

Sein freundliches Lächeln erwiderte sie mit einem überraschten Blick. „Aber wieso ...?" Weiter kam sie nicht. „Mein Geschenk zu Ihrem morgigen Geburtstag. Ihre Kids werden sich doch freuen; und ihr Mann auch, oder?"

Ihr „Dankeschön!" begleitete ihn nach draußen. Mit diesem Mann als Chef habe ich wirklich einen Sechser im Lotto, dachte sie. Wie sehr sie ihren P. L., wie sie ihn nannte - ohne es natürlich jemals laut zu äußern - mochte! Nicht nur als Vorgesetzten.

Während Dr. Lenzen mit seinem weiß bekittelten Gefolge von einem Krankenzimmer zu nächsten ging, reagierte Kommissar Bachmaier angespannt auf das unerfreuliche Telefonat von soeben mit einer rasch einberufenen Besprechung mit seiner Tochter.

„So, Lonilein, was haben wir bis jetzt?" Um ihren Ärger über seine fortwährende Verniedlichung ihres Vornamens zu zeigen, gab sie ihrem Übervater die passende Antwort. „Nun, Vatilein, es gibt da einen interessanten Hinweis dieses Verlobten."

„Und!", knurrte er. „Er erzählte mir heute Morgen am Telefon von einer Yvonne de Clerk. Spannend daran ist, dass diese Frau die Schwester derjenigen ist, die Frau Sommerfeld in Neuseeland umzubringen versuchte. Die sitzt mittlerweile hinter Gittern. Diese de Clerk aber nicht." „Und was soll daran spannend sein, Frau Kommissarin Loni Maierhuber?“ Er grinste sie frech an.

Wie bissig du sein kannst, dachte sie. Wer austeilt, muss auch einstecken können. Bist selbst schuld daran, wenn ich dich so nenne; behandelst mich ja noch immer wie dein unmündiges Töchterlein. Mit halb geschlossenen Augenlidern blitzte sie ihn verärgert an.

„Wie Alex Klug - also Frau Sommerfelds Verlobter - berichtet, hat diese de Clerk bei ihrer eigenen Verurteilung geschworen, sie zu töten. Ich hab natürlich gleich ein Fax nach Auckland geschickt, weil ich wissen will, wo sich diese feine Lady aufhält. Vielleicht klappt der kleine Dienstweg, ohne langen Papierkram.“

„Und?“ kam erneut die trockene Nachfrage. „Ich warte noch auf Antwort.“ „Wie? Können die nicht schneller reagieren?“ „Schon mal was von Zeitverschiebung gehört, Herr Kollege Bachmaier, he?“ „Papperlapapp!“ Mehr fiel ihrem Vater nicht ein. Bist eben noch nie aus deinem Deutschland rausgekommen, dachte sie.

„Was noch? Das ist ja noch nicht viel!“ „Die Tatwaffe, ein massiver Kerzenhalter aus dem Wohnzimmer des Opfers.“ „Fingerabdrücke?“ „Keine; schätze Handschuhe.“ „DNA?“ „Nichts, was wir in der Datenbank haben.“

„Eine Aussage des Opfers wird uns natürlich rasch zum Täter ...“ - sie schaute ihn scharf an - „... na gut, oder zur Täterin führen.“ „Hier gibt es aber eine äußerst schlechte Nachricht.“

„Welche?" „Ich war heute Morgen in der Klinik und habe ...." „Was?! Wozu das denn?" Er keuchte. Sein Asthma plagte ihn heute wieder sehr. „Ich denke, die ist noch nicht vernehmungsfähig." „Ist sie auch nicht. Ich sprach aber auf dem Gang mit Schwester Rosa; die kenne ich aus der Uniklinik; weißt, von dem Fall mit dem schwerverletzten Juwelier."

„Ach ja; die kleine Schwarzhaarige aus Venezuela; ich erinnere mich. Rosa ..., Rosa ..." Er überlegte. „Rosa Zafón; so, wie der spanische Bestseller-Autor Carlos Ruiz Zafón." „Was du da immer für ein Zeug liest! Kauf dir besser deutsche Bücher - zum Beispiel das von diesem Tennisstar, der in der Besenkammer; na, du weißt schon. Da erfährst du wenigstens ...." „Lass gut sein, Papa!", fiel sie ihm ins Wort und verdrehte die Augen.

„Also zurück! Rosa berichtete mir von dem, worüber sich der Chefarzt und der Neurologe unterhielten." „Und?" Verärgerung und Ungeduld lagen zu gleichen Teilen in seiner Stimme.

„Er vermutet eine posttraumatisch bedingte Amnesie bei ihr; sie hätte nicht einmal ihren eigenen Namen gewusst und könne sich an nichts erinnern. Wohl des Schlages auf den Kopf wegen; zudem Sauerstoffmangel. Sie wurde so schwer gewürgt, dass ihr sprichwörtlich die Luft ausgegangen ist - und damit dem Gehirn."

„Na super! Da hängt unsere Ermittlung natürlich. Wie lange dauert so etwas?" „Bin ich Ärztin?"

„Was ist mit der Haushälterin? Hat die vielleicht etwas gesehen." „Nein! Ich hab noch mal mit ihr telefoniert. Leider hat sie ...." Ohne zuzuhören unterbrach er sie. „Hat sie die Liste mit den gestohlenen Sachen ....“

„Hallo!“, wehrte sie sich. „Wollte ich das vielleicht gerade berichten?! Leider hat sie nichts Gestohlenes feststellen können. Das liegt möglicherweise daran, dass Frau Rudlischek die Tatvollendung eines Raubmordes gestört hat.“ Sie holte Luft. „Glück im Pech! Andererseits ....“

„Was meinst du?“ „Da die Tür nicht aufgebrochen war, obwohl Frau Sommerfeld den Sicherungsriegel immer benutzt ....“ „Immer?“ „Das hat die Zugehfrau versichert und glaubhaft damit begründet, dass ihre Chefin Angst hatte, seit sie aus Übersee zurück ist.“

„Hm! Das passt zu dem, was ihr Verlobter von dieser de Clerk berichtet.“ „Da die Tür also nicht aufgebrochen war, hat die Sommerfeld die Täterin ...“ - sie wollte ihrem Vater nicht erneut eine Steilvorlage für Streit geben - „... oder den Täter gekannt und hereingelassen. Damit fallen Raubmord und Einbrecher aus unserer Liste der Straftaten und Verdächtigen raus. Richtig?“

„Ist wohl so“, brummte er. Sofort fuhr sie mit ihren Schlussfolgerungen fort; sie liebte dieses kriminalistische Denken.

„Weiter! Das Opfer kennt diese Frau aus Auckland zwar aus den Prozessen, wird sie jedoch sicher nicht in ihre Wohnung gelassen haben. Falls sie überhaupt in München ist.“ „Es sei denn“, gab ihr Vater zu bedenken, „sie hat sie mit einer Waffe dazu gezwungen.“

„Zugegeben; möglich.“ Was uns wieder, dachte sie hämisch, zu einer Täterin führen würde. „Durch den

Türspion wäre diese Frau aber erkannt worden; dann hätte sie niemals die Türe geöffnet."

Ihr Vater runzelte die Stirn. Muss sie denn immer das letzte Wort haben wollen?!

„Das Ganze werden wir letztlich erst dann weiter verfolgen können, wenn ich Nachricht aus Auckland habe. Konnte sie es nicht gewesen sein, müssen wir ...."

Wieder unterbrach er sie. „Dann müssen wir einen Mann finden, den sie so gut kennt, dass sie ihm den Zutritt gewährte." Sie schnaufte. „An wen denkst du? Er oder sie muss ja ein Motiv haben." „Er!" Du nervst!

„Nun ja, weiß noch nicht genau. Dieser ..." - er blätterte in seiner Akte - „.... Alex Klug war zur Tatzeit nicht in München; zudem will er sie heiraten. Also nein! Wen haben wir noch?" „Frau Rudlischek erwähnte eine gute Freundin, eine Lisa Stein. Steinreiche Apothekerin ..."; sie schmunzelte über das Wortspiel; „... und brisanter Weise die Ex dieses Klug." „Aha!"

„Da die aber, wie die Rudlischek zu wissen glaubte, eines anderen Mannes wegen die Scheidung betrieb, kann sie nicht sauer auf unser Opfer sein. Also auch kein Motiv!"

„Vermaledeit! Wer war's dann? Ich hör schon das Gemeckere des Oberstaatsanwalt, weil wir ihm den Täter nicht liefern können." Diese Aussicht begeisterte seine Tochter ebenso wenig, weil der sie sowieso auf dem Kieker hatte.

„Nicht einmal aus der Nachbarschaft haben wir einen Hinweis bekommen. Hoffen wir, dass es ein Racheakt dieser Neuseeländerin war! Morgen wissen wir mehr dazu."

Ihr kam eine Idee. „Weißt du was? Was hindert uns daran, schon mal, quasi auf Verdacht und um Zeit zu gewinnen, die Münchner Hotels nach ihr abzuklappern? Nichts!"

„Gute Idee, Lonilein!" Sie war erstaunt, sagte aber nichts, weil sie seinem Gesichtsausdruck so etwas wie Vaterstolz ansah - trotz seiner ewigen Kabbeleien. Als er sie mit einem „Okay, dann an die Arbeit!" und einem wohlwollenden Tätscheln auf ihren Rücken verabschiedete, wusste sie, dass sie einen zwar anstrengenden, aber guten Daddy hatte.

„Sobald ich eine Antwort aus Neuseeland habe, bin ich wieder hier; auch wegen der Hotelrecherche. Tschüss, Papa!" Je öfter ein Lob von ihm kam, desto froher machte es sie.

Barnebbys E-Mail kam früher als gedacht. Sofort griff sie zum Hörer. „Stell dir vor; diese de Clerk ist in ihrem Haus nicht auffindbar. Die Nachbarn hätten, schreibt dieser Chiefinspector, beobachtet, wie ihr Baby morgens von einer älteren Frau abgeholt wurde. Danach sei die Frau mit einem Koffer in ein Taxi gestiegen. Die Taxizentrale teilte auf Anfrage mit, sie sei zum Flughafen gefahren worden. Laut seiner Ermittlung gilt ihr Flugticket bis ...." Sie ließ ihm die Möglichkeit, es selbst zu sagen. „München?" „Ja!"

„Damit haben wir die Täterin. Super!"

Aha, nun ist es doch eine Frau; Loni schmunzelte. „Hast du schon ihren Aufenthaltsort?" „Ich rufe gleich den Erich an; der koordiniert die Sache." „Gut! Wenn du das Hotel hast, fahren wir beide gleich hin. Ich besorg den Haftbefehl." „Meinst du, jetzt schon?" „Dringender Tatverdacht; und Fluchtgefahr. Das nehm ich auf meine Kappe."

Schon zwei Stunden später sprachen beide am Hotelempfang mit Herrn Alois Schuppeck. „Nein! Sie ist gestern früh abgereist." Vater und Tochter schauten einander enttäuscht in die Augen. „Wissen Sie zufällig, wohin?" „Nun, sie hatte ein Taxi zum Franz-Josef bestellt." „Vermaledeit!" Der Portier schaute ihn irritiert an. „Schlimm?"

„Oh ja!" Sie nannte ihm den Zeitraum, in dem Frau Sommerfeld überfallen und verletzt worden war. „War diese de Clerk um diese Uhrzeit auf ihrem Zimmer?" „Tut mir leid; die Gäste unseres Hauses haben Chipkarten für ihre Türschlösser."

„Verstehe; sie holen also keine Schlüssel mehr ab." „So etwas gibt es höchstens noch in billigen Hotels. Aber ...." Er tippte mit dem Zeigefinger gegen seine Unterlippe. „Ja?"

„Wenn ich mich nicht täusche, hat um diese Zeit ein Mann gefragt, ob es hier einen Blumenladen gibt. Natürlich gibt es den; in unserer Boutique-Zeile. Wir sind ein Fünf-Sterne-Haus", meinte er in überheblich klingenden Tonfall. „Kurz darauf kam er mit einem Strauß Baccara-Rosen im Arm zurück und fragte nach Mrs. de Clerks Zimmernummer.

Natürlich gab ich sie ihm nicht; Anonymität ist bei uns erstes Gebot. Da fing er an zu schimpfen und drohte damit, sich an die Hotelleitung zu wenden. So etwas kann ich zurzeit sicher nicht gebrauchen, das

können Sie mit glauben. Schließlich klingelte ich bei
der Dame durch und meldete ihn an.“

„Wen genau?“, fragte der Kommissar ungeduldig.
„Na, den Herrn, von dem ich die ganze Zeit berichte.“
„Ja doch! Sein Name, meine ich!“ „Ach so. Warum
sagen Sie das nicht gleich. Warten Sie. Wir müssen so
etwas notieren.“

Er blätterte in einer neben ihm liegenden Kladde.
„Ah, hier haben wir ihn; ein Dr. Carl Hendersson.“

Die Kommissarin schrieb sich den Namen auf. „Er
ging dann nach oben?“ „Schnurstracks!“ „Und dann?“
„Etwa drei Stunden später sah ich, wie er strammen
Schrittes in Richtung Ausgang eilte; er schien mir
irgendwie verärgert zu sein - schimpfte halblaut vor
sich hin.“

Er lächelte hämisch. „Sein Rendezvous verlief wohl
doch nicht so wie gedacht; trotz der Flasche Cham-
pagner, die Frau de Clerk kurz nach seiner Ankunft
auf ihr Zimmer bringen ließ. Hannerl, unser neues
Zimmermädchen, sah ihn dabei nackt im Bett liegen.“
Er lachte abfällig und verfiel gleich darauf in bayri-
schen Dialekt.

„Hat hin gestiert wie geschockt; gleich drauf pres-
sierts ihr so, dass sie mit hoch rotem Belli zu mir
rennt; sicher noch nie a Paarl im Bett gsehn. Na, das
junge Maderl is in einem kleinen Dorf am Kofel
dahoam und bestimmt noch Jungfrau. Glaubt noch
an Mariä Empfängnis; haha!“

Die Kommissarin schüttelte den Kopf; seine abfällige
Art ärgerte sie. „Tja, dann danken wir Ihnen für die
Auskunft, Herr Schuppeck.“ „Stets zu Diensten. Auf
Wiedersehen!“

386

*Muss nicht sein, dachte sie. Zum Vater gewandt zuck-
te sie mit den Achseln. Er reagierte mit einem ent-
täuschten „Das war´s dann wohl, und wir stehen
wieder am Anfang. Vermaledeit!"*

*Draußen auf der Straße machte sie ihm Mut. „Das
will ich aber noch genauer wissen. Jetzt suchen wir
diesen Doktor; von ihm will ich ihr Alibi bestätigt
hören." „Tu das, Loni! Toll, dass du nicht so schnell
aufgibst."*

*Huch, wunderte sie sich; Papa wird sich doch nicht
am Ende noch ändern.*

Kapitel 43

Am folgenden Tag strich sie enttäuscht die Frau aus Auckland von der Liste der Verdächtigen. Dr. Hendersson hatte deren Alibi bestätigt. Nun kannte sie auch den Grund für das Kommen der Neuseeländerin nach München.

´Die wollte mir doch tatsächlich weismachen, sie sei von mir schwanger geworden; damals, als sie noch einmal nach München geflogen war`, hatte er ziemlich sauer berichtet. Das sei aber aufgrund einer Vasektomie vor vier Jahren gar nicht möglich.

„Damit bin ich am Ende mit meinem Latein", meinte sie missmutig zu ihrem Vater, nachdem sie ihm dieses Ergebnis ihrer Vernehmung mitgeteilt hatte.

„Keinen einzigen möglichen Täter mit Motiv haben wir. Also doch Einbrecher? Was, wenn die schon in der Wohnung waren, als sie nach Hause kam?" „Keine Ahnung; da können wir nur hoffen, dass uns Frau Sommerfeld etwas berichten kann. Habe nämlich eine Überraschung."

„Bitte?" „Ja, wir können sie heute Nachmittag befragen." „Was?! Warum sagst du das erst jetzt?" „Dieser Dr. Lenzen rief mich vorhin an." „Wann?" „Um drei." „Prima! Dann drücken wir mal die Daumen."

Als sie das Zimmer 318 betraten, trafen sie auf Alex Klug, der sich fast flüsternd mit Schwester Rosa unterhielt, die direkt neben dem Krankenbett stand. Loni begrüßte sie mit einem angedeuteten Winken.

Der daneben stehende Chefarzt machte ihnen ein Zeichen, leise zu sein. „Sie schläft noch."

„Sicher haben Sie Ihrer Braut dieses tolle ... - wie sagt man im Deutschen? - ... Duftwasser geschenkt, das ich an ihr gerochen habe, als sie eingeliefert wurde. Rosenduft. Wie romantisch. Hm!"

„Das kann nicht sein, Schwester", widersprach Alex zwar leise, aber bestimmt. „Da müssen Sie sich irren. Sarah mag das Blumige des Rosenparfüms ganz und gar nicht."

„Herr Klug, auf Frau Zafóns Geruchssinn kann man sich aber verlassen", mischte sich der Arzt ein. „Sie hat besondere Fähigkeiten; von ihrer Urgroßmutter. Wenn sie sagt, an dem geschundenen Hals hätte sie einen Hauch der Rosenblütenessenz wahrgenommen, muss der Duft ja wohl vom Parfüm der Überfallenen stammen!"

„Sarahs Parfüms riechen nicht nach so etwas! Das versichere ich Ihnen. Ich habe es selbst erleben müssen, als ich ihr einmal ein solches schenkte - ich brachte es wieder zurück, weil sie es nicht haben wollte."

Kommissar Bachmaier wurde aufmerksam. „Worum geht es hier, bitte?" Loni hatte es schon begriffen. „Um den Duft, den unsere Opfer auf der Haut hatte. Dort am Hals." Sie richtete ihren Blick darauf.

„Genau!", bestätigte Dr. Lenzen. „Dazu kann ich noch das sagen, was ich von Knut weiß; wir unterhielten uns gestern beim Tennis darüber." „Knut?" „Kollege Hansen." Der Kommissar verdrehte die Augen. „Doktor Doktor Hansen von der KTU?"

„Korrekt! Er zeigte mir, wie der Täter der Frau die Luft abgedrückt haben muss. Die Armbeuge auf den Kehlkopf und dann Ober- und Unterarm als Zange benutzt und zugedrückt. Das Knie des Täters wurde dabei gegen das Genick gepresst."

„Armbeuge? Sie meinen das da?" Loni zeigte auf den Innenteil ihres Ellbogens. Der Arzt nickte. Ihr fiel es wie Schuppen von den Augen. „Also ..., Mensch ..., natürlich! Exakt dort, wo wir Frauen ebenfalls Parfüm aufsprühen; nicht nur auf den Nacken und aufs Dekolletè. Verstehst du nicht, Daddy?! Es war das Parfüm der Täterin; also doch eine Frau!"

Noch bevor er antworten konnte, kam Schwester Rosas „Sie ist aufgewacht, Herr Doktor." Jeder richtete den Blick auf Sarahs weit geöffnete Augen, mit denen sie die um sie Stehenden ängstlich ansah.

Sofort trat Alex an ihr Bett und kniete sich hin. „Liebes! Wie geht es dir?" Er streichelte ihr übers Haar und hauchte ihr einen Kuss auf die Stirn."

Was er in der nächsten Sekunde erlebte, traf ihn so schwer wie ein Hammerschlag gegen den Kopf.

Mit einer heftigen Bewegung ihrer Arme drückte Sarah den Mann über sich weg und schrie ihn an: „Weg! Fassen Sie mich nicht an! Rosa, wer ist das? Der soll weggehen!"

Dr. Lenzen reagierte augenblicklich. „Gehen Sie bitte sofort aus dem Zimmer. Alle! Bitte! Sie erinnert sich nicht. Die Amnesie hält noch immer an. Wir müssen sie in Ruhe lassen. Aufregung ist das Letzte, was die Patientin jetzt vertragen kann.

Auf dem Gang angekommen fragte Loni Schwester Rosa besorgt: „Sagen Sie, müssen wir etwa damit rechnen, dass dieser Zustand noch lange anhält? Sie ist unsere einzige Zeugin."

„Bei posttraumatischen Amnesien haben wir schon die gesamte Bandbreite erlebt. Je stärker die Psyche die Aufgabe übernehmen musste, quasi als Schutzmauer das Gehirn zu entlasten, desto länger dauert die Rückkehr der Erinnerung. Das eben - sie hat ihren eigenen Geliebten nicht erkannt - zeigt ganz deutlich, dass wir viel Geduld haben müssen. Leider!"

„Na super!", entwich Alex ein Ausdruck der Niedergeschlagenheit.

„Mich wiederum hat sie erkannt; auch mit dem Doc redet sie schon über Dinge der vergangenen Tage. Das ist eine bipolare Störung, was bedeutet, dass der Patient nur Personen erkennt, die er nach dem Schockerlebnis neu kennenlernt." „Aha!"

„Es kann aber auch passieren", fuhr sie fort, „dass ein mit der Ursache des Traumas in Verbindung stehendes, früheres Erlebnis das Gedächtnis wiederkehren lässt."

Loni hörte mit großem Interesse zu; man lernt doch nie aus, dachte sie.

„Ich habe dazu kürzlich ein Fortbildungsseminar belegt; hier gibt es tatsächlich keine verlässlichen Regeln, an die man sich halten könnte. Es hilft wirklich nur Abwarten. Tut mir leid, Herr Klug." Der verständnisvolle Ausdruck in ihren Augen tat ihm gut.

„Danke, Frau Zafón! Aber noch mal zurück; das mit dem Parfüm ... - sind Sie da wirklich sicher?" „Absolut!"

Alex Stirn legte sich in Falten. Die einzige Frau, von der er einen derartigen Duft kannte, war .... Er zog die Schultern hoch und senkte sie wieder. Unfug! Das kann nicht sein!

Die Worte der Kommissarin lenkten ihn ab. An ihren Vater gewandt meinte Loni: „Ein Frauenduft. Dann müssen wir noch einmal alle ihre weiblichen Bekannten überprüfen."

„Aber doch nur diejenigen, welche ein Motiv haben könnten." „Gewiss!" Loni drehte sich zu Alex um. „Sagen Sie, Ihre Frau ...." „Ex-Frau." „Okay, Ihre Ex-Frau ist doch mit ihr befreundet." „Gewesen! Das hat sich durch unseren Rosenkrieg endgültig erledigt, schätze ich."

„Ich muss an die Arbeit", unterbrach die Schwester das Gespräch. „Brauchen Sie mich noch?" „Nein. Und Danke für Ihre Nase, Frau Zafón!" Loni lächelte sie freundlich an. Sie nickte und eilte davon.

„Hatten die beiden auch Streit deswegen?" „Das hätte Sarah mir erzählt. Sie hat die Beziehung lediglich einschlafen lassen. Lisa hat das auch verstanden, denke ich. Besonders, weil sie ja schon wieder geheiratet hat; da hat sie sowieso anderes im Sinn, so, wie ich sie kenne. Nein, nein; das, was Sie da zu erwägen scheinen, kommt nicht in Betracht."

Leider, drängte sich in sein Bewusstsein; Gefängnis würde ihr Recht geschehen, so, wie sie sich vor Gericht aufgeführt hat. Aber Lisa eine Mörderin? Lächerlich!

„Meine Ex hat keinen Grund, ihr etwas anzutun. Die beiden kennen sich schon seit ihrer Kindheit. Das können Sie echt vergessen!"

„Gibt es eine andere Frau, die ein Motiv haben könnte?" Er schüttelte zunächst nachdenklich, dann entschlossen den Kopf. „Ich kenne sie schon so lange; etwas Derartiges hätte ich erfahren; unmittelbar von ihr oder über Lisa, mit der sie ja bislang sehr engen Kontakt hatte; sie war wegen Sarah ja sogar zweimal in Auckland. "

„Tja, da müssen wir uns wohl tatsächlich in Geduld fassen, Tochter. Komm, wir fahren zurück ins Präsidium." Sie nickte zustimmend. „Aber das Eine sollten wir noch versuchen; einen Zeugenaufruf in der Zeitung; was meinst du?" „Gut! Vielleicht hat doch irgendwer etwas beobachtet."

„Ich bleibe noch; ich muss mit dem Doktor sprechen." „Natürlich, Herr Klug; tun Sie das." Loni strich ihm kurz über den Oberarm. „Alles Gute für Sie und Ihre Sarah. Ganz sicher wird sie bald wieder gesund."

Sein „Danke!" trug wenig Hoffnung in sich und klang so, als wäre er abwesend. Alex war zutiefst verstört. Nicht nur wegen Sarahs ihn völlig aus der Bahn werfender Reaktion.

Nein, die Sache mit dem Rosenduft ließ ihn nicht los. Als hätte sie es gerade gestern zu ihm gesagt, so drängten sich ihre Worte jetzt mit Macht in seinen Kopf: ´Nie mehr werde ich ein anderes Parfüm benutzen.`

„Lisa?", murmelte er Unsinn! Unmöglich! Reiner Zufall! Warum sollte sie?!

Kapitel 44

Vor dem Gerichtsgebäude wartete er solange, bis sich sein Mandant von ihm verabschiedet hatte. Dann lief er auf seinen Kollegen zu und sprach ihn an. „So, Alex, die beiden Streithähne haben wir auch hinter uns gebracht. Danke, dass du dem Vergleich zugestimmt hast." „Alles andere wäre Unfug gewesen; eine solche Einigung spart Geld und Nerven."

„Oh ja! Du, wie wär´s mit Mittagessen? Ich müsste nämlich etwas mit dir besprechen." „Haben wir denn noch einen gemeinsamen Fall gegeneinander auszufechten? Ich weiß gar nicht ...", überlegte er. „Nein, es ist eher etwas ..., nun ja, Persönliches. Ich bräuchte da mal dringend deinen Rat."

„Franck, das klingt ja richtig ernst. Klar können wir Essen gehen; zum Ivor?" „Abgemacht."

„So, dann schieß mal los!", forderte Alex ihn auf, während sie am Tisch Platz nahmen. „Nun, die Angelegenheit ist für mich sehr heikel. Brauchst du eine Vollmacht von mir, also ein richtiges Mandatsverhältnis, oder kann ich mich auf deine Verschwiegenheit verlassen? Ich stehe da nämlich mit einem Fuß im Gefängnis."

Sein Gegenüber sah ihn ebenso erstaunt wie besorgt an. „Was hast du angestellt? Aber einerlei; natürlich bleibt das hier unter uns. Mensch Franck, was denkst du von mir?!"

„Okay. Das mit deiner Freundin ist schrecklich." Alex runzelte die Stirn. „Deine Scheidung hast du ja end-

lich hinter dir; die Kollegin Trutzl hat´s dir aber auch wirklich nicht leicht gemacht." „Hm!" Worauf will er nur hinaus?

„Also, stell dir mal vor, ein Mandant, nennen wir ihn Herr Schmidt, lässt sich von dir erbrechtlich beraten; und zwar, weil er erfahren hat, der nichteheliche Sohn eines sehr wohlhabenden Mannes zu sein. Er legt dir dazu ... - ach so, dieser Vater ist mittlerweile verstorben - eine eidesstattliche und notariell beglaubigte Bestätigung dieser Vaterschaft vor."

Alex stützte seinen Kopf gegen die Handfläche und schaut seinen Kollegen etwas gelangweilt an. Und wann wird dieser Fall aus dem dritten Semester Jura spannend, fragte er sich.

Franck erriet seine Gedanken. „Warte ab, was jetzt kommt! Der einzige eheliche Sohn als Alleinerbe dieses reichen Mannes weiß nichts davon, dass er einen Halbbruder hat, weil dieser Nichteheliche seinen Erbrechtsanspruch bislang noch nicht geltend gemacht hat."

„Dann soll er es tun!", meinte Alex ungeduldig.

„Genau da wird es schwierig für dich, Alex." „Bitte; weshalb für mich?" „Na, ich mein doch nur, für dich als Herrn Schmidts Anwalt." „Ach so!"

„Dein Mandant hasst nämlich den Alleinerben abgrundtief, seit er erfahren hat, dass er selbst als armer Junge groß werden musste, während dieser eheliche Halbbruder in Reichtum aufwuchs und heute alles hat, was man sich nur wünschen kann."

„Hui! Das klingt ja nach einem sich anbahnenden Krimi, oder?" Sein Freund nickte vielsagend.

„Im Laufe der Beratung beginnst du zu ahnen, dass sich dieser Hass in einen Mordplan gesteigert haben könnte. Du wirst nämlich auch danach gefragt, wer nach dem Tod des ehelichen Kindes Erbe sein würde.“

„Oh, oh!“ „Da dein Ratsuchender aber keine konkreten Äußerungen macht, hast du keine begründete Veranlassung, näher zu prüfen, was in dessen Kopf tatsächlich vor sich geht, um notfalls auf ihn einzuwirken.“

„Richtig! Das sehe ich auch so! Ein Anwalt muss ja kein Gedankenleser sein! Was hast du dann gemacht, Franck?“ Alex war inzwischen klar geworden, dass es um dessen Mandant ging. Sein Anwaltskollege schnaufte.

„Na gut; war ja zu erwarten, dass du mich durchschaust; ja, ich spreche von mir. Dann kann ich auch Klartext reden. Ich habe also nicht weiter nachgeforscht; nachdem die Beratung abgeschlossen war, landete die Akte im Schrank. Fertig, aus.“

„Logisch! Paragraf 203 StGB - Anwaltliche Schweigepflicht. Eine Anzeige beim Staatsanwalt? Ohne konkreten Verdacht? Niemals! Dazu hattest du keinen Anlass, Franck. War das deine Bitte um meinen Rat?“

„Habt ihr euch schon entschieden?“ Beide schauten auf. „Äh - nein, Ivor. Wir brauchen noch ....“ „Ich habe heute Dorade. Oder vielleicht ....“ „Gib uns zehn Minuten, bitte! Erst mal nur zwei Pils.“ Dabei schaute Franck Alex an. Er nickte. „Gut, also zwei Pils“, sagte der Restaurantchef und ging.

„Ich durfte meine Ahnung also damals wirklich nicht melden, Alex?" „Gott bewahre; absolut nicht!" Er stutzte. „Aber wieso sagst du ´damals`? Hat sich in der Sache danach noch etwas getan?"

„Na ja. Möglicherweise; vielleicht; eigentlich schon, wenn man es genau nimmt", druckste er herum. Alex wurde neugierig. „Jetzt ..., also nun, da diese Sache ...."

Franck stöhnte. „Verdammt, Alex, ich glaube, er, ... also sie ... hat es getan."

„Wie jetzt? Er - sie? Ich denke, dein Mandant ist männlich."

Francks Reden wurde konfus. „Aber ich konnte doch nichts sagen; ich wusste doch nichts Konkretes. Was mach ich bloß? Wenn ihr Mordplan erfolgreich ist, bin ich am Tod schuld, oder? Können die mich dann wegen 138 drankriegen? Freiheitsstrafe bis fünf Jahre. So eine Scheiße!"

„Hallo, jetzt komm mal wieder runter! Franck! 138 - Nichtanzeige einer geplanten Straftat. Vergiss es!" Zu seiner Beruhigung legte er seine Hand auf dessen Arm. „Oder weißt du heute etwa tatsächlich mehr? Ein Mordplan, sagst du?"

Franck schaute ihn verzweifelt an. „Alex, du kennst das Gesetz so gut wie ich. Wer von dem Vorhaben oder der Ausführung eines Mordes zu einer Zeit, zu der das eine oder andere noch abgewendet werden kann, glaubhaft erfährt und es unterlässt, der Behörde rechtzeitig Anzeige zu machen ... und so weiter und so fort."

„Ich habe an der Uni aufgepasst, Herr Kollege!" Seine
Stimme klang angespannt. „Also - Vorhaben heißt in
diesem Zusammenhang eine ernstliche Planung."

„Genau!" „Eine solche war dir aber doch nicht glaubhaft gemacht worden. Du hattest lediglich eine völlig
vage Ahnung; wenn überhaupt. Mach dich also nicht
verrückt. Okay?" Francks verzweifelt klingendes „Aber
ich ...." blieb unvollendet.

„Außerdem - von welchem Mordplan reden wir hier
überhaupt? Es gibt doch gar keinen. Lass es also endlich gut sein! Nebenbei habe ich nämlich Hunger."

Franck senkte kurz den Blick und schwieg.

„Gut, dann können wir ja bestellen." Alex lachte -
auch, um seinen Freund aufzumuntern.

„Warte mal! Sie hat es doch versucht! Was, wenn die
Frau überlebt, und sie es ein zweites Mal tut. Muss
ich da jetzt nicht schnurstracks ...?"

Alex richtete den Oberkörper auf. Sein Mund öffnete
sich halb. Was tat sich da vor ihm auf? ´Was, wenn
sie überlebt. Die Frau?` Ich denke, es sind zwei Brü-
der. Wovon redet der Kerl? Tausend Fragezeichen
bildeten sich in derselben Sekunde auf einmal vor
seinem inneren Auge. Zudem eine schreckliche Befürchtung.

Die Frau? Alex fühlte, wie Blässe in sein Gesicht trat.
Seine Augenlider senkten sich, bis sein Gegenüber
nur noch Augenschlitze erkennen konnte.

„Herr Rechtsanwalt Doktor Franck Peterle, möchtest
du mir etwa ...? Ich fasse es nicht!"

„Alex, ich habe Angst, dass sie es noch einmal .... Das
wäre dann aber ein Vorhaben, von dem ich glaubhaft
...."

„Du ... redest ... doch ... nicht ...etwa ... von ...?"

So etwas wie ein letzter Hoffnungsschimmer lag in
seiner Stimme, als er fragte: „Deine Sarah heißt aber
doch Gregorius, nichtwahr?"

„Ja, verdammt! Früher. Bevor sie .... Das weißt du
doch."

„In der Zeitung stand aber Sommerfeld. Da war ich
mir nicht sicher."

In der Zeitung! Oh, mein Gott! Alex Oberkörper ver-
krampfte sich.

„Ich muss sie anzeigen. 138. Ein Vorhaben."

„Franck!" Entsetzen legte sich über Alex´ Gesicht.

„Ich ... ich durfte ... durfte dir doch ... doch nichts
sagen."

„Ich glaub´s nicht!" Er zerrte an seinem Arm, bis er
sich losriss.

„Tut mir so leid, aber ich wusste ja nicht, dass sie es
tun wird."

„Sie. Wer?", schrie er ihn an. „Franck, rede!"

Er aber rang nur nach Worten.

„Sag, wer ist sie!"

Jeder von beiden war so sehr mit den plötzlichen Erkenntnissen und Fragen beschäftigt, dass es in der Folge nicht zu einem Dialog kommen konnte.

„Kenne ich die Mörderin?"

„Da stand nur etwas von einer Sarah Sommerfeld, der Verlobten des Rechtsanwalt ...."

Alex erhob sich, beugte sich über den Tisch und fasste Franck mit beiden Händen an dessen Kragen. „Wer ist sie?"

„138 - ich muss sie anzeigen!"

„Wen, verdammt?"

„Darf ich euch um etwas mehr Ruhe bitten! Ihr stört die anderen Gäste." Alex sah Ivor neben sich stehen. „Schon gut; Entschuldigung!"

„Habt ihr schon ...?" „Nein, verdammt!"

Kopfschüttelnd machte er Kehrt.

Zu Alex´ Überraschung riss Franck sich los und stand auf. „Wir müssen zur Polizei. Oder ..., nein, ich ruf Gerd an. Auf der Stelle. Er kann ihr einen Polizisten ins Krankenhaus schicken."

„Wer ... hat ... das ... getan?", insistierte Alex mit eiserner Stimme.

Statt ihm eine Antwort zu geben, drückte er zwei Tasten seines Handys. „Oberstaatsanwalt Hofer bitte. Sofort! Es geht um Leben und Tod."

Alex schwankte und ließ sich in seinen Stuhl fallen.

400

„Hallo Gerd, Franck hier. Hör zu. Schicke augenblicklich einen Polizisten ins … - Alex, wo liegt Sarah?" „In der Bogenhausener", kam mit blasser Stimme zurück.

„Hast du's gehört - Klinik Bogenhausen, zu Frau Sarah Sommerfeld. Ich fürchte, sie ist in Lebensgefahr. Die Mörderin wird es noch einmal versuchen."

Der Mann am anderen Ende der Verbindung schien etwas zu fragen. „Es handelt sich um eine Frau …; hallo, bist du noch dran? Scheiße. Die Leitung ist weg. Funkloch! Los, Alex, komm mit; wir fahren zu ihm. Oder …, nein, du bist in zehn Minuten bei Sarah; am Ende schneller als die Polizei. Ich renne in Gerds Büro; ist ja gerade um die Ecke."

„Wer ist es?", wiederholte er in seiner Fassungslosigkeit nahezu apathisch.

„Erkläre ich alles später. Wir müssen jetzt erst das Leben deiner Sarah retten."

Ohne auf Alex erregtes „Aber ich muss doch wissen, wer …. Franck, bitte!" einzugehen, stürmte er nach draußen. In Alex sträubte sich alles dagegen, einfach so zu gehorchen; die Vernunft jedoch gebot ihm, sofort in die Klinik zu fahren.

Wer mit zwei Bier in der Hand seinem ebenfalls hinaus rennenden, anderen Gast perplex hinterher schaute, war ein das Ganze überhaupt nicht verstehender Restaurantinhaber.

„*Ich denke, wir stellen ihr eine Falle und hoffen inständig, dass Doktor Lenzen mit seiner Vermutung Recht hat.*"

„*Habe ich, Herr Doktor Hofer! Es besteht durchaus eine reelle Chance, dass die Patientin ihren posttraumatischen Gedächtnisverlust in dem Moment überwindet, in welchem es zur Konfrontation mit der vermeintlichen Täterin kommt. Aufgrund des sehr hohen Stresspotentials in Bezug auf diese Person wird die Opfer-Reaktion nicht nur in der Zurückweisung liegen, die Sie, Herr Rechtsanwalt, unlängst erfuhren.*"

„*Ja, das war wirklich arg schlimm für mich. Was passiert stattdessen?*", fragte Alex interessiert.

„*Hier ist eher mit einer sogenannten Schreck-Handlung zu rechnen. Schwester Rosa hat es Ihnen ja schon erklärt. Nichtwahr, Frau Maierhuber?*" Loni bestätigte mit einem „*Sehr kompetent sogar!*".

„*Ist eine solche, Sarah belastende Konfrontation denn überhaupt erforderlich?*", wendete Alex besorgt ein. „*Der Inhalt von Francks Mandatsakte sowie dessen Zeugenaussage, worauf seine Anzeige ja beruht, lässt keinen anderen Schluss als den zu, dass sie es war, die den versuchten Mord beging.*"

„*Stimmt schon, aber neben diesem Schmuckstück*", widersprach Dr. Hofer, „*das nicht dem Opfer gehört, den Indizien und der sicher berechtigten Vermutung im Sinne von Paragraf 138, dem Motiv also, hätte ich* gerne noch die alles entscheidende, bestätigende Aussage der Frau Sommerfeld."

„Aber ...." „Ja, Herr Klug?" „Aber wo und wie soll diese Konfrontation eigentlich erfolgen? Etwa im Krankenhaus? Was, wenn sie bei ihrem Besuch in einem unbeaufsichtigten Augenblick am Krankenbett zuschlägt?" Alex übergroße Sorge um Sarah vernebelte seinen sonst scharfen Verstand.

Franck half ihm. „Dr. Hofer hat mir für diesen Fall schon versichert, dass die beiden anwesenden Schwestern Polizistinnen sein werden." „Ja! Zudem", ergänzte jener, „wird sie das in Gegenwart von Zeugen ja nicht wagen. Nicht zuletzt deshalb, weil eine derartige Tat zur Erbunwürdigkeit führt, was ja nicht in ihr Kalkül passt."

„Stimmt genau! Meine Mandatsberatung ergibt zwar ganz eindeutig ein klares Bild, das aber tatsächlich durch die Aussage des Opfers abgesichert werden sollte!" „Ja, Franck, fass das für alle - besonders für unsere beiden Kommissare - noch einmal kurz zusammen!", kam vom Oberstaatsanwalt.

„Gerne! Also: Die Täterin erfuhr vor nicht allzu langer Zeit, nämlich nach dem Tod ihrer Mutter, aufgrund notariell beurkundeter Vaterschaftsanerkennung sowie diverser Briefe der Mutter und deren damaligen Liebhabers davon, dass sie die nichteheliche Tochter dieses zur Zeugungszeit allerdings verheirateten Geliebten ihrer Mutter ist."

„Vermaledeit! Geht das auch langsam? Für Nichtjuristen", meldete sich Kommissar Bachmaier verwirrt und verärgert zugleich. Seine Tochter schmunzelte.

„Natürlich! Ihre Mutter wurde von einem verheirateten Mann schwanger und gebar unsere Täterin. Diese erfuhr vor kurzem davon. Verstanden?" „Hm!", brummte er.

„Gut! Dieser Verführer, der äußerst wohlhabende Herr Sommerfeld, hatte selbst eine Tochter, unsere arme Sarah. Natürlich konnte er sich als Person der Münchner feinen Gesellschaft dieser Affäre wegen keinen öffentlichen Skandal erlauben!"

Loni stieß ihren Vater an. „Donnerwetter!"

„Als die Geliebte jedoch später mit der Ehefrau darüber sprach, kam es zwischen ihm und beiden Frauen zu einem verständlicherweise heftigen Streit, aber auch zur Vereinbarung absoluten Schweigens, dies gegen Zahlung eines Geldbetrags sowie Ausfertigung jener notariell beglaubigten Versicherung an Eides Statt bezüglich seiner Vaterschaft."

„Damit nahm Sarahs Verhängnis seinen Lauf. Wie schrecklich!", warf Alex betroffen ein. Seine Hand wühlte sich in sein Haar. Franck warf ihm einen mitleidsvollen Blick zu und sprach weiter.

„Zudem sollte nach dem Ableben der Sommerfelds und dem der eigenen Mutter, was ja kürzlich geschah, von dem Kind ein Erbschaftsanspruch auf die Hälfte des väterlichen Vermögens geltend gemacht werden dürfen."

So einen reichen Vater hätte ich auch gerne, dachte Loni.

„Dieses Vermögen ist bekannter Weise", ergänzte der Oberstaatsanwalt, „zwischenzeitlich als Erbschaft in *das Eigentum der Tochter Sarah gelangt und hätte nunmehr geteilt werden können.“*

„Danke Gerd! Nun entstand allerdings in ihrem Kopf der perfide Plan dahingehend, sich nicht mit diesen 50 Prozent abspeisen zu lassen. Aufgrund ihrer in der Kindheit erfahrenen Armut der alleinerziehenden Mutter hatte sich später der krankhafte Drang entwickelt, mit allen Mitteln reich zu werden; diesen wollte sie nunmehr in eine verhängnisvolle Tat umsetzen.“

„Hinzu kam wohl ein Bedürfnis nach Vergeltung dafür, dass ihr Vater sie zu Lebzeiten verleugnete“, vermutete Dr. Hofer.

„Das kann man schon verstehen“, murmelte Loni und wagt einen Seitenblick zu ihrem Vater. Du bist zwar ein besserwisserischer Kerl, aber als Daddy immer für mich da. Ein liebevolles Lächeln legte sich über ihre Wangen.

„Sie wollte also als Sarahs Halbschwester deren Alleinerbin bezüglich deren gesamten Vermögens werden, ohne sich mit der Hälfte begnügen zu müssen. Frau Sommerfeld sollte sterben. Das jedoch hätte zu jener Zeit noch nicht ausgereicht; es gab nämlich neben ihr als erbberechtigte Verwandte einen Herrn Robert Gregorius, der ebenfalls einen Erbanspruch hatte, solange er nämlich Sarahs Ehemann war.“

Mann, ist das kompliziert, dachte Bachmaier. Er hustete und schlug sich mit der flachen Hand gegen die Brust.

„Also setzte sie alles daran, dass es zwischen Sarah und ihm zur Scheidung kommt. Erst dann würde sie

ihre Halbschwester töten und wäre damit am Ziel ihrer schrecklichen Gier nach Geld."

„Wie ich selbst", begann Loni laut zu begreifen, „von jenem Inspector Barnebby aus Neuseeland erfuhr, kam dieser Robert Gregorius jedoch schon vor der dann tatsächlich von der Ehefrau beabsichtigten Scheidung zu Tode. Er hatte nämlich aus Habgier selbst versucht, seine Ehefrau umzubringen; bei einer polizeilichen Verfolgungsfahrt hatte er einen tödlichen Unfall."

„Stimmt!", meinte Alex; „Das weiß ich von Sarah."

„Nun hatte die Täterin freie Bahn und musste nur auf eine passende Gelegenheit warten, um die inzwischen nach München zurückgekehrte Frau Sommerfeld für immer loszuwerden."

„Was ihr Gott sei Dank nur beinahe gelang." „Weil", meinte Loni erleichtert, „Frau Sommerfelds Haushälterin Rudlischek diese böse Frau während des Tathergangs störte."

„Und nun", beendete Franck seinen Vortrag, „brauchen wir nur noch Frau Sommerfelds Aussage dazu, dass sie in ihrer Münchner Villa von dieser geldgierigen Verrückten überfallen wurde."

„Alles schön und gut. Aber wie sollen wir die Täterin dazu bringen, ins Krankenhaus zu gehen? Sie muss doch damit rechnen, von ihrem Opfer identifiziert zu werden." „Ein berechtigte Frage, Herr Kommissar. Zugegeben, das weiß ich noch nicht."

„Vielleicht laden wir sie besser zur Vernehmung. Durch die Spiegelscheibe kann Frau Sommerfeld sie sehen."

„Den Gedanken hatten wir auch schon. Dr. Lenzen hält jedoch einen direkten Kontakt zwischen beiden Frauen für erforderlich. Sein Argument ist nämlich einleuchtend; was, wenn die Frau den Braten riecht, einen Anwalt mitbringt und schweigt. Ihre Stimme allerdings ist - so habe ich Sie verstanden, Herr Doktor - für die Anregung der Erinnerung von größter Bedeutung.“

„Genau! Die auditive Wahrnehmung stellt einen so großen Nervenreiz dar, dass wir auf die Stimme quasi als Initialzündung für das Erinnerungsvermögen der Patientin nicht verzichten sollten. Sonst laufen die Bemühungen zur Überführung der Täterin höchstwahrscheinlich ins Leere.“

Loni kam eine Idee; das, was Schwester Rosa ihr neulich beiläufig erzählt hatte, brachte sie darauf. „Was, wenn die Täterin nicht weiß, dass Frau Sommerfeld in ihrer Nähe ist, sondern ..., nun ja, im Publikum sitzt?“

„Verstehe ich nicht, Lonilein.“ „Ich auch nicht. Was meinen Sie damit?“, kam von Anwalt Peterle.

Loni richtete ihr Wort an Dr. Hofer. „Herr Oberstaatsanwalt Doktor Hofer, würden Sie folgendem Plan zustimmen können? Von Frau Zafón, einer der Krankenschwestern, die Frau Sommerfeld betreuen, weiß ich, dass es übermorgen in der Uni einen Vortrag zum Thema ´Homöopathische Arzneimittel aus dem Offizin` gibt, zu dem sie aus Interesse gehen wird.“

„Und was soll das mit unserem Fall zu tun haben, bitteschön“, bekrittelte ihr Vater sie erneut.

„Halt, halt! Ihre Tochter ist sehr klug, mein lieber Bachmaier. Ich verstehe! Das ist eine hervorragende Idee! Frau Kommissarin, veranlassen Sie bitte, dass diese Frau Zafón unsere Zeugin dorthin mitnimmt. Sie und Ihr Vater werden mit zwei weiteren Kollegen dort sein und Frau Sommerfelds Reaktion beobachten.“

Der Kommissar sah ihn verständnislos an.

„Sollte die Patientin also laut und deutlich zu erkennen geben, dass diese Frau am Rednerpult ihre Peinigerin ist, dann verhaften Sie Carola Elisabeth Freifrau von Ketelhausen noch während ihres Vortrags über diesen homöopathischen Firlefanz.“

Er hielt nichts von derartigen Heilmittelchen. „Den Haftbefehl können Sie sich morgen früh bei mir abholen. Verstanden?“ „Und ob! Danke für Ihr Vertrauen, Herr Oberstaatsanwalt Doktor Hofer!“ „Schon gut, schon gut; Herr Hofer reicht völlig, meine Liebe.“

Hätte Loni in diesem Moment den Blick ihres Vaters gesehen, wäre ihr der Stolz in seinen Augen förmlich entgegen gesprungen.

*****

Weit größer jedoch war einige Wochen später Kommissar Bachmaiers Zufriedenheit über die Leistung seiner Tochter. Dies nämlich in dem Moment, in welchem der Oberstaatsanwalt vor Gericht seine Anklageschrift verlas und dabei darauf hinwies, dass Frau Kommissarin Loni Maierhuber mit ihrem Ideenreichtum wesentlich zur Verhaftung der wegen Mordversuchs Angeklagten beitrug.

Der in der ersten Bank sitzende Alex drückte in diesem Augenblick Sarahs Hand und flüsterte: „Weißt du, Liebes, diese Schwester Rosa hatte tatsächlich Recht!" „Du meinst damit, dass sie an meinem Hals einen Hauch von Rosenduft wahrgenommen hatte?" „Ja! Das war Lisas Lieblingsparfüm. Genau genommen das einer Verbrecherin mit einem erst vor kurzem angeheirateten Adelstitel."

Er gab ihr einen zärtlichen Kuss - noch bevor der Vorsitzende sie mit einem strengen Räuspern um Ruhe bat.

Als alles vorüber war und sie auf dem Weg zu ihrem Wagen waren, blieb Sarah unvermittelt stehen und umarmte Alex.

„Ach, du Lieber! Ich bin so glücklich; und auch unendlich dankbar dafür, dass wir uns wieder gefunden haben und nun sogar ein Ehepaar sein dürfen. Beinahe hätte ich diese schöne Hochzeitsfeier nicht mehr erlebt." Das Zittern um ihren Mundwinkel war eine Mischung aus Freude, Ironie und Beklommenheit.

Alex küsste sie liebevoll. „Ja, am liebsten würde ich dich gleich nochmal heiraten." Sie lachte.

„Dass du Francis und seine Frau eingeladen hast, war eine riesige Überraschung für mich. Danke!" „Klar! Der Mann hat so viel für dich getan. Außerdem ist Norah eine äußerst attraktive und interessante Frau."

„Hallo! Muss ich da etwa eifersüchtig werden?" Sarah tat, als sei es ihr todernst damit - was ihr aber nur so lange glückte, bis sie laut lachend herausprustete: „War nur Spaß! Ich weiß doch, dass du mir immer treu sein wirst."

„Dennoch", fuhr sie fort und meinte es dieses Mal wirklich ernst, „musst du mir das Eine hoch und heilig versprechen!"

Alex schaute sie ein wenig besorgt an. „Was denn, Liebes?"

„Ich bin ja damit einverstanden, dass du unsere Hochzeitsreise als Überraschungsgeschenk für mich ganz alleine planst. Aber in ein bestimmtes Land möchte ich in meinem ganzen Leben nicht mehr."

Er sah ihr an, welch große Bedeutung diese Forderung für sie war.

„Außerdem möchte ich eine gewisse Papageienart auch nie mehr schreien hören und an meinem Auto herumhacken sehen müssen. Das würde mich zu sehr an all das Schlimme dort erinnern."

Mit Erleichterung nahm sie seine Antwort auf.

„Oh nein! Neuseeland werden wir ganz sicher auf unserer Kreuzfahrt um die Welt nicht ansteuern. Und den bedrohlich klingenden Schrei jenes großen Kea kannst du ganz und gar aus deinem Gedächtnis streichen!"

„Versprochen?"

„Versprochen, Sarah!"

Was er dabei dachte, behielt er bei sich: Hättest du doch nur auf die unheimliche Prophezeiung dieses Vogels gehört!

Die Romanfiguren

<u>Die Protagonisten sind:</u>

Sarah Gregorius	geb. Sommerfeld; äußerst wohlhabend, aber unglücklich verheiratet; hochbegabte Pianistin aus München
Robert Gregorius	Sarahs untreuer Ehemann; polizeilich gesucht
Yvonne de Clerk	Roberts Geliebte
Alex Klug	Rechtanwalt aus München; Sarahs erste große Liebe
Lisa Stein	Münchner Apothekerin; Alex´ emanzipierte Ehefrau; Sarahs Freundin seit Kindertagen; will Dieter heiraten;
Francis Spring	in Sarah verliebter Schriftsteller und Ex-Anwalt aus Auckland, Neuseeland
Monica Lipton	Hauseigentümerin in Auckland; Witwe von John Lipton

<u>Weitere Charaktere aus München:</u>

Loni Maierhuber	junge, kompetente Kommissarin
Bachmaier	Kommissar; Lonis nervender Vater
Hofstetter	Polizeileitzentrale
Erich Hammer	Polizist; (noch) verheiratet mit Heidrun; mag Frau Slomka sehr

Fritz	Erichs Kollege; stammt aus Frankfurt; kabbelt sich gerne mit ihm
Klaus	Sanitäter
Josef	Notarzt
Dr. Dr. Knut Hansen	Leiter der Kriminaltechnik; gebürtiger Hamburger; unangenehmer Typ
Heidemarie Slomka	Hansens von ihm gemobbte Laborassistentin
Swetlana Rudlischek	Sarahs Haushälterin
Dr. Peter Lenzen	Chefarzt der Intensivstation; glücklich verheiratet
Brigitte Lenzen	Pilotin; Peters Frau
Sylvia	Lenzens Sekretärin
Dr. Heike Jägert	Ärztin; verheiratet mit Stefan
Dr. Claudia Raabe	Ärztin; Frau von Michael
Rosa Zafón	Krankenschwester aus Venezuela; indianische Abstammung; mit seherischen Fähigkeiten
Bianca	Rosas Kollegin
Dr. Carl Hendersson	Yvonne de Clerks Ex-Lover
Johannes Paul	konservativer Pastor; Sarahs Verwandter
Dr. Johannes Meyerbeer	Alex´ Anwaltskollege
Dr. Franck Peterle	Alex´ Anwaltskollege
Eva	Alex´ Sekretärin
Dr. Gerd Hofer	Oberstaatsanwalt
Alois Schuppeck	Hotelportier
Hannerl	Zimmermädchen
Ivor	Restaurantinhaber

Klaus Havenstein	Aufnahmeleiter
Ilona	Verlags-Azubi
Maria	Vorleserin
Katharina	Vorleserin; von Klaus „Russische Kaiserin" genannt
Jacob Grimm	eigenwilliger Vorleser
Ludwig	Vorleser

<u>Die Akteure in Neuseeland:</u>

Bill F. Grey	Anwalt, auf den Yvonne ein Auge geworfen hat
Adolph Trump	Chief public prosecutor (Chefankläger von Auckland); ehrgeizig und gefürchtet
Ken Barnebby	Chiefinspector
Gloria Barnebby	Kens Frau
Paul Gordon	Chiefinspector; geschieden; frustrierter Frauenverächter
Mr. Wayne	Ministerialbeamter
Dennis	Richter
Jane	Officer; Dennis´ Frau
Joe	Officer
Kevin Meyer	Officer; wegen seiner Klugheit „Einstein" genannt
Nicholas Sparky	Officer
Anne Summer	Officer; Nicholas´ Freundin
Jeffrey Hunter	Profiler; Frauenheld, dem Anne verfällt
Bob Miller	Officer; bei Anne abgeblitzt

Marc Spitz	Officer
Charles Tanner	früherer Inspector; hegte einen sehr bedeutenden Mordverdacht
Claus	Computerspezialist; „Z" genannt
Dr. Barbara Gordon	Pauls´ Ex-Ehefrau; Ärztin, Giftspezialistin; Klinikleiterin in Christchurch; sehr beliebt und von Freunden „Babsy" genannt;
Dr. Susan Monroe	Ärztin, die Ken Barnebby sehr (!) mag
Elisa	Krankenschwester
Jasmin	Krankenschwester
Kamilla Hedges	Krankenschwester
Diana Turner	Laborassistentin; setzt alles daran, Barnebby zu verführen
Bernd	deutscher Konditoreiinhaber; Freund von Francis Spring
Stefanie	Bernds Frau; vergeblich hinter Francis her
Norah Dexter	Verlagsinhaberin; hat Francis in ihr Herz geschlossen
Rod Savage	aus dem Gefängnis geflohen
Crack Blayney	ebenfalls dort ausgebrochen
Jack Lendon	Officer
Adam Orkney	Officer
Rangi Matene	Officer; Maori; seiner Kraft wegen "Bear" genannt
Cheng	Officer; Chinese; strafversetzt nach Wanaka

ISBN: 978-3-740-70950-1

Dr. Wolfgang Sommer kann es kaum fassen. Die Schauspielerin Charlotte Schön ist wieder in seiner Stadt. Vor vielen Jahren waren sie ein Paar – bis er ihre Liebe mit Füßen trat und die wohlhabende Carmen Ferres heiratete. Voller Verbitterung und mit bösen Worten verschwand die von Wolfgang zutiefst Verletzte auf Nimmerwiedersehen.

Und nun taucht sie plötzlich wieder in seinem Leben auf. Sein schändliches Verhalten bereuend versucht er die ihm verloren Gegangene wiederzugewinnen. Charlotte weist ihn jedoch zunächst brüsk zurück. Da sie ihre große Liebe von damals trotz Allem nie aus ihrem Herzen verbannen konnte, gewährt sie den beiden eine zweite Chance.

Über Charlotte schwebt jedoch eine rabenschwarze Gewitterwolke.

ISBN: 978-3-740-70948-8

In frühen Jahren verliert sie bei einer Feuersbrunst ihr Augenlicht. Doch statt sich dem Schicksal ewiger Dunkelheit hinzugeben, gibt Christine Duval nicht auf, studiert in Paris Musik und wird trotz ihres Handicaps eine erfolgreiche Cellospielerin.

Allein in der Liebe hat sie kein Glück – bis sie eines Tages auf den reichen Kapitalmanager Thomas König trifft. Sie heiraten und bekommen die kleine Lara. Eines Tages aber schlägt der böse Fluch, der über ihr zu schweben scheint, erneut zu; bei einem tragischen Verkehrsunfall verliert sie beide.

Ohne den Freund Francisco, der sie schon seit Jahren heimlich liebt, wüsste sie nicht, wie sie ihr Leben nun noch meistern soll. Doch dann tut sich ein Abgrund vor ihr auf, mit dem sie niemals rechnete. Wird sie noch genug Kraft aufbringen können, um der auf sie zu kommenden Gefahr zu entgehen?

ISBN: 978-3-740-70947-1

Die wohl größten Glücksgefühle im Leben haben wir als Verliebte. Unser Herz schlägt schneller, in unserem Bauch flattern 1000 bunte Schmetterlinge und über unsere Lippen kommen die liebevollsten Worte.

Wie rasch aber verfliegen diese, bannen wir sie nicht für immer auf Papier. Wie froh macht es, sie danach immer mal wieder lesen zu können. Wie wohl tut es, sich an jene erste Zeit zu erinnern und sagen zu können: „Weißt du noch - damals.“

Mit nichts anderem als mit einem bewegenden Gedicht kann ein Mann seine Liebe besser ausdrücken! Mit nichts anderem berührt er ein Frauenherz mehr als mit gefühlvollen Worten!

Textauszug aus Band I:

Loblied auf die Frauen

Gäbe es euch Frauen nicht
in unserer tristen Welt,
so wäre es um uns Kerle
schlecht bestellt.
Geht in euch, Männer,
und stets bedenkt,
dass allein die Liebe einer Frau,
sofern sie euch geschenkt,
eure Zunge süße Worte sagen lässt,
euer Herz zum Klopfen bringt,
euch Sehnen lehrt,
und ihr in wohliger Glückseligkeit versinkt.

ISBN: 978-3-740-70952-5

ISBN: 978-3-740-70953-2

Layout, Illustration und Fotomotive meiner hier erwähnten Bücher: Maria Anna Schmitt